A.J. QUINNELL

Mann unter Feuer

Buch

Der Amerikaner Creasy hat nahezu sein ganzes Leben als Söldner bei der Fremdenlegion verbracht und sich als mutiger und geschickter Kämpfer ausgezeichnet. Als er die Sinnlosigkeit seines Tuns erkennt, beginnt er zu trinken. Völlig erschöpft und ohne jede Hoffnung sucht er Zuflucht bei seinem Freund Guide, der ihm einen Job als Leibwächter vermittelt. Creasy soll die elfjährige Tochter eines italienischen Stoffabrikanten vor Kidnappern schützen. Er wehrt sich zunächst gegen eine persönliche Bindung zu seinem Schützling Pinta, aber das Kind besiegt seine Zurückhaltung mit Charme und Intelligenz.

Eines Tages geschieht das Schreckliche – Pinta wird entführt, und Creasy, der sich verzweifelt wehrt, wird niedergeschossen. Als er erfährt, daß das Kind ums Leben gekommen ist, sinnt der ehemalige Fremdenlegionär, noch im Krankenhaus, in dem er seine Verwundung auskuriert, auf Rache. Er hat nur noch ein Ziel, und eiskalter Haß spornt ihn an, den Tod des kleinen Mädchens zu rächen. Er plant, die für dieses Verbrechen Verantwortlichen – Mitglieder des organisierten Verbrechens – zur Rechenschaft zu ziehen und umzubringen. Nach kurzer Vorbereitungszeit beginnt Creasy den unerbittlichen Kampf gegen die italienische Mafia.

Autor

Der Name *A. J. Quinnell* ist das Pseudonym
eines weltberühmten amerikanischen Autors.

A. J. Quinnell

Mann unter Feuer

Roman

Aus dem Amerikanischen
von Wilhelm Thaler

GOLDMANN

Die Originalausgabe erschien
unter dem Titel »Man on Fire« bei
Macmillan, London.

Dieser Roman ist bereits unter dem Titel
»Der Söldner« im Goldmann Verlag erschienen.

Umwelthinweis:
Alle bedruckten Materialien dieses Taschenbuches
sind chlorfrei und umweltschonend.

1. Auflage
Taschenbuchausgabe September 2004

Umschlaggestaltung: Design Team München
Umschlagfoto: © 2003 Twentieth Century Fox
Satz: DTP-Service Apel, Hannover
Druck: GGP Media GmbH, Pößneck
Verlagsnummer: 45812
WR · Herstellung: sc
Made in Germany
ISBN 3-442-45812-9
www.goldmann-verlag.de

Prolog

Winter in Mailand. Autos der Luxusklasse parkten in einer Allee in der Vorstadt. In dem großen Gebäude hinter den Bäumen ertönte leise eine Glocke, und Minuten später liefen Kinder in Windjacken und Mänteln die Stufen hinunter und flüchteten sich in die Wärme der wartenden Wagen.

Der achtjährige Pepino Macchetti hielt den Kopf gesenkt, damit ihn der Kragen seines Regenmantels schützte, und rannte zu dem Platz, an dem der Chauffeur seines Vaters stets im blauen Mercedes auf ihn wartete. Der Fahrer beobachtete im Rückspiegel, wie der Junge sich näherte, und lehnte sich zurück, um ihm die Tür zu öffnen. Pepino versank dankbar in die ledergepolsterte Wärme und zog sich den Regenmantel aus. Der Wagen hatte schon die nächste Ecke erreicht, als Pepino zum erstenmal aufblickte und entdeckte, daß nicht Angelo am Steuer saß. Während sich seine Lippen zu einer Frage öffneten, hielt der Mercedes wieder, und die Tür ging auf, ein kräftig gebauter Mann stieg ein und setzte sich neben den Jungen auf den Rücksitz. Der Fahrer wartete geduldig auf eine Lücke im Mittagsverkehr und ordnete sich dann wieder ruhig auf der Fahrbahn ein. Es war erst Januar, doch Pepino Macchetti war in diesem Jahr bereits das dritte Entführungsopfer in Italien.

Das Wetter im korsischen Hafen Bastia war für die Jahreszeit ungewöhnlich warm, so daß sich ein Barbesitzer entschlossen hatte, Stühle und einen Tisch auf die mit Kopfstein gepflasterte

Straße zu stellen. Ein einzelner Mann setzte sich an den Tisch, trank Whisky und beobachtete den Anlegeplatz im Hafen, wo gerade das Fährschiff nach Livorno auslief.

Schon seit zwei Stunden saß er hier und hatte sein Glas so oft nachfüllen lassen, daß der Wirt schließlich die Flasche und einen großen Teller mit schwarzen Oliven vor ihn hinstellte.

Auf der gegenüberliegenden Straßenseite saß ein kleiner Junge auf dem Bordstein und beobachtete aufmerksam, wie der Mann die Oliven mit Whisky hinunterspülte.

Noch war es ruhig, die Touristensaison hatte noch nicht begonnen, und der Fremde war das einzige, was die Aufmerksamkeit des Kindes erregte. Der Mann machte es neugierig. Er wirkte ruhig und irgendwie einsam, wie er so teilnahmslos dasaß, ohne den spärlichen Verkehr zu beachten. Er schien sich nur auf den Hafen und das wartende Fährschiff zu konzentrieren. Nur gelegentlich warf er dem Jungen einen Blick zu, die Augen in dem kantigen Gesicht waren ausdruckslos. Über einer Braue hatte er eine senkrechte Narbe und eine zweite auf dem Kinn. Doch es waren die Augen, die das Interesse des Jungen erweckten. Sie lagen tief in den Höhlen, standen weit auseinander und wurden von schweren Lidern bedeckt, Der Fremde kniff sie zusammen, als wollte er sie vor Zigarettenrauch schützen, obwohl er nicht rauchte.

Der Junge hatte zwar gehört, daß der Mann fließend Französisch sprach, als er seine Bestellung aufgab, nahm jedoch an, daß er kein Franzose war. Seine Kleidung, eine dunkelblaue Kordsamthose und Baumwolljacke über einem schwarzen Rollkragenpullover, sah teuer, aber abgenutzt aus, ebenso die lederne Aktentasche zu seinen Füßen. Der Junge hatte im allgemeinen einen guten Blick für die Vermögensverhältnisse der Touristen, aber dieser Mann verwirrte ihn.

Der Fremde warf einen Blick auf seine Armbanduhr und goß den letzten Rest Whisky in sein Glas. Er stürzte ihn rasch hinunter, ergriff seine Aktentasche und überquerte die Straße.

Der Junge saß noch immer am Straßenrand und beobachtete, wie der Fremde näher kam. Der Körper war wie das Gesicht – kantig – und erst als der Mann schon fast vor ihm stand, merkte der Junge, daß er auch sehr groß war – weit über einsachtzig. Der Gang war trotz des massigen Körpers leicht und doch irgendwie merkwürdig – die Außenkanten der Füße berührten zuerst den Boden und rollten dann nach innen ab.

Der Fremde blickte hinunter, als er vorbeiging, und der Junge drehte sich um und stellte fest, daß er trotz des reichlich genossenen Whiskys sicher und ruhig ging. Der Junge sprang auf, lief über die Straße und holte sich das halbe Dutzend Oliven, das auf dem Teller zurückgeblieben war.

Dreißig Minuten später beobachtete er, wie das Fährschiff den Hafen verließ. Es waren nur wenige Passagiere an Bord, und der Junge erkannte den Whiskytrinker, der allein an der Reling stand. Das Schiff gewann rasch an Fahrt, und der Junge winkte gewohnheitsmäßig zum Abschied. Die Entfernung war zu groß, als daß er die Augen des Fremden sehen konnte, doch er fühlte, daß sie auf ihn gerichtet waren, dann bemerkte er, wie die Hand sich vom Geländer zu einem kurzen, bestätigenden Gruß hob.

In Palermo war es noch wärmer, und in der von einer Mauer umgebenen Villa am Fuße der Berge außerhalb der Stadt waren die Fenster und Läden geöffnet und ließen die milde südliche Brise in das Arbeitszimmer im ersten Stock eindringen. Dort fand eine geschäftliche Besprechung statt: Drei Männer waren anwesend, einer saß hinter einem großen, polierten Schreibtisch, die beiden anderen hatten in den gepolsterten Sesseln davor Platz genommen. Der leichte Windzug vertrieb den Zigarettenrauch. Die Routineangelegenheiten waren bereits besprochen. Der Mann hinter dem Schreibtisch hatte zugehört, als die beiden anderen ihre Berichte über eine Kette von Unternehmen zwischen den Alpen im Norden und der Südspitze von Sizilien erstatteten. Gelegentlich unterbrach er sie kurz, um auf einen Punkt genauer einzugehen oder ihn klarzustellen, doch zumeist hörte er nur zu. Dann erteilte er eine Reihe präziser Anweisungen, und die beiden anderen nickten unmerklich. Niemand notierte irgend etwas.

Nachdem die üblichen Geschäftsangelegenheiten besprochen waren, unterhielten sie sich über die Situation in Südkalabrien. Vor einigen Jahren hatte die Regierung beschlossen, in diesem Notstandsgebiet ein Stahlwerk zu errichten. Der Mann hinter dem Schreibtisch hatte inoffiziell mit der Regierung zusammengearbeitet. Tausend Morgen Land waren von verschiedenen Grundbesitzern aufgekauft worden. Solche Geschäfte erforderten lange, zähe Verhandlungen, und inzwischen hatten die Regierungsmitglieder gewechselt. Minister waren gekommen und auch wieder gegangen, und die Kommunistische Partei stellte in Frage, ob das Projekt überhaupt durchführbar war. Der Mann hinter dem Schreibtisch war verärgert. Geschäftsleute beschwerten sich überall berechtigterweise über vage Regierungsbeschlüsse, und noch immer standen große Geldbeträge auf dem Spiel. Das Unternehmen hätte einer sehr viel strengeren Kontrolle bedurft.

Die beiden Männer beendeten ihre Ausführungen und warteten auf eine Entscheidung ihres Vorgesetzten.

Er saß auf einem flachen Kissen, um in dem Stuhl mit der hohen Rückenlehne größer zu erscheinen – er war kaum ein Meter fünfzig groß. Obwohl er über sechzig Jahre alt war, war sein Gesicht noch glatt, ein wenig füllig. Seine plumpen Hände lagen bewegungslos auf dem Tisch. Er trug einen dunkelblauen, eleganten dreiteiligen Anzug, der seinen Bauchansatz geschickt verbarg. Die wulstigen Lippen waren nachdenklich gespitzt. Der Geschäftsmann wirkte aalglatt.

Er hatte seinen Entschluß gefaßt. »Wir werden uns zurückziehen. Ich sehe noch weitere Probleme auf uns zukommen. Don Mommo wird die volle Verantwortung übernehmen müssen.«

Die beiden Männer nickten. Die Besprechung war zu Ende, sie erhoben sich und gingen zur Bar. Der kleine Mann schenkte drei Gläser Chivas Regal ein.

»Salute«, sagte der kleine Mann.

»Salute, Don Cantarella«, antworteten die beiden unisono.

ERSTES BUCH

1

Sie blickte durch die Balkontür über den See hinweg. Die Lichter des Hotels Villa d'Este am anderen Ufer spiegelten sich im glatten Wasser.

Sie war eine Frau von klassischer neapolitanischer Schönheit, doch um den Mund lag ein gewisser Zug, der Gereiztheit verriet. Die Lippen waren voll. Dichtes, ebenholzschwarzes Haar, das in einer weichen Welle auf die Schultern fiel, umrahmte das Gesicht mit den hohen Backenknochen, den großen schräggestellten Augen und der hohen gewölbten Stirn. Ein kleines Grübchen betonte das Kinn.

Ein schlichtes, in der Taille gerafftes Kleid brachte die geschmeidige Figur, die vollen Brüste und die langen Beine der schönen Frau zur Geltung. Der in verschiedenen Blautönen gemusterte Seidenstoff verlieh ihrer zarten Haut einen sanften, samtenen Schimmer.

Die Schönheit der Dame kontrollierte ihren Verstand. Von frühester Jugend an hatte diese Schönheit ihren außergewöhnlichen Lebensweg gekennzeichnet und bestimmt und einen Panzer um sie gebildet. Sie bildete ihre Waffe, die sie vor Unannehmlichkeiten und Demütigungen schützte. Sie war zwar nicht dumm, aber ihr bemerkenswertes Äußeres hatte verhindert, daß ihr an sich wacher Verstand sich voll entfaltete, und sie nahm nur das strahlende Licht wahr, das ihre blendende Erscheinung warf. Die Schattenseiten kannte sie nicht.

Solche Frauen müssen egozentrisch sein. Alle Augen beobachteten sie, alle Ohren belauschten sie. Wenn der Charakter stark genug ist, die Vergänglichkeit der Schönheit zu verkraften, tritt eine unabhängige Persönlichkeit zutage, aber eine solche Entwicklung ist sehr selten. Meist ruft die schwindende Schönheit Zorn auf die Natur hervor, die sich nun wieder nimmt, was sie einst in reichem Maß verschenkt hat.

Die Tür hinter ihr ging auf, und sie wandte sich um, als das Mädchen ins Zimmer trat. Die beiden mußten Mutter und Tochter sein, das Kind wirkte wie eine noch nicht ganz entwickelte Doppelgängerin der Frau, es bewegte sich aber noch schlaksig und ungestüm. Das blasse, lebhafte Gesicht wirkte noch unerfahren und offen in seiner Unschuld. Es gab kein Anzeichen für Ungeduld, obwohl der Mund des Kindes im Augenblick zusammengepreßt und seine Augen zornig waren.

»Ich hasse sie, Mama! Ich hasse sie!«

»Warum?«

»Ich habe die Algebraaufgabe gemacht. So gut ich nur konnte, aber sie ist nie zufrieden. Jetzt sagt sie, ich muß morgen wieder eine ganze Stunde lang Algebra üben.«

Die Mutter küßte das Kind. »Pinta, du mußt dich mehr anstrengen, sonst wirst du, wenn du wieder in die Schule gehst, die Schlechteste sein.«

Das Kind sah ungeduldig zu ihr auf. »Wann, Mama? Wann gehe ich wieder in die Schule? Ich kann die Gouvernante nicht leiden!« Die Frau ließ die Kleine los, wandte sich um und blickte wieder über den See.

»Bald, Pinta. Dein Vater kommt heute abend zurück, und ich werde mit ihm darüber sprechen. Hab Geduld, *Cara*, es wird nicht mehr lange dauern.« Sie drehte sich lächelnd um. »Aber du wirst auch in der Schule Algebra lernen müssen.«

»Dort macht es mir nichts aus«, lachte das Mädchen. »In der Schule müssen die Lehrer vielen Mädchen Fragen stellen, aber bei einer Gouvernante muß immer nur ich alles beantworten. Es macht keinen Spaß, Mama. Bitte, laß mich bald in die Schule gehen!«

Sie hob die Arme und umarmte ihre Mutter.

»Es wird bald soweit sein«, antwortete die Frau. »Ich verspreche es dir.«

Ettore Balletto fuhr mit gemischten Gefühlen von Mailand nach Como. Obwohl er nur eine Woche von zu Hause weggewesen war, fehlten ihm Rika und Pinta, aber die Heimkehr würde stürmisch werden. Entschlüsse mußten gefaßt werden, und Rika würden sie nicht gefallen, und für sie waren Widerwille und Akzeptieren unvereinbar. Ettore fuhr mit dem großen Lancia schnell durch den abendlichen Verkehr und achtete nur wie nebenbei auf den Verkehr.

In dreizehn Ehejahren hatte er gelernt, die Schwierigkeiten nicht zu unterschätzen. Er dachte über diese Jahre nach und fragte sich, ob er irgend etwas bereute; aber auf diese Frage gab es keine Antwort. Seit er mit Rika verheiratet war, war er von ihr abhängig, nie von der Droge entwöhnt und daher unfähig, sich der Wirkung zu entziehen.

Er betrachtete sich nicht als Schwächling, und das taten auch seine Freunde nicht. Die Lage, in der er sich befand, war ganz einfach: Er hatte eine schöne, eigenwillige und egozentrische Frau und wußte, daß sie sich niemals ändern würde, deshalb blieb ihm nichts anderes übrig, als sie entweder zu akzeptieren oder sie zu verlassen. Er hatte längst herausgefunden, daß es nur diese zwei Möglichkeiten für ihn gab. Er konnte sich mit den Launen seiner Frau abfinden, verlassen konnte er sie nicht. Er war nicht imstande, ins kalte Wasser zu springen und einen Bruch herbeizuführen.

In der ersten Zeit nach ihrer Heirat war die körperliche Liebe so wichtig für ihn gewesen, daß für das geistige Einverständnis nicht mehr viel Zeit blieb. Jetzt war es das Bewußtsein des Besitzes, das ihn hielt. Der ausgeprägte Besitzerstolz und der Neid und die Achtung, die sich in den Gesichtern der Männer widerspiegelten, die Rika bewunderten, ließen ihm die Eigenarten seiner Frau unwiderstehlich erscheinen. Er war ein Süchtiger, der sich der Droge gar nicht entziehen wollte, und er war zufrieden.

Der Lancia bog nach rechts ab, als sich die Straße am See gabelte, und Ettore mußte an seine Tochter Pinta denken. Er liebte seine Tochter zwar, doch war dieses Gefühl nicht überschäumend. Im Spektrum seiner Gefühle gehörten die kräftigen Farben Rika. Er betrachtete Pinta nicht als eigene Persönlichkeit, sondern als Teil ihrer Mutter.

Ein Kind konnte bewirken, daß ein Vater seine Gefühle verteilt, es konnte sogar um seine Zuneigung kämpfen, doch Ettore liebte Pinta nur als Schatten seiner Frau.

Die drei saßen beim Abendessen an dem großen Mahagonitisch, Ettore und Rika einander gegenüber und Pinta zwischen ihnen. Das Dienstmädchen servierte. Es war eine konventionelle, förmliche Mahlzeit, bei der die in anderen Familien übliche Geborgenheit fehlte, weil für Rika jede Mahlzeit eine Art Zeremonie darstellte, nur auf diese Weise konnte sie verhindern, daß die Spannungen zwischen ihnen in eine Konfrontation ausarteten.

Rika hatte ihren Mann liebevoll begrüßt, ihm einen großen Martini gemixt und sich mit gebührendem Interesse seinen Bericht über die Reise nach Rom angehört, und als Pinta nicht im Zimmer war, hatte sie mit ihm darüber gesprochen, daß das Mädchen unglücklich war und sie etwas dagegen unternehmen mußten.

Er hatte heftig genickt und gesagt: »Wir werden nach dem Essen darüber sprechen, wenn Pinta zu Bett gegangen ist. Ich habe schon einen Entschluß gefaßt.«

Rika wußte also schon, daß eine Diskussion unvermeidlich war, und legte sich während des Abendessens ihre Taktik zurecht, Pinta spürte die knisternde Atmosphäre und kannte auch deren Ursache, deshalb war sie während des Essens sehr schweigsam. Gleich nach dem Dessert sprang sie auf, küßte ihre Eltern und entschuldigte sich.

»Wegen der vielen Rechenübungen, die ich heute nachmittag machen mußte, habe ich jetzt Kopfschmerzen«, bemerkte sie spitz, »ich gehe schlafen.«

Als sie fort war, herrschte im Raum Stille, die Rika schließlich brach.

»Sie mag ihre Gouvernante nicht.«

Ettore zuckte mit den Schultern.

»Ich kann es ihr nicht verdenken. Außerdem fühlt sie sich ohne ihre Schulfreundinnen einsam.«

Er stand auf, ging zur Bar und schenkte sich einen Kognak ein und trank ihn in kleinen Schlucken, während das Dienstmädchen den Tisch abräumte. Als es die Tür hinter sich geschlossen hatte, sagte er: »Rika, wir müssen vernünftig über ein paar Dinge sprechen: Pinta sollte wieder eine Schule besuchen, und außerdem mußt du deine Extravaganzen einschränken.«

Rika lächelte ihn frostig an.

»Meine Extravaganzen?«

»Du weißt, was ich meine. Wenn du etwas haben willst, ist es dir gleichgültig, was es kostet.« Er zeigte auf ein Bild an der Wand. »Während ich vorigen Monat weg war, hast du das gekauft – für neun Millionen Lire.«

»Aber es ist ein echter Klee«, antwortete sie, »und es war ein Gelegenheitskauf. Gefällt es dir etwa nicht?«

Er schüttelte nervös den Kopf.

»Darum geht es nicht. Wir können uns so etwas einfach nicht leisten. Du weißt, daß meine Geschäfte nicht gut gehen. Tatsächlich sieht unsere Lage ziemlich düster aus. Wir haben große Verluste durch die Regierungskrise erlitten, und außerdem wird die Konkurrenz aus dem Fernen Osten immer stärker. Die Bilanz sieht in diesem Jahr sehr schlecht aus, und ich mußte bei der Bank einen hohen Kredit aufnehmen.«

»Wie hoch?«

Er warf ihr einen vielsagenden Blick zu. »Vierhundert Millionen Lire.«

Rika zuckte mit den Schultern.

»Mein Vater pflegte immer zu sagen: ›Der Wert eines Mannes kann nach der Summe beurteilt werden, die er besitzt oder die er schuldig ist. Nur auf die Höhe des Betrages kommt es an.‹« Ettore wurde zornig.

»Dein Vater hat in einer anderen Welt gelebt. Und wenn ihn nicht der Schlag getroffen hätte, als er mit den beiden minderjährigen *putas* im Bett lag, hätte er den schlimmsten Bankrott verursacht, den es in diesem Land je gegeben hat.«

Rika lächelte spöttisch.

»Ach, Papa konnte immer den richtigen Zeitpunkt genau berechnen, und er hatte so viel Stil. Etwas, was dir trotz deiner tadellosen Erziehung fehlt.«

Ettore gewann seine Selbstbeherrschung zurück.

»Du mußt dich der Wirklichkeit stellen, Rika. Du kannst nicht weiterhin gedankenlos Geld zum Fenster hinauswerfen. Wenn ich nicht im Lauf des nächsten Monats mit den Banken einig werde, könnte ich in große Schwierigkeiten geraten.«

Rika dachte eine Weile ruhig nach, dann fragte sie: »Was wirst du also unternehmen?«

Er antwortete ihr sehr genau und bemühte sich, ihr die Lage deutlich zu machen.

»Das Problem hat zwei Seiten. Erstens verlieren wir unser Monopol für gewirkte Seide. Die Chinesen in Hongkong haben das Fabrikationsverfahren schon perfektioniert und können das Garn noch dazu um zwanzig Prozent billiger einkaufen als ich. Ich werde also bis Ende des Jahres den Markt für gewirkte Seidenstoffe verloren haben. Wir müssen uns behaupten, indem wir sowohl die Produktionspalette als auch die Vielfalt der Muster erweitern. Wir müssen uns spezialisieren, Haute Couture und Stil anbieten, und den Chinesen den billigen Teil des Marktes überlassen.«

Rika hatte aufmerksam zugehört und warf nun ein: »Was hindert dich also daran, dein Vorhaben durchzuführen?«

»Maschinen«, antwortete er. »Unsere Wirkmaschinen sind zwanzig Jahre alt. Sie arbeiten sehr langsam und sind nur für einfache Stoffe geeignet. Wir müßten unser Unternehmen umrüsten, aber jede neue Maschine kostet dreißig Millionen Lire.«

»Und die Bank will dir bei der Finanzierung nicht helfen?« fragte sie.

Er wandte sich wieder der Bar zu und schenkte sich noch einen Kognak ein, bevor er antwortete.

»Damit kommen wir zum zweiten Problem. Auf der Fabrik liegen schon hohe Hypotheken, ebenso auf diesem Haus und der Wohnung in Rom. Ich brauche also einen neuen Kredit, um die Maschinen zu kaufen, und irgend jemand muß dafür bürgen; ich bin gerade dabei, jemanden zu finden.«

»Hast du schon mit Vico gesprochen?« Er unterdrückte seinen Ärger.

»Natürlich habe ich mit Vico gesprochen. Wir treffen uns nächsten Woche wieder zum Mittagessen, um uns darüber zu unterhalten. *Cara*, ich verlange nur, daß du dir unsere Probleme vor Augen hältst und nicht gedankenlos Geld ausgibst.«

»Ich soll meinen Lebensstil total ändern«, fragte sie, »nur weil du mit ein paar kleinen Chinesen nicht fertig wirst?« Ihr Lächeln erschien wieder, war jedoch nicht mehr spöttisch. »Ettore, bring mir bitte einen Kognak.«

Er schenkte den Drink ein und ging zu ihr, um das Glas vor sie auf den Tisch zu stellen. Rika war vollkommen ruhig, als Ettores Hand ihren Nacken berührte. Sie hob ihre Hand und bedeckte die seine, drückte seine Finger und lehnte den Kopf zurück an seine Brust; sie bewegte ihn hin und her, so daß ihr Haar Ettores Gesicht streifte. Sie stand auf, drehte sich um, küßte seine Augen und seinen Mund und flüsterte:

»*Caro*, mach dir keine Sorgen. Ich bin sicher, daß Vico Rat weiß.«

Im Bett küßte sie wieder seine Augen, nahm ihn in sich auf und beruhigte seinen Körper und für eine Weile auch seinen Geist.

Später lehnte Ettore sich in dem alten, reich geschnitzten Himmelbett an das Kissen. Rika hatte das Bett nackt verlassen und war hinuntergegangen, um Kognak und Zigaretten zu holen. Ihm fiel ein, daß sie ihn nur nach dem Liebesakt so verwöhnte. Sie leitete ihn immer, wenn sie sich liebten. Sie lenkte und führte, blieb aber fraulich – wie eine vollkommene Tänzerin, die einen weniger geübten Partner führt. Hinterher war er nie richtig erschöpft, sondern er fühlte sich geschwächt wie eine übermäßig strapazierte Geige, deren Saiten die Spannung verloren hatten.

Rika betrat das Schlafzimmer mit einem gefüllten Kognakschwenker und Zigaretten in den Händen. Sie reichte Ettore das Glas und blieb neben dem Bett stehen, während sie zwei Zigaretten anzündete – sie erinnerte an eine langstielige Rose, deren Dornen alle vorhanden waren, und sie duftete nach dem Liebesakt erregend. Ettore mußte seine Gedanken mit Gewalt in die Wirklichkeit zurückzwingen.

»Pinta«, sagte er entschieden. »Sie muß wieder in die Schule gehen. Die Gouvernante ist nichts für sie. Pinta ist schon elf Jahre alt und verliert den Anschluß.«

Rika schlüpfte wieder ins Bett und reichte ihm eine angezündete Zigarette.

»Ich bin deiner Ansicht«, meinte sie zu seiner Überraschung. »Ich habe erst gestern mit Gina darüber gesprochen. Sie schicken Aldo und Marielle in die Schweiz. Es ist eine sehr gute Schule – nicht weit von Genf, und die Unterrichtssprache ist Italienisch. Es gibt dort viele italienische Kinder.«

Ettore richtete sich auf.

»Aber Rika, das hat doch keinen Sinn. Wenn Pinta von zu Hause fort ist, wird sie noch unglücklicher sein, und du weißt, was ein solches Internat kostet. Vico ist ein erfolgreicher Rechtsanwalt und verdient ein Vermögen, viel davon im Ausland. Außerdem sind er und Gina oft in Genf. Es ist für sie beinahe ein zweites Zuhause.«

Rika schob die Kissen hinter ihrem Rücken zurecht und brachte die Diskussion, von der sie wußte, daß sie schwierig werden würde, in Gang.

»Ettore, ich habe es mir genau überlegt. Wir verkaufen die Wohnung in Rom, die Immobilienpreise sind in letzter Zeit sehr gestiegen, und Rom ist ohnehin langweilig geworden. Wir werden mit dem Geld eine Wohnung in Genf kaufen. Mit dem Flugzeug bist du von Mailand aus ebenso schnell in Genf wie hier, wenn du mit dem Wagen kommst.«

Er seufzte, doch sie fuhr fort:

»Außerdem langweile ich mich hier im Winter sehr, und du bist so oft auf Reisen oder bleibst über Nacht in Mailand. Ich könnte die meiste Zeit in Genf verbringen, die Wochenenden mit Pinta zusammensein, und du könntest an den Wochenenden ebenfalls hinüberfliegen.«

Ihre Stimme war bei den letzten Worten höher und drängender geworden.

Ettore erwiderte ungeduldig: »Cara, ich habe dir doch eben gesagt, daß die Wohnung in Rom mit einer hohen Hypothek belastet ist. Wenn ich sie verkaufe, geht der ganze Erlös an die Bank, und ich werde das Geld natürlich nicht noch einmal bekommen, besonders dann nicht, wenn ich dafür Besitz im Ausland kaufen will. Noch dazu ist Genf die teuerste Stadt der Welt. Dort sind die Immobilienpreise doppelt so hoch wie in Rom. Sogar wenn ich deinen Wunsch erfüllen könnte, käme nur eine sehr kleine Wohnung in Frage, mit der gerade du dich nie begnügen würdest. Nicht einmal für ein Wochenende.«

Eine lange, frostige Stille folgte, während Rika den Schock verarbeitete. Schließlich streckte sie sich aus, zog die Bettdecke bis ans Kinn und erklärte. »Du wirst dir etwas einfallen lassen müssen. Es geht schließlich um das Wohlergehen meines Kindes. Ich werde nicht zulassen, daß Pinta einer Gefahr ausgesetzt wird. Denk nur daran, was mit dem kleinen Macchetti geschehen ist. Er wurde direkt vor der Schule entführt.« Rika sprach immer lauter. »Unmittelbar vor dem Schulgebäude – am hellichten Tag. In Mailand! Denkst du denn gar nicht an deine Tochter? Du mußt eine Möglichkeit finden.«

Ettore antwortete geduldig.

»Rika, wir haben schon öfter darüber gesprochen. Die Macchettis sind eine der reichsten Familien von Mailand. Niemand wird Pinta entführen. Gott weiß, wir sind nicht reich – und das wissen auch die Leute, die solche Entführungen planen.«

Sein Ton war bitter. Er wußte, daß sich seine Finanzprobleme in der Stadt allmählich herumsprachen.

Rika ließ sich jedoch nicht beirren.

»Woher sollten diese Leute so etwas erfahren? Wir leben ebenso gut wie die Macchettis oder vielleicht sogar noch besser. Sie sind eine knauserige Familie, die ihr Geld hortet. Und was haben sie davon?«

Ettore gab nicht nach.

»Du verstehst mich nicht, Rika. Die Verbrecher, die diese Entführungen planen, sind keine Amateure. Sie haben eine gute Organisation und sind echte Profis. Sie besitzen eigene Informationsquellen und vergeuden keine Zeit damit, Kinder zu entführen, deren Eltern praktisch bankrott sind.«

»Was ist dann mit dem Venucci-Kind?«

Da hatte sie recht. Der achtjährige Valerio Venucci war vor sechs Monaten entführt worden. Signor Venucci war Bauunternehmer, und seine Geschäfte gingen im Moment nicht sehr gut. Der Junge war zwei Monate lang festgehalten worden, während die Entführer ihre Forderungen von einer Milliarde auf zweihundert Millionen Lire verringert hatten, die die Familie schließlich zusammenkratzen konnte.

»Das war etwas anderes«, widersprach er. »Diese Sache wurde von Außenseitern inszeniert, von Franzosen aus Marseille. Sie wußten nicht genug über die Familie Venucci, und außerdem waren es Dummköpfe. Man hat sie zwei Wochen nach der Lösegeld-Übergabe geschnappt.«

»Vielleicht hast du recht«, gab Rika zu, »aber der junge Venucci hat einen Finger verloren und ist seit dieser Sache geistig verwirrt. Willst du, daß es Pinta genauso geht? Ist sie dir nicht mehr wert?«

Es war schwer, Gegenargumente zu finden, und Ettore spürte, wie er wieder in Zorn geriet. Er wandte sich zu Rika. Das Laken war ihr bis zur Taille herabgeglitten, und obwohl sie auf dem Rücken lag, waren ihre Brüste hoch und fest und hatten die gleiche Form wie sonst.

Sie bemerkte seinen Blick und drehte sich von ihm weg.

»Jedenfalls«, erklärte sie entschieden, »werde ich meine Tochter nicht in Mailand zur Schule gehen lassen, wenn sie nicht einen entsprechenden Schutz hat.«

»Wovon sprichst du?« fragte er. »Was für einen Schutz?«

»Einen Leibwächter.«

»Einen was?« Er drehte sie zu sich herum.

»Einen Leibwächter.« Rika war fest entschlossen. »Jemand, der bei ihr ist und sie beschützt – vielleicht vor Franzosen«, fügte sie sarkastisch hinzu.

Ettore schlug die Hände vors Gesicht. Dieses Gespräch hatte wirklich eine ungewöhnliche Wende genommen.

»Rika, du bist unlogisch! Ein Leibwächter kostet ein Vermögen und würde erst recht die Aufmerksamkeit auf Pinta lenken. In Italien gehen Tausende von Kindern zur Schule, deren Eltern reicher sind als wir, und sie haben keine Leibwächter.«

»Das ist mir gleichgültig«, erklärte Rika entschlossen. »Das sind ja nicht meine Kinder. Kümmern dich denn nur die Kosten? Legst du einen Preis für Pintas Sicherheit fest?«

Ettore versuchte seine Gedanken zu ordnen und eine Reihe von Gegenargumenten zu finden, die sie überzeugen würden. Hier ging es um etwas, das er nicht verstand. Er erwiderte ruhig und vernünftig:

»Rika, wir haben soeben über unsere finanzielle Situation gesprochen. Unsere Lage ist wirklich sehr schlecht. Wie soll ich mir etwas leisten, was schließlich wieder eine unnötige Verschwendung wäre?«

Rika funkelte ihn wütend an.

»Für Pintas Sicherheit zu sorgen ist keine Verschwendung, auch ein Bild an der Wand und eine Dinnerparty oder ein neues Kleid sind keine Extravaganzen. Außerdem haben die Arredos und die Carolines – sogar die Turellas – Leibwächter für ihre Kinder angestellt.«

Jetzt hatte Rika es endlich ausgesprochen, sie sorgte sich weniger um Pintas Sicherheit als um das gesellschaftliche Ansehen. Sie konnte nicht mit dem Bewußtsein leben, daß man annehmen könnte, sie und Ettore wären nicht imstande oder nicht willens, mit ihren Freunden oder Bekannten gleichzuziehen. Ettore fragte sich, wie viele andere italienische Industrielle durch den gleichen lächerlichen Dünkel in die Knie gezwungen worden waren.

Sie funkelte ihn immer noch an, und er wußte, daß sie die Grenzen der Verständigungsmöglichkeit erreicht hatten.

»Wir werden später darüber sprechen.«

Sie entspannte sich sofort.

»*Caro*, ich weiß, daß du Geldsorgen hast. Aber alles wird in Ordnung kommen, und ich denke nur an Pinta.«

Er nickte und schloß die Augen.

»Wirst du mit Vico sprechen?« fuhr sie fort. »Er ist über diese Dinge auf dem laufenden, er hat so viele Mandanten, denen er Ratschläge gibt.«

Ettore öffnete die Augen und fragte scharf: »Hast du unser Problem ihm gegenüber erwähnt?«

»Nein, *caro*, aber gestern beim Mittagessen hat mir Gina erzählt, daß Vico die Arredos berät. Er hat so gute Verbindungen. Gina und Vico sind unsere besten Freunde. Ettore, und du erklärst mir immer, daß er ein so guter Anwalt ist.«

Ettore dachte darüber nach. Vielleicht war das ein Ausweg. Wenn Vico ihr verständlich machte, daß ihre Idee verrückt war, würde sie vielleicht auf ihn hören.

Er löschte die Lampe. Rika schmiegte sich mit dem Rücken an ihn, ihr warmer Po schob sich näher.

»Du wirst doch mit Vico sprechen, *caro*?«

»Ja, ich werde mit Vico sprechen.«

Sie kuschelte sich noch dichter an ihn, glücklich über ihren Sieg und befriedigt über ihre Schlauheit. Sie hatte ihn mit ihrem Gerede von Genf abgelenkt und seine Verteidigung untergraben. Wer würde denn unter diesen kalten Schweizern leben wollen?

Sie drehte sich um und langte mit der Hand nach unten, aber Ettore war schon eingeschlafen, ober- und unterhalb der Taille.

2

Guido Arellio betrat leise die Terrasse der Pensione Splendido. Im Morgengrauen konnte er vage die massige Gestalt des Mannes sehen, der auf dem Stuhl saß. Die Sonne war hinter den Hügeln aufgegangen, doch hier in der Bucht würde es noch ein paar Minuten dauern, bis das Licht kräftig genug war, um alles deutlich erkennen zu lassen, und Guido wollte diesen Mann deutlich sehen.

Pietro hatte ihn knapp nach Mitternacht im Haus seiner Mutter in Positano angerufen und ihm erzählt, daß ein Fremder angekommen war – ein Mann namens Creasy.

Guido beobachtete, wie sich die Züge des Mannes deutlicher abzeichneten. Fünf Jahre, dachte er, und er hatte sich verändert. Vor einem Jahr hatte ein Durchreisender, dessen Namen er vergessen hatte, erzählt, daß es mit Creasy bergab ging und daß er trank. Auf dem Tisch stand eine leere Flasche.

Creasy saß zusammengesunken auf dem Stuhl, sein Körper war schlaff, schläfrig, aber er war wach. Die Augen mit den schweren Lidern in dem kantigen Gesicht blickten den Hügel hinunter, während das Licht die Terrassenhäuser in klar umrissene Formen verwandelte. Dann wandte er sich um, und Guido trat aus dem Schatten.

»*Ça va*, Creasy?«

»*Ça va*, Guido.«

Creasy richtete sich auf, streckte die Arme aus, die beiden Männer umarmten sich, legten Wange an Wange und hielten einander lang umschlungen.

»Kaffee?« bot Guido an, und Creasy nickte, noch bevor er den kleineren, jüngeren Mann losließ, hielt ihn auf Armlänge fest und musterte sein Gesicht. Dann ließ er die Hände sinken und setzte sich.

Guido ging zutiefst verwirrt in die Küche. Creasy hatte sich wirklich gehenlassen, und das zeigte, daß etwas mit ihm nicht in Ordnung war, denn er war ein Mann, der sich immer gut gehalten hatte, immer seinen Körper und sein Äußeres gepflegt hatte. Sie hatten einander kurz nach Julias Tod das letzte Mal getroffen.

Die Erinnerung daran verstärkte Guidos Verwirrung. Aber damals war es Creasy gutgegangen, er hatte kaum älter ausgesehen als bei ihrem ersten Zusammentreffen. Während das Wasser kochte, rechnete Guido nach; das mußte jetzt dreiundzwanzig Jahre her sein, und Creasy hatte immer gleich ausgesehen – man hätte ihn immer auf Anfang Vierzig geschätzt. Guido rechnete wieder. Creasy mußte jetzt bald fünfzig sein, und er sah auch danach aus – man würde ihm eher noch ein paar Jahre mehr geben. Was war in diesen fünf Jahren geschehen?

Das letzte Mal war Creasy zwei Wochen geblieben, schweigend wie gewöhnlich, doch seine stille Anwesenheit hatte Guido Kraft gegeben, wenn er sie gebraucht hatte, sie hatte in eine zerrissene Kette wieder ein Glied eingefügt.

Als er auf die Terrasse zurückkam, stand die Sonne über den Hügeln, und Neapel begann zu erwachen, der Verkehrslärm war gedämpft, aber deutlich zu hören. Ein Kriegsschiff lag in der Bucht vor Anker, und dahinter sah man das Heck eines großen

Passagierdampfers. Guido schenkte den Kaffee ein, und die beiden Männer tranken ruhig und betrachteten die Aussicht.

Creasy unterbrach die Stille.

»Habe ich dich bei etwas gestört?«

Guido lächelte gequält.

»Meine Mutter hat eine ihrer mysteriösen, in regelmäßigen Abständen ausbrechenden Krankheiten.«

»Du hättest bei ihr bleiben sollen.«

Guido schüttelte den Kopf.

»Elio wird heute vormittag aus Mailand eintreffen. Sie bekommt diese Anfälle, wenn sie das Gefühl hat, daß wir uns nicht genug um sie kümmern. Für mich ist es nicht so schlimm, die Fahrt dauert nur vierzig Minuten, aber für Elio ist es ziemlich unangenehm.«

»Wie geht es ihm?«

»Gut. Voriges Jahr ist er Teilhaber der Firma geworden, und er hat noch ein Kind bekommen, einen Sohn.«

Wieder schwiegen sie mehrere Minuten lang. Ein ungezwungenes Schweigen, wie es nur zwischen guten Freunden möglich ist, die sich ohne Worte verstehen. Der Passagierdampfer war schon fast hinter dem Horizont verschwunden, als Guido sprach.

»Du siehst müde aus. Komm – ich werde ein Bett für dich richten.«

Creasy erhob sich.

»Was ist mit dir? Du hast die ganze Nacht nicht geschlafen.«

»Ich werde mich nach dem Mittagessen auf ein Nickerchen hinlegen. Wie lang kannst du bleiben?«

Creasy zuckte die Schultern. »Ich habe keine Pläne, Guido. Im Moment gibt es nichts zu erledigen. Ich wollte nur sehen, wie es dir geht.«

Guido nickte. »Das ist gut. Die Zeit war zu lang. Hast du gearbeitet?«

»Seit sechs Monaten nicht mehr. Ich komme gerade aus Korsika.«

Sie waren zur Tür gegangen, doch bei dieser Bemerkung blieb Guido stehen und sah Creasy fragend an.

Creasy zuckte wieder die Schultern.

»Frag mich nicht, warum ich dort war. Ich bin nicht einmal mit jemandem zusammengetroffen. Ich war nur in Marseille und bestieg einer plötzlichen Eingebung folgend das Fährschiff.«

Guido lächelte. »Du hast etwas auf eine plötzliche Eingebung hin getan?«

Das Lächeln wurde müde und schwach erwidert. »Wir werden heute abend darüber sprechen. Wo steht dieses Bett?«

Guido saß am Küchentisch und wartete darauf, daß Pietro vom Markt zurückkam. Die Pension hatte nur sechs Zimmer, war aber voll besetzt, und viele Einheimische kamen zum Mittag- oder Abendessen. Julia hatte den Restaurantbetrieb angefangen und sich rasch den Ruf erworben, daß sie einfaches, schmackhaftes Essen kochte. Ihr Kaninchen-Stew nach Malteser Art war im Bezirk berühmt gewesen, und bald hatte sie auch gelernt, italienische Gerichte zuzubereiten. Nach ihrem Tod hatte Guido das Restaurant weitergeführt und zu seiner Überraschung festgestellt, daß auch er eine Begabung für das Kochen besaß. Die Stammkunden waren geblieben, zuerst vielleicht aus Mitgefühl, aber später wegen der Qualität seiner Küche.

Guido fragte sich, was Creasy zugestoßen war. Es war nie leicht gewesen, ihn zu verstehen, doch Guido kannte ihn besser als jeder andere. Er bezweifelte, daß eine Frau der Grund für seine Verfassung sein konnte. In all den Jahren hatte es nie eine Frau gegeben, die für Creasy mehr als ein kurzes Abenteuer gewesen wäre. Selbst vor zwanzig Jahren, als Creasy in Algerien mit einer französischen Krankenschwester zusammengelebt hatte. Guido hatte sie für etwas Besonderes gehalten, aber nach drei Monaten hatte sie Creasy verlassen.

»Es ist so, als würde man eine Tür mit dem falschen Schlüssel aufsperren wollen«, hatte das Mädchen Guido gegenüber bemerkt. »Man kann ihn ins Schlüsselloch stecken, aber er läßt sich nicht drehen.«

Guido hatte den Ausspruch Creasy überbracht, der darauf nur antwortete: »Vielleicht ist das Schloß verrostet.«

Guido bezweifelte auch, daß Creasy in irgend etwas verwickelt war, was bei ihm ein Trauma verursacht hatte. Nach einem Leben voller Ereignisse, die jeden anderen Menschen gezeichnet hätten, war Creasy sich immer gleichgeblieben.

Nun lag er schlafend in einem von Guidos Privaträumen. Nach zehn Minuten hatte Guido nach ihm gesehen. Er hatte auf der Seite gelegen, die Bettdecke in dem heißen Raum bis zur Taille hochgezogen, und Guido hatte ihn heimlich betrachtet. Der Körper war schlaff, wies einen Rest von Sonnenbräune auf, und alle Narben waren alt. Der Rücken war von blassen Schwielen bedeckt, die auf beiden Seiten zum Bauch hin verliefen. Unter den linken Rippen waren kleine Spuren von Einstichen zu sehen. Die Handrücken waren mit Narben nach alten Verbrennungen übersät. Guido wußte, daß ein Bein über dem Knie die Narbe von einer bösen Stichwunde aufwies, die fast bis zur Leiste verlief. Das Gesicht war auch nicht verschont geblieben; eine dünne Narbe verlief senkrecht von der rechten Augenbraue zum Haaransatz, und eine zweite, kleinere, befand sich auf der linken Seite des Kinns.

Guido kannte die Geschichte all dieser Blessuren, und er sah nichts Neues. Creasys Körper war sehr oft verletzt worden, keine der Narben hatte er selbst verschuldet.

Pietro unterbrach Guidos Gedankengänge, weil er mit zwei Körben unter den Armen die Küche betrat. Als er Guido in dem Türrahmen stehen sah, blieb er erstaunt stehen.

»Ich hatte dich erst später erwartet«, bemerkte er und stellte die Körbe auf den Tisch.

»Ein alter Freund«, antwortete Guido, stand auf und begutachtete die Einkäufe.

Pietro begann das Obst und Gemüse auszuräumen, damit Guido es prüfen konnte.

»Ein Freund, der dich vom Krankenbett deiner Mutter so schnell weggeholt hat?«

»Ein Freund«, bestätigte Guido. »Er schläft jetzt.«

Pietro war neugierig. Er arbeitete seit vier Jahren für Guido – seit dieser ihn erwischt hatte, als er die Radkappen von Guidos Wagen stehlen wollte. Er hatte ihm eine kräftige Tracht Prügel verpaßt und ein paar Fragen gestellt. Als Guido dabei erfuhr, daß Pietro kein Zuhause besaß, nahm er ihn in die Pension mit, gab ihm eine Mahlzeit und ein Bett unter der Treppe.

Damals hatte Pietro nicht gewußt und wußte es auch jetzt noch nicht, daß Guido sich selbst in ihm wiedererkannte, er war in diesem Alter wie Pietro gewesen.

Guido behandelte den Jungen noch so wie am ersten Tag – mürrisch, immer kurz angebunden und ohne jede Spur von Zuneigung. Dafür behielt Pietro seine ursprüngliche freche, respektlose Haltung bei. Beide wußten, daß sie sich mochten, doch sie ließen sich das nicht anmerken. Sie hatten eine Beziehung zueinander, die in Italien sonst nicht üblich war. Im Laufe der Jahre hatte sich Pietro praktisch zu Guidos rechter Hand entwickelt, und sie führten mit Hilfe zweier älterer Kellner, die mittags und abends kamen, um die Mahlzeiten zu servieren, zusammen die kleine Pension.

Obwohl Pietro schon so lange bei Guido wohnte, wußte er wenig über seine Vergangenheit. Guidos Mutter besuchte die Pension nur sehr selten, sie war geschwätzig und hatte über Guidos Bruder und dessen Familie in Mailand sowie über Julia gesprochen, die vor fünf Jahren gestorben war. Aber was Guidos Vergangenheit betraf, war sie merkwürdig verschwiegen. Pietro hatte gehört, daß Guido perfekt Französisch und ganz gut Englisch und Arabisch sprach, und nahm an, daß er ausgedehnte Reisen unternommen hatte. Er stellte niemals Fragen. Guidos Schweigsamkeit hatte auf ihn abgefärbt.

Der Neuankömmling machte ihm Kopfzerbrechen. Als jemand kurz vor Mitternacht an der Tür geläutet hatte, hatte Pietro angenommen, Guido wäre früher zurückgekommen. Der große Mann, der unter der Lampe stand, war ihm zuerst bedrohlich erschienen.

»Ist Guido da?« hatte er gefragt. Pietro hatte den neapolitanischen Akzent bemerkt und den Kopf geschüttelt.

»Wann kommt er zurück?«

Pietro zuckte mit den Schultern. Der Fremde war über seine mangelnde Kooperation nicht überrascht.

»Ich werde warten«, erklärte er, ging an dem Jungen vorbei die Treppe hinauf und auf die Terrasse hinaus.

Pietro dachte kurz nach, dann folgte er dem Mann. Er wußte, daß er ärgerlich werden, eine Erklärung verlangen mußte, aber das Gefühl der Bedrohung war verschwunden. Der Mann saß auf einem der Rohrstühle und blickte auf die Lichter der Stadt hinunter. Seine Haltung und sein Benehmen erinnerten den Jungen an Guido.

Er fragte den Mann, ob er etwas trinken wolle.

»Scotch«, war die Antwort. »Eine Flasche, wenn ihr einen habt.«

Pietro brachte die Flasche und ein Glas, und dann fragte er den Mann, nach weiterer Überlegung, nach seinem Namen.

»Creasy«, antwortete er. »Und wie heißt du?«

»Pietro. Ich helfe bei Guido aus.«

Der Mann schenkte sich ein Glas Scotch ein, trank einen Schluck und blickte den Jungen scharf an.

»Geh schlafen. Ich werde nichts stehlen.«

Daraufhin war Pietro hinuntergegangen und hatte trotz der späten Stunde Guido bei seiner Mutter angerufen. Guido hatte gemeint: »In Ordnung, geh zu Bett. Ich werde morgen im Laufe des Tages kommen.«

Sie bereiteten das Mittagessen zu, als Guido den Jungen überraschte, indem er plötzlich bemerkte: »Er ist Amerikaner.«

»Wer?«

Guido deutete auf die Tür. »Mein Freund, Creasy.«

»Er spricht aber perfekt Italienisch – wie ein Neapolitaner.«

Guido nickte. »Ich habe es ihm beigebracht.«

Pietros Überraschung hielt an, als Guido weitersprach.

»Wir waren zusammen in der Legion und auch nachher – bis vor acht Jahren, als ich geheiratet habe.«

»Die Legion?«

»Die Fremdenlegion«, antwortete Guido. »Die französische.«

Der Junge war erstaunt. Für ihn, wie für die meisten Menschen, beschwor der Begriff »Fremdenlegion« alle falschen Klischees herauf: Sanddünen, abgelegene Forts, Liebe ohne Hoffnung.

»Ich bin 1955 in Marseille in die Legion eingetreten.« Guido lächelte über das lebhafte Interesse, das sich im Gesicht des Jungen spiegelte. »Ich war sechs Jahre dabei.« Guido unterbrach das Gemüseschneiden, und sein normalerweise ausdrucksloses Gesicht wurde bei der Erinnerung etwas weicher.

»Es war nicht so, wie du es dir vorstellst. Das ist es nie. Es waren gute Jahre – die besten.«

Creasys Ankunft und die sichtliche Neugierde des Jungen hatten in Guido Erinnerungen wachgerufen und ihn in das Jahr 1945 zurückversetzt. Er war damals elf Jahre alt – sein Vater war in Nordafrika gestorben –, und er hatte ebenso großen Hunger wie sein sechsjähriger Bruder und eine Mutter, deren Glaube und Fatalismus sich so auswirkten, daß ihre einzige Reaktion auf eine Katastrophe darin bestand, in der Kirche von Positano noch inbrünstiger und länger zu beten.

Guido besaß schon als Junge diesen Glauben nicht, er fügte sich nicht in sein Schicksal. Er legte fünfzig Kilometer nach Neapel zu Fuß zurück. Dort waren die Amerikaner, das wußte er, und daher gab es dort auch Essen.

Er wurde Teil der Horde von Dieben und entdeckte seine besondere Begabung fürs Stehlen. Er besaß einen wachen Verstand, und was er nicht erbetteln konnte, nahm er sich einfach. Er gewöhnte sich schnell ein, schlief in einer Ecke eines Kellers zusammen mit einem halben Dutzend Bengel, und er lernte die Gewohnheiten der Amerikaner, ihre Schwächen und Großzügigkeit kennen.

Er wußte, in welchen Restaurants sie aßen, in welchen Bars sie tranken, und in welchen Bordellen sie sich mit welchen Frauen vergnügten. Er wußte, wann die beste Zeit zum Betteln war: wenn der Alkohol die Großzügigkeit steigerte, und die beste Zeit zum Stehlen, wenn Sex und Begierde die Aufmerksamkeit ablenkten. Er wußte um jede Biegung und Ecke der schmalen Straßen mit dem Kopfsteinpflaster Bescheid, und er überlebte. Einmal wöchentlich ging er über die Küstenstraße nach Positano und brachte Schokolade, Geld und Fleischkonserven mit nach Hause. Elio, sein Bruder, war nicht mehr hungrig, und seine Mutter betete und zündete nun erst recht Kerzen in der Kirche an, ihr Glaube hatte ihr geholfen, ihre Gebete waren erhört worden.

Hunger und Armut sind schlechte Lehrmeister für ein moralisches Leben. Eine Gesellschaft, die nicht die Lebensgrundlagen bereitzustellen vermag, kann bürgerlichen Gehorsam auch nicht durch Gesetze durchsetzen. Guido kehrte nie mehr für immer nach Positano zurück. Neapel war seine Schule, sein Brotkorb und der Horizont seiner Zukunft. Zuerst erhielt er sich mehr schlecht als recht am Leben, er lebte wie eine Ratte vom Abfall der Stadt; nach der Phase des nackten Überlebens brachte ihn seine Intelligenz weiter. Als er fünfzehn war, führte er ein Dutzend Jungen seines Alters an, organisierte sie zu einer Bande, die alles stahl, was nicht angeschraubt oder zementiert war.

Die Phase seiner Kindheit hatte er einfach übersprungen. Er wußte nichts von Spielen oder kindlichen Gefühlen. »Recht« war zuerst Überleben und dann Besitz. »Unrecht« war Schwäche und Erwischtwerden. Er lernte früh, daß Kühnheit der Schlüssel zum Führungsanspruch war. Andere beobachteten und warteten, und wenn sie seine Kühnheit erkannten, folgten sie ihm.

Die Amerikaner befreiten die Stadt, und sie ebneten der Kriminalität den Weg. Unter den Faschisten, zuerst den italienischen, dann den deutschen, hatten die Gauner eine magere Zeit gehabt. Ohne den Schutz einer gerechten, demokratischen und daher einsichtsvollen Justiz verloren sie ihre Macht. Sogar die größten und bestorganisierten Verbrecher waren erschossen oder ins Gefängnis geworfen worden, und auch viele Unschuldige dazu. Die Amerikaner ließen die Unschuldigen frei, und die Schuldigen mit ihnen. Justiz und Verbrechen kehrten Hand in Hand ins neue Italien zurück.

Zu Beginn der fünfziger Jahre hatte das organisierte Verbrechen wieder seine Machtposition eingenommen. Prostituierte, von denen viele durch Hunger gezwungen waren, sich zu verkaufen, wurden unter Kontrolle gebracht. Die Bosse teilten die Stadt in Bezirke auf, ernannten Zuhälter und kassierten ihre Prozente. Die Kriegsschäden wurden repariert. Die Marshall-Hilfe finanzierte den Wiederaufbau, und die Gangster-Bosse nahmen sich ihren Anteil davon, Restaurants, Geschäfte, Taxis und Gastwirte erzielten wieder Profite, und die Bosse schützten sie gegen die kleinen Verbrecher und wurden natürlich für den gewährten Schutz bezahlt.

Guido paßte sich nahtlos den Gegebenheiten an. Mit seiner gut organisierten Bande von Jugendlichen fungierte er als Werkzeug in der wiedererrichteten Machtstruktur. Er wurde anerkannt und als der kommende junge Mann entsprechend belohnt. Sein besonderer Wert bestand in seiner Gewalttätigkeit, die, obwohl stets genau berechnet, immer willkürlich erschien. Er hatte früh gelernt, daß unerwarteter Schmerz am raschesten die Aufmerksamkeit erweckt. Er pflegte seinen Gefolgsleuten zu sagen:

»Ihr müßt immer als erste Vergeltung üben.«

Er erhielt ein Gebiet hinter dem Hafen zugeteilt, und seine Hauptaufgabe bestand darin, den dortigen kleinen Geschäftsleuten beizubringen, daß sie unbedingt Schutz brauchten. Nachdem er den Beweis für diese Notwendigkeit erbracht hatte, lieferte er auch den Schutz. Das brachte ihm Erfolg, und als zusätzliche Belohnung durfte er im Hafen selbst operieren. Er und seine Bande betätigten sich im großen Stil als Diebe. Als Lieferungen und Ausrüstungen für den Wiederaufbau nach dem Krieg über den Hafen ins Land strömten, wurde eine ziemliche Menge davon abgezweigt und für gewöhnlich an ihren eigentlichen Empfänger verkauft. Mit den erzielten Gewinnen kaufte Guido das Gebäude, in dem sich heute die Pension befand.

Es war das Haus eines nicht sehr reichen Kaufmanns, es war geräumig und gut gebaut und besaß eine schöne, große Terrasse mit Blick auf die Bucht. Der Kaufmann war gestorben, und seine beiden Söhne waren Faschisten gewesen, und in der verworrenen Situation am Ende des Krieges waren auch sie ums Leben gekommen. Das Haus fiel an einen Neffen, der gleichfalls Faschist gewesen war – aber er war schlauer als seine Verwandten. Er beschloß, nach Amerika auszuwandern, und mit dem Geld, das er für das Haus erhielt, konnte er sich die erforderlichen Papiere verschaffen.

Guido kaufte das Haus auf den Namen seiner Mutter, da er noch minderjährig war. Dann unterteilte er die großen Räume und verwandelte das Haus in ein Bordell für amerikanische Offiziere. Es ging gut und war allgemein als das »Splendide« bekannt. Guidos Mutter brachte die Einnahmen ahnungslos, aber glücklich auf die Bank und zündete in der Kirche Kerzen an. 1954 hatte Guido innerhalb der Organisation eine Position erreicht, die ihm große Fortschritte in Aussicht stellte, und er sah eine lange, steile Karriere vor sich. Aber als die Bosse über ihm reicher wurden, begannen sie zu streiten und schließlich gegeneinander zu kämpfen. Die landesweite Organisation war nie mehr so gefestigt und diszipliniert wie in der Zeit vor den Faschisten. Die Autorität der alten Bosse aus dem Süden hatte sich noch nicht überall durchsetzen können. Zunächst versuchten sie in Rom und in den Industriegebieten im Norden wieder Fuß zu fassen, Neapel organisierten sie zuletzt. Es war schon immer die am wenigsten lenkbare Stadt in Italien, und ihre Verbrecher ließen sich auch nicht so ohne weiteres in ein Schema pressen.

In Neapel kämpften zwei Parteien um die Macht. Guido mußte sich entscheiden – und beging den ersten Fehler in seiner Karriere. Er schloß sich einem Boß namens Vagnino an, und Guidos Wahl war vielleicht logisch, denn Vagninos Stärke lag in der Prostitution, und seine Macht war im Hafengebiet sehr groß. Aber Vagnino war alt, hatte zu lange im Gefängnis gesessen, und es fehlte ihm an Willenskraft. Infolgedessen ging der Bandenkrieg für Guido und seine Bande schlecht aus. Da sie in der Organisation noch nicht viel zu sagen hatten, mußten sie in der ersten Linie kämpfen. Nach einem Monat war die Hälfte seiner Gang tot oder übergelaufen, und Guido lag im Krankenhaus, sein Rücken und die Hinterbacken waren mit Blei aus einer Schrotflinte übersät. Er hatte Glück gehabt – er hätte auch in die andere Richtung schauen können.

Während er auf dem Bauch lag, aß sein Mentor Vagnino müde und unvorsichtig im falschen Restaurant zu Abend und wurde erschossen, bevor er das *fritto misto* aufgegessen hatte.

Jetzt machte die Polizei – viel zu spät – ihre Autorität geltend. Zeitungen und Politiker verlangten Taten. Der Staatsanwalt und der Sieger des Bandenkriegs, Floriano Conti, schlossen ein Abkommen.

Beweise wurden beschafft, und ein ausgewähltes Dutzend von unbedeutenden Organisationsmitgliedern wurde angeklagt und zu Gefängnisstrafen verurteilt. Guido befand sich unter ihnen. Er saß steif und wund hinter Gittern, und im Gerichtssaal hörte er, wie der Richter ihn zu zwei Jahren Gefängnis verurteilte. Er war achtzehn Jahre alt.

Der Gefängnisaufenthalt war ein schrecklicher Schock für

ihn, nicht die Härten oder die Schande machten ihm zu schaffen – sein Werdegang hatte ihn darauf vorbereitet –, aber er entdeckte, daß er leicht, aber eindeutig an Klaustrophobie litt, die sich in einer akuten Depression ausdrückte. Das italienische Strafsystem nahm damals solche Probleme nicht zur Kenntnis, und Guido litt sehr.

Nach seiner Freilassung blieb er zwei Monate in Positano. Nicht im Haus seiner Mutter, sondern in den Hügeln über der Stadt, schlief im Freien hoch über den Klippen, die Weite des Ozeans vor sich und die Hügel hinter sich. Langsam erlangte er wieder sein Gleichgewicht und schwor sich, daß ihm so etwas nie wieder zustoßen dürfte. Die Erfahrung hatte ihn nicht gebessert, aber in Zukunft würde er sich nicht mehr erwischen lassen. Dort draußen im Freien dachte er auch über seine Zukunft nach. Das Bordell »Splendide« in Neapel war von der Polizei geschlossen worden; das Gebäude stand leer und brachte kein Geld mehr ein. In den letzten zwei Jahren hatte Conti seine Herrschaft über die Stadt gefestigt und mit einflußreichen Beamten bei der Polizei und der lokalen Regierung feste Bündnisse geschlossen. Guido wußte, daß er Contis stillschweigendes Einverständnis brauchte, um das »Splendide« wieder zu eröffnen, deshalb suchte er nach seiner Rückkehr nach Neapel als erstes um ein Treffen mit ihm an.

Conti war noch jung, Mitte Dreißig, und gehörte der neuen Generation von Bossen an. Nachdem er seine Herrschaft über sein Territorium mit Gewalt etabliert hatte, gab er sich nun als praktischer Geschäftsmann. Es war ihm klar, daß er, wenn er seine Macht voll ausnützen wollte, mit anderen Mächtigen in ganz Italien Absprachen treffen mußte. Zusammenarbeit war das Motto, und als Emissäre aus Palermo eingetroffen waren, war er bereit, sich mit ihnen zu treffen, um Einflußsphären abzugrenzen und eine Rangordnung der Macht aufzustellen.

Diese Treffen und Gespräche in den Jahren 1953–54 waren einer Papstwahl merkwürdig ähnlich – sie fanden unter strengster

Geheimhaltung statt, und das Ergebnis wurde durch noch weniger als ein auffälliges Rauchwölkchen verkündet. Es wurde heftig um Positionen gekämpft. Die harten Traditionalisten aus Kalabrien wollten nicht, daß die weltmännischeren Bosse aus Mailand und Turin zu viel Einfluß bekamen. Ebenso wollten die Mächtigen aus Rom und Neapel mehr Mitspracherecht, als ihnen vor dem Krieg zugestanden worden war. Jeder war damit einverstanden, daß es Ordnung, Organisation und jemanden geben mußte, der als Unparteiischer fungierte – was in Wirklichkeit bedeutete, daß einer alles regierte und unermeßlichen Einfluß hatte.

Die Bosse aus dem Norden wollten die Kalabresen nicht akzeptieren und umgekehrt. Moretti in Rom galt als zu schwach und Conti in Neapel als zu jung.

Wie unter solchen Umständen üblich, wurde ein Kompromiß geschlossen. Die Treffen waren von Männern aus Palermo angeregt und organisiert worden. Dort war Cantarella der Boß. Er war klein, adrett und sehr diplomatisch. Er war fest entschlossen, Palermo wieder zum Zentrum des organisierten Verbrechens zu machen, und er hatte die Zeichen richtig gedeutet. Die Mächtigen der italienischen Verbrecherwelt kamen überein, daß Cantarella zunächst als »Schiedsrichter« fungieren sollte. Keiner der Anwesenden erkannte seine Schlauheit und seine politische Begabung, und niemand begriff, daß diese Begabung seine Position in den nächsten zwanzig Jahren festigen und stärken würden. Die Weichen waren für eine lange Periode relativen Friedens – und großen Gewinn für alle Beteiligten – gestellt.

Contis herzliche Begrüßung überraschte und erfreute Guido, und er war sehr beeindruckt von Contis Büro, das sachlich und geschmackvoll eingerichtet war. Die Roheit, die noch vor zwei Jahren geherrscht hatte, gehörte der Vergangenheit an. Conti versicherte ihm, daß das Vergangene vergangen war. Jetzt lagen die Dinge anders. Guido sollte das »Splendide« natürlich wieder eröffnen. Sie würden zusammenarbeiten. Man würde finanzielle Absprachen treffen.

Guido verließ das Büro zuversichtlich. Diese Zuversicht jedoch war unangebracht. Conti hatte ihm nicht vergeben: Guido und seine Bande waren vor zwei Jahren die tödlichste Waffe seiner Widersacher gewesen, und er würde Guido nicht gestatten, wieder Fuß zu fassen.

Doch eine der ersten Anordnungen aus Palermo besagte, daß interne Kämpfe und Konflikte auf ein Mindestmaß zu beschränken wären. Conti fühlte sich nicht stark genug, um es mit dem neuen Unparteiischen aufzunehmen. Er wollte sein Problem mit Guido auf natürliche Weise lösen: Guido solle sein Bordell ruhig wieder eröffnen, und im geeigneten Augenblick würde ihm Conti seinen Schutz entziehen. Die Polizei würde dann die schmutzige Arbeit abnehmen, und über seine Verbindungen zur Justiz würde Conti bewirken, daß Guido für lange Zeit aus dem Verkehr gezogen wurde. Es war eine moderne, fortschrittliche Lösung.

Das alles erklärte Guido Pietro nicht. Er begann seine Erzählung mit dem Zeitpunkt, als er die Warnung erhalten hatte, daß ihm der Schutz entzogen worden war und die Polizei im Begriff stand, ihn zu verhaften. Er erfuhr nie, wer ihn in dieser Nacht angerufen hatte, aber offensichtlich hatte Conti persönliche Feinde. Für Guido war das ein schrecklicher Augenblick gewesen. Er hatte begriffen, daß Conti ihm nicht verziehen hatte, und er überdachte seine Möglichkeiten. Die Aussichten waren trübe: er konnte sich verstecken, aber nicht lange. Die Polizei oder Contis Leute würden ihn schließlich finden. Er konnte kämpfen, aber gewinnen konnte er nicht. Schließlich konnte er auch das Land verlassen. Er zog nie in Betracht, sich den Gerichten anzuvertrauen. Ein Gefängnisaufenthalt kam nicht in Frage.

Guido schrieb einen Brief an seine Mutter, nannte ihr den Namen eines angesehenen Rechtsanwalts in Neapel und wies sie an, das Haus von diesem Anwalt vermieten zu lassen und die Einkünfte für ihren Lebensunterhalt und Elios Erziehung zu verwenden. Schließlich teilte er ihr mit, daß er sich vielleicht lange Zeit im Ausland aufhalten würde. Dann ging er zum Hafen hinunter, wo er noch immer Freunde hatte, die ihn, wenn auch nur für ein paar Tage, verstecken konnten.

Seine Mutter erhielt den Brief am nächsten Tag, ging in die Kirche und betete. Am selben Abend wurde Guido an Bord eines Frachters geschmuggelt, und zwei Nächte später ging er in Marseille heimlich an Land. Er war zwanzig Jahre alt, besaß wenig Geld und hatte gar keine Aussichten. Am nächsten Tag verpflichtete er sich für die Fremdenlegion, und eine Woche später befand er sich in Algerien im Ausbildungslager von Sidi-bel-Abbès.

»Hattest du Angst?« fragte Pietro. »Wußtest du, was dich erwartet?«

Guido schüttelte lächelnd den Kopf.

»Ich hatte die üblichen Geschichten gehört und dachte, es würde schrecklich sein, aber mir blieb keine Wahl. Ich hatte keine Papiere und sprach nur Italienisch, außerdem war ich pleite. Ich malte mir aus, daß ich nach einem oder zwei Jahren desertieren und nach Neapel zurückkehren würde.«

Die Fremdenlegion war ganz anders, als man sie immer beschrieb. Natürlich war das Leben hart, besonders in den ersten Wochen; und die Disziplin war unerbittlich. Aber Guido war ebenfalls hart, und die Ausbildung interessierte ihn und förderte seine verborgenen Talente. Die Disziplin akzeptierte er, er konnte ja doch nichts ändern. Bestrafung für Befehlsverweigerung bedeutete entweder Abkommandierung für einige Zeit in das Strafbataillon, was die Hölle auf Erden war, oder für geringere Verfehlungen das Militärgefängnis, was für Guido und seine Depressionen noch schlimmer gewesen wäre. Deshalb befolgte er alle Befehle genau und war ein vorbildlicher Rekrut, was eine Menge Leute in Neapel überrascht hätte.

In dieser Zeit erlebte Guido manche Überraschung. Die erste war die Verpflegung – sie war abwechslungsreich und ausgezeichnet, und man trank guten Wein aus den legionseigenen Weinbergen. Seine unbegründeten Befürchtungen, die Legion wäre eine altmodische, romantische Wüstenarmee, wurden rasch zerstreut; sie war überaus modern ausgerüstet und mit den neuesten technischen Mitteln ausgestattet. Die Offiziere waren die Elite der französischen Armee, und die aus den Mannschaften beförderten Unteroffiziere waren Veteranen aus allen europäischen Heeren, die überall in der Welt ihre Kampfkraft erprobt hatten. Es gab ein großes Kontingent von Deutschen, dessen kollektives Gedächtnis nur bis zum Jahr 1945 zurückreichte, Osteuropäer, die nicht hinter den Eisernen Vorhang zurückkehren wollten oder konnten, Spanier, die vielleicht Strandgut aus dem Bürgerkrieg waren, ein paar Holländer und Skandinavier, und mehrere Belgier, von denen einige wahrscheinlich Franzosen waren, da französische Staatsbürger nur als Offiziere in die Legion aufgenommen werden durften. Es gab sehr wenige Engländer und nur einen einzigen Amerikaner.

Die Legion wurde gerade nach den Gemetzeln in Vietnam und Dien Bien Phu neu geordnet. Mehrere tausend Legionäre waren in den verschiedenen Schlachten gefangengenommen und über fünfzehnhundert getötet worden. Die Legion war eine von ihrer Beschaffenheit und Zusammensetzung her beständig als eine Art Feuerwehr eingesetzte Truppe. Ihre Geschichte war eine Folge von verlorenen, letzten, aussichtslosen Schlachten. Für eine Regierung, die unrühmlich ein Gebiet verloren hatte, war sie nichts anderes als Verbrauchsmaterial.

Man hätte einer Armee mit solchen Aufgaben einen Mangel an Entschlossenheit und Kampfgeist nachsehen können, aber – und für Guido war das eine weitere Überraschung – die Legion hatte ihre eigene Moral und ihr eigenes Zielbewußtsein. Sie hatte auch ohne den für andere Heere nötigen Nationalstolz Ehrgeiz entwickelt. Ein Legionär war eine geistige Waise – die Legion das Waisenhaus. Guido entdeckte, daß dies die einzige Armee auf der Welt war, die ihre Soldaten nie in den Ruhestand versetzte. Wenn sie zu alt waren, um zu kämpfen, konnten Legionäre, wenn sie wollten, im Legionsheim bleiben oder in den Weingärten oder Handwerksbetrieben der Fremdenlegion arbeiten. Niemand wurde gezwungen, wieder in der Welt zu leben, die er einmal verlassen hatte.

Die Franzosen waren stolz auf die Legion. Sie glaubten, daß sie für Frankreich kämpfte, sich mit Frankreich identifizierte. Das war ein Irrtum. Sie kämpfte für sich selbst. Daß sie ein Werkzeug der französischen Regierung war, war Zufall. Auch die französischen Offiziere waren mehr der Legion als ihrem Land in Treue ergeben.

Die Grundausbildung dauerte sechs Monate. Während dieser Zeit wurde Guidos kleiner stämmiger Körper zusehends kräftiger. Dank der harten Arbeit und dem guten Essen hatte er seine Höchstform erreicht. Er war stolz darauf, denn, wie vielen jungen Leuten, waren ihm seine körperlichen Fähigkeiten nie bewußt gewesen. Die Legion war schon immer stolz darauf gewesen, daß sie jede andere Armee der Welt im Marschieren übertraf, und bereits innerhalb des ersten Monats mußte Guido einen Dreißig-Kilometer-Marsch absolvieren, bei dem er sechsundvierzig Pfund Ausrüstung trug. Er war stolz auf seine Geschicklichkeit in der Handhabung von Waffen, besonders des leichten Maschinengewehrs LMG, dessen Durchschlagkraft und Wendigkeit ihm zusagten, und er zog es den anderen Waffen vor. Seine Ausbilder bemerkten es.

Die erste Zeit hatte Guido Mühe, sich geistig anzupassen. Er war auch früher schon sehr schweigsam und verschlossen gewesen, und dieser Charakterzug kam nun noch deutlicher zu Tage. Er freundete sich nicht mit anderen Rekruten an. Er war der einzige Italiener in seiner Gruppe, und obwohl er sich bemühte, Französisch zu lernen, fühlte er sich fehl am Platz. Seine Kameraden hatten gleich zu Beginn getestet, ob er sich als Prügelknabe eignete. Seine Reaktion auf diese Attacken war brutal und kompromißlos gewesen. Ein großer, gemeiner und harter Holländer hatte ihn zu sehr herausgefordert. Guido griff als erster an, und der Holländer bezog eine Tracht Prügel, die ihm noch lange Schmerzen bereitete. Guido hatte nicht gegen die Disziplin verstoßen. Die NCO-Ausbilder ließen solche Auseinandersetzungen zu. Sie wollten wissen, wer sich unterwarf.

Nach dieser Auseinandersetzung wurde Guido in Ruhe gelassen, und die Ausbilder nahmen an, daß sich der Italiener zu einem guten Legionär entwickeln würde. Als er die Grundausbildung beendet hatte, meldete er sich zu dem in Zéralda, dreißig Kilometer westlich von Algier, stationierten Ersten Fallschirmjäger-Eliteregiment. Der Algerienkrieg entwickelte sich zu einem größeren Konflikt, und die Legion stand natürlich in vorderster Linie. Das Erste R.E.P. wurde zur erfolgreichsten und gefürchtetsten Einheit der französischen Armee. Guido wurde der »B«-Kompanie zugeteilt. Der Sergeant war gerade aus neunmonatiger Kriegsgefangenschaft in Vietnam in den aktiven Dienst zurückgekehrt. Er war bei Dien Bien Phu gefangengenommen worden. Er war der Amerikaner, Creasy.

Es hatte mehrere Monate gedauert, bis die beiden Männer bemerkten, daß sie gut zueinander paßten. Zuerst bestand eine Kluft zwischen ihnen – Guido, ein noch nicht erprobter Legionär, und Creasy, ein dekorierter Vietnamveteran und erstklassiger Sergeant. Aber es gab Ähnlichkeiten in den Charakteren; beide waren nicht sehr redselig, sondern in sich gekehrt, vermieden normale Beziehungen und lebten sehr zurückgezogen in einer Umgebung, in der man Einsamkeit schwer finden konnte.

Abgesehen von den Befehlen, die Creasy erteilte, sprach er nach einem Einsatz in der Nähe einer Stadt namens Palestro zum erstenmal mit Guido. Eine Patrouille französischer Rekruten war in einen Hinterhalt der Front Libération Nationale geraten, und viele waren getötet worden. Die Legion folgte den Überlebenden, und das Erste R.E.P holte sie ein. Die »B«-Kompanie wurde abgesetzt, um dem Feind den Weg abzuschneiden und ihm eine Flucht unmöglich zu machen, und Guido erlebte zum erstenmal einen Einsatz. Der Lärm und das Durcheinander verwirrten ihn, aber er faßte sich rasch und setzte sein LMG wirkungsvoll ein. Die FLN wurde ausgelöscht.

In dieser Nacht lagerte die Kompanie in den Hügeln oberhalb von Palestro, und während Guido seine Feldration verzehrte, kam Creasy herüber und sprach ein paar Worte mit ihm. Es war nur die anerkennende Geste eines Vorgesetzten, der einem seiner neuen Leute zu verstehen gab, daß er sich bei seinem ersten Einsatz gut gehalten hatte, aber Guido hatte der Kontakt gutgetan. Er empfand bereits großen Respekt vor Creasy, aber das war in der Legion allgemein der Fall. Er galt als der perfekte Legionär, ein Fachmann für alle Waffen und der geborene Stratege. Guido wußte, daß Creasy sechs Jahre lang in Vietnam gekämpft und vorher bei der US-Marine gewesen war, niemand konnte sagen, wie lange. Creasys bevorzugte Waffen waren die Handgranate und die Maschinenpistole, und er trug immer mehr Granaten und Ersatzmagazine bei sich als alle anderen.

Kurz nach Palestro war die Kompanie hinter einer sich zurückziehenden FLN-Einheit abgesetzt worden. Diesmal waren die FLN entkommen, und wieder setzte sich Creasy mit seiner Verpflegung zu Guido. Sie sprachen über Handfeuerwaffen und deren Wirksamkeit. Guido trug immer eine Pistole und vier Ersatzmagazine bei sich. Creasy erklärte ihm, daß er unnötiges Gewicht mit sich schleppte. Eine Pistole war nur dann von Nutzen, wenn man verbergen wollte, daß man bewaffnet ist. Im Kampf muß man die Waffen nicht verstecken. Die Maschinenpistole hingegen war die ideale Waffe für den Nahkampf. Creasy riet Guido, die Pistole zu vergessen und dafür mehr Ersatzmagazine für seine MP mit sich zu tragen.

Guido war ein gelehriger Schüler. Er hatte festgestellt, daß er gern lebte und erfolgreich sein wollte, und er erkannte in Creasy den idealen Lehrer. Er hatte von dem Ausspruch erfahren, den der legendäre Oberst Bigeard gemacht hatte, nachdem er beobachtet hatte, wie Creasy eine Stellung bei Dien Bien Phu zurückeroberte: »Der erfolgreichste Soldat, den ich je gesehen habe.«

Also nahm sich Guido Creasys Rat zu Herzen, und überhaupt nahm er sich seinen Sergeanten zum Vorbild. Als die Schlacht um Algier im Januar 57 begann, hatte Guido sich bereits einen Namen gemacht und war zum Legionär Erster Klasse befördert worden. Ein Jahr später wurde er ebenfalls NCO, und die Freundschaft zwischen den beiden Männern glich eher einem Pakt. Ihre Beziehung entstand ganz allmählich, denn beide besaßen empfindliche emotionale Fühler, und beide waren in der Wahl ihrer Gesellschaft sehr vorsichtig. Zuerst bemerkten sie gar nicht, daß sie sich näherkamen. Sie hatten nur wenige Worte miteinander gewechselt, und diese bezogen sich fast ausschließlich auf militärische Belange; als jedoch Guidos Kenntnisse zunahmen, wurden die Gespräche weniger Dialoge zwischen Lehrer und Schüler, sondern mehr Diskussionen zwischen Gleichberechtigten. Beide erkannten, daß auch das Schweigen zwischen ihnen niemals bedrückend oder peinlich war, und diese Erkenntnis machte jedem von ihnen bewußt, daß er einen Freund gefunden hatte.

Damals befehligte Colonel Dufour das Regiment, und als der Krieg immer ernster und härter wurde, erkannte der Colonel sowohl die Fähigkeit der beiden Männer als auch ihre Freundschaft. Das Erste R.E.P war ständig im Einsatz, und Creasy und Guido wurden mit ihren Einheiten, wann immer es möglich war, gemeinsam eingesetzt. Sie bildeten eine ernstzunehmende Gemeinschaft und wurden in der ganzen Legion bekannt.

Als ersichtlich war, daß de Gaulle den Krieg auf politischem Weg beenden wollte, reagierten die weißen Kolonisten, die *pieds noirs*, wütend. Sie errichteten Barrikaden in Algier und wendeten sich gegen die Armee. Viele der Berufssoldaten fühlten mit ihnen, besonders die harten »Para«-Einheiten, die die Hauptlast des Kampfes getragen hatten.

Die Polizei erhielt Befehl, die Barrikaden zu stürmen, und

zwei »Para«-Einheiten, eine davon die Erste R.E.P. der Legion, wurden zu ihrer Unterstützung abkommandiert. Beide Einheiten ließen sich Zeit, und die Polizei erlitt bei dieser Operation starke Verluste und viele ihrer Leute wurden verwundet. Colonel Dufour wurde seines Kommandos enthoben, doch statt ihn durch einen politisch verläßlichen Offizier zu ersetzen, entschloß sich das Oberkommando der Legion, Elie Denoix de St. Marc vorläufig die Leitung zu übergeben. St. Marc war der Prototyp eines Fremdenlegionär-Offiziers. Er war hart, idealistisch und von kompromißloser Tapferkeit, und er wurde von seinen Männern verehrt – er hätte sie überallhin führen können. Er entschloß sich, sie 1961 in die »Generalsrebellion« gegen de Gaulle zu führen, und das Erste R.E.P. wurde zum Eckpfeiler der Pläne der Generäle. Die Männer erwarteten, daß der Rest der Legion ihrem Beispiel folgen würde, doch sie hatten sich verrechnet, und nur das Erste R.E.P. unter St. Marc stellte sich aktiv gegen die Regierung und verhaftete sogar Gambier, den Oberbefehlshaber der Armee.

Die Rebellion mißlang, und am 27. April 1961 sprengten die zwölfhundert Legionäre des Ersten R.E.P. ihre Baracken und feuerten ihre gesamte Munition in die Luft ab. Die *pieds noirs* standen weinend an den Straßen, als die Paras Zéralda verließen und dabei Edith Piafs *»Je ne regrette rien«* sangen.

Das Regiment wurde mit Schimpf und Schande entlassen und aufgelöst. Es hatte im Krieg für Frankreich dreihundert Mann verloren, aber de Gaulle wollte sich dennoch an den Rebellen rächen. Die Mannschaften wurden auf andere Einheiten der Legion aufgeteilt. Die Offiziere flohen und schlossen sich der OAS, der extremistischen Untergrundarmee, an oder ergaben sich und wurden wegen Meuterei vor Gericht gestellt. Die rangältesten NCOs wurden entlassen – unter ihnen auch Creasy und Guido.

Sie hatten nur getan, was man sie gelehrt hatte – sie hatten ihren Vorgesetzten gehorcht.

»Sie haben euch hinausgeworfen?« fragte Pietro ungläubig. »Obwohl ihr nur die Befehle befolgt habt?«

Guido zuckte mit den Achseln. »Es war eine Zeit großer politischer Leidenschaften. Es gab einen Augenblick, in dem wir darauf gefaßt waren, über Paris abzuspringen und de Gaulle zu verhaften. Das französische Volk war entsetzt, und mit gutem Grund. Damals betrug die Stärke der Legion über dreißigtausend Mann, und wenn die gesamte Legion sich zusammengeschlossen hätte, hätte uns nichts aufhalten können.«

Guido arbeitete eine Zeitlang schweigend, dann fuhr er fort.

»Es war das erste Mal, daß die Franzosen erkannten, was für eine Bedrohung die Legion für Frankreich darstellen konnte. Deshalb ist selbst heute noch der Großteil der Legion in Korsika und an anderen Standorten außerhalb des französischen Festlandes stationiert.«

»Und was habt ihr getan?« fragte der Junge.

»Creasy und ich blieben beisammen. Die einzige Ausbildung, die wir hatten, war die beim Militär gewesen. Ich wurde hier noch immer von der Polizei gesucht, und Creasy wußte nicht, wohin er gehen sollte. Also sahen wir uns nach einem Krieg um und fanden ihn in Katanga.«

»Katanga?«

Guido lächelte. »Ich vergesse immer, wie jung du bist. Katanga war eine Provinz in Belgisch-Kongo. Jetzt heißt sie Shaba. Als die Belgier im Jahr 60 die Kolonie aufgaben, versuchte Katanga sich von der Provinz zu lösen. Dort lebte ein anderer Stamm als im übrigen Kongo, und es gab sehr viele Bodenschätze in diesem Gebiet. Eine Menge Söldner gingen nach Katanga, um dort zu kämpfen.«

Creasy und Guido hatten sich einem ehemaligen französischen Para-Oberst namens Trinquier angeschlossen. Er kannte sie aus Algerien und war froh, daß sich so kampferfahrene Männer bei ihm meldeten. So wurden sie Söldner, was für sie eigentlich keine große Veränderung darstellte, nur vermißten sie die

Legion. Dieses gemeinsame Gefühl eines Verlustes brachte die beiden Männer einander noch näher, und ihre Freundschaft entwickelte sich zu einer zwischen zwei Menschen gleichen Geschlechts seltenen Bindung. Ihr Kampfgeschick wurde bald bei den anderen Söldnern sprichwörtlich. Sie waren geistig so aufeinander abgestimmt, daß sie, auch ohne sich zu verständigen, wie eine einzige Einheit kämpften. Besonders gut waren sie beim »Häuserkampf« – der Vertreibung des Feindes aus einem Stadtteil. Sie hatten ihre eigene Kampftaktik, gaben einander Deckung und bewegten sich in einem so präzisen Rhythmus von Raum zu Raum oder von Gebäude zu Gebäude, daß die anderen Söldner ihnen nur bewundernd zuschauten. Sie verwendeten Handgranaten und Maschinenpistolen beinahe, als ob sie damit ein Kunstwerk vollbringen würden.

Als Katangas Loslösung mißlang, schlossen sie sich im Yemen anderen Söldnern unter Denard an, übersiedelten jedoch wieder in den Kongo, nachdem Tschombé, der Präsident aus der Provinz, aus der Verbannung zurückgekehrt war. Denard befehligte das 6. Französische Kommando, und Guido und Creasy kämpften während des ganzen schmutzigen, unübersichtlichen Krieges, bis Mobutu im Jahr 1965 die Regierung übernahm. Dann zogen sie sich, zusammen mit Hunderten von anderen Söldnern, nach Bokawu zurück. Sie landeten in einem Internierungslager in Ruanda, das unter dem Schutz des Roten Kreuzes stand. Sie mußten ihre Waffen abgeben, und für Guido waren die nächsten fünf Monate eine einzige Marter. Obwohl die Gefangenen Platz genug hatten, um sich zu bewegen, löste das Bewußtsein des Eingesperrtseins bei ihm wieder Klaustrophobie aus. Um seinen Geist zu beschäftigen, lehrte ihn Creasy Englisch und ließ sich von ihm Italienisch beibringen. Guido empfand Englisch als eine schwierige Sprache, doch Creasy hatte ein gutes Sprachgefühl und beherrschte Italienisch bald fließend. Sie unterhielten sich immer mehr in dieser Sprache, bis sie etwa ein Jahr später ganz von Französisch auf Italienisch übergingen.

Nach fünf Monaten im Lager wurden sie nach Paris repatriiert. Zwei Wochen in den Bars und Bordellen von Pigalle löschten die bösen Erinnerungen aus, und sie sahen sich nach Arbeit um. In Schwarzafrika waren Söldner nicht mehr sehr willkommen, und sie waren ohnehin der Ansicht, daß ein Ortswechsel ihnen guttun würde. Abgesehen von den Monaten im Kriegsgefangenenlager hatte es Creasy in Indochina gefallen, und als ein gewisser Major Harry Owens von der US Army (er war bereits pensioniert) sich versuchsweise an sie wandte, hörten sie ihm interessiert zu.

Die Amerikaner hatten sich inzwischen im Vietnamkonflikt sehr engagiert und waren erstaunt, daß ihre Gegner sich in so erbitterten Kämpfen wehrten. Es wurde klar, daß das Übergewicht an Gefechtsstärke und Ausrüstung vielleicht nicht genügte.

Die CIA hatte natürlich bestimmte Vorstellungen darüber, wie man den Krieg gewinnen konnte, und war mit einem Riesenbudget dabei, sowohl in Vietnam als auch im benachbarten Laos eine Reihe von Privatarmeen aufzustellen und auszubilden. Sie brauchten erfahrene Soldaten in Laos, die die Rekruten in militärischen Belangen unterwiesen, und ehemalige Sergeants aus der Fremdenlegion waren ausgezeichnete Instruktoren. Daß Creasy im französischen Vietnam Erfahrungen gesammelt hatte, war ein zusätzlicher Vorteil.

So befanden Creasy und Guido sich also in Laos, wo sie offiziell als Aufseher von Verladungsarbeiten bei der Scheinfirma der CIA, »Air America«, arbeiteten. Es handelte sich dabei um eine Charterfluggesellschaft, die angeblich Frachtgut in Südasien beförderte. In Wirklichkeit lieferte sie Ausrüstung und Verpflegung neben vielen anderen Bedarfsgütern an die Privatarmeen der CIA.

Creasy und Guido bildeten achtzehn Monate lang auf der Plain of Jars Stammesangehörige der Meos aus.

Als sich die Lage für die Amerikaner verschlechterte, reagierte die CIA mit der Aufstellung von »Störtrupps«. Das waren Söldnergruppen, die in Nord-Vietnam und Kambodscha eindrangen, um die Versorgungslinien des Vietcong zu unterbrechen. Creasy und Guido wurden zu einer solchen Einheit »befördert«, die im CIA Computer in Langley Field, Virginia, als PUXUSP 40 bezeichnet wurde. Das war die Abkürzung für »penetration unit non-American personnel containing 40 men – Störtrupps, nichtamerikanische Mannschaft, bestehend aus 40 Mann«. Der »Computer« betrachtete sie als »Kanonenfutter«.

Gegen Ende 1971 waren dreißig der ursprünglichen PUXUSP 40 getötet worden. Creasy und Guido entschlossen sich zu langen, vielleicht sogar ständigen Ferien. Sie hatten zwölf geheime Einsätze mitgemacht, und jeder hatte mehrere Verwundungen davongetragen. Sie hatten auch eine Menge Geld verdient – der »Computer« war großzügig gewesen.

Inzwischen hatte Guido erfahren, daß die Polizei in Neapel die Fahndung nach ihm eingestellt hatte und daß Conti erfolgreich gewesen war und seine Aktionsbasis nach Rom verlegt hatte. Er hatte Neapel einem Nachfolger überlassen, der keine genaue Erinnerung an die Vorgänge des Jahres 1953 besaß.

Die beiden Söldner beschlossen, eine Reise nach Europa anzutreten, damit Guido seine Familie besuchen und seinen Besitz begutachten konnte. Dann wollten sie Umschau halten und sehen, was sich anbot.

Guido hatte sein Haus in Neapel in gutem Zustand vorgefunden. Es war als Wohnheim für ledige Mütter an die Kirche vermietet, ein merkwürdiger Kontrast zur Vergangenheit. Die beiden Freunde wohnten in Positano bei Guidos Mutter. Elio hatte das letzte Semester an der Universität in Rom erreicht, wo er Wirtschaftswissenschaften studierte. Guidos Mutter, die bereits bejahrt war, dankte in der Kirche für die sichere Heimkehr ihres Sohnes und zündete ein Dutzend Kerzen an. Sie wußte, daß eine solche Großzügigkeit Früchte tragen würde.

»Und damit gingen meine Tage als Söldner zu Ende«, erklärte Guido seinem aufmerksamen Zuhörer.

»Zu Ende? Du hast einfach aufgehört?«

»Wir fuhren nach Malta«, antwortete Guido kurz. »Dort heiratete ich und kehrte dann hierher zurück.«

Pietro wußte, daß er vorläufig nichts mehr erfahren würde. Sie arbeiteten schweigend weiter. In einer halben Stunde würden die ersten Mittagsgäste eintreffen.

3

Ettore und Vico Mansutti, sein Rechtsanwalt, aßen bei Granelli zu Mittag. Sie saßen halbwegs ungestört an einem Tisch in einer Nische und aßen *prosciutto* mit Melone, danach *vitello tonnato*,und tranken dazu einen Barolo aus einem guten Jahrgang. Etwas zu schwer für das Kalbfleisch, aber Vico mochte diesen Wein, also tranken sie ihn.

Sie besprachen Ettores finanzielle Probleme, und Vico beruhigte Ettore. Man konnte alles arrangieren. Er würde persönlich mit den Bankdirektoren sprechen. Ettore durfte nicht pessimistisch sein.

Ettore fühlte sich unterlegen, wie bei jedem Treffen mit seinem Anwalt. Vico Mansutti war ein Mann von Welt, gutaussehend, erstklassig gekleidet und ein Zyniker. Er trug einen maßgeschneiderten Seidenkammgarnanzug mit dezenten Nadelstreifen von Huntsman's in der Savile Row. Sein Hemd war aus Schweizer Baumwollvoile, die Krawatte Comoseide und seine Schuhe von Gucci. Vico hatte nichts Synthetisches an sich – zumindest nicht äußerlich. Er trug das Haar der Mode entsprechend lang, und sein schwarzer Schnurrbart verlieh seinem schmalen, sonnengebräunten Gesicht Stil. Während sie sich unterhielten, beobachtete Vico jede Bewegung im Restaurant, und gelegentlich erwiderte er einen Gruß, wobei seine ebenmäßigen weißen Zähne aufblitzten. Er war sechsunddreißig, zwei Jahre jünger als Ettore, und galt als der gewiegteste Anwalt von Mailand, der die besten Beziehungen hatte.

Seine Worte beruhigten Ettore zwar, nahmen ihm aber nicht seine Minderwertigkeitsgefühle.

Ein Kellner trat an den Tisch und schenkte Barolo nach, dann kam Ettore auf sein nächstes Problem zu sprechen: Rika. Er erzählte von ihrer fixen Idee wegen Pintas Sicherheit, und da Vico sein Freund war, erklärte er ihm auch Rikas tatsächliche Beweggründe – das gesellschaftliche Ansehen. Vico hörte belustigt zu.

»Ettore«, er lächelte über den trübseligen Gesichtsausdruck seines Freundes, »ich beneide dich zutiefst. Die Probleme, die du zu haben glaubst, sind kaum nennenswert, und die Vorteile, die du zu übersehen scheinst, sind wirklich gewaltig.«

»Nenne sie mir, Vico, offenbar habe ich sie noch nicht bemerkt.«

Vico legte die Gabel weg und hob die linke Hand mit gespreizten Fingern. »Erstens«, zählte er auf und legte den rechten Zeigefinger auf seinen linken Daumen. »Dein Ruf ist so gut, daß die Banken, obwohl du ihnen so viel schuldest, dir weiter Kredit geben werden, bis sich die Lage bessert.«

»Du meinst, der Ruf meiner Familie«, warf Ettore ein, »besonders der meines Vaters.«

Vico zuckte mit den Schultern. Für ihn war es das gleiche. Er berührte den nächsten Finger.

»Zweitens – dein Haus am Comosee, das du vor acht Jahren für achtzig Millionen Lire gekauft hast, ist heute zweihundertfünfzig Millionen wert und sein Wert steigt.«

»Und es ist bei der Bank mit zweihundertfünfzig Millionen beliehen«, ergänzte Ettore.

Neuerliches Schulterzucken; der nächste Finger.

»Drittens, du hast eine Tochter, deren Charme und Schönheit

nur« – nun war der vierte Finger an der Reihe – »von deiner Frau Rika erreicht wird. Doch du sitzt da, als wären dir alle Felle davongeschwommen.«

Er winkte dem Kellner, bestellte Kaffee und wandte sich wieder Ettore zu.

»Du mußt alles im richtigen Verhältnis sehen. Du hast ein kleines Problem, weil du Rika gegenüber zu nachsichtig bist. Das ist ganz natürlich. Jeder Mann auf der Welt, der mit Rika verheiratet wäre, würde das gleiche tun – ich auch.«

Er trank einen Schluck Wein und fuhr dann fort.

»Der Fehler, den du gemacht hast, wenn ich es so nennen darf, besteht darin, daß du Rika erlaubt hast, Pinta nach Carmelitas Entführung aus der Schule zu nehmen.«

»Wart mal!« protestierte Ettore. »Ich wußte nichts davon. Ich war zu dieser Zeit in New York. Als ich zurückkam, hatte sie bereits die Gouvernante angestellt. Es war ein *fait accompli.*«

Vico lächelte. »Natürlich, Rika handelt sehr impulsiv, und noch dazu hat sie die Sache damals sehr dramatisiert. Wenn sie Pinta jetzt wieder in die Schule schicken würde, als ob nichts geschehen wäre, würde sie zugeben, daß sie einen Fehler gemacht hat.« Er zog eine Augenbraue in die Höhe. »Wann hat Rika zum letztenmal einen Irrtum zugegeben?«

Ettore verzog bei dieser rhetorischen Frage kläglich das Gesicht.

»Also«, fuhr Vico fort, »mußt du Rika die Möglichkeit geben, das Gesicht zu wahren, wie die Chinesen sagen würden.«

»Und wie soll ich das anstellen?« fragte Ettore.

»Du engagierst einen Leibwächter«, erwiderte Vico leichthin.

Ettore schüttelte verwirrt den Kopf.

»Vico, ich dachte immer, daß du ein logisch denkender Mensch bist. Wir haben die letzte halbe Stunde damit verbracht, über meine finanzielle Situation – oder besser gesagt über meinen Bankrott zu sprechen. Der andere Grund für unser Treffen ist, daß ich dich als Freund und meinen Rechtsanwalt – und auch als Rikas Freund – darum bitten wollte, ihr meine verzweifelte Lage deutlich vor Augen zu führen.«

Vico griff nach Ettores Hand.

»Wenn ich mit Rika sprechen würde, würde sie ihr Gesicht ganz bestimmt verlieren, und das wäre auch für dich ein Problem. Obwohl ich dir geraten habe, einen Leibwächter anzuheuern, habe ich dir noch nicht gesagt, was ich damit bezwecke.«

Das Gespräch wurde vom Kellner, der den Kaffee brachte, unterbrochen.

»Was meinst du damit?« fragte Ettore, als sie wieder allein waren. Vico beugte sich vor und antwortete leise.

»Ettore, es gibt viele Seiten beim Entführungs-Geschäft. Du weißt, daß das Ganze ausgezeichnet geplant ist und fast immer von Leuten des organisierten Verbrechertums ausgeführt wird. Entführungen sind zu einer lukrativen Einnahmequelle geworden – achtzehn Milliarden Lire allein im vorigen Jahr. Diese Art von Verbrechen wird von den ganz großen Tieren kontrolliert.«

Ettore nickte. »Die Mafia.«

Vico zuckte zusammen. »Ein reichlich melodramatisches Wort. Es beschwört das Bild einer Bande sizilianischer Bauern herauf, die Olivenöl stehlen.«

Er winkte dem Kellner und bestellte zwei Kognaks. Dann zog er ein Lederetui aus der Brusttasche, dem er zwei Zigarren entnahm. Er zauberte eine kleine goldene Guillotine aus seiner Uhrtasche und köpfte die Zigarren sorgfältig. Er reichte eine Ettore, und der Kellner kam mit dem Kognak und einem Feuerzeug zurück. Vico warf ihm ein Lächeln zu, paffte zufrieden und nahm seinen Vortrag wieder auf.

»Die meisten Familien, die sich bedroht fühlen, schicken ihre Kinder entweder ins Ausland, für gewöhnlich in die Schweiz, oder sorgen für größtmöglichen Schutz: besonders bewachte Schulen, kugelsichere Autos und natürlich qualifizierte Leibwächter.«

»Teure Leibwächter«, ergänzte Ettore.

Vico stimmte zu. »Ungefähr dreißig Millionen Lire jährlich. Alles in allem.«

Ettore blickte vielsagend zur Decke, doch der Anwalt fuhr unbeirrt fort.

»Solche Leibwächter werden von darauf spezialisierten Agenturen geliefert. Die besten sind sogar international und haben in mehreren Städten, auch in Mailand und Rom, Filialen. Infolge des Terrorismus in Europa – Rote Brigaden, Rote Armee, Baskische Nationalisten und so weiter – sind sie Mangelware geworden. Wirklich gute Leibwächter sind somit schwer zu finden, und deshalb steigt der Preis.«

»Ich verstehe«, unterbrach Ettore, »aber das löst mein Problem keineswegs. Ganz im Gegenteil.«

Vico hob die Hand. »Nur Geduld, mein Freund. Es gibt auch einen anderen Aspekt. Aus zusätzlichen, rein finanziellen Überlegungen lassen sich viele reiche Familien gegen die Zahlung von Lösegeldern versichern. Die Regierung verbietet italienischen Versicherungsgesellschaften, diese Art von Policen auszustellen. Sie glaubt durchaus berechtigterweise, daß es zu Entführungen ermutigen könnte. Versicherungsgesellschaften im Ausland fallen jedoch nicht unter solche Beschränkungen, Lloyds in London zum Beispiel ist in dieser Sparte führend, diese Gesellschaft hat im vergangenen Jahr über einhundert Millionen Pfund an Prämien kassiert. Zwei ihrer haftenden Partner sind auf Kidnappingsversicherungen spezialisiert. Einer besitzt sogar eine Tochtergesellschaft, die mit Entführern verhandelt. Es geht sehr zivilisiert und britisch zu. Es gibt nur zwei Bedingungen: erstens müssen die Prämien außerhalb von Italien eingezahlt werden, und zweitens darf der Versicherte niemals verraten, daß er versichert ist. Der Grund dafür liegt auf der Hand.«

Ettore war leicht gelangweilt. »Sehr interessant, Vico, aber was hat das mit meinem Problem zu tun?«

Vico zeigte auf ihn. »Ist deine Fabrik versichert?«

»Natürlich, und der Begünstigte ist die Bank.«

»Richtig«, bestätigte Vico, »aber als du über die Prämie verhandelt hast, hing die Höhe von den Sicherheitsmaßnahmen ab, die du ergriffen hast – stimmt's?« Ettore nickte, und Vico fuhr fort.

»Natürlich bestehen die Versicherungen auf einer Alarmanlage und so weiter, wenn du aber über einen Sicherheitsdienst verfügst – Nachtwächter, sogar Wachhunde, wird die Prämie bedeutend heruntergesetzt. Das gleiche gilt für Entführungsprämien, und weil der Tarif so hoch und die Summen sehr groß sind, stellt jede Ersparnis einen bedeutenden Faktor dar.«

Er erwärmte sich für das Thema.

»Nimm einmal einen typischen Fall. Ein Industrieller schließt eine Entführungsversicherung auf eine Milliarde Lire ab. Die Prämie kann fünf Prozent oder fünfzig Millionen ausmachen. Wenn er einen hauptberuflichen Leibwächter anstellt, könnte die Prämie jedoch auf drei Prozent oder dreißig Millionen gesenkt werden. So erspart er sich zwanzig Millionen.«

Ettore schüttelte den Kopf. »Aber du hast mir doch soeben erklärt, daß ein Leibwächter dreißig Millionen Lire im Jahr kostet. Wo bleibt die Ersparnis?«

Vico lächelte. »Es gibt sogenannte ›Prämien-Leibwächter‹. Sie würden sich nicht sehr anstrengen, um eine Entführung zu verhindern, aber sie verhelfen einem zu einer niedrigen Prämie, und sie sind billig. Etwa sieben Millionen im Jahr.«

»Aber Vico«, wendete Ettore ein, »ich will mich nicht gegen eine Entführung versichern lassen, die nie stattfinden wird.«

Doch plötzlich kapierte er, und Vico lachte über die Veränderung in seinem Gesicht.

»Jetzt verstehst du? Du stellst einen dieser billigen Prämienleibwächter für ein paar Monate an und entläßt ihn dann wegen Unfähigkeit oder etwas Ähnlichem. Inzwischen ist Pinta wieder in der Schule, und Rika hat das Gesicht gewahrt.«

Ettore dachte ein paar Minuten lang schweigend nach und fragte dann: »Wo kann ich einen solchen Mann finden?«

Vico lächelte zufrieden. »Zuerst bezahlst du diese ausgezeichnete Mahlzeit, dann fahren wir in mein Büro, dort werde ich dir den Namen einer Agentur in Mailand nennen.« Ettore hatte gewußt, daß er letzten Endes die Rechnung bezahlen würde.

Guido bog von der Küstenstraße nach Neapel ab und fuhr eine schmale Sandstraße hinauf. Sie führte zu einem Olivenhain auf den unteren Hängen des Vesuvs. Dicht unterhalb des Hains endete die Straße auf einem grasbewachsenen Hang mit Blick auf Neapel und den Bogen der großen Bucht. Er schaltete die Zündung ab, und die Stille war vollkommen. Es war abends, und die blutrote Sonne näherte sich dem Horizont.

Er hatte wieder seine Mutter besucht, und die Anwesenheit ihrer beiden Söhne hatte sie geheilt. Es würde mindestens einen Monat dauern, bis die Symptome ihrer Krankheit wieder auftraten. Guido hatte mit Elio über Creasy gesprochen, der vor drei Tagen eingetroffen war, und Elio hatte eine provisorische Lösung angeboten. Guido mußte darüber nachdenken.

Die Wahrheit war, daß Creasy keinen Sinn mehr im Leben fand. Er hatte den Punkt erreicht, an dem er unfähig war, auch nur die geringste Begeisterung für den nächsten Tag aufzubringen.

In der Nacht nach seiner Ankunft hatte er mit Guido in seiner üblichen zurückhaltenden, unzusammenhängenden Art gesprochen. Die Sätze waren nur durch die dazwischenliegende Stille miteinander verbunden, und er benötigte lange Pausen, um die nächsten Worte zu überdenken und zu formulieren. Guido hatte kein Wort gesprochen. Er hatte nur an einem Drink genippt und seinem Freund die Möglichkeit gegeben, seine Gedanken auszuspinnen. Den verworrenen Monolog faßte Creasy schließlich zusammen:

»Ich habe einfach das Gefühl, daß ich genug oder zu lange gelebt habe – es ist viel geschehen –, ich bin Soldat, bin nie etwas anderes gewesen –, ich wollte nie etwas anderes sein –, ich kann nichts anderes –, aber ich habe genug davon. Schon seit ungefähr fünf Jahren.«

Dann war er verlegen geworden. Solche Gefühle auszudrücken, selbst seinem einzigen Freund gegenüber, war peinlich, und es paßte nicht zu ihm. Guido hatte verständnisvoll seine Schulter berührt.

Guido verstand ihn wirklich vollkommen, denn er hatte nach Julias Tod das gleiche durchgemacht. Es hatte zwei Jahre gedauert, bis er sich an den Gedanken gewöhnt hatte, ohne sie weiterzuleben. Aber es bestand ein grundlegender Unterschied zwischen seinem Leben und dem von Creasy. Er hatte Liebe und Glück erfahren, die seine Einstellung zum Dasein geprägt hatten. Diese Einstellung war deshalb so klar, weil sie unerwartet gekommen war. Er hatte gekämpft und getötet, getrunken und gehurt, und nicht einmal flüchtig an die Wirkung gedacht, die er auf andere Menschen ausübte. Er hatte lange Zeit angenommen, daß in ihm kein Platz für Gefühle wie Liebe, Mitgefühl, Eifersucht oder Besitzstreben vorhanden war. Seine einzige Empfindung für ein menschliches Wesen galt Creasy und – wenn auch nur vage – seiner Mutter und seinem Bruder.

Seine Bekehrung war dramatisch verlaufen. Nach einer Woche Aufenthalt bei seiner Mutter waren die beiden Söldner nach Malta gefahren, um einen Bekannten aus ihrer Militärzeit aufzusuchen. Der Mann wollte Soldaten für ein Scheichtum am Persischen Golf anwerben, aber weder die Bedingungen noch die Aussichten hatten Guido und Creasy zugesagt. Sie beschlossen, ein paar Tage auf Malta zu bleiben und sich umzusehen. Schließlich landeten sie auf der Schwesterinsel Gozo in einem kleinen Hotel in einem Fischerdorf. Es war warm und der Aufenthalt erholsam gewesen, und die Leute waren freundlich.

Julia hatte in der Rezeption des Hotels gearbeitet. Guido verstand es, mit Mädchen umzugehen, auch mit schüchternen, sehr religiösen und streng behüteten Mädchen, und sie hatte nach wenigen Tagen eingewilligt, ihn auf einen Drink nach der Arbeit zu treffen. Sie war schlank und schön und sehr offen in ihrer Ausdrucksweise und ihrem Benehmen. Sie wies seine ersten Annäherungsversuche ab und sagte ihm, daß sie ein anständiges Mädchen und Jungfrau war. Guido war verblüfft. Er hatte nie eine Jungfrau kennengelernt. Creasy beobachtete leicht amüsiert, was sich abspielte, und war bereit, in Gozo zu bleiben, während Guido plauderte, seinen Charme und seine Überredungskunst spielen ließ.

Guido brauchte drei Wochen, um Julia zu erobern, und dann war es nicht ganz so, wie er es sich vorgestellt hatte. Sie waren spät abends in der Ramlabucht geschwommen, hatten nachher auf dem mattroten Sand gegessen und lange geplaudert. Sie hatte ihm von ihrem Leben erzählt, das einfach und ereignislos war, und von ihrer Familie, die seit Generationen Bauern waren. Auch er hatte über sein Leben gesprochen, und es war nicht leicht gewesen, ihr irgend etwas ausreichend zu erklären, sie hatte immer wieder »warum« gefragt, und er wußte darauf oft keine Antwort. Die Sonne ging auf, sie sprachen immer noch, und er hatte vergessen, was er eigentlich vorgehabt hatte. Dann erklärte sie ihm, daß ihre Eltern jetzt sehr bestürzt sein würden. In Gozo war es ein schlimmes Verbrechen, wenn ein Mädchen die ganze Nacht wegblieb.

»Aber wir haben doch nichts getan«, widersprach Guido, sah ihren rätselhaften Blick und begriff, daß nicht er der tatsächliche Eroberer war.

Sie hatten einander geliebt, sie war wirklich eine Jungfrau gewesen, und Guido hatte gezögert, doch sie hatte ihn in sich aufgenommen, aufgeschrien und noch fester an sich gezogen. Guido vergaß diese Augenblicke nie, und alle Frauen, die er je gekannt hatte, waren für ihn plötzlich keine Frauen mehr.

Im zunehmenden Tageslicht sah er das Blut auf ihren Schenkeln, das einzige Blut, das er jemals aus Liebe vergossen hatte. Er beobachtete, wie sie es abwischte, zu ihm aufblickte und lächelte, schüchtern, aber stolz, und er wußte, daß sich sein Leben geändert hatte.

Sie gingen zusammen über den Hügel und durch Nadur zum Bauernhof ihrer Eltern. Ihr Vater war schon auf dem Feld und beobachtete sie ruhig und stumm, während sie näher kamen.

»Das ist Guido«, stellte sie vor. »Wir werden heiraten.«

Ihr Vater nickte und ging wieder an seine Arbeit. Er kannte seine Tochter. Eine außer Haus verbrachte Nacht bedeutete einen Schwiegersohn.

Sie heirateten in der Kirche von St. Peter und St. Paul in Nadur. Ein junger Priester vollzog die Trauung. Er war groß und stark und erinnerte Guido ein wenig an Creasy. Er sah nicht wie ein Priester aus, war kurz angebunden und schroff, aber die Leute von Nadur mochten ihn. Er arbeitete hart und war geschickt, und genau das schätzten die Bauern an ihm. Die Einwohner von Gozo geben jedem einen Spitznamen, und sie nannten diesen Priester »den Cowboy«,

Guido hatte sich darüber Sorgen gemacht, wie Creasy auf die Heirat reagieren würde. Immerhin waren sie seit über fünfzehn Jahren Freunde und kaum jemals getrennt gewesen. Aber Creasy hatte sich gefreut und war nicht wirklich überrascht gewesen. Ihm war klar, daß das Mädchen Guido liebte, er hatte ihre innere Stärke erkannt und freute sich für seinen Freund.

Bei der Hochzeit fungierte er als Trauzeuge, stumm und ebenso schroff wie »der Cowboy«; bei der Hochzeitsfeier hatte er ziemlich viel von dem starken Gozo Wein getrunken und sich mit Guido über sein Glück gefreut. Er wußte, daß er die Freude sozusagen aus zweiter Hand empfand, aber es war trotzdem ein gutes Gefühl.

Julia hatte instinktiv diese Männerfreundschaft akzeptiert und nichts gegen sie eingewendet. Sie betrachtete Creasy als wesentliche Ergänzung zu Guido. Als sie nach Neapel fuhren, brachte Creasy sie zum Flugplatz, und als er sich bückte, um Julia auf die Wange zu küssen, umarmte sie ihn und hielt ihn lange an sich gedrückt. Als sie zurücktrat, bemerkte er Tränen in ihren Augen.

»Unser Heim ist auch dein Heim«, erklärte sie einfach.

Er nickte, sein Gesicht wirkte merkwürdig starr, und er sagte nur: »Wenn Guido in der Nacht schnarcht, pfeife einfach – dann hört er damit auf.«

Sie lächelte und wandte sich ab, unfähig, noch ein Wort zu sagen. Im Flugzeug fragte sie Guido, was Creasy nun beginnen würde, und er antwortete, daß er irgendwo auf der Welt wieder in einen Krieg ziehen würde.

Guido kehrte also mit einer Frau nach Neapel zurück, löste den Pachtvertrag seines Besitzes auf und machte daraus die Pension »Splendide«. Seine Mutter war überglücklich, und die Kirche in Positano erstrahlte in hellem Kerzenlicht.

Creasy besuchte sie mehrmals in Neapel, wenn er aus einem Krieg kam oder in einen zog. Er schrieb weder, noch rief er jemals an, er traf einfach ein und brachte immer ein Geschenk für Julia mit – etwas Besonderes. Einmal war es ein kompliziert gemustertes Batiktuch aus Indonesien gewesen, ein andermal eine Natur-Aquamarinperlenkette aus Japan. Es waren keine spontan gekauften, sondern mit Überlegung ausgesuchte Geschenke. Das wußte sie, und diese Tatsache bereitete ihr mehr Freude als ihre Schönheit oder ihr offensichtlicher Wert.

Für gewöhnlich blieb Creasy nur ein paar Tage, entspannte sich, fühlte sich wohl, dann verkündete er plötzlich, daß er wieder abreisen müßte, und war am Morgen verschwunden. Aber beim letzten Mal blieb er über einen Monat. Er war nie untätig, befaßte sich immer mit kleinen Reparaturen im Haus – er arbeitete gern mit den Händen.

Wenn die letzten Gäste nach dem Abendessen gegangen waren, setzten sie sich zu dritt an den großen Küchentisch, sahen fern, lasen oder plauderten. Julia pflegte über die Gespräche der beiden Männer, deren geistige Verbundenheit so eng war, daß ein oder zwei Worte ganze Sätze ersetzten, zu lächeln. Guido eröffnete zum Beispiel das Gespräch mit einer Frage über einen früheren Bekannten.

»Miller?«

»Angola.«

»Hurt noch immer?«

»Feste.«

»Aber scharf?«

»Eine Nadel.«

»Uzi?«

»Ist mit ihr verheiratet.«

Vieles blieb für Julia unverständlich, besonders wenn die beiden über Waffen sprachen. Nach den ersten Besuchen war Guido nach Creasys Abreise einige Tage lang unruhig, aber Julia sprach nicht darüber. Beim letzten Besuch seines Freundes jedoch war er ausgeglichen und glücklich. Als Creasy bei diesem letzten Besuch wieder einmal erklärte, daß er am nächsten Morgen abreisen würde, schlug Julia ihm einfach vor, daß er bei ihnen bleiben und hier seinen Wohnsitz aufschlagen sollte. Guido äußerte sich nicht dazu, das war auch nicht nötig. Creasy lächelte Julia an, was selten vorkam, und meinte: »Vielleicht werde ich eines Tages darauf zurückkommen, eure elektrischen Leitungen in Ordnung bringen und das Haus einmal im Monat tünchen.« Sie wußten, daß er es ernst meinte. Er würde wiederkommen, einfach nicht mehr erklären, daß er wieder abreisen würde, und dann wäre alles gut und in Ordnung.

Aber eines Tages war Julia einkaufen gegangen; die örtliche Fußballmannschaft hatte gewonnen, die Anhänger waren in einer Kolonne mit dröhnenden Hupen und fliegenden Fahnen durch die Stadt gefahren, der Fahrer eines Wagens mit acht betrunkenen Insassen hatte die Kontrolle über sein Fahrzeug verloren und Julia an einer Mauer erdrückt.

Creasy traf eine Woche später, müde nach einer langen Reise, ein. Guido fragte ihn nicht, wie er von Julias Tod erfahren hatte. Creasy blieb ein paar Wochen, und seine Anwesenheit half Guido über den ersten Schmerz.

Jetzt saß Guido in seinem Wagen und beobachtete die Dämmerung über der Bucht. Die Sonne war untergegangen und hatte nur einen schwachen Widerschein hinterlassen. Er versuchte, sich vorzustellen, wie sein Leben verlaufen wäre, wenn er Julia nie kennengelernt hätte, er konnte es sich ausmalen und deshalb verstand er Creasy auch so gut.

Creasy mußte sich ablenken, und wenn es nur für eine Weile war. Er mußte tun, was seine Zeit ausfüllte und sein Denken voll beanspruchte – etwas, was ihn daran hinderte abzurutschen.

Creasy war nach Rhodesien gefahren und hatte versucht, sich einzuordnen. Er hatte junge weiße Rekruten ausgebildet und sie in den Buschkrieg geführt. Aber es war eine andere Welt, und er konnte sich in ihr nicht zurechtfinden und sich mit den Problemen nicht identifizieren. Er versuchte nicht, im Krieg zwischen Recht und Unrecht zu unterscheiden. Er sympathisierte mit den Weißen. Sie waren keine schlechten Menschen, nur die Zeit hatte sie eingeholt – sie lebten im falschen Jahrhundert. Sie waren als Pioniere gekommen, hatten ein neues Land erschlossen und sich den frühen amerikanischen Siedlern verwandt gefühlt. Aber die Zeiten hatten sich geändert, und sie konnten die Schwarzen nicht ausrotten, wie die amerikanischen Indianer oder die australischen Aboriginals ausgerottet worden waren. Die meisten Weißen hätten es auch gar nicht gewollt, und die wenigen, die dafür waren, merkten bald, daß einige Schwarze Landminen, Granaten, Raketenwerfer und Kalaschnikows besaßen. Es war eine andere Welt. Das Schreckliche war die Sinnlosigkeit, und sie war so offensichtlich. Die anderen konnten das nicht erkennen, aber Creasy hatte sein Leben damit verbracht, sie aufzuspüren: von Dien Bien Phu nach Algerien, nach Katanga, zurück nach Vietnam, und immer und überall herrschte diese uferlose Sinnlosigkeit. Der Krieg in Rhodesien brachte ihm seine ganze Vergangenheit vor Augen. Was war das für ein Leben, aussichtslose Schlachten für Menschen zu schlagen, die von Patriotismus, entscheidendem Einsatz und niemals vom Sterben sprachen – aber

Tod bis zum letzten Mann meinten? Creasy schaute in seine Zukunft und erblickte genau die gleiche Leere. Wenn er nicht in Rhodesien kämpfte, dann irgendwo anders. Sinnlos: das war ein Nachruf auf seine Vergangenheit und ein Eigenschaftswort für seine Zukunft.

Er hatte das Interesse verloren. Er begann übermäßig zu trinken, vernachlässigte seinen Körper und fiel in Lethargie. Schließlich zog man ihn aus dem Kampfgebiet ab und ernannte ihn zum Ratgeber. Er wäre entlassen worden, hätte man sich nicht an seine besseren Zeiten erinnert und sich für seine Leistungen dankbar gezeigt. Er erkannte bald das Mitleid, und sein Stolz veranlaßte ihn, abzureisen. Er fuhr nach Brüssel, wo er eine Frau gekannt hatte, aber sie lebte nicht mehr dort, also nahm er den Zug nach Marseille und ging aus einer plötzlichen Regung heraus an Bord des Fährschiffes nach Korsika. Der größte Teil der Fremdenlegion war in Korsika stationiert, und Creasys Instinkt zog ihn dorthin. Viele Jahre waren vergangen, seit das Erste R.E.P. rebelliert hatte. Die Legion hatte es verziehen. Dort gab es ein Heim. Vielleicht konnte die Waise ins Waisenhaus zurückkehren.

Er traf am Nachmittag in Calvi ein, saß auf dem Platz und genehmigte sich einen Drink. Die Kasernen lagen oben auf dem Hügel, und während er sich überlegte, ob er hinaufgehen sollte oder nicht, hörte er Gesang. Es war das Marschlied der Legion, »Le Boudin«, und dann bogen sie in dem typischen langsamen Marschtritt um die Ecke – fünfundachtzig Schritte in der Minute. Es war eine Einheit von Rekruten, die in den neuen Uniformen zum erstenmal zeigten, daß sie den Drill beherrschten. Er betrachtete die jungen, frisch geschrubbten Gesichter und fühlte sich tausend Jahre alt.

Als sie vorbei und die letzten Klänge verhallt waren, leerte er sein Glas und ging zum Bahnhof. Am nächsten Tag war er in Bastia, saß am Hafen, trank wieder und wartete auf das Fährschiff nach Livorno. Er würde Guido aufsuchen. Vielleicht würden sie wieder zusammenfinden – vielleicht würde auch das sinnlos sein.

Creasy hatte zugesehen, wie die wenigen Passagiere an Bord gingen, hatte die Straße überquert, um sich ihnen anzuschließen, und war an dem Jungen vorbeigekommen. Als das Fährschiff ablegte, stand er am Heck und sah, wie der Junge ihm zuwinkte. Er winkte zurück. Lebe wohl, Korsika. Lebe wohl, Junge.

»Ein Leibwächter«, sagte Guido.

Creasy sah ihn verständnislos an.

Sie saßen in der Küche, und Guido erläuterte ihm Elios Vorschlag.

Sein Bruder hatte Erfolg gehabt. Nach einer guten Ausbildung, deren Kosten Guido übernommen hatte, war er Buchhalter geworden. Er war in eine Buchprüferkanzlei in Mailand eingetreten und war aufgestiegen. Er hatte Guido erklärt, daß sich unter seinen Kunden eine Sicherheitsagentur befand, die Industriellen Leibwächter vermittelte. Dafür bestand derzeit große Nachfrage und ein Mangel an geschulten Kräften, und für gute Leute war die Bezahlung ausgezeichnet. Guido hatte Bedenken geäußert, weil Creasy vollkommen außer Form und praktisch Alkoholiker war. Es würde bedeuten, daß er einen Job unter Vorspiegelung falscher Tatsachen übernahm, und das würde Creasy niemals tun. Dann hatte Elio ihm die Sache mit den »Prämien-Leibwächtern« erklärt, und Guido hatte Interesse gezeigt. »Aber dafür ist die Bezahlung miserabel«, hatte Elio bemerkt. Das spielt keine Rolle, dachte Guido. Er wußte, daß Creasy genügend Geld hatte. Er hatte im Lauf der Jahre viel verdient und wenig ausgegeben.

Also unterbreitete er Creasy den Vorschlag, und Creasy blickte ihn verständnislos an.

»Ein Leibwächter«, wiederholte Guido.

»Du bist verrückt«, antwortete Creasy. »In meinem Zustand könnte ich nicht einmal eine Leiche bewachen.«

Guido erzählte ihm von den »Prämien-Leibwächtern«, doch Creasy ließ sich nicht überzeugen.

»Gibt es jemanden, der einen erledigten Söldner einstellen würde – einen Trinker?«

Guido zuckte mit den Achseln.

»Es ist nur ein Trick, um die Versicherungsprämien niedrig zu halten.«

»Aber ein Alkoholiker?«

Guido seufzte.

»Du müßtest natürlich mit dem Trinken aufpassen. Trink nachts, wenn du das hier tust, siehst du bei Tag gar nicht so übel aus.«

»Und was geschieht, wenn es zu einem Entführungsversuch kommt?«

»Du tust dein Bestes. Du wirst nicht dafür bezahlt, Wunder zu vollbringen.«

Creasy dachte darüber nach, blieb aber skeptisch. Er hatte immer mit Militaristen zusammengearbeitet. Er erhob einen weiteren Einwand.

»Ein Leibwächter muß sich die ganze Zeit über nahe bei jemandem aufhalten. Das liegt mir nicht – das weißt du.«

Guido lächelte.

»Du wirst also ein schweigender Leibwächter sein. Manchen Leuten könnte das gerade recht sein.«

Creasy brachte weitere Probleme zur Sprache, doch Guido drängte ihn sanft zu einer Entscheidung. Elio hatte Creasy eingeladen, ein paar Tage in Mailand zu verbringen.

»Warum fährst du denn nicht hin und siehst dich um?«

Schließlich erklärte Creasy sich bereit, nach einem möglichen Job zu suchen. Dann ging er zu Bett, schüttelte den Kopf und murmelte ungläubig: »Verdammter Leibwächter!«

Guido holte Papier und Feder und schrieb einen Brief an Elio.

Er wußte, daß die Agentur Unterlagen über Creasys Qualifikationen verlangen und daß Creasy ungern mehr als die unbedingt notwendigen Auskünfte erteilen würde. Er schrieb lange, skizzierte zuerst Creasys Laufbahn in der Legion und später in den verschiedenen Kriegen in Afrika, dem Nahen Osten und Asien. Dann schilderte er seine Vertrautheit mit verschiedenen Waffen. Es war eine lange Liste. Schließlich erwähnte er Creasys Auszeichnungen. Italiener lassen sich von Medaillen und Orden beeindrucken.

Er versiegelte den Brief und ließ ihn auf dem Tisch liegen mit der Anweisung an Pietro, er sollte ihn gleich am Morgen zur Post bringen. Als Guido zu Bett ging, war er zum erstenmal seit der Ankunft seines Freundes zuversichtlich.

4

»Hat man Ihnen eine Waffe gegeben?«

»Ja.«

»Bitte, zeigen Sie sie mir.«

Creasy nahm die rechte Hand vom Lenkrad, griff unter seine Jacke und reichte sie ihm.

Ettore nahm die Pistole vorsichtig entgegen. Er hatte noch nie so etwas in der Hand gehabt und war fasziniert.

»Was ist es?«

»Beretta 84.«

»Haben Sie diesen Typ schon früher benützt?«

»Ja, es ist eine gute Pistole.«

»Ist sie geladen?«

Creasy wandte den Blick von der Straße ab und dem Italiener zu.

»Sie ist geladen«, bestätigte er trocken.

Ettore gab die Waffe zurück, und sie fuhren weiter nach Como.

Er hatte den Amerikaner gebeten, den Lancia zu steuern, um

zu sehen, ob er ein guter Fahrer war. Er war erleichtert, als Creasy den Wagen ruhig und sicher lenkte.

Es war nicht so einfach gewesen, einen Leibwächter zu finden, wie Vico ursprünglich gemeint hatte, oder zumindest einen Leibwächter, der Rikas Anforderungen entsprach. Sie hatte sich über das Ergebnis von Ettores Gespräch mit Vico gefreut und sofort begonnen, Pläne zu schmieden. Sie beschloß, dem Leibwächter ein großes Zimmer im obersten Stockwerk des Hauses zuzuweisen. Sie und Pinta stellten zusätzliche Möbel hinein: einen kleinen Tisch und einen großen Lehnstuhl sowie mehrere Teppiche. Im Raum standen bereits ein großes Messingbett, eine Kommode und ein Kleiderschrank. Er würde die Mahlzeiten zusammen mit der Haushälterin Maria und dem Gärtner Bruno in der Küche einnehmen.

Rika erstellte eine Liste, die die Pflichten des Leibwächters beinhaltete. Pinta zur Schule zu fahren und sie am Nachmittag abzuholen waren die wichtigsten. Während Pintas Schulzeit konnte er Rika zum Einkaufen und zu Verabredungen zum Lunch bringen. Natürlich mußte er anständig angezogen sein und sich höflich und respektvoll verhalten. Rika hatte Ettore gedrängt, sich zu beeilen, da das Schuljahr bald anfing und sie Ettore bei seiner Reise nach Paris begleiten wollte.

Natürlich gab es bei der Auswahl, nicht zuletzt wegen Rikas Ansprüchen, Probleme. Die beiden ersten Bewerber waren eindeutig ungeeignet gewesen, wenig mehr als Straßenrowdys, die Rika niemals zur Tür hereingelassen hätte. Der dritte war ein Homosexueller, und Ettore hatte etwas gegen Homos. Er hatte die Agentur angerufen und sich über die Qualität der Bewerber beschwert, doch man hatte ihm geantwortet, daß Leibwächter rar waren. Der Vermittler gab auch höflich zu verstehen, daß gute Leute auch besser bezahlt werden müßten. Dennoch telefonierte er am nächsten Tag mit Ettore, um ein Treffen mit einem vierten Bewerber zu vereinbaren – einem Amerikaner. Ettore war nicht sehr zuversichtlich. Einen Ausländer hatte er eigentlich nicht erwartet, besonders keinen Amerikaner. Er machte sich auf einen Gangster mit Kaugummi im Mund und Bürstenhaarschnitt gefaßt.

Er war also angenehm überrascht, als Creasy in sein Büro geführt wurde. Die Narben in seinem kantigen Gesicht und die merkwürdigen Augen wirkten zwar bedrohlich, er trug aber einen eleganten dunkelblauen Anzug und ein beiges Hemd. Er stand an der Tür, hielt einen großen Umschlag mit rotem Wachssiegel in der Hand und blickte Ettore ausdruckslos an.

Ettore machte eine einladende Geste, Creasy trat vor und setzte sich vor dem Schreibtisch in den Besucherstuhl. Dann reichte er Ettore den Umschlag.

»Die Agentur hat mir aufgetragen, Ihnen das Schreiben zu überreichen.«

Sein Italienisch war beinahe vollkommen, mit einem leichten neapolitanischen Einschlag.

Ettore nahm den Umschlag entgegen und fragte: »Möchten Sie einen Kaffee?« Dieser Mann gefiel ihm, den anderen hatte er keinen Kaffee angeboten.

Creasy schüttelte den Kopf, Ettore erbrach das Siegel, nahm den Brief heraus und begann zu lesen. Es war ein Bericht über Creasys Qualifikationen und ein Lebenslauf, den die Agentur aufgrund von Guidos Informationen zusammengestellt hatte.

Ettore las schweigend, und als er fertig war, blickte er den Mann vor sich lange an. Creasy erwiderte den Blick, ohne mit der Wimper zu zucken.

»Wo liegt der Haken?«

»Ich trinke«, lautete die ruhige Antwort.

Ettore brauchte einen Augenblick, um das Geständnis zu verdauen, und fragte dann: »Inwiefern beeinträchtigt das Ihre Arbeit?«

Creasy kniff die Augen nachdenklich zusammen, und Ettore spürte, daß er die absolute Wahrheit hören würde.

»Bei dieser speziellen Arbeit beeinflußt es meine Koordination und die Reaktionszeit. Meine Fähigkeit, schnell und genau zu schießen, ist herabgesetzt. Wenn ich ein reicher Mann wäre und damit rechnen würde, daß ich oder meine Familie überfallen werden, würde ich einen Mann in meinem Zustand nicht anstellen.«

Ettore fragte: »Sind Sie manchmal so betrunken, daß Sie handlungsunfähig sind oder andere belästigen?«

Creasy schüttelte den Kopf.

»Sie würden nichts bemerken. Ich trinke nur nachts. Am Morgen fühle ich mich vielleicht schlecht, aber man merkt es mir nicht an.«

Ettore studierte die Papiere noch einmal. Solange Rika nichts von Creasys Sucht wußte, sollte es kein Problem geben.

»Die Bezahlung ist nicht besonders.«

Creasy zuckte die Schultern. »Wenn erstklassige Profis versuchen, Ihre Tochter zu entführen, wird die Dienstleistung der Bezahlung entsprechen.«

»Und wenn es Amateure versuchen?«

»Wenn sie wirklich Amateure sind, werde ich sie wahrscheinlich vertreiben oder sogar töten – ist denn damit zu rechnen?«

Ettore schüttelte den Kopf. »Ich bezweifle es. Offen gestanden, macht sich vor allem meine Frau Sorgen. Sie reagiert übertrieben auf die Entführungen der letzten Zeit. Übrigens wird es zu Ihren Pflichten gehören, sie herumzufahren. Sie besitzt einen eigenen Wagen.« Er warf wieder einen Blick auf die Papiere und betrachtete die lange Liste der Kriege und Schlachten und die Aufzählung der Waffen, mit denen Creasy gekämpft hatte.

»Sie müßten sich ein wenig an ein häusliches Leben gewöhnen.«

»In Ordnung«, sagte Creasy, »aber gesellschaftliche Konversation ist nicht grade meine Stärke. Ich werde meine Pflicht nach besten Kräften tun, mehr kann ich nicht versprechen.«

Ettore lächelte zum erstenmal.

»Das ist eigentlich schon eine Menge. Können Sie sofort anfangen?« Ettore fiel etwas ein: »Besitzen Sie eine Schußwaffe?«

Creasy nickte. »Die Agentur stellte eine zur Verfügung. Sie müssen ihr bestätigen, daß Sie mich anstellen, dann wird sie den Waffenschein besorgen. Er wird Ihnen in Rechnung gestellt.« Er stand auf. »Ich kann jederzeit anfangen.«

Sie waren zur Tür gegangen, Ettore sagte: »Morgen abend fahre ich über das Wochenende nach Como. Seien Sie bitte um sechs mit Ihren Sachen hier. Niemand darf von Ihren Problemen mit dem Alkohol erfahren, auch meine Frau nicht.«

Die beiden Männer schüttelten sich die Hände. »Ich weiß nicht, wie lange ich Sie brauchen werde. Es hängt von den Umständen ab, aber mein Vertrag mit der Agentur wird eine dreimonatige Probezeit vorsehen. Danach können wir beide die Situation überdenken. Schließlich könnte es auch sein, daß Ihnen der Job nicht zusagt.« Als sie ins Wohnzimmer kamen, stand Rika an der Terrassentür. Sie trug ein einfaches schwarzes Kleid. Ihr Gesicht war ein weißes Oval, von ebenholzschwarzem Haar umrahmt.

Ettore stellte ihr Creasy vor, und sie fragte: »Möchten Sie etwas trinken?«

»Danke – Scotch und ein wenig Wasser.«

Rika ging zur Bar, die beiden Männer traten zu der Terrassentür und blickten über den See hinaus. Creasy spürte Ettores Unruhe und wunderte sich darüber. Rika brachte den Whisky und einen Martini für ihren Mann:

»Ich habe Ihren Namen nicht genau verstanden«, sagte sie.

»Creasy.«

»Sie sind kein Italiener?«

»Amerikaner.«

Rika blickte Ettore mit leicht gerunzelter Stirn an.

»Aber sein Italienisch ist ausgezeichnet«, warf er hastig ein. Sie war verwirrt.

»Haben Sie schon oft als Leibwächter gearbeitet?«

Creasy schüttelte den Kopf. »Niemals.«

Ihre Mißbilligung wurde deutlicher, und wieder warf Ettore rasch ein: »Mr. Creasy hat große Erfahrung in ähnlichen Tätigkeiten. Sehr große Erfahrung.«

Creasy betrachtete die Frau interessiert. Er brauchte einige Zeit, um sich an ihre blendende Schönheit zu gewöhnen. Ihre Reaktion, als sie hörte, daß er Amerikaner war, störte ihn nicht, doch ihre Beziehung zu ihrem Mann erregte seine Neugier.

Ettore hatte in Mailand einen energischen und selbstsicheren Eindruck gemacht, nun aber, in Gegenwart seiner Frau, trat seine Schwäche zutage. Sie beherrschte ihn durch ihre Schönheit oder durch ihre Persönlichkeit oder durch beides. Rikas Verwirrung war nicht zu übersehen. Sie hatte sich natürlich Gedanken darüber gemacht, was für einen Mann Ettore anstellen würde. Er würde natürlich Italiener sein, höflich und ehrerbietig, jung und athletisch, und Erfahrung als Leibwächter mitbringen.

Der Mann vor ihr war Amerikaner, und sie neigte, wie viele Damen der italienischen Gesellschaft, dazu, auf Amerikaner herabzublicken. Er war zwar groß, aber nicht mehr jung und sah nicht sehr athletisch aus.

Sie nahm seine Kleidung beifällig zur Kenntnis, die sportlich und teuer war: beige Hose, ein hellbrauner, gestrickter Rollkragenpulli und eine dunkelbraune Jacke. Sie sah, daß die Hand, die das Glas hielt, Narben auf dem Rücken aufwies und daß die Spitze des kleinen Fingers fehlte. Dann blickte sie zu seinem Gesicht auf und bemerkte, wie groß er war. Sie sah die Narben auf seiner Stirn und am Kinn und die Augen unter den schweren Lidern, die ihren Blick gleichgültig erwiderten. Und ihr wurde klar, wie er auf sie wirkte – er machte ihr angst. Diese Erkenntnis war ein Schock für sie, Männer hatten sie noch nie geängstigt. Sie hatte noch nie zuvor beim Anblick eines Mannes Furcht empfunden.

Ettore unterbrach die Stille.

»Wo ist Pinta, Liebste?«

Rika riß sich zusammen. »Oben. Sie wird sofort hier sein.«

Ettore spürte, daß ihr Ärger verflogen war, aber an seine Stelle war Verwirrung getreten.

Sie lächelte ein wenig und wandte sich an Creasy: »Sie ist aufgeregt, weil wir nun einen Leibwächter haben.«

»Ich bin der erste?« fragte Creasy.

»Ja. Sie sprechen Italienisch wie ein Neapolitaner.«

»Mein Lehrer war aus Neapel.«

»Haben Sie dort gelebt?«

»Ich war nur zu Besuch dort.«

Creasy hörte, daß die Tür geöffnet wurde, und drehte sich um. Das Mädchen trug ein weißes T-Shirt und Jeans. Es blieb in der Tür stehen und blickte Creasy interessiert an.

Pintas Mutter sagte: »*Cara*, das ist Mr. Creasy.«

Pinta ging durch das Zimmer und streckte Creasy sehr förmlich die Hand entgegen. Als er sie schüttelte, lächelte sie zaghaft.

Sie reichte ihm bis zur Brust. Ihre kleine Hand verlor sich in der seinen.

»Warum führst du Mr. Creasy nicht in sein Zimmer?« fragte Rika. »Vielleicht möchte er auspacken.«

Creasy leerte sein Glas, und das Kind begleitete ihn ernst hinaus.

Als die Tür zuging, wartete Ettore auf die Explosion. Aber Rika schlürfte nachdenklich ihren Drink.

»Er ist sehr gut für diesen Job geeignet«, verteidigte sich Ettore, »und es ist wirklich schwer, gute Leute auf diesem Gebiet zu finden.«

Sie erwiderte nichts, und er sprach weiter auf sie ein.

»Es ist natürlich schade, daß er Amerikaner ist. Aber wie du ja gehört hast, ist sein Italienisch ausgezeichnet.«

»Hat er schon einmal in Italien gearbeitet?« fragte sie.

»Nein.« Er öffnete seine Aktentasche und reichte ihr den Bericht der Agentur. »Das ist sein Lebenslauf.«

Sie setzte sich und schlug die Mappe auf, Ettore ging zur Bar und mixte sich noch einen Martini.

Rika las den Bericht schweigend, dann klappte sie die Mappe zu und legte sie auf den Kaffeetisch.

Ettore nippte an seinem Drink und wartete. Sie war tief in Gedanken versunken. Dann sagte sie: »Er macht mir angst.«

»Angst?« Ettore war erstaunt.

Sie lächelte.

»Ich finde es nett, daß er Amerikaner ist. Es ist einmal etwas anderes.«

»Aber warum hast du Angst vor ihm?«

Rika dachte darüber nach und schüttelte den Kopf. »Ich weiß es nicht.« Sie sah auf den Bericht hinunter. »Vielleicht liegt die Antwort da drinnen. Dir ist doch klar, daß du einen Killer ins Haus gebracht hast. Gott weiß, wie viele Menschen er getötet hat – in der ganzen Welt.«

Ettore wollte widersprechen, doch sie lächelte wieder.

»Er ist gut angezogen – wie ein Europäer.«

Ettore war erleichtert, aber verwirrt. Offenbar akzeptierte sie Creasy.

Sie stand auf und küßte ihn auf die Wange.

»Ich danke dir, Liebster. Jetzt fühle ich mich besser.«

Sie sagte es, als würde sie ihm für ein Geschenk danken – ein Schmuckstück oder einen Rosenstrauß.

Nach dem Abendessen reinigte Creasy die Pistole. Er arbeitete automatisch, seine Finger bewegten sich gewohnheitsmäßig, während seine Gedanken sich mit den Ereignissen des Abends und den Menschen befaßten. In der Vergangenheit hatte er immer, wenn er einen neuen Job begann, die Leute um sich und ihre mögliche Auswirkung auf ihn und auf den Job analysiert. Obwohl es sich jetzt um eine ganz andere Arbeit handelte, befolgte er aus Gewohnheit das gleiche Schema.

Er gelangte zu dem Schluß, daß Ettore Sorgen hatte. Wahrscheinlich mit geschäftlichen Angelegenheiten. Als er Elio erzählt hatte, wer sein neuer Arbeitgeber sein würde, war Elio der Name Balletto als einer der größten Produzenten von gewirkten Seidenstoffen in Italien, eigentlich in der ganzen Welt, geläufig. Ettore hatte das Unternehmen von seinem Vater geerbt, der in der Geschäftswelt von Mailand hohes Ansehen genossen hatte. Ettore galt als tüchtiger Geschäftsmann, mußte sich jedoch, wie viele andere italienische Textilfabrikanten, gegen die heftige Konkurrenz aus dem Fernen Osten behaupten. Er war auch wegen der Schönheit seiner Frau bekannt.

Creasys Gedanken befaßten sich mit Rika. Er überdachte leidenschaftlos ihre Wirkung auf ihn. Ihr Äußeres war von Details geprägt, die er an Frauen besonders bewunderte: Verzicht auf auffälligen Schmuck, nicht überladen, sehr wenig Make-up. Ihr Haar fiel natürlich herab, ihre Fingernägel waren sehr lang und nicht lackiert. Sie brauchte keine Hilfsmittel, aber er hatte auch das Fehlen von Parfum bemerkt. Sie war vollkommen weiblich. Ihre Persönlichkeit war von ihrem Aussehen und dessen Ausstrahlung geprägt.

Sie hatte ihn sofort körperlich angezogen. Das war ein Faktor, der seinen Job beeinflussen würde. Er hatte ihre Reaktion auf ihn genau beobachtet. Ihre anfängliche Feindseligkeit und Verärgerung hatten sich in Neugierde verwandelt. Nach seiner Erfahrung war sie der Typ Frau, der auf seine Vergangenheit reagieren, von seiner Gewalttätigkeit fasziniert sein würde. Sie liebte es, zu herrschen und die Grenzen ihrer Herrschaft zuerst geistig, dann vielleicht auch körperlich herauszufinden. Er würde sie sehr vorsichtig behandeln.

Er war mit dem Reinigen der Pistole fertig, nahm ein kleines Ölkännchen und ölte den Auslösermechanismus und den Magazinauslöseknopf. Er dachte an Maria und Bruno. Während des Abendessens in der großen, behaglichen Küche waren sie nicht gesprächig gewesen, und Creasy hatte sie auch nicht ermutigt. Seine natürliche Zurückhaltung war deutlich gewesen; er erwartete, daß sie nach einer Weile, wenn sie sich an seine Anwesenheit gewöhnt hatten, wieder ihre gewohnten Gespräche aufnehmen würden.

Maria war Mitte Dreißig, stämmig, fröhlich und offensichtlich neugierig. Bruno war über sechzig, ein kleiner Mann mit einem braunen, spitzen Gesicht und friedfertigem Wesen.

Das Essen war gute Hausmannskost gewesen. *Gnocchi verdi*, gefolgt von einem in Öl und Zitronensaft marinierten Huhn. Obwohl Creasys Appetit in letzter Zeit nicht sehr groß gewesen war, liebte er italienische Speisen und wußte viel darüber. Er erkannte die charakteristischen Merkmale der Florentiner Küche und fragte Maria, ob sie aus der Toscana stamme.

Sie hatte sich über seine Frage gefreut und wußte, weshalb er sie gestellt hatte. Ja, sie stammte aus der Toscana, war aber vor fünf Jahren nach Mailand gezogen, um hier Arbeit zu finden. Creasy hatte Bruno gebeten, ihn am Morgen auf dem Grundstück herumzuführen, damit er sich die Anlage einprägen konnte, dann hatte er sich entschuldigt und war auf sein Zimmer gegangen.

Er nahm die kurzen 9-mm-Patronen aus dem Pistolenmagazin und prüfte die Feder sowie die der beiden Reservemagazine. Dann öffnete er eine Patronenschachtel und füllte alle drei Magazine. Anschließend nahm er das neue Schulterhalfter und rieb mit einem Tuch Öl in das Leder, um es geschmeidiger zu machen.

Pinta würde für ihn das Hauptproblem darstellen. Im allgemeinen war er im Umgang mit Kindern nicht sonderlich geschickt, und dieses Mädchen würde keine Ausnahme machen. Er wußte nicht, was man mit einem Kind anfing. Kinder hatten in seinem Leben noch nie eine Rolle gespielt, außer daß sie sein Mitleid erregten. In allen Kriegen, an denen er teilgenommen hatte, hatten Kinder am meisten gelitten – verwirrt, oft von ihren Eltern getrennt, fast immer hungrig. Er erinnerte sich an die Kinder im Kongo, mit ihren geschwollenen Bäuchen, den verständnislosen Augen. Und in Vietnam sahen sie aus wie Puppen und waren nur allzu oft zwischen die Fronten geraten. Bomben, Minen und Kugeln beendeten ihr Leben. Man hatte ihm erzählt, daß es in Südvietnam über eine Million Waise gab, und manchmal fühlte er sich so, als hätte er alle gesehen. Er hatte sich eine dicke Haut wachsen lassen, um gegen das Leid immun zu werden. Entweder man kapselte sich ab, oder man verlor den Verstand, das hatte er schon sehr früh begriffen. Er konnte zwar das Elend sehen, doch er blieb empfindungslos, weil sein Gehirn die Botschaft der Augen nicht verarbeitete.

Von allen verrohenden Auswirkungen des Krieges war das Unterdrücken der Gefühle und des Mitleids die bedenklichste. Jetzt mußte er sich zum erstenmal in nächster Nähe eines Kindes aufhalten, natürlich nicht in der Nähe eines obdachlosen, verwundeten oder hungrigen Kindes, aber der Gedanke bereitete ihm doch Unbehagen.

Als ihn Pinta in sein Zimmer hinaufgeführt hatte, war sie noch eine Weile geblieben und hatte mit ihm geplaudert, während er auspackte. Offenbar war seine Ankunft ein großes Ereignis in ihrem Leben. Als Einzelkind war ihr vermutlich oft langweilig. Es war also ganz natürlich, daß sie in Creasy mehr als nur einen Beschützer sah.

Ihre ersten Fragen betrafen Amerika. Er erklärte ihr, daß er seit Jahren nicht mehr dort gewesen war, aber das hatte ihre Begeisterung nicht verringert. Sie fragte ihn, aus welchem Teil Amerikas er stamme, und er antwortete, aus dem Süden – Tennessee.

Er war mit dem Einölen des Halfters fertig und schob die Beretta hinein. Dann ging er zum Kopfende des Bettes und hängte das Halfter über den Knopf des Messingpfostens, so daß die Waffe auch nachts griffbereit war. Er kehrte zum Tisch zurück, schlug eine Straßenkarte des Gebiets zwischen Mailand und Como auf und befaßte sich nun mit den Einzelheiten seines Jobs. Weil er nie als Leibwächter gearbeitet hatte, faßte er seine Pflichten mit einfachen militärischen Worten zusammen. Er sollte einen Wertgegenstand beschützen, den der Feind möglicherweise an sich zu bringen versucht. Er überdachte sein taktisches Vorgehen, und lebenslange Erfahrung veranlaßte ihn, die Situation vom Standpunkt des Gegners aus zu betrachten. Er könnte versuchen, den Wertgegenstand aus dem Standquartier, das heißt, dem Haus, zu entwenden; oder außerhalb davon, entweder an einem anderen Ort, den der Schützling regelmäßig besuchte, oder auf dem Weg dorthin, das heißt, in der Schule oder auf der Straße.

Am Morgen würde er das Grundstück vom Standpunkt der Sicherheit aus überprüfen, und später könnte Pinta ihm zeigen, wo ihre Schule lag, und er hätte dann die Möglichkeit, dort die Sicherheitsvorkehrungen zu überprüfen. Er kam zu dem Schluß, daß ein Entführungsversuch am wahrscheinlichsten auf der Straße erfolgen würde, deshalb war es wichtig, die Route täglich zu ändern. Er studierte das Straßennetz auf der Karte und machte sich Notizen.

Danach ging er zum Kleiderschrank und holte seinen Koffer herunter. In ihm befanden sich mehrere in Zeitungspapier gewickelte Whiskyflaschen. Er öffnete eine, holte ein Glas und schenkte sich einen Drink ein. Dann dachte er wieder über sein Hauptproblem nach – das Mädchen. Er mußte der Beziehung von Anfang an die richtige Basis geben, das hieß, daß er dafür sorgen würde, daß der Umgang mit Pinta rein sachlich blieb und nichts mehr. Er war kein bezahlter Gesellschafter, sondern ein Beschützer, und das mußte er ihr klarmachen, auch wenn er zu diesem Zweck barsch und unfreundlich sein mußte. Auch ihre Eltern mußten das einsehen. Er würde es ihnen erklären, und wenn sie es nicht akzeptierten, mußten sie jemand anderen finden.

Er hatte nicht an diese Schwierigkeit gedacht, als er den Posten angenommen hatte, aber nachdem er das Kind kennengelernt hatte, war ihm das Problem bewußt geworden. Er spürte ihre

Begeisterung und Erwartung, und das beunruhigte ihn. Pinta mußte sofort begreifen, um was es wirklich ging.

Er trank, bis die Flasche leer war, und ging dann zu Bett; ein großer, geschlagener, introvertierter Mann, den sein neuer Job unsicher machte.

Aber Guido hatte recht gehabt. Creasys Geist war beschäftigt.

Unter ihm im Elternschlafzimmer liebten sich Rika und Ettore. Sie war sehr fordernd, ihr Atem ging in kurzen Stößen, ihre Finger bohrten sich tief in seine Schultern. Sie ging immer auf sein Tempo ein und steigerte es, bis sie ihn erfahren und sicher zum Höhepunkt brachte.

Doch heute abend kümmerte sie sich nur um sich selbst und genoß ihr Vergnügen in geistiger Abkapselung. Ettore versuchte es ihr gleichzutun, spürte jedoch, wie sie den Höhepunkt erreichte und zuckend in ihrem Orgasmus versank. Er hatte nicht mit ihr mitgehalten, blieb zurück und spürte, wie ihr Verlangen unter ihm schwand. Es machte ihm nichts aus. Er wußte, daß sie ihn später wieder erregen, seinen Körper wie ein Instrument behandeln und ihren herrlichen Körper und ihren Mund einsetzen würde, bis seine Leidenschaft gestillt war. Sie war stolz auf ihr Geschick und genoß es, die Kontrolle über seinen Körper zu besitzen. Sie überforderte ihn sexuell nie, sondern zeigte sich einfallsreich und genoß ihre Gewandtheit.

Ihr Atem ging ruhiger, sie strich Ettore mit der Hand vom Hals über den Rücken hinunter und seufzte zufrieden. Liebkosungen und zarte Küsse würden folgen, später würde er sich auf den Rücken drehen und Rika ihn langsam, kunstvoll belohnen und ihn verschwörerisch anlächeln.

»Sie mag ihn.«

Ettore schreckte aus seiner Träumerei empor.

»Wen?«

»Creasy – Pinta mag ihn.« Er schüttelte den Kopf.

»Sie freut sich, weil sie die Gouvernante los ist. Sie würde ihn auch mögen, wenn er Graf Dracula persönlich wäre.«

»Nein«, widersprach sie. »Als ich sie zu Bett brachte, erklärte sie mir, er sei wie ein Bär. Sie nennt ihn ›Creasy-Bär‹.«

Ettore lachte.

»Sie glaubt, daß alle Bären so sind wie das Stofftier, das sie nachts an sich drückt. Aber Bären können gefährlich sein.«

»Warum arbeitet er als Leibwächter?« grübelte sie. »Gemessen an dem Leben, an das er gewöhnt war, ist es ein friedlicher Job.«

Sie begaben sich auf gefährlichen Boden.

»Wahrscheinlich hat er genug davon«, sagte er. »Außerdem ist er nicht mehr der Jüngste.«

»Neunundvierzig«, erinnerte sie sich an die Altersangabe in seinen Papieren. »Und keine Familie, keine Kinder. Hat er irgendwo ein Zuhause?«

Ich weiß es nicht. Ich bezweifle es. Solche Männer schlagen nirgends Wurzeln.«

Ettore hätte gern gewußt, warum Creasy trank. Vielleicht gehörte es dazu. Ein Leben voller Kampf und Abenteuer, dann wurde man zu alt dafür und wußte nicht, was man mit sich anfangen sollte.

Rikas Gedankengänge liefen in die gleiche Richtung.

»Irgendwo hat er einen schwachen Punkt«, behauptete sie.

»Einen schwachen Punkt?«

»Ja. Irgend etwas stimmt nicht mit ihm. Er wirkt, als wäre er vor kurzem krank gewesen. Er ist sehr selbstsicher, aber etwas ist nicht in Ordnung. Vielleicht war es eine Frau.«

Er lächelte. »Diese Annahme ist typisch weiblich.«

Doch Rika schüttelte den Kopf.

»Nein, ich glaube nicht, daß es sich um eine Frau handelt. Es ist etwas anderes. Etwas fehlt. Ein Teil seiner Persönlichkeit fehlt. Dieser Creasy interessiert mich – zumindest ist er nicht langweilig.«

Ettore war zufrieden. Ihm wäre nie eingefallen, daß Creasy seine Frau in sexueller Hinsicht interessieren könnte. Er hatte schon vor langer Zeit aufgehört, sich über so etwas Gedanken zu machen. Aber er wußte, wie gern sie über Menschen nachdachte, sie ordentlich in Kategorien einteilte. Sie würde versuchen, auch Creasy zu katalogisieren. Sie wollte ihn innerhalb ihres Weltbildes numerieren, mit einem Etikett versehen und einordnen.

Bei Creasy würde es ihr schwerfallen. Er lebte in einer ganz anderen Welt mit eigenen Gesetzen. Die Einflüsse und Gefühle, die Rika bewegten, waren dem Amerikaner fremd. Dennoch war Ettore zufrieden. Sie hatte den Mann akzeptiert, Pinta ging am Montag wieder zur Schule, und er konnte sich auf seine geschäftlichen Probleme konzentrieren. Dann fiel ihm etwas Merkwürdiges ein.

»Du hast gesagt, er macht dir angst.«

»Ja. Aber vielleicht ist ›Angst‹ das falsche Wort. Auf gewisse Weise wirkt er bedrohlich. Ein wenig wie ein wildes Tier, das gezähmt wurde, vor dem man sich aber in acht nehmen muß. Erinnerst du dich an den deutschen Schäferhund, den die Arredos besaßen? Nach fünf Jahren hat er seinen Herrn plötzlich angefallen und gebissen.«

»Creasy ist kein Hund, Rika!«

»Es ist ja nur ein Beispiel. Er scheint zu grübeln. Ein Brand, der unter der Oberfläche schwelt. Es ist nur ein Gefühl, aber ich bin nicht besorgt. Er ist wirklich interessant. Ich möchte mehr über ihn wissen – über seine Vergangenheit –, ich meine, was so seine Ansichten sind.«

Sie gähnte und glitt im Bett weiter hinunter. Ihre Worte hatten Ettore daran erinnert, wie wenig er von Creasy wußte. Vielleicht hätte er ihn genauer befragen sollen. Ettore nahm jedoch an, daß die Agentur mit ihm zufrieden war. Sie hatten zumindest keine kriminelle Vergangenheit aufgedeckt. Außerdem war es jetzt zu spät für Vorsichtsmaßnahmen.

Rika rückte ein wenig näher zu Ettore und atmete tiefer. Sie schlief ein.

Erst am Morgen fiel Ettore wieder ein, daß sie ihn nicht zum Orgasmus gebracht hatte.

5

Pinta saß schweigend neben Creasy auf dem Beifahrersitz. Er erklärte ihr, daß er sich auf die Straße konzentrieren müßte. Sie war ein wenig verblüfft, denn sie befanden sich auf der Verbindungsstraße Como-Mailand, und die ließ sich gut übersehen. Aber Creasy wollte nach den Stellen Ausschau halten, die für Pintas Sicherheit gefährlich werden könnten. Stellen, an denen er wegen einer scharfen Kurve abbremsen mußte und in deren Nähe sich keine Gebäude befanden. Wieder dachte er in militärischen Kategorien und suchte mit geübtem Auge die für einen Hinterhalt geeigneten Plätze.

Nach einer halben Stunde zeigte Pinta auf eine Abzweigung, und wenige Minuten später blieben sie vor dem Schultor stehen. Sie sprang aus dem Wagen und zog an einem an der Wand angebrachten Metallgriff. Creasy blieb im Wagen sitzen und stellte fest, daß die hohen Mauern oben mit Eisenspitzen gesichert waren und daß es vor den schweren Toren keine Deckung gab.

Eine Klappe in Augenhöhe wurde geöffnet, Pinta sprach mit der Person im Inneren, und das Tor wurde langsam von einem alten Wächter geöffnet. Sie winkte, ging hindurch, und Creasy folgte ihr im Wagen. Innerhalb der Mauern stand ein großes, geräumiges, efeubewachsenes Gebäude auf einem weitläufigen Grundstück. Creasy parkte im Hof und folgte Pinta, die ihm die Attraktion zeigte, ein Sportplatz mit Aschenbahn links von dem Gebäude und ein kleines Wäldchen rechts, weit genug von der Umfassungsmauer entfernt. Sie gingen um das Gebäude herum und zur Vorderseite zurück, und Creasy gelangte zu dem Schluß, daß die Schule einigermaßen sicher war.

Eine ältere, grauhaarige Frau trat aus der Tür, Pinta lief zu ihr, küßte sie auf beide Wangen und führte sie zu Creasy.

»Das ist Signora Deluca, die Direktorin.«

Sie wandte sich der Frau zu und erklärte stolz: »Das ist Creasy, mein Leibwächter.«

»*Signor* Creasy«, ermahnte die Frau.

»Nein, Signora, er hat mir gesagt, ich soll ihn einfach Creasy nennen.«

Sie schüttelten einander die Hände, und Signora Deluca lud beide zu einem Kaffee ein.

Sie bewohnte ein kleines Appartement im obersten Stockwerk, das behaglich eingerichtet war, überall standen gerahmte Fotos herum. Sie bemerkte, daß Creasy sie betrachtete.

»Meine Kinder«, lachte sie. »Die meisten sind schon erwachsen, aber für eine alte Lehrerin bleiben sie immer Kinder.«

Creasy kam alles sehr merkwürdig vor. Er hatte nicht gedacht, daß eine Schule ein angenehmer, glücklicher Ort sein konnte. Seine eigene kurze Erfahrung hatte ihn das Gegenteil gelehrt. Nun konnte er verstehen, warum Pinta unbedingt hierher zurückkehren wollte.

Ein Mädchen brachte auf einem Silbertablett den Kaffee, und während sie einschenkte, plauderte die Direktorin mit Pinta über die Schule. Um Creasy nicht zu vernachlässigen, wandte sie sich dann an ihn.

»Verrichten Sie diese Art von Arbeit schon lang, Mr. Creasy?«

»Nein, ich habe erst angefangen, aber ich habe in ähnlichen Berufen gearbeitet.«

Die Frau seufzte. »Es ist schrecklich. Zwei meiner Kinder wurden entführt. Natürlich nicht von hier, und keinem ist etwas geschehen, aber es ist eine schreckliche Erfahrung, und die Kleinen brauchen lange, um darüber hinwegzukommen.«

Sie legte dem Mädchen eine Hand auf das Knie.

»Sie müssen auf unsere Pinta achtgeben. Wir freuen uns so, daß sie wieder in die Schule kommt.«

»Ich freue mich noch viel mehr«, lachte das Mädchen und erzählte von ihrer schrecklichen Gouvernante.

Einige Minuten später warf Creasy Pinta einen Blick zu, und sie erhoben sich, um zu gehen.

»Sie sind kein Italiener?« fragte die Frau, während sie sie zum Wagen begleitete.

»Er ist Amerikaner«, piepste Pinta, »aus Tennessee.«

Die Frau lächelte über Pintas Begeisterung.

»Dann beglückwünsche ich Sie zu Ihrem Italienisch, Mr. Creasy. Haben Sie es in Neapel gelernt?«

»Nein, aber ein Neapolitaner hat es mir beigebracht.« Sie nickte befriedigt.

»Ich höre den Akzent.« Sie zeigte auf eine Tür an der Rückseite des Gebäudes. »Das ist die Küche. Wir bemühen uns, die Schulstunden rechtzeitig zu beenden, aber wenn Sie einmal warten müssen, wird Ihnen das Mädchen Kaffee servieren.« Sie lächelte wehmütig. »Ziemlich viele Kinder haben Leibwächter.«

Creasy dankte ihr, Pinta küßte sie auf die Wange, und sie fuhren ab.

Er beschloß, nach Hause eine andere Route einzuschlagen. Pinta war neugierig, und er sagte ihr, daß er einen anderen Weg kennenlernen wolle, fuhr weiter und konzentrierte sich wieder auf die Straße und ihre nähere Umgebung.

Pinta schwieg eine Weile, aber der Besuch in der Schule und das Wiedersehen mit Signora Deluca hatten sie sehr aufgeregt. Sie blickte immer wieder zu dem großen, stummen Mann neben sich und fragte schließlich:

»Sind Sie gern in die Schule gegangen, Creasy?«

»Nein.«

»Überhaupt nicht?«

»Nein.«

Seine kurzen Antworten hätten sie entmutigen sollen, verfehlten aber diese Wirkung.

»Warum denn nicht?«

»Es war keine solche Schule wie deine, und es gab dort auch keine Signora Deluca.«

Sie fuhren schweigend weiter, während sie seine Antwort überdachte, und dann fragte sie: »Sie waren also unglücklich?«

Er seufzte verärgert und erklärte: »Glücklich sein ist eine Geisteshaltung. Ich habe nie darüber nachgedacht.«

Das Mädchen spürte seine ablehnende Haltung, war aber nicht alt oder erfahren genug, um sich darauf einzustellen. Da seine Ankunft mit ihren glücklichen Gefühlen zusammenhing und sogar der Grund dafür gewesen war, wollte sie sie mit ihm teilen, aber seine Stimmung verwirrte sie. Sie wußte nicht, daß er immer schweigsam und zurückhaltend war, und sie wollte ihn näher kennenlernen. Sie betrachtete seine Hände am Lenkrad und berührte mit dem Finger eine der Narben.

»Was ist mit Ihren Händen geschehen?«

Er zuckte zurück und fuhr sie scharf an: »Faß mich nicht an, wenn ich fahre.«

Dann gelangte er zu einem Entschluß und fuhr fort: »Und, bitte, versuche nicht die ganze Zeit eine Unterhaltung anzufangen. Ich bin nicht hier, um zu plaudern. Du mußt nichts über mich wissen. Ich bin hier, um dich zu beschützen – das ist alles.«

Seine Stimme war schneidend, als er sie anfuhr, und Pinta zog sich beleidigt in die Ecke des Wagens zurück.

Creasy warf ihr einen Blick zu. Sie starrte auf die Straße und hatte die Lippen zusammengepreßt. Ihr Kinn zitterte.

»Und fang bloß nicht an zu weinen«, knurrte er. Er nahm eine Hand vom Lenkrad und machte eine ungeduldige Geste. Aus einem unerfindlichen Grund war er wirklich zornig.

»Dort draußen gibt es die verschiedensten Welten. Alle erdenklichen Arten. Dort geht es nicht einfach um Glücklichsein oder nicht Glücklichsein. Schlimme Dinge können geschehen. Du wirst schon noch selbst draufkommen, wenn du kein Kind mehr bist.«

»Ich bin kein Kind«, fuhr sie ihn an. »Ich weiß, daß schlimme Dinge geschehen können. Ich hatte einen Freund, der entführt wurde, und man hat ihm einen Finger abgeschnitten. Ich mußte monatelang zu Hause bleiben, durfte nie ausgehen, und jetzt sind Sie die ganze Zeit mit Ihrem Schweigen und Ihrem finsteren Blick bei mir – und ich weine nicht.«

Aber in ihren Augen standen Tränen, obwohl sie ihn zornig anfunkelte.

Er lenkte den Wagen an den Straßenrand und hielt an. Nur Pintas Schnüffeln störte die Stille, während er nachdachte.

»Hör zu«, erklärte er schließlich. »Ich bin eben so. Ich verstehe nichts von Kindern. Ich mag das viele Fragen nicht. Das mußt du verstehen oder deinen Vater bitten, einen anderen Leibwächter zu finden. In Ordnung?«

Sie hörte auf zu schluchzen und starrte geradeaus. Plötzlich öffnete sie die Tür, stieg aus und nahm dann auf dem Rücksitz Platz.

»Sie können mich jetzt nach Hause bringen – Mr. Creasy.«

Sie betonte das »Mister«.

Er drehte sich zu ihr um. Sie wollte ihn nicht ansehen. Saß nur gerade aufgerichtet und wütend hinter ihm.

Creasy fuhr mit zwiespältigen Gefühlen weiter. Er wollte Pinta nicht verletzen, aber er war nicht als Kindermädchen angestellt. Er mußte das klarstellen. Vielleicht war jetzt ohnehin schon alles gelaufen. Pintas Eltern sollten erkennen, daß sie eine Freundin – eine Gefährtin brauchte. Er eignete sich keineswegs für diese Rolle.

Am Sonntag nach dem Abendessen las Creasy gerade ein Buch, als jemand an seine Tür klopfte. Er fühlte sich nicht wohl. In der vergangenen Nacht hatte er mehr getrunken als gewöhnlich. Bis auf die Mahlzeiten war er in seinem Zimmer geblieben. Er hatte erwartet, daß Rika oder Ettore heraufkommen würden.

Es war Rika. »Ich wollte mich vergewissern, daß Sie alles haben, was Sie brauchen«, erklärte sie und blieb im Türrahmen stehen.

Er legte das Buch weg.

»Ich habe alles.«

Ihre Augen überflogen den Raum.

»Ist das Essen in Ordnung? Maria sagte mir, daß Sie den ganzen Tag über kaum etwas zu sich genommen haben.«

»Das Essen ist gut. Sehr gut. Ich habe mich nicht ganz wohl gefühlt. Jetzt geht es mir besser.«

Sie trat ins Zimmer.

»Stört es Sie, wenn ich mich kurz mit Ihnen unterhalte?«

Er bot Rika den Stuhl an, auf dem er gesessen hatte, und setzte sich aufs Bett.

Er bewunderte ihre Bewegungen, als sie den Raum durchquerte und Platz nahm. Wie eine Tänzerin – bewußt, elegant und geschmeidig. Sie schlug die Beine übereinander. Er bemerkte überrascht, daß sie Strümpfe mit Nähten trug. Das hatte er seit Jahren nicht mehr gesehen. An ihr wirkten sie gut.

»Wie kommen Sie mit Pinta zurecht?« fragte sie.

Er antwortete geradeheraus.

»Wir werden gut miteinander auskommen, wenn sie begreift, daß ich kein neues Spielzeug bin.«

Sie lächelte.

»Es ist nur natürlich, daß sie aufgeregt ist – sie hat einen Leibwächter und geht wieder in die Schule. Sie hat sich gelangweilt – Sie müssen Geduld mit ihr haben, Creasy.«

»Ich werde dafür bezahlt, daß ich sie beschütze, nicht, daß ich sie unterhalte.«

Sie nickte zustimmend und fragte: »Haben Sie mit ihr gestritten? Sie wollte mir nichts erzählen, aber sie war gestern abend sehr still und wirkte enttäuscht.«

Er stand auf, ging zum Fenster, blickte hinaus und kehrte ihr den Rücken zu.

»Hören Sie«, antwortete er. »Es wird vielleicht nicht klappen.

Ich habe vorher nicht viel über meine neue Aufgabe nachgedacht, aber ich bin kein gesellschaftlicher Typ. Vielleicht sollten Sie Ihren Mann ersuchen, jemand anderen einzustellen – jemand jüngeren.« Er drehte sich um und sah sie an. Sie schüttelte den Kopf.

»Nein, Sie haben recht. Sie wurden angestellt, um Pinta zu beschützen. Mehr nicht. Ich bin überzeugt, daß Sie dazu geeignet sind.«

Sie blickte auf das Bett. Die Pistole hatte ihre Aufmerksamkeit erregt. Sie hing im Halfter am Bettgestell.

»Ich wußte nicht, daß Sie eine Waffe tragen.« Sie lächelte. »Ich weiß, es klingt albern, aber es verleiht dem Ganzen einen ernsthaften Anstrich.«

Er schwieg, und sie fuhr fort.

»Wahrscheinlich habe ich einen Karatemeister oder etwas Ähnliches erwartet.« Dann fiel ihr der Bericht der Agentur ein. »Waffenloser Kampf, stimmt das? Waren Sie nicht Ausbilder?«

»Ja«, bestätigte er, »aber bewaffneter Kampf ist wirkungsvoller. Jedenfalls ist die Waffe ein Abschreckmittel. Ich erwarte nicht, daß ich sie verwenden muß.«

Sie dachte darüber nach.

»Aber Sie werden es tun, wenn Sie müssen, wenn Pinta in Gefahr ist?«

»Natürlich.«

Nun spürte er ihr Interesse und erriet, was kommen würde. »Sie müssen viele Menschen getötet haben.«

Er zuckte mit den Schultern, und sie sah ihn forschend an.

»Ich kann es mir nicht vorstellen. Ich meine, in einem Krieg und auf Entfernung, ja. Aber aus der Nähe, von Angesicht zu Angesicht, muß es schrecklich sein.«

»Man gewöhnt sich daran. Und diese Gewöhnung ist keine Ausbildung zum Kindermädchen.«

Sie lachte. »Das stimmt. Aber wir haben kein Kindermädchen angestellt.« Sie wechselte überraschend das Thema. »Wir haben unten ein Radio, das nicht gebraucht wird. Ich werde es Maria für Sie geben. Lieben Sie Musik?«

Er nickte bedächtig und wunderte sich, weil sie das Thema gewechselt hatte.

»Manchmal.«

»Welche Art?«

»Country- und Westernsongs oder dergleichen.«

Sie stand auf. »Ach ja, Tennessee – Pinta hat es mir erzählt. Auf dem Apparat kann man auch Kassetten abspielen, aber wir haben keine Country- und Westernmusik.«

Rika ging zur Tür, drehte sich um und bemerkte noch: »Aber Sie können solche Kassetten bestimmt in Mailand bekommen. Wir fahren morgen hin. Ich nehme das Mittagessen mit Freunden ein.«

Sie sah ihn nachdenklich an, dann sagte sie: »Es wäre besser, wenn wir mehr Kinder hätten. Pinta ist sehr einsam, aber ...«

Sie zuckte mit den Achseln, öffnete die Tür und ging.

Creasy setzte sich wieder auf den Stuhl und nahm das Buch, aber Rika hatte ihn so abgelenkt, daß er sich nicht mehr konzentrieren konnte. Also ging er zum Kleiderschrank, hob den Koffer herunter und holte eine Flasche heraus.

Es würde angenehm sein, ein wenig Musik zu hören. Die Country- und Westernmusik war das einzige, was ihm aus seiner Jugend geblieben war. Morgen würde er sich in Mailand nach ein paar Kassetten umschauen, wahrscheinlich gab es nur das neue Zeug, aber er wußte, daß Johnny Cash in Italien beliebt war. Er schenkte sich ein Glas ein, nahm das Buch wieder zur Hand, aber es hatte keinen Sinn. Rika ging ihm nicht aus dem Kopf.

»Ich werde gegen halb drei fertig sein.« Sie zeigte auf eine Seitenstraße neben dem Restaurant. »Sie können dort drüben parken.«

Creasy nickte. »Wenn die Polizei mich vertreibt, werde ich eine Runde um den Block drehen. Warten Sie nur an der Ecke.«

Sie stieg aus dem Wagen und überquerte die Straße. Creasys

Augen folgten ihr. Sie trug einen schmalen, geraden Rock, den sich wenige Italienerinnen über Dreißig leisten können. Ihre Figur wies genau die richtigen Rundungen auf, und durch ihre Größe wirkte sie vollkommen. Sie verschwand im Lokal, und Creasy ordnete sich in den Verkehr ein und blickte auf die Uhr. Er hatte zwei Stunden totzuschlagen.

Heute war für ihn der erste wirkliche Tag in seinem Job. Sie waren kurz vor acht von zu Hause fortgefahren, Mutter und Tochter hatten auf dem Rücksitz gesessen. Rika teilte Creasy mit, daß sie das Kassettenradio Maria gegeben hätte. Pinta übersah ihn geflissentlich.

Vor dem Schultor stand ein Wächter in Uniform. Er hatte einen Blick in den Wagen geworfen, und Rika hatte ihm Creasy vorgestellt. Der Wächter hatte sein Gesicht gemustert, um es sich einzuprägen. Das Tor stand einen Spalt weit offen, und Pinta war im Begriff auszusteigen, als Creasys Stimme sie zurückhielt. »Bleib, wo du bist.«

Er stieg aus, ging an dem Wächter vorbei und warf einen Blick durch das Tor. Dann ging er befriedigt zurück, öffnete die hintere Wagentür und nickte dem Mädchen zu. Sie küßte ihre Mutter, dann sprang sie hinaus und ging, ohne Creasy eines Blickes zu würdigen, an ihm vorbei. Der Wächter sah Creasy scharf an und beobachtete, wie der Wagen wegfuhr.

»Sie sind vorsichtig«, bemerkte Rika.

»Gewohnheit«, lautete die Antwort.

»Ich habe mit Pinta gesprochen und ihr erklärt, daß sie Sie nicht belästigen, sondern Sie in Ruhe lassen soll.«

»Sie scheint es begriffen zu haben.«

»Ja, aber ich habe unser Gespräch von gestern abend nicht erwähnt. Ich habe ihr nur gesagt, daß Sie an Kinder nicht gewöhnt sind. Ich möchte nicht, daß sie Sie schließlich haßt.«

Creasy fuhr zum Bahnhof, wo er den Bücherstand durchstöberte und mehrere Taschenbücher kaufte. Dann ging er ins Fernsprechamt und rief Guido an.

Ja, er hatte seine Stellung angetreten, erzählte er ihm, war aber nicht sicher, ob sie ihm gefallen würde, doch er würde es probieren. Das Essen wäre jedenfalls gut. Dann rief er Elio an und dankte ihm für seine Gastfreundschaft. In ein paar Wochen würde er gern an seinem freien Tag mit Elio und Felicia zu Abend essen.

Er hatte sich in den wenigen Tagen, die er in ihrem Haus verbracht hatte, wohl gefühlt. Felicia war eine hochgewachsene, attraktive Römerin. Sie hatte Elio an der Universität kennengelernt. Sie waren glücklich, und ihr Haus war gemütlich. Felicia hatte Creasy wie einen vermißten Onkel behandelt und ihn freundschaftlich geneckt – er mochte sie.

Er ging auf dem Bahnhof herum. Er liebte Bahnhöfe – die Bewegung, den Lärm und die Leute, die abreisten. Er liebte auch Züge. Es war eine bequeme Möglichkeit zu reisen. Man sah die Landschaft vorbeiziehen und hatte das Gefühl, sicher an sein Ziel zu kommen. Lange Reisen in guten Zügen bereiteten ihm Vergnügen. Man konnte aufstehen, sich umsehen und etwas essen.

Er sah ein Geschäft, in dem es Kassetten gab, suchte eine Weile herum und fand ein paar Bänder von Johnny Cash. Als er bezahlte, fragte er das Mädchen an der Kasse nach einem Band von Linda Ronstadt, sie suchte im Hintergrund und fand eine Kassette. »Blue Bayou«, Creasys Lieblingssong, war darauf, und somit war der Tag gerettet.

Um 14 Uhr 30 wartete er in der Straße bei dem Restaurant. Nach einer Viertelstunde kam ein Polizist vorbei und winkte ihm, weiterzufahren. Er zeigte dem Polizisten seine Leibwächterlizenz.

»Wird das gut bezahlt?« fragte der Polizist.

»Nicht schlecht, aber man muß viel auf seinem Hintern hocken.«

»Besser, als sich die Füße auf den Straßen plattzutreten.«

Eine Bekanntschaft war geschlossen, und der Polizist ging weiter, um weniger glückliche Bürger aufs Korn zu nehmen.

Kurz nach drei erschien Rika mit einem Mann und einer Frau. Sie waren gut gelaunt. Creasy stieg aus und wurde vorgestellt.

»Das sind Vico und Gina Mansutti – Creasy.«

Die Mansuttis waren ein gutaussehendes Paar. Creasy hätte Gina vielleicht schön gefunden, aber sie stand in Rikas Schatten. Der Mann war sonnengebräunt, elegant gekleidet und gepflegt. Anspruchsvoll, fand Creasy – die Sorte Mann, die nur in ein sauberes Taschentuch onanieren würde.

Die beiden musterten Creasy interessiert, und Vico sagte: »Ich habe gehört, daß Sie einmal bei der Fremdenlegion waren.«

Creasy nickte.

»Und in Vietnam in Gefangenschaft gerieten.«

Er nickte wieder.

»Das muß unangenehm gewesen sein.«

Wieder ein Nicken, und Gina flüsterte Rika kichernd zu: »Kann er sprechen?«

»Natürlich«, antwortete Rika scharf. Sie wandte sich Vico zu und küßte ihn auf die Wange.

»Danke für den ausgezeichneten Lunch, Vico. Ich verspreche dir, daß ich auf Gina aufpassen werde, damit sie nicht zu viel ausgibt.« Die beiden Frauen stiegen in den Wagen. Creasy nickte Vico zu und fuhr los. Vico blieb an der Ecke stehen und beobachtete, wie sich der Wagen in den Verkehr einordnete. Creasy sah ihn im Rückspiegel. Vico wirkte besorgt.

In den nächsten anderthalb Stunden fuhr Creasy von einem Geschäft zum anderen, öffnete und schloß den Kofferraum für alle möglichen Pakete. Dann erinnerte er Rika daran, daß er Pinta um fünf abholen mußte. Sie sah überrascht auf die Uhr. »Ist es schon so spät? Macht nichts, fahren Sie hin. Ich werde Ettore anrufen, damit er uns abholt.« Mehrere Wagen standen im Schulhof, und die ersten Mädchen kamen schon zu ihnen heraus. Creasy blieb sitzen und wartete.

Endlich kam Pinta mit zwei Mädchen um die Ecke. Sie blieb

stehen, plauderte eine Weile und blickte häufig in seine Richtung. Dann trennten sie sich, die beiden Mädchen gingen zu einem blauen Mercedes, und Pinta ging wieder um die Ecke zur anderen Seite des Gebäudes. Der Mercedes fuhr ab. Zwanzig Minuten später erschien Pinta wieder, mit einigen von einem Riemen zusammengehaltenen Büchern. Creasy stieg aus und öffnete die hintere Tür. Als sie an ihm vorbeiging, hielt sie ihm die Bücher hin. Er faßte sie am Riemen.

»Deine Mutter fährt mit deinem Vater zurück«, erklärte er.

Pinta nickte, und er schloß die Tür.

Sie fuhren schweigend nach Hause.

An diesem Abend bereitete Maria aus der Hühnerbrühe von Freitag *stracciatella* zu und danach *saltimbocca.* Sie aßen schweigend. Das Essen war köstlich. Beim Kaffee nahm Creasy ein Taschenbuch heraus und begann zu lesen. Dann fiel ihm etwas ein.

»Sie sind wirklich begabt, Maria – das Essen war ausgezeichnet.«

Maria strahlte vor Freude, und Creasy vertiefte sich wieder in sein Buch. Maria und Bruno begannen über den Papst zu sprechen. Sie akzeptierten Creasy und sein Schweigen. In der Küche herrschte eine entspannte Atmosphäre.

Später steckte Creasy oben in seinem Zimmer eine Kassette in den Apparat und hörte zu, wie Johnny Cash von der Liebe und vom Gestern sang. Er holte sich eine Flasche Whisky und schenkte sich einen Drink ein. Er hörte die Worte nicht wirklich, aber der Klang und die Musik gingen ihm unter die Haut.

Er überdachte den Tag. Sein erster als Leibwächter – nicht schlecht. Er hatte zumindest eine Einstellung zu seiner Arbeit gefunden. Jeder wußte, was er war und was nicht. Das war ein guter Anfang.

Ein Stockwerk tiefer lag Pinta wach im Bett. Neben ihr saß ein sehr alter, brauner Teddybär auf dem Kissen, der Knopfaugen und eine Menge Flicken hatte, die die Sägespäne in seinem Inneren am Auslaufen hinderten. Ihr Fenster stand offen, und sie hörte die leise Musik. Nach einer Weile verstummte sie, und ein anderes Tonband begann. Eine Frau sang. Pinta kannte das Lied nicht, aber als es zu Ende war, gab es eine Pause, und dann ertönte das gleiche Lied wieder. Sie begann einzuschlafen. Die Musik klang traurig, ließ sie nicht los. Es war »Blue Bayou«.

6

Seit Creasy im Haus war, hielt sich Rika für berechtigt, wieder mit Ettore zu verreisen. Eine der unvorhergesehenen Folgen, als sie Pinta übereilt aus der Schule genommen hatte, war, daß auch sie ans Haus gefesselt war. Es wäre unmöglich gewesen, ihre Tochter aus Sicherheitsgründen zu Hause zu behalten und sie dann der Obhut der Bediensteten anzuvertrauen.

Meist dauerten Ettores Reisen eine Woche oder zehn Tage und beinhalteten Besuche in den europäischen Großstädten sowie gelegentlich in New York oder Toronto. Rika genoß diese Reisen und war meist für Ettore eine wirkliche Hilfe. Er schloß für gewöhnlich Verkaufsgeschäfte ab, und sie brachte ihm durch ihr Aussehen und ihrem Charme Vorteile.

Ettore hatte vergessen, mit Creasy die Frage seiner Freizeit zu regeln. Während Rika und er abwesend waren, würde Creasy natürlich bei dem Mädchen bleiben müssen. Ettore überließ es Rika, ihm diese Anordnung zu überbringen, und sie war erleichtert, als Creasy ohne weiteres damit einverstanden war. Er hatte eigentlich nicht an seine Freizeit gedacht. Er würde gelegentlich einmal ganz gerne zum Dinner ausgehen, meinte er, aber das konnte er auch in die Zeit verlegen, in der sie wieder zu Hause wären. Rika wurde klar, daß es entschieden Vorteile hatte, einen Leibwächter ohne feste Wurzeln und Familie im Haus zu haben, und fuhr beruhigt nach Paris.

Ettore wollte über den Ankauf von neuen Lebocé-Strickmaschinen verhandeln. Die Gesamtkosten würden sich auf über vierhundert Millionen Lire belaufen, und wenn man die Franzosen nicht dazu überreden konnte, sich mit großzügigen Kreditbedingungen einverstanden zu erklären, würde der Kauf nicht zustande kommen. Doch Ettore war ein geschickter Verhandler, und mit Rika an seiner Seite, die bei gesellschaftlichen Anlässen ihren Charme versprühte, war er optimistisch.

Die Abwesenheit ihrer Eltern brachte es mit sich, daß Pinta die Mahlzeiten in der Küche einnahm. Creasy war erleichtert, weil sie eine seiner Meinung nach vernünftige und befriedigende Beziehung entwickelt hatten – sie übersah ihn. Sie war nicht unhöflich und hatte ihre beleidigte Empörung aufgegeben – sie behandelte ihn einfach als notwendiges, aber uninteressantes Inventarstück.

Bei den Mahlzeiten sprach Pinta ausschließlich mit Bruno und Maria, verhielt sich dem alten Mann gegenüber ernst und respektvoll und neckte die Frau ein wenig, besonders wegen eines angeblichen Verehrers in Como. Creasy bemerkte, daß beide das Mädchen sehr gern hatten und sich freuten, daß sie mit ihnen aß.

Aber Pinta verstellte sich. Sie war wie ihre Mutter die geborene Schauspielerin. Ihre Haltung Creasy gegenüber war nur vorgetäuscht.

Kinder sind hartnäckig. Pinta wollte Creasys Freundschaft erzwingen. Die Hindernisse förderten nur ihre Entschlossenheit. Sie hatte gehorsam genickt, als ihre Mutter ihr auftrug, Creasy in Ruhe zu lassen, dann hatte sie lang und sorgfältig nachgedacht und sich schließlich eine Strategie zurechtgelegt. Sie war ein intelligentes, warmherziges Mädchen, und ihr Wesen war von zwei Eigenschaften bestimmt. Einerseits hatte sie der Lebensstil ihrer Eltern und das Fehlen von Geschwistern über ihre elf Jahre hinaus reifen lassen. Sie war an die Gesellschaft von Erwachsenen gewöhnt und beobachtete ihr Verhalten aufmerksam. Andererseits besaß sie eine scharfe, lebhafte Neugierde und freute sich immer wieder über neue Entdeckungen. Sie stand dem

Leben erwartungsvoll und wunderbar offen gegenüber. Enttäuschungen und Rückschläge beinträchtigten ihren Optimismus nicht. Sie war wie ein kleines Hündchen, ganz energiegeladene Neugierde, sprang einen Schritt zurück, wenn sie etwas Unbekanntem gegenüberstand, doch dann schob sie sich langsam wieder schnuppernd vor.

Sie war zurückgesprungen, als Creasy sie im Auto so schroff abgewiesen hatte, und nun schob sie sich vor, aber geschickt und aus einem Winkel, der sich ein wenig außerhalb seines Blickfeldes befand.

Sie schätzte ihn richtig ein. Einen Frontalangriff würde er sofort erkennen und abwehren.

Sie wartete und suchte nach einer Schwachstelle in seiner Deckung. Sie war sicher, daß es eine gab. Niemand konnte am Leben und an der Welt so uninteressiert sein, wie er vorgab. Sie wartete also, plauderte unbeschwert mit Maria und Bruno und schien ihn zu übersehen.

Im Lauf der Zeit stand Creasy seiner gegenwärtigen Stellung toleranter gegenüber. Ohne bewußt darüber nachzudenken, blieb er unentschieden, sein Gehirn nahm eine neutrale Haltung an. Keine Entscheidungen waren erforderlich, keine Pläne zu erstellen, keine emotionalen Probleme zu bewältigen. Die Arbeit selbst beanspruchte ihn nur in geringem Maße, und die Arbeitsbedingungen waren angenehm. Er dachte nicht darüber nach, wie lang es so bleiben würde. Im Augenblick war er durchaus zufrieden, denn er hatte auf einem Weg, der durch Verwirrung und Nervosität gekennzeichnet war, angehalten oder zumindest eine unangenehme Entwicklung gebremst. Er hatte keine äußerlichen Verpflichtungen, keine Bindungen, und es wurden keinerlei Anforderungen an ihn gestellt. Er konnte jeden Tag so nehmen, wie er kam, ohne große Erwartungen, aber auch ohne tiefe Resignation.

Sein Alkoholkonsum hatte ein wenig abgenommen. Er übte noch immer eine schädliche Wirkung aus, die ihn abstumpfte und seinen Körper Substanz kostete; aber gelegentlich befand sich jetzt am Morgen noch ein wenig Scotch in der Flasche. Er trank nicht mehr aus Verzweiflung, sondern es war eher eine schlechte Gewohnheit. Er wußte jedoch, daß er, wenn er seinen körperlichen Verfall aufhalten wollte, bevor es zu spät war, das Trinken energisch einschränken mußte. Darüber mußte er noch nachdenken – aber er wollte sich durch nichts unter Druck setzen lassen.

Alles wurde Routine. Creasy fuhr Pinta am Morgen in die Schule und holte sie um fünf Uhr nachmittags ab. Dazwischen hatte er Zeit für sich. Gelegentlich fuhr er nach Mailand und kaufte ein paar Bücher oder Kassetten, aber für gewöhnlich kehrte er ins Haus zurück. Dort half er Bruno in den großen Gartenanlagen. Er arbeitete gern mit seinen Händen und freute sich, wenn er etwas schaffen konnte. Guido hatte einmal im Scherz gemeint, Creasy müßte dadurch einen Schuldkomplex abreagieren, weil er den größten Teil seines Lebens damit verbracht hatte, Dinge in die Luft zu sprengen oder zu zerschlagen.

In der Legion hatte es Möglichkeiten zum Zerstören und zum Aufbauen gegeben, denn die Legion hatte große Leistungen im Hoch- und Tiefbau, besonders aber im Straßenbau vollbracht. In Algerien hatte sie wie die römischen Legionen Straßen gebaut, um das Land zu befrieden. Sie hatten diese Tradition in anderen Teilen Afrikas und in Vietnam fortgesetzt. Ein Teil der Legionäre wurde für diese Arbeit ausgebildet, und das hatte Creasy Freude bereitet.

Bruno mußte ein ordentliches Tempo vorlegen, um den großen Besitz in Ordnung zu halten. Er hatte sich auf den Garten und den Rasen auf der Vorderseite des Hauses konzentriert, die sich bis zur Straße hinunter erstreckten. An der Hinterseite des Hauses stieg das Gelände zu einem steilen, pinienbestandenen, steinigen Hügel an. Dieser Teil war größtenteils überwachsen. Das Grundstück war von einem Holzzaun umgeben, der sich aber in schlechtem Zustand befand. Bruno hatte um Geld und einen Gelegenheitsarbeiter ersucht, der ihm bei der Instandsetzung helfen sollte, und Ettore hatte zugesagt, diesbezüglich etwas zu unternehmen, es aber nie getan. Creasy arbeitete an dem Zaun. Er fuhr nach Como und kaufte Holz auf eigene Rechnung. Er hatte vor, Ettore zu erklären, daß es aus Gründen der Sicherheit notwendig war, obwohl auch der reparierte Zaun einen entschlossenen Eindringling nicht abhalten würde.

Er verbrachte mehrere Stunden am Tag mit dieser Arbeit, aber es würde noch mehrere Wochen dauern, bis sie vollendet war. Inzwischen füllte sie seine freie Zeit aus, und es gelang ihm, ein wenig Whisky herauszuschwitzen, obwohl es gerade Frühling und noch ziemlich kühl war.

An den Abenden aßen sie früh, und nachher blieb Creasy noch ein oder zwei Stunden in der Küche, wo er entweder las oder fernsah, und mit halbem Ohr dem Gespräch der anderen zuhörte.

Bei einer dieser Gelegenheiten, ein paar Tage bevor ihre Eltern zurückkamen, entdeckte Pinta ihre Chance. Wenn es im Fernsehen nichts Sehenswertes gab, las sie die Tageszeitung oder eine Illustrierte.

Ihre lebhafte Neugierde brachte es mit sich, daß sie Maria und Bruno oft Fragen stellte.

Keiner von beiden war belesen oder hatte Reisen unternommen, und ihre Kenntnisse waren daher begrenzt. Creasy hörte diese Gespräche oft unbewußt mit, aber an diesem Abend erregte das Wort »Vietnam« seine Aufmerksamkeit.

Pinta hatte über den Massen-Exodus von Flüchtlingen aus dem Süden – den Bootmenschen – gelesen. Sie fragte Bruno, warum so viele Menschen aus ihrem Heimatland flüchteten. Er zuckte die Schultern und murmelte irgend etwas über Kommunismus.

Creasys Interesse war geweckt, und zum erstenmal wurde er in das Gespräch einbezogen. Das Mädchen hörte aufmerksam zu, als er erklärte, daß der Großteil der Bootmenschen chinesischer Abstammung war und immer als in sich geschlossene Gemeinschaft gelebt hatte. Sie waren bei den Vietnamesen nicht beliebt, die ihnen schon seit altersher mißtrauten. Als der Krieg zu Ende war, beschloß das vereinigte Vietnam, sich ihrer zu entledigen. Die chinesische Gemeinde war wohlhabend und konnte es sich leisten, eine Mittelsperson, für gewöhnlich einen Chinesen aus Hongkong, zu bezahlen, der sie auf einem Boot hinausschmuggelte. Es brauchte nicht besonders heimlich vor sich zu gehen, denn die Behörden schauten weg und unterstützten die Ausreise sogar im Verborgenen. Es waren also nicht so sehr die Auswirkungen des Kommunismus, die dem Problem zugrunde lagen, sondern eher tiefreichende rassistische Feindschaften.

Pinta zog scharfsinnig einen Vergleich mit der Wanderung von Arbeitskräften aus armen europäischen Ländern in reiche. Sie hatte kürzlich über die Diskriminierung italienischer Arbeiter in der Schweiz und Deutschland gelesen.

Pinta hatte Creasy geschickt herausgefordert, und eine Zusatzfrage veranlaßte ihn, über chinesische Minderheiten in Malaysia und Indonesien zu berichten, wo sie größtenteils die Wirtschaft kontrollierten und daher Mißgunst hervorriefen. Er erzählte ihr, daß nach dem Mißlingen eines kommunistischen Staatsstreichs über hunderttausend Chinesen in Indonesien niedergemetzelt worden waren.

Sie wollte wissen, wie die Chinesen überhaupt hingekommen waren, und er erzählte ihr von dem großen Bedarf an Arbeitskräften der frühen Kolonialmächte. Die Chinesen waren für die Pflanzungen, das Roden des Dschungels und den Straßenbau geschickte Arbeiter. Die einheimische Bevölkerung war weniger bereit, so schwer zu arbeiten. Dafür gab es viele Beispiele: die Asiaten in Ostafrika, die ins Land geholt worden waren, um die Eisenbahnlinien zu bauen, und die geblieben waren und später fast den ganzen Einzelhandel und das Verteilernetz übernommen hatten, und die Tamilen in Sri Lanka, die aus Südindien importiert worden waren, um auf den Teeplantagen zu arbeiten. Es gab Beispiele auf der ganzen Welt, und für gewöhnlich verursachten solche Vorkommnisse eine Spaltung der Bevölkerung, die in späteren Jahren zu Haß und Blutvergießen führte.

Plötzlich hörte Creasy auf zu sprechen und nahm sein Buch zur Hand. Er hatte einen für ihn uncharakteristisch langen Monolog gehalten, und Pinta drängte ihn nicht weiter, richtete auch nicht mehr das Wort an ihn, sondern begann eine Unterhaltung mit Maria. Wenige Minuten später stand Creasy auf, wünschte mürrisch gute Nacht und ging auf sein Zimmer.

Als sich die Tür hinter ihm schloß, lächelte Pinta heimlich.

»Der erste Schritt, Creasy-Bär«, triumphierte sie.

Am nächsten Tag auf der Fahrt zur und von der Schule sprach Pinta kein Wort, und nach dem Abendessen sah sie fern. Creasy existierte für sie nicht. Er war erleichtert. Am vorangegangenen Abend in seinem Zimmer überdachte er noch einmal verwirrt sein Gespräch mit Pinta. Er war immer durcheinander, wenn er etwas getan hatte, was nicht zu ihm paßte. Hätte er jedoch die Strategie des Mädchens erkannt, wäre er noch beunruhigter gewesen, obgleich er das Vorgehen vom militärischen Standpunkt aus bewundert hätte: das Ziel sorgfältig auskundschaften, Schwachstellen des Feindes erkennen, einen Ablenkungsangriff vortragen, um das Feuer abzuziehen, sich dann lautlos von hinten anschleichen und den Feind gefangennehmen. Pinta hätte mit dieser Taktik eine ausgezeichnete Guerillaführerin abgegeben.

Creasy lud Elio und Felicia zum Dinner zu »Zagone's« in Mailand ein. Maria hatte das Lokal empfohlen. Sie hatte dort als Kellnerin gearbeitet, als sie in den Norden gekommen war; der Besitzer war Florentiner, und sie bürgte für die Küche, allerdings – erwähnte sie entschuldigend – war es teuer. Für Felicia war dieser Abend ein festliches Ereignis. Ihrer beiden kleinen Kinder wegen mußte sie meist zu Hause bleiben, doch heute hatte sie einen Nachbarn gebeten, auf die Kinder aufzupassen, und sie war entschlossen, sich gut zu unterhalten.

Maria hatte telefonisch einen Tisch bestellt, und sie war offensichtlich eine gute, beliebte Kellnerin gewesen, denn der Besitzer schenkte Creasy und seinen Gästen seine persönliche Aufmerksamkeit und reservierte ihnen einen guten Tisch. Er erzählte Creasy, daß Maria damit untertrieben hätte, daß sie nur Kellnerin gewesen war. Sie hatte auch in der Küche geholfen und war eine gute Köchin. Die Ballettos aßen häufig dort, und deshalb hatten diese sie dann angestellt. Er behauptete scherzhaft, daß die Mahlzeit nach Marias Küche eine Enttäuschung sein würde.

Das war keineswegs der Fall. Zuerst nahmen sie eine leichte *pasta penne alla carrettiera*, gefolgt von einem mit Wein, Erbsen und Rosmarin geschmorten Lamm. Sie waren ein vergnügtes Trio. Es war Creasys erster Abend außer Haus, seit er den Job angetreten hatte, und Felicias offensichtliches Vergnügen wirkte ansteckend.

Elio wunderte sich über Creasys gute Laune. Sein Verhalten hatte sich seit letzten Monat deutlich verändert. Er war nicht gesprächig, lachte nicht von einem Ohr zum anderen, das hätte Creasy nicht ähnlich gesehen, aber er ging auf Felicias gutmütiges Necken freundlich ein und machte sogar ein paar trockene Witze. Felicia wollte alles über den Haushalt der Ballettos erfahren und besonders über Rika, die als Dame der Gesellschaft und Gastgeberin allgemein bekannt war. War sie wirklich so schön, wie man es von ihr behauptete? Creasy bestätigte es. Sie war in jeder Hinsicht schön und zwar von Natur aus.

»Macht sie auch auf Sie Eindruck?« fragte Felicia mit entwaffnendem Lächeln.

Creasy nickte, ohne zu zögern. Jeder Mann würde bezaubert sein, das war eben so. Er zeigte auf einen Teller, von dem das Lamm rasch verschwand. »Genauso wie die Geschmacksknospen von erstklassigen Speisen oder einem besonderen Wein angezogen werden.«

»Und das Mädchen? Ist es seiner Mutter ähnlich?«

Creasy überlegte gründlich, und die beiden merkten, daß ihn die Frage interessierte.

Er ahnte, daß Pinta ebenso schön werden würde, das konnte man schon jetzt erkennen. Creasy glaubte aber, daß sie sich in ihrem Wesen deutlich von der Mutter unterschied. Sie war eher extrovertiert. »Sie ist sehr neugierig«, verriet er Felicia, »auf alles neugierig.«

Aber wer weiß? Vielleicht würde sie sich ändern, wenn sie voll erblüht war. Große Schönheit brachte oft Komplexe mit sich.

Creasy stellte fest, daß ihn das Mädchen beschäftigte. Seit dem Abend, an dem er ihr von den Bootmenschen erzählt hatte, hatte sie ihm direkt und offen noch einige Fragen gestellt und war sichtlich bestrebt gewesen, ihre Kenntnisse zu erweitern. Am vorhergehenden Tag hatte sie auf der Fahrt zur Schule vom Rücksitz aus etwas über »Menschenrechte« wissen wollen. Das Thema war in den Zeitungen sehr umstritten, weil Präsident Carter darüber Erklärungen abgab und andere Staatsmänner sich dazu äußerten.

Creasy hatte geantwortet, daß sie die Freiheit des einzelnen und das Recht aller auf die Grundlagen des Lebens in einer Gemeinschaft beinhalteten.

Wieder hatte sie mit klug gestellten Fragen nachgehakt, bis er den allzu vereinfachten Begriff erweitert hatte; als sie bei der Schule ankamen, sprach er über linke und rechte Regierungen und über die Bedeutung der Demokratie.

Er hatte erwartet, daß sie das Thema auf der Heimfahrt wieder aufgreifen würde, doch sie hatte geschwiegen.

Seine Gedanken wurden durch einen Mann unterbrochen, der an ihren Tisch trat. Es war Vico Mansutti, der mit zwei anderen Männern hereingekommen war.

»Sie sind doch Mr. Creasy, nicht wahr?«

Creasy stellte Elio und Felicia vor und sah zu, wie Vico seinen Charme spielen ließ, seine weißen Zähne blitzten unter dem breiten, schwarzen Schnurrbart.

»Ihr Geschmack ist hervorragend«, sagte er zu Creasy. »Das ist eines der besten Restaurants in Mailand. Wie war das Essen?«

Alle waren sich darüber einig, daß das Essen ausgezeichnet gewesen war. Mansutti ließ seine Zähne noch einmal aufblitzen und kehrte zu seinen Begleitern zurück.

Ein paar Minuten später kam Zagone zu ihnen und bot ihnen im Namen von Signor Mansutti Drinks an.

»Er ist reizend«, bemerkte Felicia, nachdem sie einen Kognak bestellt hatte. Creasy warf Elio einen Blick zu, und eine sehr italienische, ausdrucksvolle Bewegung mit den Schultern sagte ihm, daß die beiden Männer bezüglich Mansutti einer Meinung waren.

»Ein Gauner«, stellte Elio fest, »aber ein sehr kluger. Er ist im Begriff, sich einen großartigen Ruf zu erwerben. Seine Verbindungen zur Regierung und zur Geschäftswelt sind erstklassig. Angeblich unterhält er auch Beziehungen zur Mafia.« Er verzog das Gesicht. »Aber das ist nicht ungewöhnlich. Derzeit ist es schwierig, eine Trennlinie zwischen Verbrechen, Regierung und Geschäften zu ziehen. Übrigens heißt es, daß er ein Verhältnis mit der Frau Ihres Chefs hat.«

Creasy war überrascht. Weniger darüber, daß Rika ein Verhältnis hatte, sondern darüber, daß sie sich einen Mann wie Mansutti ausgesucht hatte. Elios nächste Worte lieferten ihm die Erklärung.

»Offenbar ist er Balletto behilflich, Sicherheiten oder Bürgen für Bankkredite aufzutreiben, um seine Fabrik zu modernisieren. Es heißt, daß Mansutti sich persönlich als Bürge angeboten hat. Er ist sehr reich, und Balletto und seine Firma sind nicht gerade flüssig.«

Das könnte der Grund sein, dachte Creasy. Rika würde um nichts in der Welt zulassen, daß sie ihren Lebensstil ändern müßte. Elios Worte warfen eine weitere Frage auf.

»Wenn Balletto sich in Geldschwierigkeiten befindet, ist es unwahrscheinlich, daß seine Tochter als Opfer einer Entführung in Frage kommt«, stellte Creasy fest.

Elio stimmte zu und meinte, es könne sich auch um eine Prestigeangelegenheit handeln. »Etliche von Rikas Freundinnen haben Leibwächter.«

»Sie meinen, ich bin sozusagen eine Imageaufwertung?« fragte Creasy trocken, und Felicia lachte über diese Formulierung. Aber Creasy erinnerte sich an seine kurze Unterhaltung mit Ettore, und es schien ihm plausibel, daß er nur aus gesellschaftlichen Erwägungen angeheuert worden war. Ettore polierte das Image seiner Frau auf, ohne daß es ihn besonders viel kostete. Das erklärte auch, warum er kein Geld für die Absicherung seines Hauses ausgeben wollte. Ettore hatte sich bei seiner Rückkehr aus Paris darüber gefreut, daß Creasy den Zaun reparierte, und hatte ihm bereitwillig den geringfügigen Betrag erstattet, den er für Holz ausgegeben hatte. Als Creasy aber einen modernen Kettengliederzaun und weitere Sicherheitsmaßnahmen vorgeschlagen hatte, war er deutlich weniger begeistert gewesen.

»Prüft Ihre Firma seine Bücher?« fragte Creasy.

Elio schüttelte den Kopf. »Nein, aber wir hören verschiedenes.«

Felicia schnaubte. »Ihr hört verschiedenes! Buchhalter sind die größten Klatschbasen der Welt – schlimmer als ein Haufen Hausfrauen.« Sie lächelte ihrem Mann zu. »Es handelt sich um eine eigene kleine Mafia, aber sie verwenden Taschenrechner statt Pistolen.«

Elio nickte freundlich dazu und meinte: »Vielleicht hat Felicia recht. Wir tauschen Informationen offener aus, als wir sollten, aber es geschieht zu unserem Schutz. Italienische Geschäftsleute sind sehr verschwiegen, vor allem angesichts unserer Steuergesetze. Die Munition eines Buchhalters sind Informationen – deshalb haben wir uns das Prinzip, eine Hand wäscht die andere, zu eigen gemacht. Außerdem vertreiben die Klatschereien die Langeweile, sie machen die stupide Arbeit mit den ewigen Zahlenreihen erträglicher.«

Zagone erschien und bot ihnen weitere Drinks an, diesmal auf seine Rechnung, und als die drei das Lokal verließen, war Felicia leicht beschwipst, ging zwischen den beiden Männern und hatte sich rechts und links bei ihnen eingehängt.

Sie blieben bei Mansuttis Tisch stehen, die drei Männer standen auf, stellten sich vor und tauschten Liebenswürdigkeiten aus. Einer von Vicos Gästen war ein Engländer – gekleidet wie ein Bankier, sehr britisch, mit Nadelstreifanzug und Weste. Vico ließ sich nicht nehmen, ihm mitzuteilen, daß Creasy der Leibwächter des Balletto-Mädchens war. »Er ist sehr erfahren«, betonte er lächelnd.

Creasy ärgerte sich. Er war ein zurückhaltender Mensch, und es paßte ihm nicht, daß Fremde über ihn redeten.

Vor dem Restaurant küßte ihn Felicia auf beide Wangen, dankte ihm für den Abend und nahm ihm das Versprechen ab, daß er bald an einem Sonntag zum Lunch zu ihnen kommen würde.

»Ja, er wirkt viel entspannter«, meinte Elio am Telefon. »Ich war überrascht. Er scheint sich einzugewöhnen. Er hat sogar ein paar Witze zum besten gegeben.«

Auch Guido war überrascht, er hatte nicht erwartet, daß es so gutgehen würde. Es war eine große Erleichterung für Guido, denn Creasy und seine schlechte Verfassung waren ihm nicht mehr aus dem Kopf gegangen.

»Verträgt er sich mit dem Mädchen?«

»Er behauptet, daß sie von Natur aus neugierig ist«, antwortete Elio. »Er findet sich vermutlich mit ihr ab – sonst würde es mit den beiden nicht klappen.«

»Ich kann mir nicht vorstellen, daß er sich mit ihr abfindet, wenn sie ihn die ganze Zeit mit Fragen löchert«, gab Guido zu bedenken.

»Offenbar ist das nicht der Fall«, antwortete Elio nachdenklich, »aber er hat erzählt, daß sie alles wissen möchte.«

Guido dankte seinem Bruder für den Anruf und für seine Bemühungen um Creasy, und Elio versicherte ihm, daß er es gern getan hatte. Für Elio war Guido ein Held, den er verehrte, und er hätte alles für ihn getan.

Guido war noch immer ziemlich verblüfft, als er auflegte: Ein wißbegieriges Kind und ein entspannter Creasy, das paßte entschieden nicht zusammen.

Vielleicht wurde Creasy alt. Oder gar weich. Oder vielleicht griff der Whisky sein Gehirn an. Jedenfalls war bis jetzt alles gutgegangen.

Pinta mußte sich etwas Neues einfallen lassen, ihr war klar, daß sie einen Trick gebrauchen mußte, um Creasys Freundschaft zu gewinnen. Es genügte nicht, daß sie ihn mit Fragen über Themen löcherte, die ihn interessierten. Sie wollte mehr über ihn persönlich erfahren – über sein Leben. Sie hatte es schon so weit gebracht, daß er sich fast täglich ein wenig mit ihr unterhielt – über Politik oder Orte oder Menschen. Aber er sprach nie von sich, und Pinta hütete sich, ihm persönliche Fragen zu stellen.

Sie hatte ihre Mutter über Creasys Vergangenheit ausgefragt und hatte die nüchternen Fakten seines Lebenslaufes erfahren. Zunächst hatte Rika gezögert, weil sie befürchtete, Pinta könnte vor Creasy Angst bekommen, aber das Kind konnte seine Eltern geschickt manipulieren und entlockte Rika mit Leichtigkeit jede gewünschte Information. Außerdem war Rika auf ihren Leibwächter stolz. Sie betonte Ettore gegenüber, daß keiner ihrer Freunde einen Leibwächter beschäftigte, der sich mit ihm vergleichen konnte. Schließlich besaß Creasy das Croix de Guerre, zahlreiche Orden aus Feldzügen und viele Narben und war ein ehemaliger Fallschirmjäger. Zweifellos war Creasy ein gewaltiger Pluspunkt für ihr gesellschaftliches Ansehen, und sie versäumte es nie, ihren Freunden Episoden aus seiner Vergangenheit zu erzählen.

Infolgedessen brachte Vico das Thema zur Sprache, als er das nächstemal mit Ettore zu Mittag aß.

»Wieso habt ihr ihn so billig bekommen?«

»Er trinkt. Er ist Alkoholiker.«

Vico nickte verständnisvoll.

»Er verbirgt es gut.«

»Das stimmt, er trinkt nur nachts, hat mir aber selbst gestanden, daß es ihn beeinträchtigt. Doch er ist ein guter Fahrer und wirkt äußerlich leistungsfähig.« Er lächelte zufrieden. »Creasy war eine gute Investition. Außerdem ist er vielseitig verwendbar, es macht ihm Spaß, mit den Händen zu arbeiten.«

Er erzählte Vico von der Zaunreparatur und verschiedenen anderen Arbeiten, die Creasy auf dem Grundstück und im Haus durchführte.

Vico grinste.

»Du müßtest jedem Tischler mehr bezahlen als ihm. Und Rika ist glücklich. Ich habe sie neulich bei Ganelli gesehen, und sie hat nachher einen Cocktail mit mir getrunken. Sie scheint jetzt viel ausgeglichener zu sein.«

»Ja«, stimmte Ettore zu, »und das wirkt sich auch sonst positiv aus. Sie gibt weniger Geld aus. Wenn sie unglücklich ist, leistet sie sich immer irgendwelche Extravaganzen – als eine Art Kompensation. Sie fährt noch immer oft genug nach Mailand, um einzukaufen, aber sie kauft nicht mehr viel ein.«

Vico nickte verständnisvoll.

»Wahrscheinlich verwendet sie mehr Zeit auf den Schaufensterbummel.«

Die beiden Männer sprachen dann weiterhin über geschäftliche Angelegenheiten, wobei Vico zumeist das Wort führte.

Pinta wußte also über Creasys Vergangenheit Bescheid und versuchte ihn dazu zu bringen, darüber zu sprechen.

Sie hatte es sich zur Gewohnheit gemacht, nach dem Abendessen in die Küche zu kommen, auch wenn ihre Eltern zu Hause waren, und eines abends stellte sie ihm Fragen über die Fremdenlegion. In der Zeitung hatte ein Artikel darüber gestanden, daß die Legion nach Zaire geschickt wurde.

Er erzählte ihr über die Legion, über die Ausbildung und auch einiges über ihre Geschichte, und Pinta beschloß, ihn ein bißchen unter Druck zu setzen.

»Waren Sie nicht früher in der Legion?«

Er blickte sie scharf an.

»Woher weißt du das?«

Sie antwortete unschuldig: »Ich habe gehört, wie Mutter es gleich nach Ihrer Ankunft einer Freundin am Telefon erzählt hat.«

Bruno blickte vom Fernsehapparat auf und sagte: »Ich war einmal in der Armee – im Krieg. Ich wurde von Montgomery in Afrika gefangengenommen.«

Er sprach mit einem gewissen Stolz, als wäre Montgomery persönlich dafür verantwortlich gewesen. Creasy nickte kurz und widmete sich wieder seiner Zeitung.

Bruno sagte: »Wenn Sie bei der Legion waren, dann sind wir beide Veteranen.«

Creasy sah ihn an, und ein leises Lächeln spielte um seine Lippen.

»Ja – Veteranen.« Dann stand er auf und ging in sein Zimmer.

Als Pinta im Bett lag, kam sie zu dem Schluß, daß es nicht zweckmäßig war, Creasy direkt anzusprechen, um alte Erinnerungen aufleben zu lassen. Sie hörte leise Musik aus seinem Zimmer, und sie wußte, daß sie bald das Lied erkennen würde, das er immer spielte. Sie wußte jetzt, was es war. Eines nachmittags, als er am Zaun gearbeitet hatte, war sie in sein Zimmer geschlichen und hatte sich das Tonband im Kassettengerät angesehen. Es war immer das letzte Lied, das er am Abend spielte – Linda Ronstadts »Blue Bayou«.

Als Pinta der ersehnte Durchbruch gelang, war ein Unfall daran schuld. Ihre Eltern waren für eine Woche in London, und sie saß in der Küche, als Bruno hereinkam und berichtete, daß in einem Busch hinter dem Haus eine Nachtigall nistete. In dem Nest befanden sich zwei Junge. Es war kaum noch hell genug, aber sie bat ihn, es ihr zu zeigen. Das Nest befand sich hoch oben auf dem steilen Hang, und als sie eifrig hinaufkletterte, trat sie auf einen Stein, verrenkte sich den Knöchel und fiel schwer auf einen vorstehenden Felsen.

Creasy befand sich links von ihr und packte gerade seine Werkzeuge zusammen, als er sie aufschreien hörte.

Sie lag auf dem Rücken, hielt sich die Seite, ihr Gesicht war schmerzverzerrt. Bruno war zu ihr hinuntergeklettert und stützte ihren Kopf.

Creasy betastete Pintas Knöchel, und seine kräftigen Hände waren überraschend behutsam. Der Knöchel schwoll an, doch Creasy hielt es nur für eine Verstauchung. Dann zog er ihr die Hand von der Seite und schob ihr T-Shirt hinauf. Dicht unterhalb der Rippen hatte sie eine Abschürfung. Er legte die Finger vorsichtig auf die Rippen und drückte sehr behutsam. Sie zuckte zusammen.

»Tut es sehr weh?« fragte er.

»Nicht so schlimm. Weiter unten ist der Schmerz stärker.«

Sie zeigte mit dem Kinn in die Richtung. »Ich bin dort auf den Felsen aufgeschlagen.« Ihre Stimme zitterte, während sie versuchte, nicht zu weinen.

»Ich glaube, du hast nur eine Prellung«, stellte er fest. »Wenigstens ist keine Rippe gebrochen.«

Maria keuchte den Hügel herauf. Creasy machte ihrem aufgeregten Getue ein Ende und beruhigte sie. Er beschloß, Pinta zu einer Röntgenaufnahme nach Como zu bringen, nur um sicherzugehen. Maria sollte im Haus bleiben, für den Fall, daß ihre Eltern anriefen. Er bat Bruno, bei Maria zu bleiben, denn die Nervosität des alten Mannes würde nicht dazu beitragen, Pinta zu beruhigen. Dann hob er das Kind auf, achtete sorgfältig darauf, keinen Druck auf seinen Brustkorb auszuüben, und trug es zum Wagen hinunter.

Maria erinnerte sich später daran, wie sanft er mit Pinta umgegangen war, wie beruhigend er gewirkt hatte. Er konnte kein so harter Mann sein, dachte sie, nicht so gleichgültig, wie er sich gab. Aber in Wahrheit hatte er nur automatisch gehandelt. Er hatte in seinem Leben häufig mit Verwundeten zu tun gehabt, die oft schreckliche Verletzungen davongetragen hatten. Das oberste Gebot war, sie zu beruhigen und ihnen Mut einzuflößen.

Das Röntgenbild bestätigte, daß nichts gebrochen war, der Arzt bandagierte den Knöchel und gab Pinta schmerzstillende Tabletten. Er pflichtete Creasy bei, daß sie vermutlich innere Prellungen unterhalb der Rippen erlitten hatte, aber nicht ernstlich verletzt war.

Zu Hause beruhigte Creasy Maria und Bruno, trug Pinta in ihr Zimmer und verließ sie, als Maria sie zu Bett brachte. Dann rief er im »Savoy Hotel« in London an, um die Ballettos über den Vorfall selbst in Kenntnis zu setzen, weil er befürchtete, daß Maria die Sache unnötig dramatisieren würde.

Rika meldete sich, und Creasy erzählte ihr von Pintas Sturz und versicherte ihr, daß sie nicht sofort nach Hause kommen müßte. Es war ja nur eine Verstauchung und eine Prellung. Das Kind konnte wahrscheinlich am nächsten Morgen wie gewöhnlich die Schule besuchen. Ja, er würde ihr liebe Grüße ausrichten. Er legte auf, dann ging er hinauf, um nachzusehen, ob sich das Mädchen wohl fühlte.

Sie lag, gestützt von zwei Kissen, im Bett. Neben ihr saß der sehr mitgenommene, ausgestopfte braune Bär. Creasy ließ sich auf dem Fußende des Bettes nieder.

»Geht es dir besser?«

Pinta nickte schüchtern.

Er sah den Bären an.

»Schläfst du immer mit diesem Bär?«

Sie nickte wieder.

»Wie heißt er?«

»Er hat keinen Namen«, antwortete sie.

Ihr Haar stach kohlschwarz von dem Kissen ab, ihr Gesicht war sehr blaß. Die großen Augen blickten ihn ernsthaft an. Es herrschte lange Stille, dann stand er plötzlich auf. »Die Tabletten werden dich schläfrig machen. Wenn du in der Nacht aufwachst und Schmerzen hast, kannst du noch zwei einnehmen.«

Er ging zur Tür und wandte sich noch einmal um.

»Ich habe mit deiner Mutter telefoniert. Sie läßt dich herzlich grüßen.«

»Danke. Gute Nacht, Creasy.«

»Gute Nacht, Pinta«, antwortete er mürrisch.

Die Tabletten machten sie tatsächlich müde. Sie knipste das Licht aus, drückte den Bären an sich und war bald eingeschlafen. Sie hatte ihn belogen. Der Bär hatte einen Namen.

Als Ettore in London ins Hotel zurückkam, erzählte ihm Rika von dem Telefonat. Er war in Eile, um sich für das Abendessen mit seinem Vertreter umzuziehen, und sie stand in der Badezimmertür, während er duschte.

»Willst du nicht zurückfliegen?« fragte er. »Es gibt einen Nachtflug nach Mailand.«

Sie schüttelte den Kopf. »Creasy hat mir versichert, daß es ihr gutgeht.«

Seine Hand tastete nach dem Shampoo, und sie reichte ihm die Flasche.

»Das ist angenehm, nicht wahr?« fragte sie.

»Was ist angenehm?« fragte er und shamponierte sein Haar.

»So einen Mann im Haus zu haben, während wir fort sind. Maria wäre in Panik geraten, und ich hätte mich verpflichtet gefühlt, Hals über Kopf nach Como zu fahren. Und das Dinner heute abend ist doch wichtig, nicht wahr?«

Er drehte sein Gesicht dem breiten Wasserstrahl entgegen, der von dem großen, altmodischen Duschkopf niederprasselte. Es war einer der Gründe, weshalb er gern im »Savoy« abstieg. Die Badezimmer waren hier größer als die meisten Schlafzimmer in anderen Hotels.

»Ja«, stimmte er zu, drehte die Dusche ab und wickelte sich in das riesige, vorgewärmte Handtuch. »Sehr wichtig. Roy Haynes ist von unserer neuen Produktion begeistert, und wenn er sich entschließt, Werbung für sie zu machen, könnten wir hier eine sehr gute Saison haben.« Er ging zum Waschtisch und begann sich zu rasieren; in dem um sich gewickelten Handtuch sah er aus wie ein römischer Senator. Rika trat hinter ihn und rieb ihm Rücken und Schultern mit dem Handtuch ab.

»Wie Werbung machen?«

»In der Presse und bei den Vorführungen. Das machen sie sehr gut. Aber es kostet eine Menge, und er muß Vertrauen haben. Ich werde heute abend beim Dinner versuchen, ihn von unserer Firma zu überzeugen.« Ettore betrachtete sein Gesicht im Spiegel, und sie lächelte ihm zu.

»Überlaß das mir. Ich werde sehr raffiniert vorgehen.«

Er erwiderte ihr Lächeln und rasierte sich weiter. Ja, Creasy war eine gute Investition.

Sie aßen im »Parkes« auf dem Beauchamps Place. Ettore weigerte sich, in London italienische Speisen zu essen. Nicht, daß es zu wenig gute italienische Restaurants gegeben hätte, aber wenn er sich auf Reisen befand, zog er es vor, in seine Kost etwas Abwechslung zu bringen. Auch war das »Parkes«, in dem auf jedem Tisch frische Blumen standen, Rikas Lieblingsrestaurant.

Auch Roy Haynes gehörte zu ihren Lieblingen, er gehörte zu der Art Engländer, die ihr gefiel. Groß, rauh, aber ehrlich und gewandt. Es bedeutete keine Überwindung für Rika, ihm gegenüber alle Facetten ihrer Überredungskunst spielen zu lassen. Er aß, lächelte, und ihre Motive waren ihm voll bewußt. Er hatte bereits beschlossen, Ballettos Produktion groß herauszubringen, und morgen würde er Ettore einen großen Auftrag erteilen, er wollte fast das Doppelte von dem, was er im letzten Jahr geordert hatte, bestellen. Inzwischen behielt er seine Absicht für sich und ließ sich von der reizenden Frau ihm gegenüber schmeicheln und bezaubern. Nach dem Essen würde er die beiden in einen von Londons eleganten Spielklubs führen, und kurz bevor sie in ihr Hotel zurückkehrten, würde er so tun, als hätte er sich gerade entschieden, eine große Bestellung aufzugeben.

Für Rika waren solche Abende das, worum es im Leben ging. Sie fühlte sich nützlich und wurde bewundert.

In den frühen Morgenstunden des nächsten Tages lag sie im Bett zwischen den frischen, gestärkten Leinenlaken und überdachte den angenehm verbrachten Tag: am Morgen Einkäufe bei Harrod's, und am Nachmittag in der Bond Street. Sie hatte sich bei Sassoon's frisieren lassen und nahm den Tee und lächerlich dünne Gurkensandwiches im Hotel. Dann hatte sie mit Creasy telefoniert, das köstliche Dinner in angenehmer Gesellschaft genossen und anschließend im Casino ein paar Spiele gemacht. Sogar das war erfolgreich verlaufen, ihre bevorzugten Zahlen beim Roulette, 17 und 20, waren gekommen. Schließlich hatte sich Roy Haynes von ihnen verabschiedet und noch erwähnt, daß er bei der Besprechung morgen nachmittag seine Bestellung bei Ettore beträchtlich erhöhen und sich für die neue Stoffproduktion voll einsetzen würde.

Sie streckte sich träge. Ja, sie hatte einen Tag und eine Nacht angenehm verbracht, die nur ein leichter Schatten trübte, denn Ettore hatte ein bißchen zuviel getrunken und war bei dem Liebesspiel nicht ganz bei der Sache gewesen. Macht nichts. Bevor er am Morgen aufstand, würde sie das Versäumte nachholen. Als sie an den Morgen dachte, wurde sie plötzlich hellwach. Infolge von Creasys Anruf und allem übrigen hatte sie etwas Wichtiges total vergessen. Sie wandte sich Ettore zu und schüttelte ihn; er war beinahe schon eingeschlafen.

»*Caro* – ich habe etwas vergessen. Ein Mann hat wegen einer Verabredung für morgen angerufen. Er nannte als Termin elf Uhr vormittag in seinem Büro.« Sie schmiegte sich an ihn. »Worum handelt es sich denn?«

»Nur eine finanzielle Angelegenheit«, antwortete er schläfrig. »Er ist ein Freund von Vico.«

»Ist es wichtig?«

Er murmelte etwas Unverständliches und war gleich danach eingeschlafen.

Pinta hinkte die Vordertreppe zum Auto hinunter, und Creasy öffnete die hintere Wagentür. Sie zögerte und sagte: »Ich werde besser vorne sitzen. Da habe ich mehr Platz für meinen Fuß.«

Während sie durch das Tor hinausfuhren, fragte er: »Hast du gut geschlafen?«

»Ja. Die Tabletten haben mich sehr müde gemacht. Ich bin nur einmal aufgewacht, als ich mich umdrehte.«

»Schmerzt der Knöchel? Kannst du schon wieder auftreten?«

»Es ist nicht schlimm«, antwortete sie. »Wird es lange dauern, bis es wieder in Ordnung ist? – In fünf Wochen ist der Schulsporttag, und ich möchte bei dem Hundert-Meter-Lauf dabeisein.«

»Das könnte klappen«, bestätigte er vage. »Du darfst den Fuß nicht zu sehr schonen und solltest ihn immer mal wieder belasten. In einer oder zwei Wochen wirst du nichts mehr von der Verletzung merken.«

Als sie die Hauptstraße nach Mailand erreichten, fragte er: »Kannst du schnell laufen?«

Sie nickte. »Aber der Start gelingt mir nicht gut. Die Strecke ist zu kurz, um die Zeit wieder aufzuholen.«

»Du mußt mehr trainieren.«

Sie nickte. »Das werde ich tun.«

Creasy verstand nicht viel von der Starttechnik für Kurzstrecken, wußte aber alles über Koordination und Reaktion. Er wußte, daß er ihr das beibringen konnte, aber er bremste sich selbst – er wollte ja keinen zu engen Kontakt zu dem Kind haben.

»Tritt auf diesen Fuß auf, so fest du kannst, auch wenn es ein bißchen weh tut.«

Sie schwiegen wieder.

Die Haltung des Mädchens ihm gegenüber hatte sich geändert. Für Pinta war es nicht mehr nur ein Spiel –, Creasys Freundschaft zu gewinnen. Sie wollte ihn unbedingt für sich gewinnen – dieser Wunsch wurde immer stärker. Aus natürlicher Neugierde und Einfühlungsvermögen hatte sie winzige Eindrücke von Creasys Charakter erhalten. Sie wollte mehr über ihn erfahren und war bereit, ihm auch etwas zu geben. Sie hatte ihn noch nie lächeln gesehen, er wirkte immer ernst – immer streng und distanziert. Sie glaubte, wenn er sich mitteilen würde, könnte etwas Wunderbares zutage treten. Pinta war nicht mehr nur neugierig, sie spürte, daß eine zarte, aber deutliche Verbindung zwischen Creasy und ihr bestand. Sie bemühte sich verzweifelt, dieses Band zu verstärken.

Tatsächlich hatte sich zwischen ihnen einiges verändert. Jetzt war es an Creasy, den nächsten Schritt zu tun. Unbewußt, aber ohne Widerstand zu leisten. Auch er spürte die Bindung. Sie irritierte ihn, weil er sie nicht verstand. Die Vorstellung, mit einem elfjährigen Mädchen befreundet zu sein, erschien ihm ungefähr so unnatürlich wie eine Freundschaft zwischen einem Kaninchen und einem Fuchs. Er konnte so etwas nicht akzeptieren, deshalb weigerte er sich, daran zu denken. Aber er war gar nicht in der Lage, Pinta aus seinen Gedanken zu verbannen, und war überrascht, als er schließlich feststellte, daß er das auch gar nicht mehr wollte.

An diesem Nachmittag stellte sie ihm bei der Heimfahrt Fragen über die Entdeckung Amerikas. Sie hatten in der Schule darüber gesprochen, und Pinta fand es großartig, daß ein Italiener diesen Kontinent entdeckt hatte.

»Nicht unbedingt«, schränkte er ein. »Manche Leute glauben, daß die Wikinger als erste hinübersegelten oder sogar ein irischer Mönch.«

Das löste eine Diskussion über Entdecker aus, und Creasy erzählte ihr von Marco Polo und seinen Reisen nach China. Sie wußte ein wenig Bescheid, wollte aber unbedingt mehr erfahren, und das veranlaßte Creasy zu etwas vollkommen Ungewöhnlichem. Ein paar Tage später erschien er beim Abendessen mit einem Päckchen und reichte es Pinta über den Küchentisch hinweg. In diesem Päckchen war ein Buch über die Reisen Marco Polos.

»Ich habe es in einem Buchladen in Mailand entdeckt«, erklärte er. In Wirklichkeit hatte er eine Stunde lang gesucht, bis er es gefunden hatte.

»Für mich? Ist es ein Geschenk?« Pintas Augen glänzten.

»Ja, es ist für dich.« Er war verlegen, und man sah es ihm deutlich an. »Du interessierst dich doch dafür. Er ist immerhin Italiens berühmtester Entdecker – du solltest alles über ihn wissen.«

»Danke, Creasy«, flüsterte Pinta. Ihrer Ansicht nach hatte sie Creasy jetzt für sich gewonnen.

Aber erst am nächsten Sonntag war sie sicher.

»Er hat sie zum Lunch mitgebracht.«

»Was hat er getan?«

»Sie zum Lunch mitgebracht. Ins Haus – heute. Sie sind soeben weggegangen.«

Guido hielt den Hörer vom Ohr weg, sah Pietro über die Küche hinweg an und schüttelte den Kopf.

»Was ist los?« fragte der Junge und lächelte über den erstaunten Gesichtsausdruck seines Chefs.

Guido beachtete ihn nicht weiter und sprach ins Telefon: »Einfach so – er ist aufgetaucht.«

Elio lachte am anderen Ende. »Nein, Felicia hatte ihn eingeladen, aber er rief heute morgen an und sagte, daß die Ballettos später aus London zurückkehren würden, er müßte also absagen. Felicia schlug vor, er sollte sie mitbringen, und damit war er einverstanden. Felicia ist fast in Ohnmacht gefallen.«

»Wie ist sie denn?« fragte Guido.

Eine längere Pause folgte, während Elio überlegte.

»Sie steckt voller Leben«, beschrieb er sie. »Ein schönes Kind, gut erzogen und intelligent, und sie vergöttert deinen großen, häßlichen Freund.«

»Und er – wie reagiert er darauf?«

Wieder folgte eine Pause, dann meinte Elio: »Es ist sehr merkwürdig. Er gibt sich ihr gegenüber eher mürrisch und barsch. Er geht nicht aus sich heraus – du kennst ihn ja –, aber er ist Pinta gegenüber mehr als nur duldsam. Da Felicia eine Frau ist, glaubt sie, daß er in ihr das Kind sieht, das er nie gehabt hat.«

»Er spricht mit ihr?« fragte Guido verblüfft.

Elio lachte. »Klar, er erklärt ihr alles mögliche, sie stellt Fragen über alles. Er ist für sie jemand, der über alles Bescheid weiß. Warte einen Augenblick, da kommt Felicia, sie hat die Kinder zu Bett gebracht.«

Felicia sprach noch lange mit Guido.

Creasy hatte sich verändert, das fand auch sie. Er mochte das Kind ganz entschieden. Er war etwas verwirrt und zeigte sich nicht sehr verständnisvoll, aber er mochte sie. Das Mädchen war jedenfalls entzückend, und es wäre eigentlich nicht verwunderlich, daß sich jemand mit ihr anfreundete, wenn es sich nicht um Creasy gehandelt hätte.

Guido freute sich für seinen Freund. Er fragte sich, wohin das alles führen würde. Es könnte ja sein, daß er allmählich zugänglicher wurde.

7

»Creasy – was ist eine Konkubine?«

Er wandte den Blick von der Straße ab und sah Pinta an; ihre Fragen überraschten ihn nicht mehr.

»Eine Art Ehefrau.«

Sie wunderte sich. »Eine Art Ehefrau! Aber der Kaiser von China hatte mehr als tausend. Wie ist das möglich?«

Für Creasy war das kein heikles Thema, er wußte, daß Pinta für ihr Alter schon ziemlich reif war und sich für vieles interessierte. Das Buch über Marco Polo, das er ihr geschenkt hatte, hatte mehrere ähnliche Fragen heraufbeschworen. Sie kicherte nicht teenagerhaft, wenn er ihr erklärte, daß in vielen Kulturen ein Mann mit mehreren Frauen verheiratet sein konnte. Er erzählte ihr vom Islam und den Mormonen, und es belustigte ihn im stillen, daß ihre Sympathie den Männern galt.

»Es muß schwer sein, eine Menge Frauen zu haben«, grübelte sie. Vielleicht dachte sie an ihre Mutter. Eine Frau wie Rika reichte vollkommen, um einen Mann in Atem zu halten. Wenn sie sich dasselbe vertausendfacht vorstellte, überstieg das ihre Phantasie.

Creasy beantwortete ihre Fragen immer wahrheitsgetreu und sprach mit ihr wie zu einer Erwachsenen. Oft fand er ihre Antworten herausfordernd. Er hatte zum erstenmal mit einem frischen, unverbildeten Verstand zu tun, und plötzlich sah er umstrittene Probleme mit ihren Augen – das empfand er als anregend.

Sie schaute ungern politische Sendungen im Fernsehen an, weil die Politiker zu viel sprachen und nicht natürlich lächelten. Religion war gut, aber die Priester hatten immer recht und fanden daran zu viel Gefallen. Sie ging gern zur Schule, war aber nur in jenen Fächern gut, in denen Lehrer unterrichteten, die sie gern hatte. Sie mochte Maria und Bruno, aber sie ärgerte sich über sie, weil sie ihre Interessen nicht teilten.

Kurz, die ganze Welt war ein riesiges, unerforschtes und faszinierendes Territorium für Pinta. Sie erkannte, daß sie die ersten Schritte zur Entdeckung der Welt unternahm, und Creasy wurde ihr Führer. Ihre Mutter lebte in ihrer eigenen, begrenzten Welt, und ihr Vater behandelte sie zu sehr als Kind, das drückte sich in seinem Verhalten und seinen Gesprächen mit ihr aus.

Creasy war also für sie eine Offenbarung, und ihr wurde bald klar, wie wichtig es war, ihm nicht nur zuzuhören, sondern sich auch kritisch zu dem zu äußern, was er zu sagen hatte. Deshalb antwortete sie immer, und nach einer Weile entwickelte sich ein Dialog über mehrere Generationen hinweg.

Der Durchbruch war der Lunch am Sonntag mit Elio und Felicia gewesen. Sie wußte, daß Creasy ihr eine Tür geöffnet hatte, und sie ging dankbar hindurch. Er hatte sie akzeptiert, und sie hatte glücklich, aber vorsichtig reagiert, sie war zuerst auf Elio und Felicia eingegangen und hatte ständig auf einen Hinweis von Creasy gewartet. Aber er hatte sich natürlich und unbekümmert gegeben, nicht wie ein Elternteil, sondern wie jemand, der einen Freund zu Freunden mitgebracht hat. Also hatte sie sich auch entspannt, mit den Kindern gespielt, Felicia in der Küche geholfen und gemeinsam mit ihr die Männer geneckt. Es war ein wunderbarer Tag gewesen, und seither verkehrte sie mit Creasy vollkommen unbeschwert, verstand ihn und verschaffte sich sanft, aber zielstrebig Zugang zu seinem Herzen. Er begann sogar, Fragen zu seiner Person zu beantworten. Zuerst erkundigte sie sich nach Guido. Elio und Creasy hatten beim Lunch über ihn gesprochen. Sie erfuhr von ihrer Freundschaft und den Jahren, die sie zusammen verbracht hatten. Sie bemerkte, daß die harten Linien in Creasys Gesicht weicher wurden, wenn er von Guido sprach. Sie würde ihn gern kennenlernen.

Creasy war erstaunt, daß er sich durch den Umgang mit einem Kind besser fühlte. Es fiel ihm leicht, sich mit Pinta zu unterhalten. Vielleicht war es ihr Mangel an Wissen und Erfahrung, vielleicht ihr unbelasteter Verstand, der ihn besonders anzog. Er benahm sich ungezwungen und merkte, wie allmählich die Spannung, die sein schreckliches Vorleben voller Gewalt und Schrecken verursacht hatte, von ihm abfiel. Pinta hatte wieder bewußt die Initiative ergriffen und bei der Heimfahrt vom Lunch eine seiner Hände berührt, als wollte sie ihn testen.

»Creasy, was ist mit Ihren Händen geschehen?«

Er hatte sie nicht weggezogen wie beim letzten Mal, sondern hatte auf die unzähligen Narben hinuntergeblickt, und seine Gedanken schweiften zurück in das Jahr 1954 und das Ende in Dien Bien Phu. Kapitulation, Erniedrigung und drei Wochen Gewaltmärsche zu einem Kriegsgefangenenlager. Tag für Tag schleppten die Männer sich weiter – wenig Essen und viel Tod. Wenn ein Mann stürzte und nicht mehr aufstehen konnte, erschossen ihn die Wachen. Viele stürzten, aber Creasy hielt sich auf den Beinen, überlebte und trug einen jungen, verwundeten Offizier auf seinem Rücken; nach dem Überleben Verhöre. Der höfliche Vietmin-Hauptmann, der an der Sorbonne studiert hatte, saß klein, in makelloser Uniform dem riesigen, hageren Legionär an dem Holztisch gegenüber. Die Fragen, die vielen Fragen beantwortete Creasy mit einem Kopfschütteln, das seine Weigerung zu sprechen unterstrich. Der vietnamesische Hauptmann war Kettenraucher und drückte die Gauloise-Zigaretten immer auf dem Rücken von Creasys gefesselten Händen aus.

»Ein Mann hat mir einmal Fragen gestellt. Er rauchte viel. Es gab keinen Aschenbecher.«

Pinta verstand sofort und fand lange keine Worte. Tränen füllten ihre Augen. Er sah sie an.

»Viel Schlimmes geschieht in dieser Welt. Das habe ich dir schon einmal gesagt.«

Sie lächelte unter Tränen.

»Es geschieht auch viel Gutes.«

Danach stellte sie freimütig auch persönliche Fragen, aber sie erfuhr nur wenig über seine Jugend. Seine Eltern waren arm gewesen und von der Depression hart getroffen. Ein kleines Landgut in Tennessee brachte kaum genug für den eigenen Bedarf hervor, deshalb meldete sich der junge Creasy zum frühest möglichen Zeitpunkt zur Marine, dann kam er nach Korea – er erkannte sein Talent zum Einzelkämpfer. Nachdem er einen Offizier, der dumm gewesen war und gute Männer in den Tod geschickt hatte, verprügelt hatte, kam die schimpfliche Entlassung aus der Marine. Es gab keinen Ort, zu dem er gehen konnte, also meldete er sich bei der Legion.

Mit Ausnahme von Guido erfuhr dieses elfjährige Kind mehr über Creasy als sonst jemand auf der Welt.

Rika strahlte. Der Frühling war gekommen und brachte Licht in ihr Leben. Creasy war ein wichtiger Faktor für ihr Wohlgefühl. Sie sprach mit ihren Freunden über ihr »Juwel«, erzählte ihnen, wie sehr er an Pinta hing – der große, dahintrottende Bär mit dem hinter ihm hüpfenden Jungen. Sie erkannte die tiefreichende Veränderung in ihm nicht, auf sie wirkte er noch immer schweigsam und verschlossen und geheimnisvoll. Pinta hatte den Bären gezähmt, sagte sie einmal zu Ettore, und er hatte zustimmend genickt. Er sah in Creasy nur eine Zugabe zu seinem Leben. Sein Nutzen bestand darin, daß sich Pinta, und was noch wichtiger war, Rika glücklich fühlten; er war aber doch nur ein Angestellter – schlecht bezahlt und im geheimen ein Trinker.

Aber sein Trinken bildete kein großes Problem mehr. Creasy trank jetzt meist weniger als eine halbe Flasche am Abend. Das Bedürfnis, den Geist auszuschalten, hatte sich verringert. Er war nie ein Alkoholiker im eigentlichen Sinn gewesen. Er war nicht abhängig vom Alkohol, und obwohl seine Wirkung ihn noch immer beeinflußte und langsam machte, war sein Verstand wieder scharf. Er bereitete sich auch langsam wieder darauf vor, seinen Körper wieder in Form zu bringen.

Den Anstoß dazu gab Pintas bevorstehendes Sportfest. Sobald ihr Knöchel geheilt war, hatte Creasy zwei Startblocks aufgetrieben und sie auf dem Rasen im Garten aufgestellt. Dann zog Pinta einen blau-weißen Trainingsanzug an, und er übte mit ihr den Start. Creasy erzählte ihr von der Reaktionszeit. »Deine Ohren hören den Knall der Startpistole und geben die Botschaft an dein Gehirn weiter; dann schickt dein Gehirn eine Botschaft an die Nerven in deinen Armen und Beinen. Diese Botschaft lautet los. Das Geheimnis besteht darin, die für das Übertragen der Botschaft erforderliche Zeit zu verkürzen.«

Er brachte ihr bei, daß sie sich auf den Knall konzentrieren mußte. Sie sollte nicht bewußt darauf horchen, ihn nicht erwarten. Wenn der Schuß ertönte, mußte ihre Reaktion automatisch erfolgen.

Er simulierte die Startpistole durch Händeklatschen, und nachdem sie einen Nachmittag lang trainiert hatten, schoß sie wie ein erschrockener Hirsch aus den Startblocks. »Jeden Tag«, sagte er ihr – »jeden Tag trainieren wir eine Stunde lang, und an dem großen Tag wirst du gewinnen.«

An diesem Abend lag er im Bett, lauschte Johnny Cash und dachte an das Mädchen. Sie war so lebendig, so schnell, ihr Körper war auf der Höhe und fit.

Er mußte an sich selbst denken. Er beschloß, daß er nach drei Monaten, wenn die Probezeit vorbei war, in Como oder Mailand eine Sporthalle suchen und zwei Abende in der Woche dort verbringen würde, um in Form zu kommen. Wenn er sein Vorhaben zu lang hinausschob, würde es zu spät sein. Er erkannte, was das Mädchen bewirkt hatte: Eine Leere in ihm war ausgefüllt worden. In gewissem Sinn hatte Pinta den Kurs seines Lebens verändert. Sie hatte ihr Leben vor sich. Er würde zusehen, wie sie sich entwickelte, und hatte die Möglichkeit, ihr dabei Hilfestellung zu leisten. Hier gab es keinen Tod, keine Vernichtung, keine Verstümmelung – nichts war sinnlos.

Johnny Cash verstummte, und Creasy wechselte die Kassette.

Linda Ronstadt sang »Blue Bayou«; und eine Etage tiefer lächelte Pinta, als sie die Melodie hörte.

Rika kam aus dem Friseursalon und schaute sich nach dem Wagen um. Es war ein trüber, bewölkter Tag, und in Mailand herrschte dichter Verkehr. Sie sah den Wagen, der dreißig Meter entfernt parkte, Creasy stand daneben. Während sie auf ihn zuging, nahm sie eine undeutliche Bewegung jenseits der Straße wahr: zwei Männer sprangen aus der Seitentür eines VW-Lieferwagens. Sie liefen zu einem Mann, der die Tür eines weißen Fiats öffnete. Sie erblickte die Schußwaffen in ihren Händen, und als die ersten Schüsse ertönten, blieb sie wie erstarrt stehen. Der Mann hatte sich umgedreht, griff unter seine Jacke, und dann war Creasy neben ihr, faßte sie mit einem Arm um die Mitte und riß sie in den Eingang zu einem Geschäft. Sie lag auf dem Pflaster unter seinem schweren Körper. Weitere Schüsse ertönten, und Rika schrie auf, als über ihnen Glas zersplitterte. Sie erkannte die Pistole in Creasys Hand, die er an der Hüfte hielt. Geräusche – das Zuschlagen der Lieferwagentür, das Quietschen von Reifen, ein aufheulender Motor und schließlich Stille.

»Warten Sie hier, bewegen Sie sich nicht.« Creasys Stimme klang ruhig, entschieden und bestimmt. Er stand auf und wich vorsichtig zurück, so daß keine Glassplitter auf sie herabfielen. Sie lag still und sah zu, wie er zu dem Wagen zurückging. Seine Pistole war verschwunden. Er stand neben dem Wagen und schaute über die Straße. Ihr Blick folgte ihm. Ein Mann lag quer über der Motorhaube des Fiats – rotes Blut floß über den weißen Lack. Instinktiv wußte sie, daß der Mann tot war. Er lag so seltsam verdreht dort. Creasy öffnete die hintere Tür des Wagens und kehrte zu ihr zurück. Er streckte die Hand aus und half ihr auf die Beine. Sie stolperte ein wenig, und er legte einen Arm um sie und führte sie langsam zum Wagen. Die Menschen bewegten sich wieder. Eine Frau schluchzte noch unter der Schockeinwirkung. Eine Sirene ertönte, kam heulend näher. Creasy half Rika in den Rücksitz.

»Bleiben Sie hier. Es wird einige Zeit dauern. Die Polizei wird Straßensperren errichten und alle Zeugen verhören.«

Rika zitterte ein wenig, ihr Gesicht hob sich sehr weiß vom schwarzen Haar ab. Er berührte ihre Wange mit dem Handrücken, sie war kalt. Er umfaßte ihr Kinn, hob ihr Gesicht hoch und sah ihr in die Augen. Sie waren stumpf – glasig.

»Sind Sie in Ordnung? Rika, schauen Sie mich an!«

Ihre Augen wurden wieder klar, und sie nickte langsam. Ein Polizeiwagen war eingetroffen, seine Lampen blinkten rhythmisch, die Sirene verstummte. Aufgeregte Stimmen ertönten, und weitere Sirenen kamen näher. Rika nickte wieder, ihr Geist funktionierte.

»Bleiben Sie hier«, befahl er, »ich werde mit der Polizei sprechen. Wir fahren so rasch wie möglich weg.« Er musterte sie genau, schloß dann einigermaßen beruhigt die Tür und ging über die Straße.

Der Anschlag war eine Aktion der Roten Brigade gewesen, das Opfer war ein Staatsanwalt, so etwas war kein ungewöhnlicher Vorfall in Mailand. Creasy zeigte einem Polizisten seine Lizenz als Leibwächter und erzählte, was er in der Eile gesehen hatte. Er gab eine Beschreibung der beiden Schützen, die auf hunderttausend junge Leute in der Stadt paßte, und nannte die Nummer des Volkswagens, der sicherlich gestohlen war.

Eine halbe Stunde später war er auf dem Weg nach Como, und Rika saß schweigend auf dem Rücksitz. Sie hatten gerade die Hälfte der Strecke hinter sich, als sie plötzlich herausplatzte:

»Diese Bestien! Erschießen Menschen auf offener Straße – Bestien!«

Sie sah, wie Creasy mit den Achseln zuckte.

»Sie hielten doch die Pistole in der Hand«, sagte sie. »Ich habe es gesehen. Warum haben Sie nicht geschossen?«

»Der Anschlag hat nicht mir gegolten – oder Ihnen«, antwortete er ruhig. »Außerdem saß neben dem Fahrer ein zweiter Mann im Wagen. Er hatte eine abgesägte Schrotflinte. Wenn ich auf einen seiner Freunde geschossen hätte, hätte er auf uns gefeuert. Wir hatten überhaupt Glück, das Opfer gab einen Schuß ab, der nur einen halben Meter über uns hinwegging.«

Das brachte Rika für zehn Minuten zum Schweigen. Er beobachtete sie im Rückspiegel. Man war in ihre Privatsphäre eingedrungen. Die Gewalt hatte den Fernsehschirm verlassen und sie ins Gesicht geschlagen. Sie riß sich sichtlich zusammen, um wieder in ihre heile Welt zurückzufinden. Sie beugte sich vor und zupfte ihm einen kleinen Glassplitter aus dem Haar.

»Sie waren so schnell, Creasy. Ich habe sie nicht kommen sehen – Gott sei Dank, daß ich Sie dabeihatte.«

Er fuhr durch das Tor und zum Vordereingang.

»Jetzt brauche ich aber einen Kognak«, sagte sie, während sie ausstieg. »Einen großen. Kommen Sie mit.«

»Pinta«, erinnerte er und blieb am Lenkrad sitzen.

»Pinta?«

»Es ist Viertel vor fünf.«

»Ach, natürlich. Der Vorfall hat mich ganz durcheinandergebracht. Fahren Sie nur. Wir sehen uns später.«

Sie stand am Fuß der Treppe und sah zu, wie er den Wagen wendete und wegfuhr. Dann ging sie ins Haus und goß sich ein großes Glas Kognak ein. Der Schock ebbte ab, und sie erlebte die Szene im Geist wieder. Die plötzliche heftige Bewegung – die Geräusche – das zersplitternde Glas und das Gewicht des auf ihr liegenden Creasy. Seine Bewegungslosigkeit. Der Geschmack der Angst in ihrem Mund. Creasy handelte so sicher – so ruhig. Später würde sie Ettore in Rom anrufen und ihm von ihrem Erlebnis und Creasys Reaktion erzählen – und auch einigen ihrer Freunde. Es war ein Ereignis – der Leibwächter hatte sich bezahlt gemacht. Er hatte so unbeteiligt gewirkt – hatte den Toten ausdrucks- und gefühllos angesehen. Wahrscheinlich hatte er so etwas schon oft erlebt. Sie erinnerte sich an seine Hand auf ihrer Wange, an ihrem Kinn. Die Narben an seiner Hand – Pinta hatte ihr erzählt, woher sie stammten. Die ruhigen Augen, die sie betrachteten – die Sicherheit zurückgaben. Sie schenkte sich einen weiteren Kognak ein und schlürfte ihn langsam. Sie würde Ettore nicht heute abend anrufen. Morgen wäre auch noch früh genug.

Creasy war nicht schnell gewesen – keineswegs, zumindest nicht nach seinen Begriffen. Er lag im Bett und dachte darüber nach. Er hörte keine Musik, und er trank nicht. Ein Teil seiner Gedanken wartete, ein anderer analysierte. Er kam zu dem Schluß, daß

Rika, wenn sie das Ziel des Überfalls gewesen wäre, jetzt tot wäre. Vor einiger Zeit hätte er den Mann mit der Schrotflinte und die anderen beiden abgeknallt, bevor sie fünf Schritte gemacht hätten. Sie waren Anfänger – entschlossene Amateure. Das Opfer hatte einen Schuß abgefeuert; einen ungezielten, aber die Terroristen hatten Glück gehabt. Sie hätten den Überfall mit der Schrotflinte bewerkstelligen müssen und den Lieferwagen nie verlassen dürfen. Die Schüsse aus beiden Läufen hätten aus zehn Metern Entfernung absolut sicher gesessen – Amateure.

Aber er war zu langsam gewesen, er hatte nicht schnell genug reagiert.

Rika wäre tot gewesen.

Das gab den Ausschlag. Sein Leben lang hatte er seinen Körper als Waffe betrachtet, ihn genauso gepflegt wie seine anderen Waffen, ihn nach Verletzungen wieder gesund gepflegt, alle Körperteile trainiert und dafür gesorgt, daß seine Bewegungen schnell und geschmeidig waren. Die Kondition mußte langsam wieder aufgebaut werden. Das würde ein langer, schmerzhafter Prozeß werden. Er sah durchaus tauglich aus – hatte nur wenig Übergewicht. Nur Guido, der ihn von früher kannte, konnte die Schlaffheit und die geringe Spannkraft der Muskeln erkennen – eine erstklassige Maschine, verrostet und vernachlässigt. Es würde Monate dauern, bis er wieder fit wäre. Zuerst mußte er vorsichtig zehn Minuten Konditionstraining mit Gewichten und Hanteln machen. Er würde wieder in Form kommen, es war nicht zu spät. Er hatte es gerade noch rechtzeitig erkannt.

Es war nach Mitternacht, als es leise an die Tür klopfte. Das Warten war zu Ende. Sie trug ein langes, weißes Nachthemd und hielt einen großen Kognakschwenker in der Hand. Seide raschelte, während sie den Raum durchquerte. Sie bot ihm einen Kognak an, und als er ihn entgegennahm, berührten sich ihre Fingerspitzen. Sie setzte sich auf den Bettrand und sah zu, wie er trank. Das Laken bedeckte ihn bis zur Taille, und sie betrachtete sein Gesicht und den Oberkörper, dann zeichnete sie mit einem Finger die Narbe auf seiner Schulter nach. Sie ergriff seine freie Hand und legte sie auf ihre Wange, drückte sie und bewegte leicht den Kopf, so daß ihr pechschwarzes Haar hin und her wogte. Er stellte das Glas auf den Nachttisch, legte eine Hand in ihren Nacken und zog sie zu sich. Der Kuß war lang – forschend.

Sie stand auf, und die weiße Seide glitt zu Boden. Sie zeigte sich ihm, blieb außer Reichweite stehen. Nicht herausfordernd; nicht posierend, nur demonstrativ. Das ist mein Körper, sieh ihn dir an; ich werde ihn dir geben. Ein Geschenk – ein Geschenk, das nur ich zu geben vermag.

Die einzige, abgeschirmte Lampe warf sanftes Licht auf sie: lange, volle Kurven, vollendetes Ebenmaß von der Haarkrone zu den Farbpunkten der Augen und dem großen, vollen Mund, ein zarter Schatten im Grübchen am Kinn, der geschwungene, kräftige Hals. Creasys Augen wanderten ruhig, anerkennend weiter hinunter: weitere Schatten unter den hohen Brüsten mit den erigierten Warzen, die Taille eines jungen Mädchens und dann die sanfte Rundung, schattiges Dreieck über langen, ebenmäßigen Beinen.

Sie stand vollkommen still, ihr Blick blieb unverwandt auf sein Gesicht gerichtet, während er sie von oben bis unten betrachtete. In diesem Augenblick begriff er – begriff, wie ein Mann von solcher Schönheit gefesselt und berauscht werden konnte. Diese Schönheit durchdrang seinen Geist.

Er blickte Rika wieder in die Augen, und sie kehrte zu ihm zurück. Sie stand noch immer aufrecht – aber ganz nahe am Bett. Er fuhr mit der Hand langsam von der Taille hinunter zu dem zarten Fleisch hinter ihrem Knie. Ihre Haut erschauderte leicht unter der Berührung.

Sie bewegte sich wieder, setzte sich auf das Bett, schob die Bettdecke zur Seite. Er drehte sich zu ihr um. Wieder folgte sie seiner Narbe mit dem Finger – vom Knie bis fast zu seiner Leiste; und dann fiel das schwarze Haar herab, ihr Mund und ihre Zunge folgten dem Finger und kletterten höher. Es geschah plötzlich. Er atmete keuchend, als feuchte Wärme ihn in sich aufnahm.

Eine Hand glitt über seine Brust zu seinem Gesicht und seinem Mund. Lange Finger berührten seine Lippen und drangen zwischen sie.

Er spürte die kühle Luft, als sie den Kopf hob und zu ihm hinaufglitt. Ihr Mund gesellte sich zu ihren Fingern, ihre Zunge bewegte sich an ihnen entlang. Nun hob sie den Kopf und blickte ihm in die Augen, ihre Haare fielen auf das Kissen, verdunkelten sein Gesicht. Sie brachte sich in die richtige Lage und senkte sich auf ihn herab, ohne den Blick von ihm abzuwenden. Ganz langsam – der erste Kontakt; nur Vereinigung, dann Stillstand; und dann bewegte sich die Wärme hinunter, schloß sich eng um ihn, und Creasy fühlte den weichen Bauch an seinem, ihren stoßweisen Atem, Wonne, ihre Brüste, die über seine Brust streiften, und wogendes Erbeben.

Eine Zeitlang verhielt er sich passiv – er empfing. Dann schlossen sich seine Arme um sie, einer über ihre Schultern und hielt sie fest, der andere griff tiefer, legte sich leicht auf ihren sich bewegenden Po – tastete die Rundung ab und verlangsamte den Rhythmus. Dann drehte er sich um, hielt sie fest und zog sie unter sich.

Nun schloß sie die Augen und gab sich hin. Sie hatte die Kontrolle behalten wollen, die Führung, aber damit war es vorbei. Sie spürte seinen Mund auf ihrem Gesicht, auf ihren geschlossenen Lidern und dann auf ihren Lippen. Bewegung und Atmung beschleunigten sich, sein Griff verstärkte sich. Ihr Instinkt verriet ihr, daß er sich dem Höhepunkt näherte. Sie wollte ihn gleichzeitig erreichen und wölbte sich zu ihm empor. Sie fühlte, daß sie zu spät kommen würde. Sie spürte die Zuckungen in ihm. Ihr Rücken wölbte sich, sie öffnete die Augen und, sah über sich, nur Zentimeter entfernt, den mattblauen Griff der Pistole, der aus dem geölten Halfter herausragte, und sie kam plötzlich zum Orgasmus, erbebte an ihm und zugleich mit ihm.

Sie blieben lange Zeit wortlos liegen und gaben sich nur der Empfindung hin. Seine Hände lagen auf ihrem Körper – tastend und die Formen nachmalend wie ein Blinder, der mit seinen Fingern sieht. Gelegentlich küßte er ihr Gesicht, zog seine Konturen mit seinen Lippen nach.

Beim ersten Tageslicht stand Rika auf und hob ihr seidenes Nachthemd vom Boden auf. Sie blickte auf Creasys schlafendes Gesicht hinunter, erschauderte leicht und zog das Nachthemd über. Sie würde nicht wiederkommen. In der Nacht war sie sich wie ein Kind vorgekommen, hatte ihren Willen, ihre Gefühle aufgegeben. Es erschreckte sie.

Und sie wußte, daß er sie nicht rufen würde. Das hatte er nicht nötig. Seit sie den Raum betreten hatte, hatten sie kein Wort gesprochen.

»Warum verwenden wir nicht Ihre Pistole?«

»Weil man dazu eine andere Art von Pistole verwendet.«

Sie fuhren nach Como. Creasy hatte beschlossen, Pintas Training wirklichkeitsnäher zu gestalten. Das Händeklatschen war kein Ersatz für den wirklichen Startschuß. Sie würden versuchen, ein Sportgeschäft zu finden, in dem es Startpistolen gab, und wenn sie keinen Erfolg hatten, wenigstens ein Spielzeuggeschäft, das Spielzeugpistolen führte.

»Aber sie knallt doch, nicht wahr?« beharrte sie.

»Ja«, gab er zu. »Aber sie feuert auch Kugeln ab.«

»Sie könnten doch in die Luft schießen.«

»Pinta, was hinaufsteigt, muß auch herunterkommen, und eine aus anderthalb Kilometern Höhe herabfallende Kugel könnte immer noch gefährlich sein.«

Sie sah die Logik ein und wandte ihre Aufmerksamkeit der Lokalzeitung zu. Sie suchte nach der Anzeige eines Sportgeschäftes. Statt dessen fand sie das Horoskop.

»Was ist Ihr Zeichen, Creasy?« Er sah sie verdutzt an.

»Ihr Sternzeichen. Wann haben Sie Geburtstag?«

»Am fünfzehnten April.«

»Am fünfzehnten April! Das ist doch in ein paar Tagen!« Sie rechnete. »Am Sonntag!«

Er zuckte gleichgültig die Schultern, aber sie befand sich in einem Alter, in dem Geburtstage sehr wichtig sind.

»Es ist der Tag nach dem Sportfest. Ich werde Maria bitten, einen Kuchen zu backen. Der wievielte ist es?«

Er wandte sich ihr streng zu.

»Du wirst Maria nichts sagen. Kein Aufsehen. Ich bin über das Alter hinaus, in dem Geburtstage ein Grund zum Feiern sind.«

»Aber wir müssen etwas unternehmen. Mama und Papa werden fort sein.« Sie hatte eine Idee. »Wie wäre es mit einem Picknick? Wir könnten in die Berge fahren.«

»Also gut. Aber nur, wenn du am Sonnabend gewinnst.«

»Das ist nicht fair, Creasy.«

»Es wird ein zusätzlicher Ansporn für dich sein. Kein Sieg, kein Picknick.«

Sie lächelte. »In Ordnung – ich werde ohnehin gewinnen.«

»Nach all der Mühe«, knurrte er, »will ich es dir auch geraten haben.«

Ihre Eltern waren in New York, und Pinta war sehr enttäuscht. Fairerweise muß man zugeben, daß Rika schuldbewußt war, aber sie wußte, daß Ettore sie auf dieser wichtigen Reise brauchte. Und es würde ja noch andere Sportfeste geben.

Als Creasy im Schulhof parkte, fragte Pinta: »Werden Sie kommen und zuschauen, Creasy? Bitte.«

Er zögerte. Eine Menge Eltern würden anwesend sein, mit Sicherheit war er fehl am Platz, vielleicht sogar unerwünscht.

»Es geht bestimmt in Ordnung«, bettelte sie. »Niemand wird sich daran stoßen.«

Er sah ihr bekümmertes Gesicht, nickte und stieg aus.

Dieses Sportfest war offensichtlich ein gesellschaftliches Ereignis. Man hatte ein großes, gestreiftes Sonnendach aufgestellt. Elegant gekleidete Eltern standen mit Drinks in den Händen herum.

Pinta lief fort, um sich umzuziehen, und Creasy hielt sich etwas abseits, denn er fühlte sich unbehaglich. Dann sah er, daß Signora Deluca auf ihn zukam, und sein Unbehagen wurde stärker.

»Sie sind Mr. Creasy, nicht wahr?« fragte sie lächelnd.

Er nickte und erklärte, daß Pintas Eltern im Ausland waren. Sie zeigte Verständnis.

»Es ist nur natürlich, daß ein Kind seine Eltern an so einem Tag bei sich haben möchte.«

Sie ergriff seinen Arm. »Macht nichts. Heute sind Sie der Ersatzvater. Kommen Sie, trinken Sie etwas. Der Hundert-Meter-Lauf findet erst in einer halben Stunde statt.«

Sie führte Creasy unter das Sonnendach, gab ihm ein kaltes Bier und stellte ihn ein paar Eltern vor. Er fühlte sich noch immer fehl am Platz und war erleichtert, als alle zu den ersten Wettbewerben gingen.

Es war ein warmer Frühlingstag, und die Mädchen, von denen viele schon voll entwickelt waren, boten in ihren kurzen Shorts einen reizvollen Anblick. Creasy betrachtete sie beifällig. Als aber Pinta zum Start für den Hundert-Meter-Lauf erschien, betrachtete er nicht ihren Körper.

Viele andere taten es. Sie war das schönste und lebhafteste Mädchen auf der Laufbahn, aber für Creasy war sie einfach ein Kind und ein Freund.

Er beobachtete kritisch, wie die Mädchen sich für den Start aufwärmten, und empfand Besorgnis. Er wollte, daß Pinta Erfolg hatte.

Die Sorgen waren unnötig gewesen. Das Training machte sich bezahlt. Sie schnellte deutlich vor den anderen von den Startblöcken und zerriß das Zielband mit fünf Metern Vorsprung.

Sie lief weiter zu der Stelle, an der er stand, und warf ihm die

Arme um den Hals. »Ich habe gewonnen, Creasy! Ich habe gewonnen!«

Er lächelte stolz.

»Du bist gut gelaufen. Gegen dich hatte keine eine Chance.«

Für Pinta war es die Krönung eines vollendeten Tages – es war das erste Mal, daß Creasy gelächelt hatte.

»Alles Gute zum Geburtstag, Creasy.«

Er legte gerade die karierte Decke auf das Gras und blickte überrascht auf.

Sie hielt ihm das Päckchen hin.

»Was ist das?«

»Ein Geburtstagsgeschenk.«

»Ich habe dir doch gesagt, daß du kein Aufsehen machen sollst.«

Sie ließ sich auf die Decke plumpsen.

»Es ist nur ein Dank dafür, daß Sie mir geholfen haben, das Rennen zu gewinnen.«

Er legte das Päckchen beiseite und ging zum Wagen, um den Picknickkorb zu holen. Er war verwirrt – nicht daran gewöhnt, sich für etwas zu bedanken. Jetzt fiel ihm ein, daß Pinta zu Beginn der Woche mit ihrer Mutter nach Mailand einkaufen gefahren war. Bei dieser Gelegenheit mußte sie etwas für ihn besorgt haben. Er hoffte, daß es nichts Teures oder Unvernünftiges war. Er wußte nicht, wie er Freude vortäuschen und das Richtige sagen sollte.

Das Päckchen lag noch unberührt da, als Pinta den Korb öffnete. Sie war in guter Stimmung und kannte seine Launen. Maria hatte sich mit dem Picknick-Lunch Mühe gegeben, und Pinta jubelte beim Auspacken entzückt auf. Es gab kaltes Brathuhn, Eier in gerolltem Kalbsbraten und Florentiner Schinken, kleine flache Pizzas, die *gardenera* hießen; knuspriges Brot mit Pfefferkäse, verschiedene Obstsorten und schließlich zwei Flaschen trockenen Weißwein, der dick in Zeitungspapier eingewickelt und noch kühl war.

Sie hatten sich einen Platz oberhalb des Lago Maggiore ausgesucht. Es war mit Pinien bestandenes Weideland. Im Norden und Westen erhoben sich in der Ferne schneebedeckte Berge, die in der Ferne immer höher wurden. Vor ihnen im Süden erstreckte sich das Tal des Po bis zum Horizont.

Bald waren auf der Decke Plastikteller und Stanniolpapier verstreut. Creasy schenkte Wein in zwei Becher ein. *»A votre santé.«*

»Was heißt das?«

»Es ist französisch. Das sagt man, wenn man sich zuprostet.«

»Yamsing«, antwortete sie und lachte, als er sie erstaunt ansah. »Das ist chinesisch.«

»Ich weiß, aber wieso ...?« Dann erinnerte er sich an das Buch über Marco Polo. Sie hatte ein ausgezeichnetes Gedächtnis.

Sie redeten über verschiedene Sprachen, und er erzählte ihr einen Witz:

»Ein Texaner fährt zum erstenmal auf dem Dampfer *France* nach Europa. Am ersten Abend auf See setzt ihn der Chefsteward an einen Tisch mit einem Franzosen, der kein Englisch spricht. Als das Essen aufgetragen wird, sagt der Franzose: *›Bon appétit‹*, und der Texaner, der annimmt, daß er sich vorstellt, antwortet: ›Harvey Granger‹.

Am nächsten Morgen beim Frühstück sagt der Franzose wieder: *›Bon appétit‹*. Der überraschte Texaner antwortet wieder ›Harvey Granger‹. So geht das die nächsten fünf Tage bei jeder Mahlzeit.

Am letzten Abend auf See nimmt der Texaner vor dem Dinner noch einen Drink an der Bar und beginnt ein Gespräch mit einem anderen Amerikaner.

»Merkwürdige Leute, diese Franzosen«, bemerkt der Texaner. »Wieso?«

Der Texaner erzählt, daß er den Franzosen mindestens ein Dutzend Mal getroffen hat und er sich ihm jedesmal vorgestellt hat. »Wie heißt er?»

»*Bon appétit.*«

Der Amerikaner lacht und erklärt ihm, daß. das nicht der Name des Franzosen ist. Er hat ihm nur guten Appetit gewünscht.

Der Texaner ist sehr verlegen, und als er sich an dem Abend zum Dinner hinsetzt, lächelt er den Franzosen an und sagt: ›*Bon appétit*‹.

Der Franzose erwidert das strahlende Lächeln und antwortet mit ›Harvey Granger‹.«

Pinta lachte und klatschte in die Hände, und Creasy griff nach dem Päckchen und wickelt es aus dem Papier. Drinnen befand sich eine kleine Schachtel, und als er sie öffnete, hörte Pinta auf zu lachen und wartete gespannt auf seine Reaktion.

Es war ein Kruzifix aus massivem Gold an einer dünnen, feingliedrigen Goldkette, und Creasy wußte, warum sie es ihm geschenkt hatte. Sie hatten einmal über Religion gesprochen. In ihm weckte das Thema widersprüchliche Gefühle, seine Eltern waren Katholiken gewesen, und er war in diesem Glauben erzogen worden. Seine Mutter war, wie die Guidos, Fatalistin gewesen. Gott würde schon vorsorgen – aber Gott hatte es nicht getan. Die bedrückende Armut hatte seine Mutter schließlich zum Tod verurteilt. Sie war an Lungenentzündung erkrankt, und da sie kein Geld für eine entsprechende Behandlung besaß, war sie gestorben. Ein Jahr später folgte ihr sein Vater nach, dem der Alkohol das Sterben leicht machte. Creasy, der vierzehn war, war von Nachbarn aufgenommen worden, die ihn auf den Feldern als billigste Arbeitskraft einsetzten. Mit sechzehn lief er davon, und ein Jahr später musterte er bei der Marine an.

Diese frühe Erfahrung, gefolgt von einem Leben im Krieg, hatte ihn Gott nicht nähergebracht. Er konnte sich ein höchstes Wesen nicht vorstellen, das so gleichgültig zusah, wie Millionen von Unschuldigen in allen Kriegen, die er miterlebt hatte, umkamen.

Ein in Napalm gebratenes Baby konnte nicht gut wegen einer

Sünde bestraft worden sein. Ein junges, vielfach vergewaltigtes Mädchen, das sich an Gott wandte, blieb ohne Antwort. Ein Sadist konnte einen Priester zu Tode foltern und doch ein hohes Alter erreichen. Dann würde er wohl zur Hölle geschickt werden? Nachdem er sein Leben damit verbracht hatte, es anderen Menschen zur Hölle zu machen – einer Hölle für Unschuldige? Creasy begriff diese Logik nicht.

Er hatte die Hierarchie der Macht, den prächtigen Rahmen und den Reichtum der Kirche mit eigenen Augen gesehen. Er war auf den Philippinen gewesen, als der Papst dort zu Besuch war – das größte katholische Land in Asien und vielleicht das ärmste. Schöne Kirchen umbrandete ein Meer von Armut. Die Bischöfe der Diözesen ringsum waren in Manila zusammengekommen, um den Papst zu begrüßen. Creasy war wenige Tage später nach Hongkong geflogen, und ein halbes Dutzend Bischöfe waren mit demselben Flugzeug nach Hause gereist. Sie saßen in der ersten Klasse und tranken Champagner. Creasy konnte ihr Verhalten nicht begreifen.

Aber auch die Kehrseite der Medaille ergab keine Logik. Er hatte im Kongo und in Vietnam Missionare gesehen, die ihr Leben lang um Gottes Lohn gearbeitet hatten, die nie einen Tropfen Champagner gekostet hatten. Er erinnerte sich, wie er mit Guido in ein Missionskrankenhaus außerhalb von Leopoldville gefahren war. Sie teilten den vier belgischen Nonnen mit, daß sie fliehen mußten. Die *simbas* würden in den nächsten vierundzwanzig Stunden kommen. Sie konnten sie nicht beschützen. Die Nonnen weigerten sich. Ihre Pflicht war es, bei ihren Kranken zu bleiben. Creasy setzte ihnen heftig zu, schließlich beschrieb er ihnen anschaulich, was sie zu erwarten hatten. Sie blieben. Eine von ihnen war jung und anziehend gewesen. Als sie im Landrover saßen und es nicht fertigbrachten wegzufahren, winkte er sie zu sich. Sie würde das Schlimmste erleiden, hatte er ihr prophezeit, sie würde lange leiden und dann sterben. Er hatte tief in ihren Augen Angst, aber auch Entschlossenheit gesehen. »Geh mit Gott«, hatte sie gesagt und heiter gelächelt.

Ihre Einheit hatte sich zurückziehen müssen, und es hatte eine Woche gedauert, bis sie sich neu formiert und sich zurückgekämpft hatte. Er und Guido hatten als erste das Krankenhaus erreicht. Eine Generation lang hatten sie Brutalität erlebt, aber sie waren noch immer nicht auf die Greuel gefaßt, die sie damals zu sehen bekamen.

Sie nahmen Spaten, gruben ein Grab und warfen die Leichenreste hinein. Später an diesem Tag holten sie die *simbas* ein, und Creasy tötete an diesem Tag mehr von ihnen als bei jedem anderen Kampf, viel mehr – bis tief in die Nacht hinein. Guido hatte den Landrover gelenkt, während Creasy das darauf montierte Maschinengewehr bediente. Vielleicht hatte er mehr Männer getötet, als die junge Nonne vergewaltigt und verstümmelt hatten, wer weiß? War es Gottes Wille? War es Gottes Rache?

Logik? Wo war sie? Er hatte gehört, daß der Glaube geprüft werden mußte. Aber wer war für die Prüfung zuständig? Die Bischöfe mit dem Champagner? Beamte im Vatikan?

Manche bestanden die Prüfung. Konnten sie also alle Narren sein? Er hatte genug Menschen kennengelernt, um zu wissen, daß Intellekt und Glaube in Gleichklang gebracht werden konnten, doch er verstand nicht, wie.

Er hatte versucht, Pinta mitzuteilen, wie er die Widersprüche sah. Sie hatte ihn überrascht.

Man kann nie wissen, hatte sie gesagt. Wenn man etwas sicher weiß, braucht man keinen Glauben.

Ja – der äußerste Widerspruch. Der Glaube setzt voraus, daß man unwissend ist.

Pintas Auffassung war sehr einfach und unkompliziert. Sie würde so lange glauben, bis ihr jemand zweifelsfrei bewies, daß das alles ein Haufen Unsinn war. »Und wie willst du wissen, daß es bewiesen ist?« hatte er gefragt. Sie hatte ihm schelmisch zugelächelt und geantwortet: »Es wird im Fernsehen verkündet werden.«

»Ich habe es selbst gekauft, mit meinem eigenen Geld«, sagte sie. »Ich habe dafür gespart.«

Er antwortete nicht, sah sie nur an.

»Es kann doch nicht weh tun, nicht wahr?« fragte sie lächelnd. »Behalten Sie es wenigstens bis zur Verkündigung im Fernsehen.« Nun erwiderte er ihr Lächeln, hob die Kette und ließ sie über seinen Hals gleiten.

»Danke.« Er griff nach ihrer Schulter, drückte sie und sagte: »Ich fühle mich plötzlich richtig fromm.«

Sie sprang lachend auf.

»Sollten Sie jemals dem Teufel begegnen, Creasy, müssen Sie es vor sich in die Höhe halten.«

Er lächelte schmerzlich. Das würde eine Abwechslung sein, denn bisher hatte er dem Teufel sein Maschinengewehr entgegengehalten. Klingelnde Glocken störten den Frieden, und eine Kuhherde, die zu den oberen Weiden getrieben wurde, kam den Abhang herauf. Sie bewegte sich auf die Picknickstelle zu, und ein Hund sprang als Vorhut voraus.

Pinta bot ihm freundschaftlich ein Stück Schinken an, das er dankbar annahm. Sie lief mit dem Hund davon, um mit ihm zuspielen, während Creasy dem Hirten ein Glas Wein einschenkte.

Es war ein denkwürdiger Nachmittag. Die beiden Männer plauderten zwanglos, die Kühe weideten ringsum, und Pinta und der Hund spielten miteinander zwischen der Herde fangen.

»Sie haben eine hübsche Tochter«, bemerkte der Hirt und wunderte sich über den Schatten, der über Creasys Gesicht zog.

Bei Sonnenuntergang packten sie den Picknickkorb und gingen zum Wagen zurück.

Die frische Luft und die Bewegung hatten Pinta schläfrig gemacht, und als der Wagen über die gewundene Straße nach Como hinunterfuhr, gähnte sie und glitt tiefer in ihren Sitz.

Schließlich zog sie die Beine unter sich und legte ihren Kopf auf Creasys Schoß.

Er fuhr sehr langsam nach Hause und warf gelegentlich einen Blick auf das Gesicht des schlafenden Mädchens. In dem verblassenden Licht wirkten seine narbigen Züge und nachdenklichen Augen seltsam gelöst und entspannt. Er hatte Frieden gefunden.

8

Der Tag der Klavierstunde.

Es war in der Mailänder Gesellschaft Mode geworden, daß Eltern die musikalischen Begabungen ihrer Kinder förderten – wenn sie welche besaßen. Rika konnte sich nicht vorstellen, daß Pinta Trompete oder Flöte spielte. Es mußte Klavier sein.

Mit einem hervorragenden Lehrer wurde eine Verabredung getroffen. Creasy brachte das Kind zu der alles entscheidenden ersten Stunde. Wenn der hervorragende Lehrer erklärte, daß Pinta auch nur einen Schimmer von Talent besaß, würde ein Klavier gekauft werden, und sie mußte regelmäßig Stunden nehmen.

Pinta war nicht begeistert, Creasy ebensowenig. Zuhören zu müssen, wie das Mädchen sich durch die Fingerübungen quälte, war nicht angenehm.

Dieses Vorhaben war aber nur ein kleines Wölkchen am Horizont. Creasy hatte mit dem Trinken praktisch aufgehört, er trank nur noch ein oder zwei Glas Wein zu den Mahlzeiten, und er hatte mit morgendlichen Übungen begonnen und eine kleine Sporthalle in Como ausfindig gemacht, die bis spät abends geöffnet war. Der Zaun um das Grundstück war jetzt vollständig repariert, und er konnte sich darauf konzentrieren, körperlich in Form zu kommen.

Seine Stimmung wäre weniger optimistisch gewesen, wenn er

ein Gespräch zwischen Rika und Ettore kurz nach ihrer Rückkehr aus New York mitangehört hätte.

»Er muß gehen, Ettore, und zwar rasch. Ich bestehe darauf.«

»Aber warum, *cara*, du warst doch so zufrieden mit ihm?«

Es gab zwei Gründe, beide stichhaltig, doch sie konnte nur einen anführen.

»Pinta hat ihn zu sehr ins Herz geschlossen – er verdrängt alles andere.«

»Du glaubst doch nicht, daß etwas Bedenkliches daran ist?«

Sie schüttelte den Kopf. »Nicht in diesem Sinn. Es ist seelisch – er betrachtet sie als einen Freund.« Sie machte eine Pause, um ihren Worten Nachdruck zu verleihen. »Und sie betrachtet ihn als einen Vater.«

»Das ist lächerlich.«

»Nein. Diese Beziehung hat sich langsam entwickelt. Ich habe es nur bis jetzt nicht bemerkt. Ich habe gewußt, daß sie ihn gern hat, aber seit wir zurückgekommen sind, ist es unübersehbar.«

Ettore dachte darüber nach. »Du übertreibst. Natürlich mag sie ihn. Sie ist viel mit ihm zusammen, und vielleicht waren wir zu oft fort – aber als einen Vater?«

Rika seufzte. »Ettore, du warst ihr gegenüber immer distanziert. Du sprichst nie wirklich mit ihr. Ich hatte es nicht geglaubt, aber Creasy tut es, und sie reagiert darauf. Sie blickt zu ihm auf, achtet ihn. Sie bedauert jede Minute, die sie nicht mit ihm beisammen ist. Mein Gott, sie kann es kaum erwarten, daß das Abendessen zu Ende ist, damit sic in die Küche laufen kann.«

Ettore mußte zugeben, daß das wahr war. Die Erkenntnis war unangenehm – er hatte versagt.

»Ich war so beschäftigt, Rika, und wenn ich nach Hause komme, möchte ich mich entspannen, nicht kindlichem Geplapper zuhören.«

Sie seufzte wieder. Er kannte seine Tochter wirklich nicht.

»Ich verstehe, Liebster, aber du wirst dich anstrengen müssen, und wenn du ihr zuhörst, wirst du merken, daß sie gar nicht so kindisch ist. Sie ist sehr intelligent, und weit über ihre Jahre hinaus.«

Rika hatte begonnen, über das Problem nachzudenken, als Pinta das Kruzifix für Creasys Geburtstag gekauft hatte. Sie hatte ihre Mutter von einem Geschäft zum anderen geschleppt, bis sie genau das gefunden hatte, was sie wollte. Es war ein merkwürdiges Geschenk für einen solchen Mann gewesen, und Rika hatte ihre Bedenken geäußert. Pinta hatte gelacht.

»Ich weiß, Mama, es ist genau das Gegenteil von dem, was er erwartet, aber Creasybär ist ein merkwürdiger Mann. Er wird es verstehen.«

Rika hatte in Creasy plötzlich eine Bedrohung für Ettore gesehen. Eine doppelte Bedrohung. Eine durch Pinta und die andere durch sie. In dieser Nacht mit Creasy war eine Sicherung durchgebrannt. Erst vor einigen Tagen hatte sie sich wieder bei der Erinnerung daran ertappt, was sie empfunden hatte, als sie in der Morgendämmerung auf den Schlafenden hinuntergeblickt hatte. Es war nicht nur die körperliche Liebe gewesen, die tiefe Befriedigung. Das hatte sie schon früher erlebt, mit Ettore und mit anderen. Es war die andere Wirkung gewesen, das Sich-selbst-Verlieren. Sie hatte die Kontrolle über sich – und ihn – verloren. Mit Ettore und den anderen hatte sie Genuß geschenkt und empfangen, ihn sogar zugemessen. In der Nacht mit Creasy hatte sie sich aufgegeben. Jeden Tag war die Erinnerung lebhafter geworden: sein Körper, seine Hände auf ihr, die Verdrängung ihres Willens, der Moment, als sie die Augen geöffnet hatte, und das einzige in ihrem Blickfeld die Pistole über ihr gewesen war, und das einzige Gefühl, seine Härte, die in sie eindrang. Gesichtsfeld und Gefühl waren ineinander verschmolzen – und außerdem die Nachwirkungen, als sie in seinen Armen lag und ihr Bewußtsein so lange ausgesetzt hatte, während seine Hände über sie glitten und von ihr Besitz ergriffen.

Sie hatte in New York daran gedacht, und als sie zurückkamen und sie Creasy wiedersah, wußte sie, daß er für sie eine wirkliche

Gefahr darstellte. Als sie in dieser Nacht mit Ettore schlief, konnte sie ihre Gedanken nicht von dem Mann dort oben losreißen. Die kräftigen Finger, die Narben und die blauschwarze Pistole, die neben seinem Kopf hing.

Aber davon konnte sie nicht sprechen – nur von Pinta. Sie hatte nie über die Gefühle ihrer Tochter für Ettore nachgedacht. Früher hatte es niemanden gegeben, mit dem sie Vergleiche anstellen konnte. Aber als sie das Mädchen mit Creasy sah, erkannte sie, wie tief das Kind empfand. Wenn ihre Gefühle nicht bald von Creasy zu Ettore umgeleitet wurden, würde es zu spät sein.

»Also, *caro*, er muß gehen – sofort.«

»Schön«, meinte Ettore nachdenklich, »die dreimonatige Probezeit ist in einer Woche zu Ende. Ich werde einfach die Anstellung nicht bestätigen. Diese Möglichkeit galt als vereinbart, als ich ihn anstellte.«

Sie war merkwürdig aufgeregt.

»Nein, Ettore. Warte nicht. Sag es ihm morgen. Natürlich mußt du die volle Zeit bezahlen und ihm auch eine ordentliche Abfindung geben. Es ist ja nicht seine Schuld.«

»Eine weitere Woche spielt keine Rolle mehr«, widersprach Ettote. »Und ich möchte niemanden verärgern.«

Rika bestand darauf, wollte ihren Willen durchsetzen, schlug sogar vor, daß sie als Ausrede Pinta auf ein paar Tage nach Rom mitnehmen sollten, dann konnte Creasy aus dem Dienst ausscheiden, bevor die drei Monate um waren.

Aber Ettore war hart geblieben – überraschend hart. Eine weitere Unterbrechung in der Schule würde für Pinta schlecht sein.

Sie hatten heftig gestritten. Ettore erinnerte Rika daran, daß sie selbst mit ihrem Hang zur Extravaganz das Problem überhaupt erst geschaffen hatte. Endlich hatte sie nachgeben müssen. Ettore würde Creasy am Ende der Woche kündigen.

»Es wird ein harter Schlag sein«, bemerkte er.

Rika zuckte mit den Schultern. »Sie ist jung – sie wird darüber hinwegkommen.«

Seine Antwort war ausnahmsweise scharfsichtig und stimmte.

»Ich habe nicht an Pinta gedacht.«

Der ahnungslose Creasy fuhr inzwischen Pinta zur Klavierstunde. Sie sprachen über den nächsten Sonntag. Creasy war wieder zu Elio zum Lunch eingeladen, und Pinta wollte mitkommen.

»Deine Eltern sind zu Hause. Du solltest bei ihnen bleiben.«

»Aber ich möchte Elio und Felicia und ihre Kinder wiedersehen.«

Er redete es ihr sanft aus. Es würde noch viele Gelegenheiten geben. Ihre Eltern fuhren oft ins Ausland.

Er hatte die Wohnung des Klavierlehrers nur schwer gefunden, und sie holte den Stadtplan heraus und dirigierte ihn zum Corso Buenos Aires.

Es war eine breite, baumbestandene Allee, und die Wohnhausanlage befand sich hinter einer Rasenfläche. Er parkte auf der Allee, und sie gingen über den Rasen zum Eingang. Die Tür hatte ein Sicherheitsschloß, und es gab Gegensprechanlage; Creasy meldete Pinta an, und die Tür ging summend auf.

»Ich werde nicht lang brauchen, Creasy, nur eine Stunde.«

»Spiel schlecht.«

Sie grinste ihn an. »Das werde ich.«

Er ging zurück, setzte sich in den Wagen und griff nach einer Zeitung. Aus einem offenen Fenster in einem oberen Stockwerk drang leises Geklimper.

Die Stunde verging, und er blickte auf, als die Haustür zuschlug. Pinta winkte ihm und ging auf den Wagen zu. Sie war noch vierzig Meter entfernt, als der schwarze Wagen hinter ihm um die Ecke bog und über den Randstein auf das Gras fuhr. Er erblickte die vier Männer und begriff sofort, was sich abspielte. Er sprang schnell aus dem Wagen und griff nach der Pistole. Pinta war überrascht stehengeblieben.

»Lauf, Pinta, lauf!« schrie er.

Der Wagen blieb mit quietschenden Bremsen vor ihr stehen

und schnitt ihr den Weg zu Creasy ab. Die hintere Tür ging auf, und zwei Männer sprangen heraus. Aber Pinta war rasch. Sie duckte sich unter einen nach ihr greifenden Arm und rannte um den Wagen zu ihrem laufenden Leibwächter herum. Die beiden Männer folgten ihr rasch. Beide hielten Revolver in der Hand. Creasy versuchte auf sie zu zielen, aber das Mädchen befand sich dazwischen, und er zögerte. Dann holte einer der Männer Pinta ein, legte den Arm um sie, hob sie hoch und lief zum Wagen zurück. Der andere wandte sich Creasy zu und feuerte – zu hoch. Creasy schoß ihn zweimal in die Brust.

Der Mann, der Pinta hielt, versuchte sie in den Rücksitz zu zwängen, aber sie wehrte sich wild, schrie und trat um sich. Als er sie endlich in den Fond geworfen hatte, sich umdrehte und den Revolver hob, war Creasy schon sehr nahe. Creasy zielte hoch auf den Kopf, aus Angst, die Kugel könnte am Wagen abprallen. Die Kugel traf den Gangster unter der Nase, drang ins Gehirn, schleuderte den Mann gegen die Tür – und schloß sie. Dann knallten drei Schüsse vom Vordersitz, und Creasy ging zu Boden. Räder drehten durch, fanden Halt, und der Wagen raste davon. Als er auf die Straße sprang, schrie Pinta seinen Namen.

Er konnte sich kaum bewegen, sein Nervensystem war durch die Kugeln betäubt. Es war sehr still. Er wartete auf Hilfe. Trotz Schmerz und Schock hoffte er nur, daß er nicht sterben würde. Er hatte gehört, wie Pinta seinen Namen rief. Kein Hilfeschrei – sie hatte ihn stürzen sehen – ein Schrei der Qual.

9

Am Bett saß eine Krankenschwester und las ein Buch. Creasy war kaum wach und mit Beruhigungsmitteln vollgepumpt. Über ihm hingen zwei Flaschen mit dem Hals nach unten an einem Metallrahmen. Farblose Flüssigkeit tropfte rhythmisch in durchsichtige Schläuche. Einer schlängelte sich in sein linkes Nasenloch. Der andere führte zu einem Verband, der um sein rechtes Handgelenk gewickelt war.

Die Tür ging auf, und ein uniformierter Polizist wandte sich an die Schwester.

»Ein Besucher. Der Doktor hat gesagt, nur eine Minute.«

Guido kam herein, trat ans Bett und blickte hinunter.

»Kannst du mich hören, Creasy?«

Das Nicken war fast unmerklich.

»Das Schlimmste ist vorbei. Du wirst es schaffen.«

Wieder das schwache Nicken.

»Ich bleibe in Mailand und werde dich später besuchen, wenn du sprechen kannst.« Guido wandte sich an die Schwester. »Sie bleiben bei ihm?«

»Jemand wird immer bei ihm sein«, antwortete sie.

Guido dankte ihr und verließ das Zimmer.

Elio und Felicia warteten im Korridor.

»Er ist wach, aber es wird ein oder zwei Tage dauern, bis er sprechen kann. Fahren wir heim. Ich komme morgen wieder.«

Der Arzt hatte ihnen erzählt, daß Creasy fast tot gewesen war, als man ihn gebracht hatte. Sie hatten ihn sofort operiert. Der Arzt hatte erklärt, daß es eine Notoperation gewesen war. Wenn Creasy den postoperativen Schock überlebte, würden sie ihn wieder aufpäppeln und noch einmal operieren – gründlicher. Inzwischen – der Arzt hatte vielsagend die Schultern gezuckt. Creasys Leben hing an einem seidenen Faden.

Zwei Tage lang hatte Creasy in Todesgefahr geschwebt, doch dann war er über dem Berg. Er mußte über viel Willenskraft verfügen, hatte der Arzt zu Guido gesagt, über ungeheuren Lebenswillen. Am nächsten Tag konnte Creasy sprechen.

Seine erste Frage an Guido war: »Pinta?«

»Sie verhandeln«, antwortete Guido. »Solche Dinge brauchen Zeit.«

»Mein Zustand?«

Guido erklärte ihm seine Lage sorgfältig. Sie hatten beide Erfahrung mit solchen Dingen.

»Du wurdest zweimal getroffen. In den Magen und in die rechte Lungenhälfte. Zum Glück waren die Kugeln Kaliber zweiunddreißig – etwas Schwereres, und du wärst erledigt gewesen. Sie haben die Lunge geflickt, das müßte jetzt in Ordnung sein. Der Magen ist noch ein Problem. Er muß noch einmal operiert werden, aber der Arzt hat Hoffnung, und er ist sehr erfahren. In diesem Krankenhaus sind schon viele Schußverletzungen behandelt worden.«

Creasy hörte aufmerksam zu und fragte:

»Die zwei, auf die ich geschossen habe, sind tot?«

Guido nickte. »Einen hast du ins Herz getroffen. Beide Kugeln. Den anderen ins Gehirn. Es waren gute Schüsse.«

Creasy schüttelte den Kopf.

»Ich war langsam – verdammt zu langsam!«

»Sie waren Profis«, meinte Guido entschieden.

»Ich weiß, und sie haben nicht viel Widerstand erwartet. Zuerst haben sie hoch gefeuert, um mich abzuschrecken. Wenn ich schneller gewesen wäre, hätte ich sie alle getroffen. Sie waren nachlässig.«

Er wurde jetzt müde, und Guido stand auf, um zu gehen. »Ich werde nach Como fahren und die Ballettos aufsuchen und sehen, ob ich etwas tun kann.«

Etwas fiel Guido auf, und er betrachtete es neugierig: Es war das Kruzifix. Creasy bemerkte seinen Blick und wehrte ab. »Ich werde dir später davon erzählen.«

Der Besuch in Como war umsonst. Guido hatte Elio mitgenommen. Vico Mansutti und seine Frau waren anwesend. Vico hatte offenbar die Angelegenheit in die Hand genommen. Ettore war schweigsam, von den Ereignissen wie betäubt. Aber als Rika hereinkam, tobte sie vor Wut. Sie hatte erfahren, daß Creasy für einen Hungerlohn angestellt worden war, nur um sie zu beschwichtigen. Jetzt wußte sie, wo Creasys Schwachstelle gewesen war.

»Ein Säufer!« schrie sie Guido an. »Ein lausiger Säufer, um meine Tochter zu beschützen.« Sie sah ihren Mann verächtlich an. »Ein Pfadfinder hätte es besser gemacht!«

Elio wollte protestieren, doch Guido brachte ihn zum Schweigen, sie sammelten Creasys Habseligkeiten ein und gingen.

»Sie wird sich beruhigen, wenn sie ihre Tochter zurückbekommt«, meinte Guido.

Er erwähnte Creasy gegenüber die Begegnung nicht, und eine Woche später operierten die Ärzte wieder – mit Erfolg.

Guido betrat das Zimmer und zog sich einen Stuhl an das Bett. Creasy sah besser aus, er hatte mehr Farbe im Gesicht. Er bemerkte Guidos besorgten Gesichtsausdruck, und seine Augen stellten die Frage.

»Sie ist tot, Creasy.«

Der Verletzte wandte den Kopf ab und blickte zur Decke, sein Gesicht war ausdruckslos, der Blick leer.

Guido zögerte und fuhr dann fort.

»Ihr Tod war keine Absicht. Das Lösegeld wurde vor zwei Tagen bezahlt. Sie sollte heute nacht freigelassen werden. Sie erschien nicht, und am Morgen fand sie die Polizei im Kofferraum eines gestohlenen Wagens. Es hatte eine große Razzia nach der Roten Brigade gegeben. Man glaubt, daß die Entführer nervös wurden und für mehrere Stunden untergetaucht sind. Pintas Hände und ihr Mund waren mit Heftpflaster verklebt, und sie hatte erbrochen – wahrscheinlich infolge der Abgasgifte. Du weißt, was unter diesen Umständen geschehen kann. Eine Autopsie wurde gemacht. Sie ist erstickt.«

Seine Stimme verklang, es folgte eine lange Stille, dann fragte Creasy:

»Noch etwas?«

Guido stand auf und ging zum Fenster. Er blickte auf den Garten hinunter. Hinter ihm krächzte die Stimme:

»Also?«

Er drehte sich um und sagte leise: »Sie wurde vergewaltigt. Mehrmals. An ihren Schultern und Armen waren blaue Flecken.«

Wieder folgte lange Stille. In der Ferne läutete leise eine Kirchenglocke.

Guido trat ans Fußende des Bettes und blickte auf Creasy hinunter.

Das Gesicht war noch immer starr und ausdruckslos. Die Augen blickten immer noch zur Decke, aber sie waren nicht leer – sie funkelten vor Haß.

Der Nachtzug von Mailand nach Neapel polterte über die Weichen vor Latina. Es war Mitte Juni, der Zug war lang und hatte viele Waggons, die Urlauber nach Süden in die Sonne beförderten. Der letzte, dunkelblaue Waggon trug die Aufschrift der Internationalen Schlafwagengesellschaft. Im Abteil 3 saß Creasy auf dem unteren Bett und las in einem Notizbuch. Er war in Rom aufgewacht, nachdem er vier Stunden geschlafen hatte. In einer Weile würde er den Korridor hinuntergehen, duschen, und wenn der Steward wach war, einen Kaffee trinken. Er hatte gut geschlafen. Das tat er in Zügen immer.

Im frühen Licht wirkte sein Gesicht schmäler und blasser als sonst. Es hatte nicht viel Sonne gesehen. Er trug ausgewaschene Jeans, und sein Oberkörper war nackt. Die beiden neuen Narben waren wie runzlige rote Schwielen.

Er hörte auf zu lesen, nahm einen Kugelschreiber von dem kleinen Ecktisch und machte auf der letzten freien Seite Notizen. Einmal lächelte er kurz, er hatte sich an etwas erinnert.

Es war vollkommen hell, als er aufhörte zu schreiben. Er riß die Seite heraus und schob sie in die Tasche seiner Jacke, die an der Tür hing.

Er nahm ein Handtuch, seine Rasiersachen und ging den Korridor entlang.

Der Steward war wach und in der Küche, wo er Frühstückstabletts zurechtmachte. Er war ein kleiner, adretter Mann mit einem kleinen adretten Schnurrbart und, trotz der frühen Stunde, mit einem freundlichen Lächeln.

»Guten Morgen – in einer Stunde sind wir in Neapel.«

Creasy erwiderte das Lächeln.

»Der Kaffee riecht gut. Sind die Duschen frei?«

Der Steward nickte.

»Sonst ist noch niemand wach.«

Creasy ging weiter, duschte und rasierte sich gemächlich. Es war angenehmer, als mit dem Auto zu reisen oder auch mit dem Flugzeug.

Seine Genesung hatte gute Fortschritte gemacht. Er war ein vernünftiger Patient, hörte dem Arzt genau zu und befolgte alle Anweisungen. Eine Woche nach der zweiten Operation hatte er aufstehen und sich in einem Rollstuhl fortbewegen können. Ein paar Tage später konnte er gehen.

Er zwang sich zu nichts. Er hatte Erfahrung und wußte, daß sein Körper Zeit brauchte.

Er ging jeden Tag ein wenig im Klinikgarten spazieren, ohne Hemd, und die Sonne wärmte seinen Rücken.

Er war bei den Krankenschwestern und beim Personal beliebt. Er belästigte sie nicht unnötig und ertrug ruhig alle Demütigungen, die sein Zustand mit sich brachte, ohne viel Aufhebens zu machen. Sie hatten ihn vom Rand des Todes ins Leben zurückgeholt, und dadurch war er für sie etwas Besonderes.

Er hatte einer der Schwestern Geld gegeben, und sie brachte ihm alle Zeitungen, die seit der Entführung erschienen waren. Sie lieh auch alle Zeitungen aus einem Archiv, die mehrere Monate alt waren. Creasy bat sie um ein Notizbuch, und das füllte er allmählich mit seinen Anmerkungen.

Er hatte außer Guido und Elio nur einen Besuch erhalten, und der war eine Überraschung gewesen. Eines Abends wurde Signora Deluca hereingeführt und brachte ihm eine Tüte mit Obst. Sie blieb eine halbe Stunde, sprach über Pinta und weinte ein wenig. Er hatte versucht, sie zu trösten. Ausgerechnet Pinta hatte es treffen müssen, schluchzte sie. Sie hatte sich die Tränen weggewischt und ihn freundlich betrachtet. Sie hatte das Gerede gehört, daß er kein wirklicher Leibwächter war, sondern nur aus Angeberei angestellt worden war. Aber sie wußte, daß er das Mädchen gemocht hatte. Sie fragte ihn, was er vorhatte; er hatte mit den Schultern gezuckt und ihr gesagt, daß er noch keine Pläne hätte. Sie wunderte sich. Er wirkte selbstsicher und ruhig. Sie hatte etwas anderes erwartet. Schließlich küßte sie ihn auf die Wange und ging.

Er begann das Physiotherapiezentrum aufzusuchen, wo er leichte Übungen machte und in dem geheizten Bassin schwamm. Man gab ihm kleine Federtrainer für seine Hände, und während er im Garten täglich weiter herumwanderte, drückte er sie immer wieder zusammen und spürte, wie die Kraft in seine Finger zurückkehrte.

Nach einem Monat sagte ihm der Arzt, daß seine Genesung unerwartet gute Fortschritte machte und er nur noch eine Woche im Krankenhaus bleiben müßte.

Er verbrachte den Großteil dieser Woche in der Abteilung für Physiotherapie und benützte alle Geräte.

Als er das Krankenhaus verließ, war er noch schwach und weit davon entfernt, in Form zu sein, aber sein Körper funktionierte in jeder Hinsicht.

Der Arzt, die Oberschwester und mehrere Schwestern sagten ihm Lebewohl und wünschten ihm viel Glück, und er bedankte sich. Sie standen auf der Treppe und sahen ihm nach, als er mit dem Koffer in der Hand die Einfahrt hinunterging.

»Ein merkwürdiger Mann«, bemerkte die Oberschwester.

Der Arzt stimmte ihr zu.

»Er hat viel Erfahrung mit Krankenhäusern.«

Der Zug fuhr in den Bahnhof von Neapel ein, Creasy gab dem Steward ein Trinkgeld und folgte der Menge hinaus auf die Piazza Garibaldi. Er fand bald ein Taxi.

»Pensione ›Splendide‹«, sagte er dem Fahrer und griff nach vorn, um den Taxameter in Gang zu setzen.

Der Fahrer fluchte leise. Er hatte in diesem Jahr noch keinen wirklichen Touristen gehabt, und es war schon Juni.

Als das Taxi ankam, parkte Pietro gerade den Lieferwagen – er kam wie jeden Morgen vom Markt. Er betrachtete Creasy von oben bis unten, und sie schüttelten einander die Hände.

»Wie geht es Ihnen?«

»Ganz gut. Ich werde Ihnen mit den Körben helfen.«

Guido saß am Küchentisch und trank Kaffee, als sie eintraten.

»*Ça va*, Guido?« Er stellte einen Korb auf den Tisch.

»*Ça va*, Creasy?« Guido musterte ihn genau, dann stand er auf, und sie umarmten sich.

»Du siehst gar nicht schlecht aus. Sie haben dich gut zusammengeflickt.«

»Sie sind gute Mechaniker«, antwortete Creasy, und sie lächelten beide über den vertrauten Ausspruch.

Nach dem Abendessen saßen die Freunde in der warmen Nacht auf der Terrasse und unterhielten sich. Creasy hatte das Gefühl, daß es eine Ewigkeit her war, seit er das letzte Mal dort gesessen hatte.

Er erklärte Guido ruhig, was er vorhatte. Er führte keine moralischen Erwägungen an. Es ging nicht um Gerechtigkeit oder darum, ein Verbrechen aufzudecken.

Guido kannte ihn ohnehin zu gut.

Es war einfach Rache. Man hatte jemanden getötet, der ihm teuer gewesen war. Jetzt würde er töten.

»Auge um Auge?« fragte Guido ruhig.

Creasy schüttelte langsam den Kopf und erklärte nachdrücklich: »Mehr. Mehr als ein Auge. Jedes verdammte Stück von ihnen.«

»Du hast das Mädchen wirklich gern gehabt!« Es war halb Frage, halb Feststellung.

Creasy dachte lange nach, ehe er antwortete. Er suchte nach Worten. Es war so wichtig, daß Guido ihn verstand, wirklich verstand.

»Du weißt, was mit mir los ist, Guido. Vor fünf Monaten habe ich hier gesessen und keine Zukunft gesehen. Ich habe den Job nur angenommen, damit ich mir keine Kugel durch den Kopf jage.«

Er lächelte bei Guidos Blick schmerzlich.

»Es ist wahr. Ich habe es wirklich vorgehabt. Ich hatte das Gefühl, daß alles aus war – es war sinnlos, weiterzumachen. Pinta hat mich verändert. Ich weiß nicht, wie. Irgendwie hat sie sich an mich herangeschlichen. Tag für Tag ist sie mehr in mein Leben hineingeschlüpft.«

Die Erinnerung erschütterte ihn. Guido schwieg, er war von dieser Enthüllung verblüfft.

»Du weißt, was mit mir los ist.« Er wiederholte den Satz und versuchte deutlich zu machen, was ihm zugestoßen war.

»Ich hatte nie mit Kindern zu tun. Sie waren für mich nur Quälgeister. Dann kommt Pinta. Sie war so frisch. Mein Leben war vorbei – ich hatte alles hinter mir. Dann sah ich die Dinge mit ihren Augen. Für sie hatte es vorher nichts gegeben, als wäre die ganze Welt eines morgens nur für sie erschienen.«

Der Monolog brach ab, und Creasy blickte über die Lichter auf das dunkle Meer hinunter. Dann sagte er leise:

»Sie hat mich geliebt, Guido – mich!« Er blickte auf. »Nicht so, verstehst du, nicht körperlich. Besser.«

Guido schwieg, und Creasy fuhr fort.

»Ich habe das Trinken aufgegeben – ich brauchte es nicht mehr. Am Morgen fuhr ich den Wagen vor den Eingang, und sie lief die Treppe herunter. Lieber Gott, Mann, sie schien die Sonne auf der Schulter zu tragen. Sie hatte nichts Schlechtes an sich. Keine Bosheit, keine Habsucht, keinen Haß.«

An seinem Gesicht erkannte man, wie sehr er sich anstrengte,

Guido seine Empfindung zu erklären. Er verwendete die Worte, die eigentlich nicht zu ihm paßten. Plötzlich fragte er: »Hast du jemals Musik von Dr. Hook gehört?«

Guido schüttelte den Kopf.

»Nun, er macht Country- und Westernmusik. Er singt von einer Frau, die älter als er ist. Erzählt, daß er die Sonne nicht berühren, nicht die Wolken erreichen, sie nicht wieder jung machen kann. Aber Guido, eben das hat Pinta für mich getan – sie hat die Sonne berührt.«

Die Worte hätten ungereimt, sogar lächerlich klingen müssen, weil sie von ihm kamen. Aber Guido erkannte die Wahrheit, die schmerzliche Wahrheit. Und er verstand ihn. Auf andere Art hatte er das gleiche erlebt, als Julia in sein Leben getreten war.

Dann fiel ihm etwas ein.

»Das Kruzifix?«

»Ja, sie hat es mir geschenkt. Zum Geburtstag.«

Er lächelte. »Sie sagte mir, wenn ich dem Teufel begegne, soll ich es hoch vor mich halten.«

Das Lächeln verschwand, und Creasys Stimme wurde hart

»Dann haben diese Schweinehunde sie entführt, sie vergewaltigt und sie in ihrem eigenen Erbrochenen ersticken lassen! Ich sehe es immerfort vor mir. Sie hatten ihr die Augen verklebt. Sie irgendwo an ein dreckiges Bett gefesselt. Sie mißbraucht, wann immer ihnen langweilig war – ekelhaft!«

Zorn und Haß strahlten von ihm aus.

»Verstehst du, Guido, warum ich hinter ihnen her bin?«

Guido stand auf und trat ans Geländer. Er war schwer erschüttert. Er hatte erkannt, wie tief Creasys Gefühle saßen. Endlich hatte jemand den Schlüssel umgedreht, auch wenn das Schloß rostig gewesen war.

»Ja, Creasy, ich verstehe es. So etwas ist auch mir zugestoßen. Ich habe Julia geliebt, zwar auf einer anderen Ebene, aber genauso intensiv. Irgendwie beneide ich dich. Als sie starb, wollte ich mich auch rächen, aber an wem? Der Fahrer des Wagens war ein

Junge. Der Unfall hatte ihn ohnehin aus dem Gleichgewicht gebracht.« Er zuckte mit den Achseln. »Es wäre sinnlos gewesen. Und sie hätte es nicht gewollt – aber ich weiß, was du empfindest.«

Creasy trat zu ihm.

»Ich brauche Hilfe, Guido.«

Guido nickte und legte Creasy die Hand auf die Schulter.

»Du bekommst sie, Creasy. Ich werde alles tun, was ich kann. Aber ich werde nicht wieder töten. Das habe ich aufgegeben. Ich habe es Julia versprochen. Aber sonst tue ich alles.«

»Ich würde dich nie darum bitten zu töten, das werde ich selbst besorgen. Aber wenn du mir hilfst, könntest du in Gefahr geraten.« Guido lächelte.

»Es ist möglich, aber das ist mir nicht fremd.«

Er sah Creasy fragend an.

»Du weißt, wer es getan hat?«

Creasy nickte.

»Ich bin sicher. Ich habe sie mir gut angesehen und Nachforschungen angestellt. Der Mann, der mich niedergeschossen hat, heißt Sandri. Der Fahrer des Wagens ist ein gewisser Rabbia. Sie arbeiten für einen Mann namens Fossella.«

Er lächelte grimmig.

»Sie sind ihrer Sache so sicher. Sie haben behauptet, sie wären zu der Zeit in Turin gewesen. Sie hatten ein Dutzend Zeugen.«

»Wieso kennst du ihre Namen?«

»Die Polizei hat mir ein ganzes Buch voller Fotos von Gaunern gezeigt, und ich habe sie mühelos erkannt.«

»Du hast es der Polizei nicht gesagt?«

Creasy schüttelte den Kopf. »Was wäre ihnen geschehen? Sag es mir, Guido?«

Es war eine rhetorische Frage, doch Guido antwortete.

»Höchstens ein paar Jahre Gefängnis – gemütliche Jahre – eine Menge Vergünstigungen, vorzeitige bedingte Haftentlassung. Du weißt ja, wie es zugeht.«

»Genau. Aber es wird nicht so sein. Diesmal nicht.«

Guido dachte über Creasys Vorhaben nach und sagte dann: »Es sollte nicht schwierig sein. Sie erwarten nichts Schlimmes. Du wirst sie abschießen und verschwinden können. Wahrscheinlich sind sie keine Spitzenleute.«

»So wird es nicht sein, Guido«, widersprach Creasy ruhig, aber entschieden, und Guido sah ihn verwundert an.

»Wie denn?«

»Nicht nur diese zwei. Ich bin hinter jedem her, der damit zu tun hatte oder davon profitiert hat – bis zur Spitze. Ich räuchere das ganze stinkende Nest aus.«

Guido sah ihn erstaunt an, dann lachte er laut. Als ihm die Zusammenhänge klarwurden, lachte er noch lauter, nicht ungläubig, sondern erstaunt. Creasy lächelte.

»Du siehst also, warum ich Hilfe brauche.«

»Und wie! Weißt du, was es bedeutet? Du kennst die Organisation?«

Creasy nickte. »Ziemlich gut. Ich weiß nicht alles über sie, aber ich kenne die Grundlage. Es gibt zwei Bosse in Mailand. Fossella und Abrata. Fossella hat diese Entführung organisiert, er kommt also gleich nach Rabbia und Sandri dran. Conti in Rom bekommt einen Teil von dem Lösegeld, also ist auch er dran, und schließlich der fette Kater in Palermo – Cantarella. Er erhält von allen Aktionen seinen Anteil. Jetzt bekommt er auch seinen Anteil von der Rache.« Guido lachte wieder, aber leise.

»Conti kenne ich. Um ihn wird es mir kaum leid tun. Ich werde dir später erzählen, warum. Wie hast du das alles erfahren?«

Creasy zuckte mit den Achseln. »Vieles steht in den alten Zeitungen. Ich hatte reichlich Zeit, sie zu lesen. Die Kerle sind so verdammt sicher, daß sie ihr Treiben praktisch öffentlich bekanntgeben. Ich habe auch ein Buch von einem Journalisten namens Andato gelesen – ›Das andere Land‹. Er hat wirklich tief gegraben. Ein Wunder, daß er noch am Leben ist.«

Guido schüttelte den Kopf.

»Nicht nach dem Erscheinen des Buches. Sie morden nur

außerhalb ihres Kreises, um ein Geheimnis zu bewahren, und als das Buch erschienen war, war es kein Geheimnis mehr.«

Guido überlegte eine Weile.

»Jedenfalls kann ich dir helfen. Ich habe noch ein paar alte Beziehungen. Ich werde versuchen, mehr über die Organisation zu erfahren.«

»Beziehungen?« Guido lächelte.

»Ja. Ich habe dir nie gesagt, wieso ich in die Legion eingetreten bin. Das Ganze ist eine Ironie des Schicksals. Aber ich werde es dir später erzählen. Wie kann ich dir inzwischen helfen?«

Die beiden gingen in die Küche, um Kaffee zu trinken, setzten sich an den Tisch und befaßten sich mit den Einzelheiten.

Creasy hatte seine Strategie sorgfältig ausgearbeitet. Er legte sie dar, und Guido war beeindruckt. Er machte sich Notizen über den Bedarf an Transportmitteln und Quartieren. Schließlich lehnte er sich zurück, trank einen Schluck Kaffee und blickte seinen Freund über die Tasse hinweg an.

»Es ist gut, Creasy, sehr gut. Ich kann verstehen, daß du noch improvisieren mußt, aber du solltest möglichst schnell genaue Informationen bekommen. Weißt du eigentlich wirklich, mit wem du es zu tun hast?«

»Sag es mir.« Guido überlegte.

»Diese Verbrecher sind noch mächtiger, als die meisten Leute glauben oder glauben wollen. Sie nehmen es mit der Polizei auf und kontrollieren sie manchmal sogar. Sie untergraben die Gerichte, sie bestechen Politiker auf allen Stufen, von Gemeinderäten bis zu Kabinettsministern. In manchen Gebieten, besonders im Süden und in Sizilien, sind sie buchstäblich das Gesetz, sie bestrafen und belohnen, wie sie es für richtig halten. Sie leiten die Gefängnisse praktisch von innen. Die Behörden haben im Lauf der Jahre mehrmals etwas unternommen, und sie versuchen es jetzt wieder in Kalabrien. In Reggio findet ein großer Prozeß wegen Korruption und erzwungenen Landkäufen für den neuen Stahlkomplex statt, aber ...«

Er schwenkte seine Tasse vielsagend und fuhr fort.

»Die Möglichkeiten, über die die Behörden verfügen – die Polizei, die Carabinieri, die Gerichte und die Gefängnisse – sind oft korrupt und unterwandert. Es gibt ein paar gute Polizisten, anständige Staatsanwälte und Richter, aber das System ist schwach. Nur Mussolini hatte in den dreißiger Jahren Erfolg und nur, weil er faschistische Methoden anwendete. Eine Menge von unschuldigen Menschen mußte zusammen mit der Mafia leiden. Nach Mussolini kamen sie stärker denn je zurück. Sie können sich auf Tausende von Informanten stützen. Sie haben sogar eigene Leute bei der Polizei. Sie haben ihre eigenen Gruppen in jeder Stadt und jeder größeren Gemeinde, und wenn du nach Süden kommst, in jedem Dorf – eine ganze Armee von Schlägern.«

Er schenkte Kaffee nach und erzählte Creasy von seinen ersten Verbindungen in Neapel, besonders von Conti. Schließlich lehnte er sich zurück und wartete auf Creasys Reaktion.

»Es wird nicht leicht sein«, gab Creasy zu. »Aber einiges spricht für mich. Erstens kann ich, wie Mussolini, Taktiken benützen, die die Polizei nicht verwenden kann. Zum Beispiel Terror. Diese Leute setzten ihn als Waffe ein, sind aber nicht gewohnt, ihm selbst gegenüberzustehen. Zweitens bekomme ich Informationen, während ich von einem zum anderen weitergehe. Informationen, die die Polizei nicht bekommen kann, weil sie meine Methoden nicht anwenden kann.«

Guido hatte verstanden. Creasy würde sie zum Reden bringen. »Drittens«, fuhr Creasy fort, »habe ich im Gegensatz zur Polizei nicht vor, Beweise zu sammeln, um sie vor Gericht zu bringen. Ich habe vor, sie zu töten.«

Seine Stimme wurde leiser.

»Viertens bin ich stärker motiviert als die Polizei. Meine Motivation kann kein Polizist oder Richter haben – die üben nur ihren Beruf aus. Sie haben Frauen, Familien, Karrieren, an die sie denken müssen, ich nicht, und ich greife sie auf eine Art an, die sie nicht kennen.«

Guido dachte darüber nach. Creasy hatte deutliche, vielleicht entscheidende Vorteile.

»Waffen?« fragte er.

Creasy griff in seine Jackentasche.

»Operiert Leclerc noch immer von Marseille aus?«

»Ich glaube ja«, antwortete Guido. »Das kann ich mit einem Telefonanruf überprüfen.« Er ergriff das Blatt Papier und las die Liste, die Creasy im Zug aufgestellt hatte. Er pfiff leise.

»Verdammt, Creasy, du ziehst wirklich in den Krieg! Glaubst du, daß Leclerc das alles haben wird?«

»Er kann es besorgen«, antwortete Creasy. »Vor ein paar Jahren hat er beinahe alles, was ich brauche, den Rhodesiern angeboten. Ich wurde als Berater zugezogen. Er hat gute Geschäfte gemacht. Glaubst du, daß er uns übers Ohr hauen wird? Für ihn sind das nur Kleinigkeiten.«

»Er müßte fair bleiben«, antwortete Guido. »Du hast ihn aus dem Schlamassel vor Bukawu gerettet. Er sollte dir entsprechend dankbar sein.«

»Vielleicht, aber er ist ein schlauer Bastard, und er hat eine Menge Geld verdient, seit er Waffen verkauft, statt sie selbst zu verwenden. Reichtum kann einen Menschen verändern. Vielleicht wirst du ihn unter Druck setzen müssen.«

»Hast du Vorschläge?«

»Erzähle ihm von einem Technicolor-Begräbnis.«

Guido lächelte, als er sich erinnerte. »Das müßte eigentlich genügen.« Er schwenkte das Papier. »Wann brauchst du das Zeug?«

»Wahrscheinlich erst in zwei Monaten, solange werde ich brauchen, bis ich vollkommen fit bin. Ich werde die Sachen selbst in Marseille abholen. Ich habe einen Weg gefunden, über den ich sie hereinbringe.«

Die Frage der Fitneß brachte einen anderen Punkt aufs Tapet.

»Ich muß irgendwohin, wo es ruhig ist«, sagte er. »Hättest du einen Vorschlag?«

Guido dachte nur kurz nach.

»Warum nicht Malta? Zu Julias Familie auf Gozo. Sie besitzen noch den Bauernhof, und dort ist es sehr ruhig. Du würdest willkommen sein, das weiß ich. Ich fahre selbst jedes Jahr auf ein paar Wochen hin. Ich kann sie anrufen.«

Creasy dachte darüber nach, dann nickte er. »Klingt gut. Bist du sicher, daß ich nicht stören werde?«

Guido lächelte. »Du kannst Paul auf dem Hof helfen. Es ist harte Arbeit, und das könnte dir helfen. Du hast immer gern mit den Händen gearbeitet. Du wirst einen guten Bauern abgeben.«

Das war also erledigt. Sie sprachen jetzt über Geld. Guido war bereit, die Waffen und verschiedene Einkäufe in Italien zu finanzieren. Er besaß ein Konto in Brüssel, und so würde es ihm leichter fallen als Creasy, Geld zu überweisen. Creasy konnte es Guido zurückzahlen, wenn es vorbei war.

»Und wenn ich nicht durchkomme?« fragte Creasy ernst.

Guido grinste. »Bedenke mich in deinem Testament.«

Creasy erwiderte das Lächeln, sagte aber nichts, es war nicht nötig.

Sie sprachen weiter bis tief in die Nacht hinein. Sie beschlossen, daß Creasy in zwei Tagen mit dem Fährboot nach Palermo fahren sollte. Er wollte Cantarellas Stützpunkt in Ruhe in Augenschein nehmen. Von dort würde er den Zug nach Reggio di Calabria nehmen und dort das Fährschiff nach Malta besteigen.

Die Dämmerung zog beinahe herauf, als die beiden Freunde ihr Gespräch beendeten, aber sie hatten es nicht bemerkt. Sie fühlten sich wie in alten Zeiten. Als sie endlich aufstanden, nahm Guido seinen Block und blätterte die Seiten durch, um zu überprüfen, ob sie nichts vergessen hatten. Dann blickte er auf und sagte: »Die Hauptsache ist jetzt, daß du gut in Form kommst.«

Creasy streckte sich, gähnte und lächelte grimmig.

»Ja – in gute Kampfform.«

ZWEITES BUCH

10

Die »Melitaland« war kein Musterbeispiel an Schiffsbaukunst. Sie lag gedrungen und kriegerisch auf dem Wasser – verzichtete auf schlanke Linienführung oder geneigte Schornsteine. Ihre Aufgabe bestand darin, Autos, Lastwagen und Menschen auf der drei Kilometer langen Strecke von Malta nach Gozo zu befördern.

Creasy stand auf dem obersten Deck und hatte seinen Koffer vor sich gestellt. Das italienische Fährschiff von Reggio war infolge eines Streiks um zwölf Stunden verspätet ausgelaufen, so daß es erst am frühen Morgen im Großen Hafen von Malta eingetroffen war. Das hatte ihn davor bewahrt, eine Nacht auf der großen Insel verbringen zu müssen, was ihm sehr gelegen kam – er war bestrebt, sich niederzulassen und mit seinen Vorbereitungen zu beginnen.

Das Schiff fuhr an der kleinen Insel Comino vorbei, deren hoher Wachturm die Klippen weit überragte. Unterhalb vom Turm war das Wasser über dem Sandboden leuchtend blau, die Blaue Lagune. Creasy erinnerte sich, daß er vor acht Jahren mit Guido und Julia dort geschwommen war.

Hier war die Verschmutzung infolge der Strömungen äußerst gering – das Wasser war noch klar und der Strand sauber.

Er freute sich auf Gozo, das steiler und grüner als Malta war und dessen Hügel von Häusern gekrönt waren. Gozo war eine Insel mit intensivem Ackerbau, und die terrassenförmig angelegten Felder erstreckten sich bis hinunter zum Meer.

Bei seinem ersten Besuch hatte ihm Gozo gefallen. Soviel er wußte, war es einzigartig, denn es besaß keine Klassen innerhalb seiner Gesellschaft. Der ärmste Fischer wußte, daß er ebensoviel galt wie der reichste Grundbesitzer. Jemand, der sich für etwas Besseres hielt als alle anderen, sollte Gozo meiden. Creasy erinnerte sich, daß die Menschen laut und gutgelaunt und, wenn sie einen erst einmal näher kannten, freundlich waren. Der Lärm setzte jetzt ein, als sie in den kleinen Hafen von Mgarr einliefen und sich die Passagiere vordrängten, um so schnell wie möglich an Land zu gehen.

Er stieg den Hügel zu einer Bar mit dem unwahrscheinlichen Namen »Gleneagles« (Schluchtadler). Es war ein altes, längliches Gebäude mit einem schmalen Balkon auf der zur See gelegenen Seite. Guido hatte ihm geraten, Julias Eltern von dort aus anzurufen, damit sie ihn abholten. Der Innenraum hatte eine hohe Decke und war kühl, Bilder aus der Gegend hingen an den Wänden, und einheimische Gäste saßen an der Bar.

Creasy ließ seinen Koffer neben dem Eingang stehen. Der Anblick der Halbliterkrüge mit Bier erinnerte ihn daran, daß er durstig war, und er deutete auf den Zapfhahn. Der Barmann, ein kleiner Mann mit Glatze und rundem Gesicht, fragte: »Einen halben oder einen Viertelliter?«

»Einen halben, danke.« Creasy setzte sich auf einen Stuhl und legte eine Pfundnote vor sich hin. Das Bier war kühl und bernsteinfarben, er nahm einen kräftigen Schluck. Als ihm der Barmann das Wechselgeld brachte, fragte Creasy: »Haben Sie vielleicht die Telefonnummer von Paul Schembri?«

Der Mann sah ihn verständnislos an.

»Paul Schembri«, wiederholte er. »Er hat einen Bauernhof bei Nadur, Sie müssen ihn kennen.«

Der Barmann zuckte die Schultern. »Schembri ist hier ein häufiger Name, und es gibt viele Bauern auf Gozo.« Er ging ans Ende der Bar, um einen anderen Gast zu bedienen.

Creasy war nicht verärgert. Eigentlich billigte er die Haltung des Wirts. Der Mann mußte Paul Schembri kennen. Gozo war eine sehr kleine Insel, aber die Bewohner dieser Insel schützten ihr Privatleben vor Eindringlingen – daran konnte nicht einmal der mäßige Touristenverkehr etwas ändern. Sie waren freundlich zu Fremden, erzählten ihnen aber erst etwas von sich, wenn sie wußten, wer sie waren und was sie wollten. Ein Gozitaner würde seinen eigenen Bruder verleugnen, wenn jemand, den er nicht kennt, nach ihm fragen würde.

Also trank Creasy sein Bier und ließ sich Zeit. Dann bestellte er noch eines, und als es kam, sagte er wie beiläufig: »Guido Arrelio hat mich geschickt. Ich soll bei Paul Schembri wohnen.«

Dem Wirt dämmerte etwas.

»Ach, Sie meinen diesen Paul Schembri? Den Bauern – bei Nadur?«

Creasy nickte. »Der ist es.«

Der Barmann betrachtete ihn, dann lächelte er. Er hatte eines der seltenen Lächeln, die einen Raum aufhellen können. Er streckte die Hand aus.

»Ich heiße Tony. Jetzt erinnere ich mich an Sie. Sie waren hier, als Guido Julia geheiratet hat.« Er zeigte auf einen jüngeren Mann am Ende der Theke. »Mein Bruder Sam«, dann auf einen Trinker in einem schmierigen Overall: »Das ist ›Shreik‹«, und auf die beiden anderen, »Michele und Victor – wenn sie nicht gerade hier einen heben, steuern sie die Fähre.«

Creasy erinnerte sich, daß sie die Autos und Lastwagen auf der Fähre eingewiesen und die Fahrpreise kassiert hatten. Nun war er kein Fremder mehr. Tony nahm den Telefonhörer ab, wählte eine Nummer und sprach ein paar Worte auf Maltesisch. Dann leuchtete wieder sein Lächeln auf. »Joey wird in ein paar Minuten hier sein und Sie abholen.«

Sam stellte noch ein Glas Bier vor Creasy hin und zeigte auf den öligen »Shreik«. Creasy erinnerte sich an die Trinkfestigkeit der Gozitaner, und daß ein Zechgelage anderthalb Tage dauern konnte, wenn einer erst einmal anfing, eine Runde zu spendieren und die anderen es ihm gleichtaten. Er fühlte sich behaglich und entspannt. Zu diesen Menschen hatte er eine Beziehung. Hier würde man ihm keine unnötigen Fragen stellen. Keiner würde neugierig schnüffeln oder versuchen, ihn in eine bestimmte Kategorie einzuordnen oder ihm eine Freundschaft, die er nicht wollte, aufdrängen. Alles würde stimmen. Sei, was du sein willst. Tu, was du tun willst. Tritt dem anderen nicht auf die Zehen, sei nicht knauserig, wenn andere großzügig sind, und vor allem, sei nicht »stolz«. »Stolz« sein war in Gozo die größte Sünde. Diese Haltung konnte mit Hochnäsigkeit gleichgesetzt werden. Ein Mann konnte ein Brandstifter oder ein Sodomist sein und dennoch anerkannt werden, aber wenn jemand »stolz« war, beachtete ihn niemand.

Creasy trank sein Bier aus und erhaschte Tonys Blick. Tony war einer von jenen Barmännern, die alles sehen, ganz gleich, wie beschäftigt sie sind. Er ging die Theke entlang, füllte Gläser und steckte etwas von dem Geld ein, das vor Creasy lag.

»Und Sie?« fragte Creasy.

Tony schüttelte den Kopf. »Zu früh für mich.«

Zehn Minuten vergingen, bis das Lächeln wieder aufstrahlte und Tony sich zehn Cents holte. »Warum nicht«, meinte er und schenkte sich ein Glas Bier ein.

Creasy erfuhr später, daß Tony sich immer so verhielt. Er lehnte erst einen Drink ab und brauchte dann etwa zehn Minuten, um sich zu fragen, warum er nein gesagt hatte. Die Überlegung endete jedesmal mit einem Lächeln und dem stereotypen: »Warum nicht!« Jeder Gozitaner hat einen Spitznamen, und es war nicht überraschend, daß dieser Barmann »Warum nicht« genannt wurde.

Ein arg mitgenommener Landrover fuhr vor, und ein junger Mann trottete herein – langbeinig, mit ehrlichem Gesicht und schwarzem, gelocktem Haar. Er hielt Creasy die schwielige Hand hin.

»Hallo, ich bin Joey. Willkommen auf Gozo.«

Creasy konnte sich nur noch vage an Julias jüngeren Bruder erinnern – er mußte damals erst zehn Jahre alt gewesen sein. Joey blickte Tony an und keuchte übertrieben, worauf ihm ein Bier serviert wurde.

»Sie haben es nicht sehr eilig, nicht wahr?« fragte er lächelnd. Creasy erwiderte das Lächeln und schüttelte den Kopf.

Joey trank das halbe Glas in einem Zug. »Das ist gut. Ich habe nämlich den ganzen Tag Zwiebeln eingesackt, und das macht durstig.«

Allmählich kam ein gutgelauntes Gespräch unter den Bargästen in Gang. Englisch ist die Amtssprache auf den Maltesischen Inseln, und nur gelegentlich verfielen die Trinker in ihre Landessprache, wenn sie etwas besonders betonen wollten. Maltesisch enthält eine Menge arabischer und italienischer Worte und wird in einem merkwürdigen Singsang gesprochen. Weil Creasy sowohl Arabisch als auch Italienisch beherrschte, konnte er viele Worte verstehen. Langsam füllte sich die Bar mit Fischern, die nach einem Tag in offenen Booten unter der glühenden Sonne durstig waren, und dann verabschiedeten sich Victor und Michele, um die letzte Überfahrt mit dem Fährschiff anzutreten. Die meisten Gäste waren von Bier zu harten Getränken übergegangen, als Joe einen Blick auf seine Uhr warf.

»*Ghal Madonna!* Sechs Uhr – gehen wir, Creasy. Mutter wird schon vor Zorn überkochen.«

Sie fuhren den steilen Hügel hinauf durch das Dörfchen Quala und dann wieder bergab, bevor sie von der Hauptstraße in Richtung Nadur abbogen.

Das Bauernhaus war im alten Stil um einen Innenhof herumgebaut – das Hauptgebäude war ein langgezogenes Haus aus Stein. Ein Seitenflügel sah neuer aus als der Rest und war über eine Außentreppe zugänglich.

Eine große, dralle Frau kam aus der Küche. Sie hatte ein rundes, freundliches, ausdrucksvolles Gesicht, und sie lächelte, als Creasy ausstieg, umarmte ihn und küßte ihn auf die Wange.

»Willkommen, Creasy. Ihr habt lang gebraucht.« Sie funkelte ihren Sohn an.

»Creasy war durstig, Ma.« Joey blinzelte Creasy zu und lächelte schelmisch.

Sie schalt ihn sanft, befahl ihm, den Koffer hinaufzutragen, und führte Creasy in die Küche.

Er erinnerte sich an den riesigen Raum mit der gewölbten Decke. Es war das Zentrum der Familienaktivität – das Speise- und das Wohnzimmer wurden nur bei feierlichen Gelegenheiten benützt.

Ihm wurde bewußt, daß er sich in einem Familienverband befand, und das hätte ihm Unbehagen verursachen können, aber Laura hantierte eifrig herum, kochte eine große Kanne Kaffee und fragte, wie es Guido ging, während sie sich um drei siedende Töpfe auf dem großen Herd kümmerte. Er konnte sich nicht unbehaglich fühlen. Seine Anwesenheit wurde als Selbstverständlichkeit akzeptiert, und das spürte er noch deutlicher, als Paul Schembri von den Feldern nach Hause kam. Er war kleiner als seine Frau und wirkte auf den ersten Blick mager; aber seine Arme waren sehnig und muskulös, und beim näheren Hinsehen vermittelte er den Eindruck eines starken, gefestigten Mannes. Er nickte Creasy zu und fragte: *»All right?«*

Das war das meistgebrauchte Wort auf Malta, und seine Bedeutung reichte von einer Frage bis zu einer Erklärung, von einer Begrüßung bis sogar zu einem Abschied. Es entsprach dem französischen *»Ça va«* und bedeutete eigentlich noch mehr.

»All right«, antwortete Creasy, Paul setzte sich und bekam von Laura eine Tasse Kaffee.

Er hatte Creasy so begrüßt, als wäre er nur einen Tag und nicht acht Jahre weggewesen. Creasys Anspannung löste sich immer mehr.

Creasy hatte in Neapel einen kleinen Kassettenrekorder gekauft und legte eine der Kassetten ein, die Guido aus dem Haus in

Como geholt hatte. Dann legte er sich aufs Bett, und während Dr. Hook ein trauriges Liebeslied sang, dachte er über seine Lage und die Leute, bei denen er sich nun aufhielt, nach. Guidos Vorschlag, Gozo als Operationsbasis zu verwenden, war gut gewesen; er hatte gewußt, daß Creasy von den Schembris herzlich, aber ohne Aufhebens aufgenommen werden würde. Er wußte auch, daß sie vor kurzem Brachfelder von der Kirche gepachtet hatten und daß das Neuanlegen von Terrassen und das Bearbeiten dieses Bodens harte Arbeit bedeutete. Creasy würde gern helfen und daraus Nutzen ziehen. Guido hatte mit Paul lang telefoniert und Creasys Zustand und die jüngsten Ereignisse geschildert – von der Zukunft hatte er nicht gesprochen.

Creasy hatte eine abgeschlossene Wohnung in dem neuen Flügel mit eigenem Eingang über die Außentreppe bezogen. Beim Abendessen hatte Paul erklärt, daß dieser Gebäudeteil ursprünglich Lagerräume und ein Heuboden gewesen war. Guido hatte seit seiner Hochzeit mit Julia jedes Jahr Geld geschickt und auch nach ihrem Tod die Zahlungen nicht eingestellt. Zuerst war Paul böse gewesen – schließlich waren sie keine armen Leute – und hatte gedroht, daß er es zurückschicken würde. Doch Guido wischte jeden Protest beiseite und erklärte Paul, daß er es aus steuerlichen Gründen tat. »Du weißt ja, wie er ist«, sagte Paul zu Creasy.

Die Schembris hatten einen Teil des Geldes dazu benützt; die alten Lagerräume umzubauen, so daß Guido, wenn er jedes Jahr zu Besuch kam, eine behagliche Wohnung hatte, in der er ungestört war. Es waren zwei große Räume und ein kleines Bad, die Zimmer hatten die hier übliche gewölbte, bogenförmige Decke. Die großen Steine waren eingeölt und nicht gestrichen worden und hatten ihre weiche Ockerfarbe behalten. Die Räume waren einfach eingerichtet. An Holzdübeln, die in die Wand geschlagen worden waren, konnte man die Kleider hängen. Im Schlafzimmer standen ein großes altes Bett und eine Kommode, in dem anderen Raum einige niedrige, bequeme Stühle, ein Kaffeetisch und eine gut ausgestattete Bar. Diese Wohnung würde für mindestens zwei Monate sein Heim sein, und bereits in der ersten Nacht fühlte sich Creasy behaglich und zu Hause.

Er dachte über die Schembris nach. Sie waren allem Anschein nach einfache Bauern, aber in Gozo ist das Bildungsniveau hoch, und die Menschen sind zwar konservativ und traditionsbewußt, interessieren sich aber für die Außenwelt und sind sehr belesen. Infolge der Überbevölkerung haben sich viele Gozitaner in Übersee angesiedelt, vor allem in Nordamerika und Australien, und manche von ihnen, die nach Hause zurückkehren, um sich zur Ruhe zu setzen, kaufen Häuser in ihren Heimatdörfern. Daher kommen neue Ideen und fremde Menschen auf die Insel.

Paul Schembri war ein typischer Bauer, die wichtigsten Komponenten in seinem Leben waren harte Arbeit und der Zyklus der Fruchtbarkeit. Er behielt seine Meinung für sich und protzte nicht mit seinen Ansichten. Er hatte Geld auf der Bank und fühlte sich niemandem unterlegen. Er war ein wenig wie die Steinmauern, die seine Felder umgaben – trocken und ein bißchen staubig, aber gut gebaut, jeder Stein fügte sich ohne Zement oder Mörtel an den anderen, und ebenso wie diese Mauern konnte auch er gegen den *Gregale*-Wind standhalten, der im Winter aus Europa über das Meer weht und über die niedrigen Hügel pfeift.

Laura war offener. Ein zufälliger Beobachter hätte meinen können, daß sie in der Ehe dominierte, aber das war ein oberflächlicher Eindruck. Sie war eine großgewachsene Frau, und sie wußte, daß sie Verstand hatte, und auch wenn Paul es zugelassen hätte, wäre sie klug genug, seine scheinbare Sanftmut nicht auszunützen. Aber ihr Charakter war facettenreicher als der Pauls. Laura funkelte heller, und ihre Interessen und Neugierde waren umfassender.

Joey geriet mehr seiner Mutter nach, sein wißbegieriger, argloser Geist neigte zur Offenheit und Freundlichkeit. Er mußte auf Frauen anziehend wirken, urteilte Creasy. Sein gutes Aussehen würde bestimmt mütterliche Instinkte wecken und sie faszinieren.

Über das Mädchen, Nadia, wußte er nicht viel. Sie arbeitete in der Rezeption eines Hotels auf Malta, würde aber am Wochenende nach Hause kommen, um der Familie bei der Arbeit zu helfen.

Guido hatte ihm erzählt, daß sie einen englischen Marineoffizier geheiratet hatte und mit ihm nach England gezogen war, aber die Ehe war im vergangenen Jahr in die Brüche gegangen. Creasy erinnerte sich von Guidos Hochzeit undeutlich an sie. Ein Teenager, der genauso unauffällig gut aussah wie Julia. Er hoffte, daß es durch sie zu keinen Komplikationen kommen würde. Bis jetzt war die Situation gut. Am Morgen würde er mit dem Training beginnen. Er brauchte keine Komplikationen.

Er drehte die Kassette um, und Dr. Hook sang von einem alten Trinker in Brooklyn und einer Bitte, der man Gehör schenken sollte. Nur ein wenig Gehör.

Er erreichte den langen Kamm oberhalb der Bucht von Marsalforn und blieb stehen, um zu Atem zu kommen. Schweiß hatte seinen Trainingsanzug dunkel gefärbt. Die Sonne stand noch tief – sie war erst vor einer Stunde aufgegangen, und die von den umgebenden Hügeln geschützte Bucht lag im Schatten. Creasy setzte sich auf eine niedrige Steinmauer und holte tief Luft. Jede Faser seines Körpers schmerzte, seine Muskeln protestierten beleidigt und erstaunt gegen die plötzliche Betriebsamkeit. Er nahm sich vor, sein Training zu Beginn nicht zu übertreiben. Ein gezerrter Muskel würde sein Programm um Tage oder Wochen verzögern.

Er war kurz vor Sonnenaufgang aufgestanden, hatte eine Serie von Gymnastik-Übungen gemacht, der alten Routine aus der Legion folgend, aber er hatte vorsichtig begonnen.

Dann duschte er kalt und ging hinunter. Zu seiner Überraschung befand sich Laura schon in der Küche, und er machte eine Bemerkung darüber.

»Ich gehe um fünf Uhr zur Frühmesse«, antwortete sie lächelnd. »Jemand muß doch für all die Sünder in der Familie beten.«

Creasy grinste. »Bete auch für mich, Laura. Ich habe genügend Sünden begangen.«

Sie wurde plötzlich ernst, nickte und schaute das kleine goldene Kruzifix an, das er am Hals trug.

»Du bist Katholik?« fragte sie, und Creasy zuckte mit den Schultern.

»Ich bin eigentlich nichts so richtig.«

Sie hatte ihm eine große Tasse mit schwarzem Kaffee hingestellt, und während er ihn trank, waren Paul und Joey in Arbeitskleidung hereingekommen.

»Ich laufe jetzt meine Runde«, hatte Creasy gesagt, »und dann werde ich schwimmen. Kann ich euch später beim Terrassieren helfen?«

Der Bauer hatte lächelnd genickt, ihn hinausgeführt und über den Hügel hinunter zum Meer gezeigt.

»Wenn du ins Meer willst, folge diesem Pfad. Du kommst zu einer kleinen Bucht und kannst vor den Felsen schwimmen. Das Wasser ist tief, und du bist ungestört. Man kann nur über meinen Grund oder mit einem Boot hinkommen.«

Laura hatte ihn aufgefordert, nach dem Schwimmen zum Frühstück zu kommen; der Gedanke an das kühle Wasser und das Essen brachte Creasy wieder auf die Beine, und er lief langsam zurück.

Die kleine Bucht war abgelegen, das Wasser tief und klar. Der Kalkstein am Ufer war von unten ausgewaschen, und eine flache Felsbank erstreckte sich über das Wasser. Creasy zog sich aus und sprang hinein. Er schwamm ungefähr hundert Meter in den nördlichen Comino-Kanal hinaus. Die kleine Insel sah verlockend und nahe aus, doch er wußte, daß es fast anderthalb Kilometer bis zur nächstgelegenen Spitze waren. Später, wenn er besser in Form war, würde er hinüberschwimmen; und noch später, wenn er in noch besserer Form war, würde er hin- und zurückschwimmen.

Im Bauernhaus setzte ihm Laura ein riesiges Frühstück mit Schinken, Eiern und frischem, warmen Brot vor, das mit dem klaren Honig der Insel bestrichen war. Sie setzte sich zu ihm, trank Kaffee und sah befriedigt zu, wie er schweigend seinen Teller leerte.

Sie erinnerte sich, wie er vor acht Jahren mit Guido gekommen war – damals war er genauso schweigsam gewesen. Er sah jetzt älter und unendlich müde aus. Guido hatte ihnen am Telefon erzählt, wie nahe er dem Tod gewesen war.

Sie hatte ihren Schwiegersohn so liebgewonnen, als wäre er ihr eigener Sohn, und als Julia getötet worden war, hatte sie um Julia getrauert und auch Guido bedauert.

Sie erinnerte sich an den Abend vor der Hochzeit. Guido hatte mit ihr und Paul allein gesprochen. Er hatte ihnen ein wenig von seiner Vergangenheit erzählt und davon, wie anders die Zukunft sein würde. Wie sehr er ihre Tochter liebte und von seinen Plänen für die *pensione* in Neapel. Schließlich hatte er ihnen gesagt, falls ihm etwas zustieße und falls Julia Hilfe brauchte, würde Creasy alles Notwendige unternehmen.

Am nächsten Tag hatte sie zugesehen, wie der große, schweigsame Amerikaner versucht hatte, sich an der Stimmung und der Fröhlichkeit einer typisch gozitanischen Hochzeit zu beteiligen. Sie spürte seine Freude über das Glück seines Freundes und wußte instinktiv, daß das, was Guido ihnen am vorhergehenden Abend erzählt hatte, wahr war. Guido hatte ihr Creasys Nachsendeadresse in Brüssel gegeben, und als Julia starb, hatte Laura das Telegramm dorthin geschickt, und Creasy war von Afrika nach Neapel gefahren, um bei seinem Freund zu sein. Nun war Laura entschlossen, diesem Mann dabei zu helfen, daß er seine Kraft wiedererlangte. Training und harte Arbeit würden eine große Rolle spielen, und sie würde ihn mit reichlich frischem, guten Essen versorgen.

Nach dem Frühstück ging Creasy auf die Felder hinaus, wo er Paul fand, sich das Hemd auszog und neben ihm arbeitete. Es erfordert Geschicklichkeit, eine trockene, lose Mauer zu errichten. Die Steine müssen sorgfältig ausgesucht und genau richtig eingepaßt werden. Der alte Mann war überrascht, wie schnell Creasy den Trick heraus hatte, aber Creasy besaß ein angeborenes Geschick für solche Arbeiten.

Dennoch schmerzte sein Rücken nach einer Stunde vom ständigen Bücken, und seine lange verweichlichten Hände waren von den Steinen zerkratzt und voller Blasen. Zu Mittag legte Paul eine Pause ein, und Creasy ging zur Bucht hinunter, um seine Hände im Meerwasser zu kühlen.

Der Lunch war eine einfache Mahlzeit aus kaltem Fleisch und Salat, und danach hielten alle während der heißesten Tageszeit Siesta. Die dicken Steinmauern und die hohen, gewölbten Decken hielten die Räume sehr kühl, und Creasy schlief gut, obwohl sein Körper schmerzte. Um drei Uhr stand er steif auf, seine geschundenen Hände taten weh. Er hätte sich schonen können, und er war nahe daran, der Versuchung nachzukommen, aber er dachte wieder an sein Vorhaben und ging mit Paul zu den Terrassen hinunter. Da seine Geschicklichkeit zunahm, machten die beiden Männer gute Fortschritte und arbeiteten wortlos nebeneinander. Nach ein paar Stunden kam Laura mit kaltem Bier zu ihnen.

Sie schalt Creasy wegen des Sonnenbrands auf seinem Rücken und betrachtete mit unverhohlener Neugierde die alten und neuen Narben.

»Du bist wirklich zerhackt worden, Creasy«, meinte sie. »Du solltest die Landwirtschaft als Hauptberuf ausüben.«

Dann sah sie den Zustand seiner Hände und wandte sich wirklich böse an Paul.

»Wie kannst du ihn mit solchen Händen arbeiten lassen? Schau sie dir an!«

Paul zuckte die Schultern. »Versuch du mal, ihm irgend etwas zu sagen.«

Laura ergriff Creasys Hände und untersuchte sie.

»Es ist schon in Ordnung«, meinte er. »Ich werde später schwimmen gehen – das Salzwasser ist ein gutes Heilmittel. In ein paar Tagen werden sie hart sein.« Sie drehte die Hände um und betrachtete kopfschüttelnd die vielen Narben.

»Die Landwirtschaft ist viel ungefährlicher«, stellte sie entschieden fest.

Die nächsten drei Tage waren sehr schwer. Jeden Abend fiel Creasy vollkommen erschöpft ins Bett.

Aber er hatte sich eine Routine und ein Programm zurechtgelegt; am frühen Morgen lief er zuerst, dann schwamm er, jeden Tag länger, dann arbeitete er auf dem Feld in der heißen Sonne ohne Hemd. Abends noch einmal Schwimmen und nach dem Essen früh zu Bett. Sofort nach dem Aufstehen und vor dem Schlafengehen machte er Gymnastik. Die ersten Tage waren eine Qual, besonders morgens, wenn er die steifen, verspannten Muskeln lockerte. Es würde zwei Wochen dauern, bis er richtig in Schwung kam. Aber der Schmerz wirkte wie ein Stimulans. Er erinnerte ihn ständig an sein Vorhaben und an Pinta und was diese Verbrecher mit ihr getan hatten, und sein Haß übertraf den Schmerz.

Paul und Joey erlebten es eines Abends, als sie nach dem Essen auf der Veranda saßen, Kaffee und Brandy tranken und über das dunkle Meer auf Comino und die Lichter von Malta dahinter blickten.

Die Lichter erinnerten Creasy an seine Ankunft in Neapel vor so vielen Monaten und an die Veränderungen, die er erlebt hatte, die wachsende Freundschaft mit Pinta und die wenigen Wochen, in denen er wirklich glücklich gewesen war.

Er dachte an den letzten Tag und dann an Guido, der ihm im Krankenhaus von ihrem Tod erzählt hatte.

Paul drehte sich um und wollte etwas sagen, doch als er Creasys Gesicht sah, blieben ihm die Worte in der Kehle stecken. Er sah Haß aus dem Mann aufsteigen wie Nebel vom kalten Meer.

Creasy stand unvermittelt auf, wünschte ihnen gute Nacht und ging zu Bett.

Joey sah seinen Vater an, und sein normalerweise fröhliches Gesicht war besorgt und ernst.

»Er brennt innerlich. In ihm lodert ein Feuer. Ich habe nie jemanden gesehen, der so traurig und zugleich so wütend war.«

Paul nickte. »Er hat das Feuer unter Kontrolle, aber es ist vorhanden. Es wird jemanden verbrennen.«

Joey schüttelte die Stimmung ab und stand auf. »Auch in mir brennt ein Feuer, aber nach etwas anderem. Ich gehe zu Barbarella. Freitag abend, und die Touristenmädchen werden einsam und dankbar sein.«

Sein Vater schüttelte gutmütig den Kopf.

»Komm nicht zu spät zurück, sonst bist du morgen nicht zu gebrauchen, und drei Zwiebelfelder sind noch nicht abgeerntet.«

Der Junge ging durch den inneren Hof und vermied es, seiner Mutter zu begegnen, die ihm einen Vortrag über die Moral der fremden Mädchen gehalten hätte. Aus dem offenen Fenster von Creasys Schlafzimmer hörte er leise Musik, blieb stehen und horchte. Er erkannte das Lied, es war vor ein paar Jahren sehr beliebt gewesen – »Blue Bayou.« Joey war etwas überrascht. Diese Melodie verlieh dem merkwürdigen Amerikaner eine weitere Dimension. Er stieg auf seine Suzuki, startete den Motor, und die Musik wurde kurz übertönt, als er das Motorrad den Weg den Xaghra hinaufjagte.

Am Sonnabend kam Nadia für einen längeren Aufenthalt nach Hause. Sie saß am Küchentisch, als die drei Männer zum Lunch hereinkamen.

»Creasy, du erinnerst dich an Nadia?« Laura zeigte auf das Mädchen.

»Nicht sehr gut«, antwortete er und wandte sich an das Mädchen. »Du hast damals Zöpfe getragen.«

Sie lächelte, so daß die strengen Züge ihres hübschen Gesichtes weich wurden, dann stand sie auf und küßte ihn auf die Wange.

Sie war groß und schlank, und ihr Gang war ungewöhnlich. Die langen Beine bewegten sich beinahe steif – das war nicht reizlos, aber ungewöhnlich –, und sie wiegte die Hüften stärker als andere Frauen.

Während des Essens musterte er sie heimlich. Dank ihr wurden die Gespräche lebhafter, sie neckte Joey wegen seines Katzenjammers und verteidigte ihn dann, als seine Mutter ihn schalt, weil er erst um zwei Uhr früh nach Hause gekommen war, und aus dem Bett gezerrt werden mußte, damit er bei Sonnenaufgang bei der Arbeit war.

Nadja hatte ein intelligentes, sympathisches Gesicht – zu streng, um klassisch schön zu sein, aber interessant durch die hohen Backenknochen und den vollen Mund. Sie hatte auch eine dezente sexuelle Ausstrahlung. Sie blickte zu Creasy auf und sah, daß er sie betrachtete.

»Wie geht es Guido?« fragte sie. Ihre Stimme war tief und paßte zu ihrem Aussehen. Sie besaß Resonanz – sie vibrierte.

»Es geht ihm gut, er schickt dir liebe Grüße.«

»Hat er gesagt, wann er kommt?«

Creasy schüttelte den Kopf und fragte sich, ob zwischen Guido und diesem Mädchen eine Beziehung bestand. Sie war Julia sehr ähnlich, ein bißchen größer und schlanker, aber sie hatte die gleichen ernsten Augen, zu denen das rasche Lächeln im Widerspruch stand. Es wäre nur natürlich gewesen, wenn Guido von ihr gefesselt gewesen wäre, und seit Julias Tod waren fünf Jahre vergangen. Doch dann erinnerte er sich – sie war erst seit nicht einmal einem Jahr wieder in Malta, und Guido hätte ihm etwas davon erzählt.

Nach dem Essen, als die Männer zu einer Siesta in ihre Zimmer gegangen waren, blieb Nadia in der Küche und half ihrer Mutter beim Geschirrspülen.

Sie arbeiteten eine Weile wortlos, dann sagte sie plötzlich: »Ich hatte es vergessen ... ich meine, wie er ist – irgendwie einschüchternd.«

»Ja«, bestätigte Laura. »Er ist ein schwieriger Mensch. Er spricht nicht viel, aber er hat sich eingewöhnt und ist deinem Vater eine große Hilfe.« Sie überlegte einen Augenblick, dann fügte sie hinzu: »Ich mag ihn. Ich weiß, was er ist, und dein Vater glaubt, daß er sich aus einem bestimmten Grund in Form bringt und dann auf und davon gehen und irgend etwas Furchtbares tun wird. Er ist ein gewalttätiger Mann – aber wir haben ihn alle gern.«

Nadia trocknete schweigend die Teller ab, dann fragte sie: »Wie alt ist er?«

Laura überlegte. »Er muß an die fünfzig sein. Er ist ein paar Jahre älter als Guido. Er kann froh darüber sein, daß er überhaupt noch am Leben ist. Seine Narben sind schrecklich.«

Nadia stellte die Teller aufeinander und dann in den Schrank.

»Aber er ist ein Mann«, meinte sie, beinahe zu sich, dann lächelte sie über den neugierigen Gesichtsausdruck ihrer Mutter – Neugierde mit einem Anflug von Traurigkeit. »Er ist zum mindesten ein richtiger Mann«, wiederholte sie. »Daran besteht kein Zweifel.«

Für Nadia war diese Bemerkung nicht merkwürdig. Sie betrachtete alle Männer auf eine besondere Weise – sie schätzte sie sofort nach ihrer eigenen harten Erfahrung ein.

Ihr Mann hatte gut ausgesehen, war geistreich und intelligent gewesen. Sie hatte ihre Ehe voll Freude und Erwartung geschlossen – nach einer märchenhaften, romantischen Werbung: Tanzveranstaltungen und Parties, die aufregende Aussicht, übers Meer in die weite Welt zu reisen, und dann langsam die Erkenntnis, daß etwas nicht in Ordnung war und daß sie vor einem zerstörten Traum stand.

Er hatte homosexuelle Neigungen – die er lange verdrängt hatte. Er kannte seine Neigung und kämpfte gegen sie – hatte es seit seiner Pubertät getan und nun gehofft, durch eine Ehe seine Schwierigkeiten ganz zu überwinden. Aber es war ein aussichtsloser Krieg gewesen, und die letzte Schlacht war seine Heirat mit Nadia. Diese Schlacht wurde in einer Reihe von hinhaltenden Gefechten, Selbstbeschuldigungen und dem jämmerlichen, entwürdigenden Taumeln in eine Welt verloren, die er schließlich nicht verleugnen konnte.

Sie hatten darüber gesprochen – versucht, gemeinsam dagegen anzukämpfen. Es war für Nadia sehr schwer. Sie konnte es nicht verstehen, fühlte sich in ihrer Weiblichkeit beleidigt. Sie hätte vielleicht auf die Bedrohung durch eine andere Frau rational reagieren, wenigstens die Waffen ihres Geschlechts einsetzen können, aber gegen einen solchen Feind fühlte sie sich hilflos.

Das Ende war plötzlich und ekelhaft gewesen – eine Party im Marinestützpunkt in Portsmouth. Alle hatten zuviel getrunken. Als sie ihn nicht sah und ihn suchte, hatte sie ihn betrunken und nackt mit einem jungen Leutnant gefunden, weil es ihm bereits gleichgültig war – er hatte sich mit seiner Abartigkeit abgefunden.

Es war eine schreckliche Heimkehr gewesen, aber sie hatte Paul und Laura alles erzählt, und sie waren glücklicherweise stark und verständnisvoll gewesen. Sie bedauerten sie und sich – eine Tochter war tot, die andere litt unter einem schweren Schock, den sie lange nicht überwinden würde.

Sie hatte um eine Annullierung der Ehe angesucht, aber solche Dinge brauchten ewig. »Der Cowboy« hatte sie getraut, und nun schickte er die Papiere an den Vatikan und versuchte in seiner rauhen, groben Art, sie zu trösten und zu erklären, warum das alles so lange dauerte, wie viele Schwierigkeiten es gab. Zeugen mußten befragt, ihre Aussagen protokolliert werden, und dann würden anonyme, gesichtslose Richter entscheiden, und vielleicht Jahre dazu brauchen. Warum? Die Ehe ist heilig. Sehen sie nicht den Schmerz und die Menschen? »Der Cowboy« sah beides und war sehr traurig, wenn Nadia zur Beichte kam und um Vergebung für die Sünden bat, die sie begangen hatte, die Männer, mit denen sie geschlafen hatte. Zuerst der junge Fischer aus Mgarr. »Er ist ein Mann, Vater, und ich mußte einen Mann erleben.« Und später gelegentlich die Touristen, die sie in dem Hotel kennenlernte, in dem sie arbeitete. Auf ihre Art auch gesichtslos, wie ihre Richter. Sie blieben zwei Wochen, ließen sich von der Sonne bräunen und genossen etwas Außergewöhnliches: eine Einheimische.

Nadia hatte ihre Erfahrung noch nicht bewältigt. Sie wußte, daß die Leute redeten, sie sogar bedauerten, und das haßte sie. Sie wollte ein normales Leben führen – sie war dazu erzogen worden: Familie, Kinder, Achtung. Selbst wenn die Richter im Vatikan ihre Ehe annullierten, zu dem Schluß kamen, daß ihre Ehe nach Ansicht Gottes nie stattgefunden hatte – was dann? Sie war sechsundzwanzig. Würde ein Einheimischer sie heiraten? Nach all dem Gerede in einer so kleinen Gemeinde? Sollte sie also ins Ausland gehen? Die Vorstellung war nicht verlockend. Sie brauchte ihre Familie – ihre Beständigkeit und ihre Unterstützung –, das Haus, in dem sie geboren und aufgewachsen war, das Land selbst. Es log weder noch änderte es sich oder zog falsche Kleidung an, das war der Grund, weshalb sie nach Hause gekommen war. Was immer sie tat, es würde in diesem Haus geschehen, in dem sie sich sicher fühlte.

Am späten Nachmittag nahm sie ihren Badeanzug und ging den Pfad zur Bucht hinunter. Kleidungsstücke lagen auf dem flachen, überhängenden Felsen, und draußen im Kanal schwamm Creasy. Sie setzte sich und sah zu, während er etwa zweihundert Meter weit hinausschwamm, dann umkehrte und zurückkam.

»Ich habe geglaubt, du würdest nach Comino hinüber schwimmen«, sagte sie, als er sich aus dem Wasser zog.

»Nächste Woche, wenn ich besser in Form bin«, antwortete er und setzte sich keuchend neben sie.

Sie betrachtete die neuen Narben auf seinem Bauch und an der Seite des Körpers.

»Willst du schwimmen?« fragte er.

»Ja, dreh dich um, während ich mich umziehe.«

Eine Minute später tauchte sie in ihrem schwarzen, einteiligen Badeanzug mit einem eleganten Sprung ins Wasser.

Sie war eine gute Schwimmerin und kraulte aus der kleinen Bucht in den Kanal. Ob er wirklich nach Comino hinüberschwimmen würde? Die Strömung konnte stark sein. Sie spürte sie sogar jetzt in der Nähe des Ufers. Sie hatte es erwähnen wollen, es jedoch unterlassen. Er gehörte zu den Männern, die sich vielleicht über die Ratschläge einer Frau ärgerten.

Dann lagen sie auf dem flachen Felsen wieder nebeneinander in der späten Sonne. Sie fragte ihn nach Guido und der *pensione.* Sie erwähnte die Entführung und die Schießerei nicht. Sie hatte in den italienischen Zeitungen davon gelesen und hätte gern mehr darüber gewußt – doch sie würde warten.

11

Creasy fuhr mit dem schäbigen Landrover schnell die gewundene Straße nach Cirkewwa hinunter. Er sah, wie auf die »Melitaland« die letzten Autos fuhren. Wenn er die Fähre versäumte, mußte er die Nacht in Malta verbringen. Als er die Zufahrtsstraße erreichte, wurden die Taue abgeworfen und die Laderampe hochgezogen. Er hupte rasch und sah zu seiner Erleichterung, daß Victor über die Rampe schaute und winkte. Die Rampe wurde wieder hinuntergelassen, und er fuhr dankbar hinauf.

»Du hast es um ein Schamhaar geschafft«, meinte Victor mit breitem Grinsen.

Creasy erwiderte das Lächeln. »Man hat mir eingeredet, daß

ihr immer Verspätung habt.« Er sah auf die Uhr. »In Wirklichkeit seid ihr zwei Minuten zu früh dran.«

»Heute ist ein besonderer Tag«, antwortete Victor. »Heute steigt eine Party, und ich möchte vorher ein paar Gläser trinken, um in Stimmung zu kommen.«

Creasy wußte, daß »ein paar Gläser« eine zweistündige Sitzung im »Gleneagles« bedeuteten. Heute würde er mitmachen, er hatte es sich verdient. Er war schon seit Wochen auf Gozo, und der schwerste Teil seines Trainings war vorüber. Seine Muskeln waren endlich zu der Überzeugung gelangt, daß der lange Urlaub zu Ende war, und begannen zu reagieren. Creasy war noch weit von seiner Höchstform entfernt, aber es war nur noch eine Frage der Zeit – seine Kräfte kehrten zurück. Seine Koordination war gut und würde noch besser werden.

Außerdem hatte er einen befriedigenden Nachmittag in St. Elmo verbracht, dem riesigen alten Fort, das die Einfahrt zu dem Großen Hafen von Malta bewachte. Dazu war es wegen eines Zeitungsartikels gekommen, den Joey vor ein paar Abenden gelesen hatte. Es ging um eine versuchte Flugzeugentführung in Westdeutschland, bei der eine Anti-Terror-Sondereinheit eingegriffen hatte. Paul hatte erwähnt, daß Malta eine solche Einheit besaß. Sein Neffe, George Zammit, ein Polizeiinspektor, war ihr Kommandant.

Das brachte Creasy auf eine Idee. Er fragte Paul am nächsten Tag, ob sein Neffe ihm gestatten würde, mit der Einheit zu trainieren. Paul hatte ihn angerufen, und sie waren ohne Schwierigkeiten zu einer Einigung gelangt.

Es war ein nutzbringender Nachmittag gewesen. Die Einheit verwendete Waffen, die ihr die Britische Armee geschenkt hatte, als sie abzog: Sterling Maschinenpistolen und verschiedene Handfeuerwaffen. Sie besaßen einen guten Schießplatz mit beweglichen Zielen im Fort, und Creasy hatte es Freude gemacht, wieder ein Gefühl für Waffen zu bekommen. Er war verrostet und nach seinen Begriffen unbeholfen; aber das würde in den kommenden Wochen besser werden. Nach dem Schießstand war die fünfzehn Mann plus Creasy umfassende Einheit in die Sporthalle gegangen und hatte waffenlose Kampftechniken trainiert. Sie war eine gute, vor kurzem aufgestellte und noch unerfahrene Einheit, aber begeistert und eifrig. George Zammit, ein großer, freundlicher Polizist, war herzlich gewesen und dann sehr nachdenklich, als er zusah, wie Creasy mit den Waffen umging.

Während die »Melitaland« über den Kanal nach Gozo tuckerte, rief George seinen Onkel an.

»Weißt du eigentlich, Paul, was für einen Mann du als Hausgast aufgenommen hast?«

»Er ist ein Freund von Guido«, antwortete Paul. »Er hat doch keinen Ärger verursacht?«

»Keineswegs. Aber Paul, er ist ein Profi – ein Fachmann. Was macht er eigentlich in Malta?«

Paul erzählte ihm von der Entführung und der Verwundung, und daß Creasy nur hier war, um wieder in Form zu kommen.

»Er hat doch nicht vor, hier zu arbeiten?« fragte George.

»Ganz bestimmt nicht. Ich weiß natürlich, daß er ein Söldner ist, das war Guido auch. Was für eine Arbeit sollte ein Mann wie er hier verrichten?«

George lachte.

»Du planst also keinen Staatsstreich?«

Das Lachen wurde erwidert. »Offenbar habe ich den richtigen Mann dafür zu Gast. Ist er so gut?«

Es folgte eine Pause, dann sagte George: »Der beste, den ich je gesehen habe, und ich habe Ausbildungskurse in England und Italien mitgemacht. Er ist mit unseren Waffen umgegangen, als wäre er mit ihnen aus dem Mutterleib gekommen – er ist sehr, sehr geübt.«

Wieder entstand eine Pause, dann fragte George: »Würdest du mich zum Abendessen einladen, Paul? Ich wollte ihm bei unserer ersten Begegnung keine Fragen stellen, es wäre unhöflich gewesen. Aber ich möchte mehr über ihn erfahren. Wir haben zu wenig Ausbilder, und vielleicht könnte ich ihn verwenden – natürlich ganz inoffiziell.«

Paul lud George für den nächsten Sonnabend ein und legte sehr zufrieden auf.

Creasy verließ das Fährschiff als letzter, und Victor stieg für die kurze Fahrt zum »Gleneagles« auf den Beifahrersitz. Die Bar war voll besetzt, und es war laut. Die Menge teilte sich, um sie durchzulassen. »Shreik« gab gerade eine Runde aus und reichte Creasy eine Halbe. Es war die Stunde, in der man nach der Tagesarbeit kräftig trank. Joey winkte von der anderen Seite des Raumes, und Creasy sah Nadia, die mit Victors Frau an einem der wenigen Tische saß. Sie lächelte ihm zu und hob ihr Glas, doch Creasy fühlte sich unbehaglich. Zwischen ihnen entwickelte sich eine fatale Beziehung.

Sie schwammen fast jeden Tag zusammen. Nadia drängte sich nicht auf, sie war für gewöhnlich still – in ihre Gedanken versunken. Aber sie war in Creasys Bewußtsein ständig präsent.

Er hatte sich damit abgefunden, daß er sich verändert hatte. Er interessierte sich mehr als früher für Menschen – und Nadia übte mit ihrem steifbeinigen Gang, der schlanken Taille und dem ernsten Gesicht eine starke Anziehungskraft auf ihn aus. Er warf ihr wieder einen Blick zu und sah, daß sie ihn nachdenklich beobachtete. Er hatte sich an diesen Blick gewöhnt, der ihn so oft musterte.

Er wandte sich ab und bedeutete Tony, die Gläser an der Theke zu füllen. »Und auch für dich eines.«

»Danke, Creasy, aber es ist zu früh.«

Creasy legte Geld auf die Theke und wartete geduldig. Gespräche umwirbelten ihn, und er hatte schon nicht mehr an sein Angebot gedacht, als Tonys großes Lächeln kam.

»Warum nicht?«

Kurz nach Sonnenaufgang am Sonnabend morgen beschloß Creasy, nach Comino hinüberzuschwimmen. Er legte sein Tempo genau fest und steuerte auf den Strand vor dem blauweißen Hotel zu. Eine leichte Brise wehte, die das Wasser nur ein wenig kräuselte, aber sie blies vom Westen den Kanal hinunter und verlieh der Strömung zusätzliche Stärke. Creasy hatte die Gezeitentafel nicht gecheckt, denn er hielt es nicht für notwendig; aber als er sich in der Mitte zwischen den beiden Inseln befand, konnte er das Hotel genauer sehen und erkannte, daß er nach Osten abgetrieben wurde. Er wandte sich stärker gegen den Sog und schwamm schneller, aber ihm wurde bald klar, daß die Strömung stärker war. Er nahm an, daß er die zweite Bucht östlich vom Hotel erreichen konnte, aber sie glitt gleichfalls vorbei, und er verfluchte insgeheim seine Dummheit. Jenseits dieser Bucht stieg das Ufer zu hohen, unwirtlichen Klippen an, also wandte er sich nach Gozo zurück. Er wurde allmählich müde, und es war klar, daß er aufs offene Meer hinausgetrieben wurde.

Er hörte auf, gegen die Strömung zu kämpfen und versuchte, seine Kraft für die entscheidende Anstrengung aufzuheben, wenn er sich im tiefen Wasser und außerhalb des Zugriffs des Gezeitenstroms befand. Die Südostküste von Gozo tauchte auf, und er sah den roten Sand von Ramla Beach. Aber er war weit entfernt – gute zwei Kilometer. Er begann wieder zu schwimmen, aber langsam, und er wurde schnell müde.

Er war erschöpft und trat Wasser, als er das Tuckern eines Dieselmotors hörte. Er blickte auf und sah das bunte Fischerboot aus Luzzu. Zwei Gestalten am Bug und Heck suchten das Wasser ab – Nadia und Joey. Creasy versuchte zu rufen, winkte mit einem Arm, ging aber unter und kam prustend wieder hoch. Dann erblickten sie ihn, machten kehrt und kamen ihm schnell näher. Creasy war zu erschöpft, um sich selbst ins Boot zu ziehen, Joey sprang ins Wasser, stützte ihn mit der Schulter, die beiden Fischer ergriffen ihn an den Armen und zogen ihn ins Boot.

Er lag keuchend und würgend in dem Kutter und erbrach literweise Seewasser.

Während sie nach Mgarr zurückfuhren, saß er wortlos und

tief atmend im Heck. Nadia beobachtete verstohlen sein zorniges Gesicht. Sie hatte an ihrem Schlafzimmerfenster gestanden und gesehen, wie er im frühen Lieht in den Kanal hinausschwamm, und erraten, daß er nach Comino wollte. Sie hatte gesehen, wie er von der Strömung erfaßt wurde, vergeblich versuchte, nach Gozo zurückzukehren, und hatte nach Joey gerufen. Sie waren im Landrover nach Mgarr hinuntergerast. Die meisten Fischer waren schon draußen auf See, aber ein Boot machte sich gerade fertig. Zum Glück hatten die Fischer, zwei Brüder namens Mizzi, am vorigen Abend im »Geneagles« lange getrunken und hatten sich verspätet, weil sie noch verkatert waren. Nadia und Joey waren in ihr Boot gesprungen und hatten ihnen hastig erklärt, worum es ging.

»Du hast Glück gehabt, Creasy«, meinte sie. »Wir hätten dich leicht verfehlen können.«

»Ich weiß«, gab er zu. »Verdammt blöd. Ich hätte mich nach den Gezeiten richten müssen.«

Er blickte mit zornigem Gesicht nach Comino und dann hinüber nach Gozo. Er haßte diesen Wasserstreifen. Nadia spürte, daß er sich niemals geschlagen geben würde.

Im Hafen lieh sich Creasy von Joey fünf Pfund und versuchte, sie den Fischern aufzudrängen. Für sie war es jetzt zu spät, um noch einmal aufs Meer hinauszufahren. Sie schüttelten lachend die Köpfe. »Du bist der größte Fisch, den wir in diesem Sommer gefangen haben«, sagte der eine.

Der andere stimmte zu. »Ich überlege noch, ob ich dich gegrillt oder gebraten essen will.«

Sie gingen alle ins »Gleneagles«, und Creasy, der in der Badehose an der Theke stand, bezahlte die Drinks.

Creasys Abenteuer verlieh der Alltagsroutine eine willkommene Würze. Tony bereitete seine Patentmedizin für Fast-Ertrunkene zu – einen riesigen Krug mit heißem, süßen Tee mit einem kräftigen Schuß Brandy und einem Glas Rum als Draufgabe. Er war so stolz darauf, daß er sich auch ein Glas genehmigte. Dann kamen Victor und Michele von der ersten Fährschiffahrt herein, hörten die Geschichte und beschlossen, die Mixtur zu versuchen.

»Aber ihr müßt entweder Barmixer oder halbertrunken sein«, protestierte Tony.

»Wir entsprechen den Bedingungen«, erwiderte Victor. »Wir sind gestern nacht hier halb ertrunken – von innen.«

»Shreik« erschien zu seinem Vorfrühstücks-Seelenwärmer, und eine Feier begann.

»Sie sind dir dankbar, Creasy«, stellte Nadia gutmütig spottend fest. »Wenn sie nur einen Vorwand haben, sich vor dem Lunch vollaufen zu lassen.«

»Shreik« nickte feierlich. »Schade, daß du nicht richtig ertrunken bist, *Uomo*. Wir hätten eine richtige Party schmeißen können.« Er lächelte. »Aus Mitleid, verstehst du?«

Während der Fahrt zum Haus fragte Creasy: »Was soll dieses *Uomo*?«

»Dein Spitzname«, erklärte Joey. »In Gozo muß jeder einen Spitznamen haben.«

Creasy überdachte es wortlos. *»Uomo«* bedeutete auf italienisch »Mann«. Es war ein schmeichelhafter Spitzname. Nach den Ereignissen dieses Morgens sollten sie ihn eigentlich »Esel« nennen.

Aber es bedeutete, daß er akzeptiert worden war. Außenseiter verdienen keinen Spitznamen.

Creasy und George saßen allein auf dem äußeren Patio. Sie hatten ein gutes Abendessen hinter sich. Laura und Nadia hatten beinahe den ganzen Nachmittag daran gearbeitet: eine *minestra*, dann *timpana* auf Malteser Art, gefolgt von Kaninchen *stufato* und zum Abschluß Obst und den einheimischen Pfefferkäse aus Ziegenmilch. Creasy hatte nach seinem beinahe tödlichen Abenteuer einen ruhigen Tag verbracht. Am Nachmittag war er zur Polizeiwache nach Rabat gefahren und hatte sich ein paar Gezeitentafeln geholt.

Er bemerkte, daß Paul und Joey absichtlich vom Tisch aufgestanden waren, um George mit ihm allein zu lassen. Nadia brachte ein Tablett mit Kaffee und Kognak und ging dann in die Küche zurück.

George füllte die Gläser und stopfte nachdenklich eine große Pfeife, zündete ein Streichholz an und saugte die Flamme in den Pfeifenkopf. Creasy schenkte Kaffee ein. Er wußte, was kommen würde. Paul hatte es für richtig gehalten, ihn darauf vorzubereiten. George war mit der Pfeife, die er angezündet hatte, zufrieden, lehnte sich zurück und sagte: »Sie wissen, daß ich für die Sicherheit auf den Inseln verantwortlich bin?

Creasy nickte und reichte ihm eine Tasse. »Sie möchten herausfinden, ob ich ein Sicherheitsrisiko bin?«

George machte eine wegwerfende Geste. »Nein, Paul hat mir erklärt, warum Sie hier sind. Jedenfalls habe ich schon eine Menge über Sie erfahren.« Er war ein bißchen verlegen. »Ich habe heute früh ein Fernschreiben nach Paris geschickt.«

Creasy war erstaunt. »Nach Paris?«

»Ja – an die Interpol.« Sein Lächeln besagte, daß Creasy keinesfalls beleidigt sein durfte. »Nicht, was Sie glauben. In den letzten Jahren haben viele Länder über alle bekannten Söldner Karteien geführt – seit dem Fiasko in Angola. Alle Angaben sind bei der Interpol gespeichert, das hat nichts mit Kriminalität zu tun. Verstehen Sie?«

Creasy blieb stumm, und nach einer Weile fuhr George fort. »Es geht darum, daß ich Sie am Donnerstag zu unserer Einheit kommen ließ, weil Sie ein Freund meines Onkels sind; aber wenn Sie regelmäßig mit uns Übungen machen möchten, ist es meine Pflicht zu überprüfen, daß Sie nichts vorhaben.«

»Das verstehe ich«, antwortete Creasy. »Haben Sie etwas über meine ›Absichten‹ erfahren?«

George schüttelte den Kopf, griff in seine Jackentasche und reichte ihm ein zusammengefaltetes Stück Papier.

»Das ist das Telex, das ich heute nachmittag erhielt.« Er

zuckte mit den Achseln. »Ich sollte es Ihnen eigentlich nicht zeigen.«

Creasy las, während George an seiner Pfeife sog. Eine sehr lange Stille folgte, dann fragte Creasy: »Was bedeutet der letzte Absatz?«

George beugte sich vor und übersetzte den chiffrierten Zusatz. »Nicht politisch motiviert. Keine bekannten kriminellen Verbindungen. Keine Verbindungen zu Gruppen. Auf Wunsch weitere Einzelheiten verfügbar.«

Creasy faltete das Papier zusammen, gab es zurück, und wieder entstand bedeutungsvolle Stille.

»Sind die Angaben grundsätzlich richtig?«

Creasy nickte und lächelte zum ersten Mal. »Außer daß ich nicht mehr Leibwächter bin. Welche weiteren Einzelheiten könnten denn noch gespeichert sein?«

»Ich habe nur eine allgemeine Anfrage geschickt«, erklärte George. »Das ist billiger. Und wir sind keine reiche Abteilung. Deshalb haben sie uns nur Informationen zu Ihrer Person gegeben. Auf eine Anfrage Ersten Grades hätten wir alles erfahren, was sie von Ihnen wissen.«

Creasy war beeindruckt. »Woher bekommen sie ihre Informationen?«

»Hauptsächlich von Geheimdiensten«, antwortete George. »Auch die Polizei sammelt gewisse Informationen. Die Welt ist gefährdet, und Söldner können eine Plage sein. Sie haben sich zum Beispiel die Comoro Inseln im Indischen Ozean als ihren Privatbesitz unter den Nagel gerissen, in Ihrem Beruf gibt es auch Scheißkerle, Creasy.«

»Sie haben recht«, gab Creasy zu, »und diese Scheißkerle machen uns Scheißkerlen manchmal das Leben schwer.« Er musterte George abschätzend. »Fürchten Sie, daß hier etwas passieren könnte?«

George schüttelte den Kopf. »Keineswegs, aber wir sind ein neutrales Land ohne ausländische Stützpunkte. Wir können selbst auf uns aufpassen, obwohl vielleicht nicht alle dieser Meinung sind. Tatsache ist, daß Malta ziemlich zentral liegt. Wir wollen nicht, daß Leute hier Stützpunkte anlegen und von hier aus irgendwelche Aktionen planen.«

Er formulierte seine Bedenken geschickt und stellte so indirekt die entscheidende Frage.

»Ich bin allein«, antwortete Creasy mit einem dünnen Lächeln. »Wie es im Bericht heißt, habe ich keine Verbindungen zu Gruppen, und ich habe keine Pläne, die euch in Verlegenheit bringen würden. Ich bin nur hier, um mich zu trainieren.«

»Ausgezeichnet«, meinte George. »Sie sind in unserer Einheit willkommen und Sie können unsere Einrichtungen benutzen, das ist natürlich inoffiziell!«

»Besten Dank.«

George lächelte. »Es gibt nur eine Bedingung. Es darf keine außergewöhnlichen Vorkommnisse geben.« Er klopfte auf seine Tasche. »Sie haben eine große Erfahrung, und ich möchte diese Erfahrung ausnützen.«

»Wie?«

Georges Pfeife war ausgegangen, und er war eifrig damit beschäftigt, sie wieder anzuzünden, während er seine Gedanken sammelte. Dann erklärte er ausführlich.

»Meine Einheit wurde zum Einsatz bei kleinen Zwischenfällen geschaffen. Überfälle durch Terroristen – versuchte Entführungen und dergleichen. Derzeit bildet fast jedes Land eine solche Einheit aus. Aber uns fehlt die Erfahrung. In der Vergangenheit war Malta immer von fremden Mächten besetzt, die für Sicherheit gesorgt haben. Wir verfügen über eine kleine Militärmacht, die AFM – die bewaffneten Streitkräfte von Malta. Wir sind kein reiches Land, und wir können uns den Luxus einer zweckgebundenen Armee nicht leisten, deshalb ist die AFM auch mit zivilen Projekten befaßt – Straßenbau und dergleichen, das senkt die Kosten. Wir haben ein ziemlich kleines Budget und können uns nicht auf gute Ausbilder in den einzelnen Kampfarten stützen. Die Engländer haben uns geholfen, bevor sie abzogen, und die Libyer haben uns Ausrüstung geschenkt – Hubschrauber, Marinepatrouillenboote und ähnliches, und sie helfen uns, unsere Leute für die Maschinen auszubilden. Aber für Spezialaktionen fehlt es uns sowohl an praktischer Erfahrung als auch an Lehrern. Ein gutes Beispiel ist meine Einheit: Ich bin in England ausgebildet worden und gebe weiter, was ich gelernt habe, aber ich habe nie an einem Kampf teilgenommen. Wir müssen unsere Aktionen und das Training auf theoretisches Wissen aufbauen, und die Voraussetzungen sind immer die gleichen. In der heutigen Welt – der Welt des Terrorismus – kann eine Menge unvorhersehbarer Dinge passieren.«

Er lehnte sich zurück, hielt die Pfeife zwischen den zusammengebissenen Zähnen und blickte Creasy fragend an. »Sie haben die verschiedensten Situationen erlebt – auf beiden Seiten.«

»All right«, stimmte Creasy zu. »Ich werde tun, was ich kann. Welche Hilfsmittel, abgesehen von dem Zeug, das ich am Donnerstag gesehen habe, haben Sie noch zur Verfügung?«

Die Männer redeten noch über die Einzelheiten, und es war nach Mitternacht, als sie das Gespräch beendeten. Sie waren sich an diesem Abend nähergekommen. Beide waren praktisch denkende, zurückhaltende Männer, die einander abgeschätzt hatten, und beiden gefiel, was sie gefunden hatten.

Diesmal sprang er fünfzehn Minuten vor dem Gezeitenwechsel von dem flachen Felsen. Wieder blies eine leichte Brise aus dem Westen, aber die Strömung war schwach, und Creasy schwamm gleichmäßig auf sein Ziel zu. Nadia stand am Schlafzimmerfenster und beobachtete ihn durch den Feldstecher ihres Vaters. Sie sah, wie er die Spitze der kleinen Bucht von Comino erreichte und um sie herum zu dem Landungsplatz des Hotels schwamm. Dann ging sie hinunter und rief Joey an. Sie hatte ihn in den letzten drei Tagen jeden Morgen zum »Gleneagles« geschickt, um sich bereit zu halten – Creasy hatte nicht erwähnt, daß er sein Vorhaben nicht aufgegeben hatte, aber sie kannte ihn inzwischen schon. Dann rief sie ihre Freundin in der Rezeption des Hotels in Comino an.

Creasy ging barfuß und naß an der Vorderseite des Hotels vorbei, als jemand seinen Namen rief. Das Mädchen kam mit einem Plastikbeutel und einem großen Glas Bier die Treppe herunter.

»Gruß von Nadia«, sagte sie lächelnd.

Creasy mußte lachen. Er drehte sich um und blickte über den Kanal zurück. Er konnte das Bauernhaus hoch oben auf dem Hügel ausmachen und an einem oberen Fenster einen Lichtblitz, als die Sonne auf die Linse des Fernstechers fiel. Er winkte und hielt das Glas zu einem stummen Toast hoch.

In dem Beutel befanden sich Jeans, ein weißes T-Shirt und Gummisandalen – alles neu; ferner ein Handtuch und eine Nachricht.

»Das ist ein sehr katholisches Land«, las er. »Du kannst nicht halbnackt herumlaufen.«

Das Mädchen deutete nach links.

»Dort drüben befindet sich ein Umkleideraum, und dieser Weg führt zur Blauen Lagune.« Sie warf einen Blick auf die Uhr. »Die Fähre geht in vierzig Minuten.«

Er dankte ihr und gab ihr das leere Glas zurück.

Die Jeans und das T-Shirt paßten ausgezeichnet. Ein aufmerksames Mädchen, dachte er, während er sich anzog. Der Weg führte zum Kamm eines niedrigen Hügels hinauf und dann wieder hinunter zu dem durchsichtigen Wasser der Lagune. Die Sonne stand jetzt hoch am Himmel, und von dem trockenen, kahlen Boden stieg die Hitze empor. Zu seiner Linken. sah Creasy einen Mann in einer ausgebeulten Hose, die von einem breiten Ledergürtel in der Taille zusammengehalten wurde. Das obere Ende eines vollen Sacks steckte auf einer Seite in dem Gürtel, ein Plastikbeutel auf der anderen. Er trug ein graues, langärmeliges Hemd, das an den Handgelenken zugeknöpft war, und eine flache Mütze auf dem Kopf – die normale Kleidung eines Gozitaner Bauern; aber sein Verhalten war weit davon entfernt, normal zu sein. Er hielt einen langen, buschigen Zweig in beiden Händen, ging den Hang entlang, schlug mit dem Zweig auf den Boden und bückte sich gelegentlich, um etwas aufzuheben und es in den Plastikbeutel zu stecken. Verblüfft ging Creasy zum Anlegeplatz hinunter. Er sah in der Ferne das kleine gelbe Fährschiff, das gerade den Hafen von Mgarr verließ. Er setzte sich auf einen Felsen und sah zu, wie der alte Mann den Hügel herunter auf ihn zukam.

Er erreichte den Anlegeplatz, als das Fährschiff anlegte, und nickte Creasy zu, der den durchsichtigen Beutel genau betrachtete. Heuschrecken! Lebende Heuschrecken. Er war noch immer verblüfft, als sie an Bord gingen, doch während sie aus der Bucht tuckerten, griff der Alte in seinen großen Sack und zog eine Angelleine hervor – Köder – die Heuschrecken dienten möglicherweise als Köder. Aber zu Creasys Überraschung war an der Leine ein alter, abgenutzter Gummiköder befestigt, der rasch ins Kielwasser des Schiffes ausgelegt wurde.

Creasys Neugierde siegte.

»Wozu brauchen Sie die Heuschrecken?«

Der alte Mann blickte auf. »Ich habe eine Nachtigall, die ich mit ihnen füttere.«

Creasy verstand noch immer nicht.

»Aber es gibt doch auf Gozo massenhaft Heuschrecken. Ich habe sie gesehen!«

Der alte Mann lächelte.

»Aber die Heuschrecken von Comino schmecken besser.«

Das brachte Creasy für eine Weile zum Schweigen, und die beiden blickten auf den untergetauchten Gummiköder.

»Fangen Sie viele Fische?«

Der alte Mann schüttelte den Kopf. »Sehr wenige.«

Creasy nahm an, daß es mit dem Alter und dem Zustand des

Köders zusammenhing, doch dann ereignete sich das Seltene. Das Wasser war so klar, daß er das silberne Blitzen sah, als der Fisch von der Seite heranschoß. Ein Höllenspektakel brach los. Unter Geschrei und Gebalge stoppte das Fährschiff, die drei jungen Besatzungsmitglieder drängten sich am Heck und erteilten ungefragt Ratschläge. Der alte Mann zog die Leine gleichmäßig und bedächtig ein. An der Angel hing ein großer Fisch, und als der Alte ihn bis zum Heck gezogen hatte, nahm die Erregung zu. Der Fischer beugte sich vor, um ihn mit einem letzten Ruck an Bord zu ziehen, und der Fisch war schon in der Luft, als er sich vom Haken löste. Klatschend schlug er auf das Wasser auf und verschwand mit einem letzten, silbernen Blitzen.

Die Besatzung jammerte laut und rief wiederholt die *Ghal Madonna* an, doch der alte Mann blieb ruhig und gelassen.

»Wir sind alle sehr traurig«, bedauerte Creasy.

Der alte Mann schüttelte den Kopf. »Nicht alle«, widersprach er. »Der Fisch ist nicht unglücklich.«

»Warum schmecken die Heuschrecken auf Comino besser als die auf Gozo?« fragte Creasy Paul beim Abendessen. Dieser sah ihn verständnislos an, und Creasy erzählte von dem philosophischen Fischer.

»Das ist der alte Salvu«, lachte Paul. »Er hat einen kleinen Bauernhof in der Nähe von Ramla. Es ist für ihn nur ein Vorwand, um jeden Tag auf das Fährboot zu klettern und ein wenig zu fischen.«

»Dieser Salvu ist ein Original«, bestätigte Laura. »Seine Frau ist vor fünf Jahren gestorben. Sonntags geht er in die Kirche in Nadur und beichtet dem ›Cowboy‹ seine Sünden – er beichtet die schlimmsten Dinge, die man sich vorstellen kann, nur um den Priester auf die Palme zu bringen.«

»Und was ist mit dem Beichtgeheimnis?« fragte Creasy.

»Das wird eingehalten«, sagte Laura. »Der ›Cowboy‹ erzählt nichts, aber Salvu prahlt damit – angeblich will er nur dem

›Cowboy‹ zeigen, was es im Leben alles gibt, um ihm zu beweisen, was ihm entgeht.«

»Er hat mich zum Abendessen eingeladen, wenn er das nächste Mal einen Fisch fängt«, berichtete Creasy.

Paul war beeindruckt. »Das ist ungewöhnlich. Der alte Salvu bleibt meist für sich, aber geh nur hin: Er macht den stärksten Wein auf Gozo, und du wirst eine gute Mahlzeit bekommen.«

Das Gespräch wurde durch das Telefon unterbrochen. Es war Guido, der aus Neapel anrief. Er und Creasy führten ein sehr geheimnisvolles Gespräch. Creasy erfuhr von ihm, daß Guido mit Marseille Kontakt aufgenommen hatte und daß Leclerc sich kooperativ verhielt. Alle anderen Vorbereitungen verliefen glatt. Creasy gab an, daß er in vier bis sechs Wochen bereit sein würde, und bat Guido, ihm eine Nachricht zu schicken, wenn alles vorbereitet war.

An diesem Abend lag Creasy im Bett und hörte Johnny Cash zu, während er seine körperliche und geistige Lage überdachte. Er war mit den Fortschritten zufrieden. Sein Körper reagierte gut, die Schlaffheit verging. In etwa einem Monat würde er gut in Form und reaktionsfähig sein. Es war ein glücklicher Zufall gewesen, daß er George Zammit kennengelernt hatte und mit seiner Einheit trainieren durfte. Nach diesem Aufenthalt auf Gozo würde er voll für die vor ihm liegende Aufgabe bereit sein – auch geistig. Er erkannte die grundlegende Änderung in seinem Wesen. Er sah das Leben mit größerer Klarheit – sogar mit Mitgefühl. Vorher waren ihm die Menschen, die ihm begegneten, gleichgültig gewesen. Er hatte sie gar nicht richtig wahrgenommen – weder auf persönlicher noch auf emotionaler Ebene. Sein Interesse war immer nur oberflächlich gewesen. Pinta hatte diese Einstellung verändert. Alles, was sie umgab, hatte sie beeinflußt. Creasy stellte sie sich auf Gozo vor – wie entzückt sie über den alten Salvu gewesen wäre – wie sie auf die Leute reagiert hätte, die er kennengelernt hatte. Er sah seine Umwelt nun mit ihren Augen. Vor einem Jahr noch wäre Salvu ein uninteressanter, skurriler alter Mann für Creasy gewesen, der sich einen Vogel hielt, Heuschrecken für ihn fing und ein wenig einfältig war. Doch jetzt freute sich Creasy auf das Abendessen mit ihm, darauf, daß er mit ihm sprechen und mehr über ihn erfahren würde. Diese Wandlung hatte Pinta bewirkt, der Umgang mit ihr hatte ihn so verändert, daß er sogar von einer so introvertierten Gemeinschaft wie der auf Gozo akzeptiert wurde und sich auch darüber freute, daß er akzeptiert wurde. Er dachte über die Ungerechtigkeit des Schicksals nach – warum mußte ihr junges Leben so abrupt beendet werden? Nein, nicht Schicksal. Nichts war vom Schicksal bestimmt. Jedes Ereignis, jeder Vorfall, an dem Menschen beteiligt waren, war nicht vom Zufall abhängig. Die Menschen bestimmten ihre Zukunft selbst, oder andere planten, was mit einem passiert. Glück war kein unbestimmbares Phänomen. Das Schicksal wurde durch die Handlungen der einzelnen bestimmt.

Seine Gedanken wandten sich Nadia zu. Er wußte, was vorging, spürte die magnetische Kraft. Er würde gegen sie ankämpfen. Es gäbe einfach zu viele Komplikationen – er hatte zu wenig Zeit und zu große Pläne.

Doch das war natürlich Schicksal. Eine Begegnung zu einer anderen Zeit an einem anderen Ort hätte zu einem anderen Ende führen können. Er fragte sich, wie oft das geschehen war. Wie viele Menschen waren zum falschen Zeitpunkt zusammengekommen? Aber eigentlich war das kein Schicksal. Das war ein Verschmelzen von getrennten Lebensläufen, der Kontakt und das Erkennen ähnlicher Hoffnungen und Erwartungen.

Seine Erwartungen waren jedenfalls klar und einfach, seine Zukunft geplant, er hatte sogar einkalkuliert, daß er möglicherweise gar keine Zukunft mehr vor sich hatte.

In einem anderen Teil des Hauses, in ihrem Zimmer, verliefen Nadias Gedanken in parallelen Bahnen. Die Erfahrung hatte sie zynisch gemacht. Ihre Zukunft war gleichfalls begrenzt. In ihrer Gemeinschaft war eine Frau, sobald sie verheiratet war, nichts anderes als eine Ehefrau, ganz gleich, wie die Umstände lagen. Auch wenn der Vatikan ihre Ehe endlich annullierte, konnte sie nicht mit neuer Hoffnung von vorn beginnen. Die Mütter würden nicht wollen, daß ihre Söhne eine Frau heirateten, die solche Narben aufwies, und diese Söhne würden sie nur als Objekt sehen. Begehrenswert, gewiß, aber keine potentielle Ehefrau.

Dadurch wurde ihr Zynismus nicht größer. Diese Erkenntnis hinterließ keine zusätzliche Bitterkeit. Sie würde sich eine Ecke suchen, sich mit dem Rücken an die Wand lehnen und sich der Welt stellen.

Aber es gab etwas, das sie wollte. Sie wollte nicht auf alles verzichten. Andere konnten Männer, Stellungen, Ansehen und gemeinschaftliche Sicherheit besitzen, aber sie würde wenigstens etwas haben. Die Leute konnten über sie reden und sie auch kritisieren – das kümmerte sie nicht. Ihre Familie würde sie verstehen. Das war wichtig – lebenswichtig. Mit diesem Verständnis konnte sie aus ihrer Ecke heraus selbstsicher Trotz bieten.

Sie hatte nicht viel Zeit. Vier bis sechs Wochen, hatte Creasy am Telefon gesagt. Es mußte bald geschehen.

Am Morgen arbeiteten Paul und Joey auf den Feldern, und Creasy war schwimmen gegangen. Nadia sah den kleinen Punkt seines Kopfes, der sich Comino näherte. Laura war in Nadur auf dem Markt. Sie ging hinunter und rief Guido an. Sie war ihrem Schwager schon immer sehr freundschaftlich verbunden gewesen. Sie fragte ihn über Creasy aus: was er vorhatte, was er erwartete, wohin er gehen würde und warum.

Guido war sofort klar, was geschehen war. Sie tat ihm sehr leid. Er versuchte ihr zu erklären, daß sie keine Hoffnungen in eine Beziehung zu Creasy setzen sollte, so etwas wäre sinnlos. Guido beantwortete ihre Fragen nicht, er riet Nadia, mit Creasy selbst zu sprechen.

Durch seinen Ton, sein Mitgefühl und seine Ablehnung hatte er ihr eigentlich Klarheit verschafft, aber seine Schlußfolgerungen waren nicht ganz richtig gewesen. Es war für sie wichtig zu wissen, daß Creasy keine Zukunft hatte. Das bestätigte die Sinnlosigkeit, änderte jedoch ihre Pläne nicht – es bestärkte sie nur in ihrer Entschlossenheit.

Am frühen Abend ging sie auf die Felder hinunter, wo ihr Vater und Creasy die letzten Meter einer Terrassenmauer fertigstellten. Sie wußte, daß Creasy noch einmal kurz schwimmen gehen würde, bevor er ins Haus zurückkam. Sie setzte sich auf die Mauer und sah den beiden Männern zu, ihr kleiner, drahtiger Vater wirkte neben dem riesigen Amerikaner wie ein Zwerg. Sie bemerkte, daß Creasys Erscheinung sich verändert hatte: die dunkle Sonnenbräune, die kräftigen Muskeln, die in den Wochen harter Arbeit schwielig gewordenen Hände.

»Hast du nichts zu tun?« brummte Paul, er konnte aber die Zuneigung in seiner Stimme nicht verbergen.

»Ich bin fertig«, antwortete sie. »Ich will baden und warte auf Creasy.«

Creasy hob einen großen Stein auf die Mauer. »Glaubst du immer noch, daß ich ertrinken werde?« fragte er spöttisch.

Sie schüttelte den Kopf.

»Nein, ich will mit dir sprechen.«

»Worüber?«

»Das werde ich dir nach dem Schwimmen sagen.«

»Geh nur, Creasy«, sagte Paul, »solange es noch hell ist. Ich bin mit dem letzten Stück in ein paar Minuten fertig.«

Sie schwammen ein Stück in den Kanal hinaus. Comino schimmerte in der untergehenden Sonne kupfern. Das Wasser war vollkommen glatt, nur gelegentlich kräuselte ein Fisch die Oberfläche. Nadia machte kehrt und steuerte aufs Ufer zu, doch Creasy wandte sich aufs Meer hinaus, er hatte die Spannung in ihr bemerkt, und er wurde durch sie verunsichert.

Als er zum Strand zurückkam, lag sie auf einem Handtuch auf

dem flachen Felsen. Er legte sich naß neben sie und ließ sich von den letzten Sonnenstrahlen trocknen. Mehrere Minuten vergingen, ehe sie sprach.

»Creasy, ich liebe dich.« Sie hob die Hand. »Bitte unterbrich mich nicht.« Sie wählte ihre Worte sorgfältig.

»Ich weiß, daß auch du etwas empfindest, dich aber nicht binden willst. Ich weiß, daß du mindestens um zwanzig Jahre älter bist als ich. Ich weiß, daß du in etwa einem Monat abreisen und wahrscheinlich nie wieder zurückkommen wirst.«

Sie wandte den Kopf, sah ihn an und fuhr sehr ruhig fort. »Aber ich liebe dich, und solange du hier bist, will ich deine Frau sein.« Er starrte regungslos zum Himmel hinauf, dann schüttelte er langsam den Kopf.

»Nadia, du bist verrückt. Alles, was du gesagt hast, stimmt, besonders daß ich nicht zurückkommen werde. Wir hätten keine Zukunft. Und daß du mich liebst ... Liebe ist ein Wort, das zu leicht verwendet wird.«

»Ich weiß«, antwortete sie. »Aber ich habe es erst einmal in meinem Leben verwendet, und das erwies sich als Witz – als schlechter Witz.«

Sie erzählte ihm von ihrer Ehe und von ihrem Mann. Er verzog das Gesicht, stand auf und blickte auf sie hinunter.

»Dann solltest du gelernt haben, hoffnungslose Situationen zu vermeiden.«

Sie verschränkte die Hände hinter dem Kopf, die olivenfarbene Haut hob sich vom schwarzen Badeanzug ab, und sah ihn gelassen an.

»Magst du mich nicht?«

»Du weißt, daß ich dich mag. Aber es ist falsch. Wir haben keine Zukunft.« Er hob seine Sachen auf. »Du bist sehr jung – im Vergleich zu mir noch ein Kind. Trotz allem, was dir widerfahren ist, hast du noch ein ganzes Leben vor dir. Du wirst einen guten Mann finden, mit dem du es teilen wirst.«

Er versuchte sachlich zu sprechen und ihre Erklärung als unvernünftigen Ausbruch hinzustellen. Sie stand auf und nahm ihr Handtuch.

»Möglich«, antwortete sie ruhig. »Wer weiß? Aber inzwischen werde ich es mit dir teilen.« Jetzt klang ihre Stimme sachlich.

Er verlor die Geduld.

»Es ist lächerlich, Nadia. Wie kannst du so etwas so ruhig aussprechen, als würdest du mich ins Kino einladen?«

Dann fiel ihm etwas ein: »Außerdem, was ist mit deinen Eltern? Ich bin Gast in ihrem Haus. Ich würde sie schwer beleidigen.«

»Sie werden es verstehen«, widersprach sie. »Ich spreche heute abend mit ihnen.«

Er sah sie verblüfft an. »Was tust du?«

Sie lächelte.

»Creasy, obwohl meine Eltern altmodische Gozitaner Bauern sind, sind sie noch immer meine Eltern, und ich kenne sie. Ich weiß genau, wie ich mit ihnen umgehen und ihnen so etwas erklären muß. Solange wir uns nicht unüberlegt verhalten, wird es *all right* sein.«

Sie ergriff ihr Kleid und schlüpfte hinein, während ihr Creasy sprachlos zusah. Dann ging sie den Weg hinauf.

»Warte einen Augenblick«, rief Creasy. »Nur eine Minute!«

Sie wandte sich um und sah ihn an, während er mit Verblüffung und zunehmender Bestürzung kämpfte.

»Was, zum Teufel, geht hier vor? Sind wir auf einem verdammten Viehmarkt?« Er schwenkte seine Kleidung und suchte nach Worten. »Habe ich nicht auch ein Wort mitzureden? Du kannst das Ganze vergessen. Ich will damit nichts zu tun haben. Verstehst du?«

Sie lächelte. Ein bedächtiges, rätselhaftes Lächeln.

»Aber du hast gesagt, daß du mich magst.«

»Genau«, bestätigte er, als entdecke er plötzlich die Wahrheit. »Ich ›mag dich‹, ich ›liebe dich‹ nicht. Es ist nicht dasselbe, weißt du.«

»Für den Augenblick genügt es mir«, antwortete sie über die Schulter und ging weiter den Weg hinauf; Creasy blieb verärgert und verwirrt auf dem Felsen stehen.

Seine Tür hatte kein Schloß. Er hatte daran gedacht, einen Stuhl unter die Klinke zu klemmen, aber das erschien ihm albern. Aber Nadia kam nicht, und er lag im Bett und fragte sich, ob sie wirklich mit ihren Eltern über ihn sprechen würde. Er überlegte, ob er fortgehen, eine andere Unterkunft suchen sollte, von wo aus er seine Vorbereitungen zu Ende führen konnte, oder ob er selbst mit Paul von Mann zu Mann sprechen sollte. Er wollte ihm die Lage erklären und ihn bitten, Nadia zur Vernunft zu bringen. Aber wie konnte man einem Mann beibringen, daß seine Tochter sich einem an den Hals warf? Er verfluchte das Mädchen, weil es ihn ablenkte und seine Pläne störte, und verfiel in unruhigen Schlaf.

Diesmal lief er sehr früh am Morgen. Unterhalb von Nadur sah er Laura, die von der Frühmesse zurückkam. Sie winkte ihm, und er winkte zurück, während er weiterlief. Wahrscheinlich ein gutes Zeichen, dachte er. Zumindest hat sie mir keinen Stein an den Kopf geworfen. Im klaren Morgenlicht kam ihm eine Idee: Vielleicht war sein Problem gar nicht so ernst – Nadia hatte lediglich einen Versuch gestartet – hatte seine Reaktion getestet. Sein offensichtlicher Mangel an Begeisterung hatte sie wohl abgekühlt. Während er weiterlief, mußte er zugeben, daß er in Versuchung geraten war. Eine junge, begehrenswerte Frau, die sich ihm so anbot. Er war alt genug, um ihr Vater zu sein. Vielleicht wirkte er nur so anziehend auf sie, weil er dabei war, seinen Körper in Form zu bringen. Er klopfte sich auf den flachen Bauch. Nur ein Mann unter Hunderten in seinem Alter konnte so in Form sein, vielleicht einer unter Tausenden. Er war stolz auf sich.

Als er die Ramla Bucht erreichte, unterbrach eine Stimme seine Träumerei, die ihn bei seinem Spitznamen Uomo rief. Er blickte auf, erkannte Salvu, der auf seinen Feldern arbeitete, und blieb stehen, um mit ihm zu plaudern..

»Ich habe dich in den letzten Tagen nicht auf Comino gesehen«, stellte der Alte fest.

»Morgen«, antwortete Creasy. »Morgen werde ich hinüberschwimmen. Noch kein Fisch?«

Salvu schüttelte den Kopf.

»Aber bald, *Uomo*. Einer ist fällig – ich lasse es dich wissen.«

Creasy lief weiter.

Als er die Bucht erreichte, glänzte sein Gesicht vom Schweiß. Er zog den Trainingsanzug aus und sprang dankbar in das kühle Wasser.

Nachher lag er auf dem flachen Felsen und dachte wieder über Nadia nach. Sie würde wahrscheinlich ein wenig beschämt sein, wenn sie ihm begegnete. Er hoffte, daß die entspannte Atmosphäre im Haus sich nicht ändern würde. Es wäre verdammt unangenehm, wenn er jetzt ausziehen mußte. Er würde versuchen, sich Nadia gegenüber natürlich zu geben, und das Ganze als eine Art Scherz zu behandeln. Dadurch würde es leichter werden. Er wußte, daß sie empfindlich war. Wer wäre das nicht nach dieser mißglückten Ehe? Vielleicht war sie deshalb so unvernünftig. Wenn sie sich ihm wieder zu nähern versuchen sollte, würde er sanft, aber entschieden ablehnen. Er hatte in seinem Leben keinen Platz für eine solche Beziehung.

Er stand auf, als die Sonne ihn getrocknet hatte, zog den Trainingsanzug an und ging den steinigen Weg zum Haus hinauf.

Nadia war nirgends zu sehen, aber Laura befand sich in der Küche.

Er sah sie forschend an.

»Frühstück, Creasy?« fragte sie fröhlich. »Du warst heute besonders früh auf.«

Obwohl er sich seelisch gepanzert hatte, war er erleichtert. Laura benahm sich wie immer, am vergangenen Abend war nichts besprochen worden. Er setzte sich, war plötzlich hungrig, und Laura schlug vier Eier in eine Pfanne und legte ein Stück Schinken dazu.

»Stimmt es, daß die Amerikaner zum Frühstück Pfannkuchen essen?« fragte sie.

Er nickte. »Mit Sirup. Aber ich habe seit meiner Kindheit keinen Pfannkuchen mehr gegessen.«

Sie stellte den Teller vor ihn hin und einen zweiten, auf dem sich warmes Brot türmte. Dann schenkte sie ihm eine große Tasse schwarzen Kaffee ein und schaufelte drei Löffel Zucker hinein. Sie schenkte auch sich Kaffee ein, setzte sich ihm gegenüber und sah zufrieden zu, wie er hungrig aß. Das Kochen bereitete Freude, wenn ein Mann mit Genuß aß. Die Veränderung in ihm war ihr aufgefallen. Das gute Essen und das Training bewirkten Wunder.

Sie erwähnte beiläufig:

»Nadia hat gestern abend mit Paul und mir gesprochen.«

Creasy blieb der Bissen im Hals stecken.

»Du brauchst nicht verlegen zu werden«, fuhr sie fort. »Unsere Familie hält fest zusammen, und Nadia würde nichts hinter unserem Rücken unternehmen. Sie ist ein ehrliches Mädchen.«

»Sie ist ein dummes Mädchen!« stieß Creasy zornig und verstört hervor. »Das Ganze ist verrückt.«

Laura lächelte.

»Liebe ist immer verrückt. Man macht meistens ein Drama daraus; aber sie ist etwas Natürliches, findest du nicht?«

»Liebe!« schnaubte er. »Sie soll etwas Gutes sein, wenn sie gegenseitig ist. Wie kann sie von Liebe sprechen? Ich habe sie niemals ermutigt. Ich weiß nicht, warum sie davon spricht.«

Laura nickte ernst.

»Wir sind uns im klaren darüber, daß du es nicht getan hast. Deshalb habe ich das Thema angeschnitten. Du sollst wissen, daß wir dir nichts vorwerfen.«

Creasy sprach ernst – er versuchte überzeugend zu sein.

»Hör zu, Laura, ich habe Nadia sehr gern. Das ist alles. Aber auch wenn ich mehr für sie empfände, wäre es sinnlos. Das scheint sie nicht zu verstehen. Ich werde in wenigen Wochen abreisen. Ich muß etwas erledigen. Es ist äußerst unwahrscheinlich, daß ich jemals wiederkommen werde. Ihre Hoffnungen werden wieder zerschlagen werden – das ergibt doch keinen Sinn.«

Wieder lächelte Laura.

»Sinn! Solche Worte. Wann war Liebe jemals sinnvoll?« Sie hob die Hand. »Warte – hör zu. Du bist über ihre Ehe informiert. Sie hat ihr mehr geschadet, als du glaubst. Nicht das, was geschehen ist. Nicht in ihrem Geist. Es beeinträchtigt ihren Status in Gozo. Sie will hierbleiben, dazu ist sie entschlossen. Aber die Leute hier beurteilen solche Dinge anders als andere Menschen. Sie kann hier nicht wie eine normale Frau leben. Sie kann nicht von vorn beginnen. Aber sie ist ein warmherziges Mädchen. Sie will sich hingeben, es nicht verbergen oder sich schämen. Deshalb hat sie gestern abend mit uns gesprochen.«

Er schüttelte den Kopf.

»Warum ich, Laura? Zuviel spricht gegen mich. Erstens bin ich um soviel älter als sie, und zweitens werde ich fortgehen – endgültig fortgehen.«

Ihm fiel etwas ein.

»Vielleicht glaubt sie, daß ich es mir überlegen werde. Daß sie mich überreden kann, nicht fortzugehen.« Er sah Laura in die Augen und sagte nachdrücklich: »Das ist unmöglich. Du mußt sie überzeugen. Vielleicht vergißt sie dann diesen Unsinn.«

Laura wurde für einen Moment nachdenklich. Dieser Aspekt überraschte sie, denn Nadia war ein praktisch denkendes Mädchen. Sie verschwieg etwas. Gestern abend, als sie ihren Eltern gegenübergetreten war, hatte sie einfach und direkt gesprochen. Paul hatte sie sofort darauf aufmerksam gemacht, daß sie keine Aussicht hatte, er war deutlich gewesen: »Er wird weggehen und dich verlassen«, hatte er ihr erklärt. »Nichts wird ihn aufhalten. Ich weiß es.« Aber sie hatte geantwortet, daß ihr das klar war und sie sich damit abgefunden hätte. Sie liebte ihn, und sie war kein Kind mehr. Sie erwartete nichts Dauerhaftes. Sie wußte, daß das unmöglich war, aber sie hatte Anspruch auf etwas Glück – auch wenn es nur vorübergehendes Glück war.

Deshalb schüttelte Laura den Kopf. »Ich bezweifle es. Ich glaube nicht, daß sie versuchen wird, dich zum Bleiben zu überreden.« Sie bemerkte seinen Gesichtsausdruck: verwundert, verlegen und trotzig. Ihre Stimme wurde sanfter.

»Creasy, du wirkst anziehend auf Frauen, das weißt du doch. Und du kannst nicht abgesondert leben. Du beeinflußt andere – das tut jeder auf die eine oder andere Weise. Du kannst nicht durch das Leben gehen, ohne eine Wirkung auf andere auszuüben. Ohne selbst beeinflußt zu werden. Nimm zum Beispiel unsere Familie; Joey verehrt dich als Helden. Das ist natürlich. Er ist jung, und du kommst aus einer aufregenden Welt, die er nie gesehen hat. In Nadias Fall ist es Liebe. Auch das ist vielleicht natürlich. Nach ihrer verpfuschten Ehe schwingt das Pendel vielleicht in die andere Richtung. Vielleicht sieht sie in dir alles, was ihr Mann nicht war.«

Der Gedanke belustigte sie, als sie Creasy betrachtete: kräftige Unterarme, die auf dem Tisch ruhten, Narben auf den Händen und dem Gesicht.

»Du bist nicht gerade eine zarte Blume.«

Er reagierte nicht, er schien ihre letzten Worte nicht gehört zu haben. Etwas, das sie am Anfang gesagt hatte, hatte sich in seinem Gehirn festgesetzt und ihn beeindruckt.

»Du kannst nicht abgesondert leben.« Das stimmte. Er hatte es so lange getan, doch das hatte sich geändert.

Er kehrte in die Gegenwart zurück und stand auf. »Jedenfalls gehören zu einer solchen Sache zwei. Was immer Nadia vorhat, sie wird keinen Erfolg haben.«

Er wandte sich zum Gehen, und an der Tür sagte er: »Es tut mir leid, Laura, daß es so weit gekommen ist. Ich will euch keine Schwierigkeiten machen. Vielleicht sollte ich abreisen?«

Sie zuckte die Achseln. »Soweit es uns betrifft, gibt es keine

Probleme – und es wird keine geben. Wir haben dich gern bei uns. Und du warst Paul eine große Hilfe. Er hat diesen Sommer Hilfe gebraucht. Aber mit Nadia mußt du selbst ins reine kommen. Ich werde nichts mehr dazu sagen. Ich werde sie nicht beeinflussen – und dich auch nicht.« Sie lächelte. »Aber du siehst nicht wie ein Mann aus, der davonläuft – auch nicht vor einer Frau.«

Er funkelte sie an, sah, wie ihr Lächeln breiter wurde, und ging hinaus und schlug die Tür hinter sich zu.

Zwei Nächte später kam sie kurz nach Mitternacht.

Die Tür ging leise auf, und er hörte Schritte von nackten Füßen auf dem Steinboden. Das Mondlicht fiel durch das kleine Fenster, und er sah sie undeutlich an der Schlafzimmertür – sie beobachtete ihn. Sie kam zum Bett. Stoff raschelte.

»Geh in dein Zimmer zurück«, befahl er.

Sie schlug die Bettdecke zurück und glitt neben ihn ins Bett.

»Ich will dich nicht hier haben. Geh in dein Zimmer zurück.«

Ein weicher Arm legte sich um seine Taille, weiche Lippen küßten seine Schulter und wanderten zu seinem Hals.

Er lag vollkommen still – ohne zu reagieren.

»Versteh doch, Nadia. Ich will dich nicht.«

Sie erhob sich ein wenig. Kleine, weiche Brüste drückten sich auf seine Brust. Ihr Mund bewegte sich langsam von seinem Nacken zum Kinn und dann zu seinen Lippen. Er versuchte, ihr noch einmal zu erklären, daß sie weggehen solle, aber er hatte Schwierigkeiten.

12

Er war klein, untersetzt und trug einen Tarnanzug. Handgranaten und ein kleiner Empfänger hingen in einem Netz an seiner Brust, in der Hand hielt er eine Sterling MP Er lehnte an der Steinmauer, atmete tief und wurde nach dem Sprint über das freie Gelände zu dem zweistöckigen Gebäude wieder ruhig.

Nun war er bereit und schob sich zur Ecke. Er wußte, daß ein langer, fensterloser Korridor folgte, an dessen Ende eine Treppe zum oberen Stockwerk führte. Er bückte sich und sprang tief geduckt vor, seine Finger strafften sich über dem Abzug. Die Stakkatogeschosse der Sterling hallten durch das Haus.

Creasy stand am Fuß der Treppe, beobachtete ihn, und seine Augen nahmen jede Einzelheit wahr.

Der Mann erreichte die Treppe, die Gummisohlen seiner Stiefel quietschten, und er preßte sich wieder an die Mauer. Ein leeres Magazin fiel klappernd zu Boden, und ein neues wurde eingeschoben. Er hob eine Hand zum Sende-Empfangsgerät. »Gehe jetzt hinauf«, sagte er und rannte mit einem Blick auf Creasy die Treppe hinauf. Creasy folgte ihm, weitere Schüsse ertönten, und am anderen Ende des Gebäudes krachten Handgranaten.

Alle fünfzehn strömten in ihren Tarnanzügen in den steinigen Garten hinaus und redeten aufgeregt miteinander. George kam als letzter, schickte sie zu einer niedrigen Mauer und befahl ihnen, sich zu setzen.

Die Übung hatte fünf Minuten gedauert, aber die Besprechung nahm eine Stunde in Anspruch. George ging alle Phasen des Angriffs durch, kritisierte da, lobte dort. Er stand vor seiner Truppe, Creasy neben ihm. Die Männer waren in gehobener Stimmung; es war ihre erste regelrechte Übung, der Lärm und der Einsatz hatten sie angeregt.

George war fertig und wandte sich an Creasy. »Irgendwelche Kommentare?«

Creasy trat vor, und die Einheit schwieg erwartungsvoll.

»Im ganzen gut«, lobte er, und sie lächelten.

»Aber bei einem wirklichen Kampf wäre die Hälfte von euch tot oder verwundet.«

Das Lächeln verging.

Er zeigte auf den Kleinen, vierschrötigen.

»Grazio, du bist den Korridor dicht an der Mauer entlanggelaufen – an einer Steinmauer. Du hättest von einem Querschläger getroffen werden können. Wir haben euch erklärt – haltet euch immer in der Mitte. Ihr fühlt euch ungeschützter, aber es ist sicherer. Du bist geduckt um die Ecke gekommen, hast dich aber fast sofort aufgerichtet und hast in Hüfthöhe gezielt. Du mußt immer tiefer zielen. Ein Feind kann auf dem Boden liegen, aber er kann nicht fliegen. In einem Stein- oder Ziegelgebäude wie hier mußt du die Querschläger zu deinem Vorteil ausnützen.«

Grazio war niedergeschlagen, aber Creasy ließ nicht locker.

»Wenn ich ein Terrorist gewesen wäre, wärst du jetzt tot. Und noch etwas, dein Magazinwechsel war zu langsam – sehr langsam. Das ist die kritische Zeit, dann bist du am verwundbarsten. Du mußt üben, bis deine Finger schmerzen. Solche Handlungen müssen zum Reflex werden.« Seine Augen überflogen die Reihe. »Ihr alle müßt üben! Fingerfertigkeit macht den Unterschied zwischen tot und lebendig aus. Ihr habt keine Zeit herumzutasten.«

Er zeigte auf einen größeren Mann mit einem dichten, schwarzen Schnurrbart.

»Domi, du bist Charlie in Raum Zwei gefolgt. Du hättest im Korridor bleiben und die Türen der Räume Drei und Vier im Auge behalten sollen. Zwei waren für das Zimmer nicht erforderlich. Es war kein Schlafzimmer. Es haben keine Mädchen auf dich gewartet!«

Die Truppe lachte. Domi war ein bekannter Don Juan.

Creasy kommentierte die Leistung jedes einzelnen Mannes. George war insgeheim darüber erstaunt, wieviel Creasy gesehen und wie genau er beobachtet hatte. Wieder bemerkte er die Veränderung in Creasys Verhalten, wenn er ausbildete. Die Zurückhaltung war verschwunden – er sprach in klaren, prägnanten Sätzen. Und George bemerkte, wie die Männer zuhörten, alles aufnahmen. Es war die Stimme der absoluten Erfahrung und Autorität. Sie hatten gesehen, wie Creasy ein leeres Sterling-Magazin ausgetauscht hatte. Eine verschwommene Bewegung, der Feuerstoß war kaum unterbrochen worden. Sie hatten gesehen, wie er Handfeuerwaffen, SMGs und Karabiner abgeschossen, sie auseinandergenommen und mit der gleichen Sicherheit wieder zusammengesetzt hatte, mit der sie Messer und Gabel handhabten. Und sie hatten alle den Kampf ohne Waffen mit ihm trainiert und über seine Schnelligkeit und seine Reflexe gestaunt. Sie waren alle gut in Form, harte junge Männer zwischen zwanzig und dreißig, und sie wußten, daß der um so viel ältere Creasy jeden von ihnen in einem ernsthaften Kampf hätte schlagen können. Deshalb hörten sie ihm zu.

Schließlich erklärte er ihnen, daß alle für eine erste Übung gut gearbeitet hatten. Er lobte ihre Schnelligkeit zu Beginn des Angriffs und die Tatsache, daß sie nicht gezögert hatten, sobald sie sich im Haus befunden hatten.

»Aber steht nicht herum«, betonte er. »Immer in Bewegung bleiben. Bewegen und beobachten. Ihr wißt selbst, wie leicht es ist, ein unbewegliches Ziel zu treffen. Bleibt geduckt, bewegt euch und beobachtet.«

Er trat zurück, George sprach noch ein paar Worte und entließ die Einheit.

Creasy war absichtlich nicht zur Planung der Übung hinzugezogen worden. George hatte eine unvoreingenommene Meinung hören wollen. Jetzt nahm er Creasy beiseite und fragte ihn: »Wie steht es mit der allgemeinen Taktik?«

Creasy betrachtete das Haus und überlegte. Das »Drehbuch« hatte vorgesehen, daß sich vier Terroristen ohne Geiseln versteckt hatten, vermutlich im obersten Stockwerk. Der Versuch, sie zum Herauskommen zu überreden, war fehlgeschlagen, und die Einheit hatte Befehl erhalten, das Haus zu stürmen.

»Die Sache war nicht ausgewogen«, meinte er schließlich. »Sie haben fünf Mann zur Deckung draußen gelassen und zehn ins Haus geschickt. Umgekehrt wäre es besser gewesen. Erstens weil zu viele Männer beim Angriff einander im Weg sind, und zweitens weil die Terroristen, sobald der Angriff begann, wahrscheinlich in verschiedene Richtungen ausgebrochen wären.« Er wies auf die Fenster im oberen Stockwerk. »Sie hätten springen können – es ist nicht sehr hoch.«

Er schwächte seine Kritik ab. »Die Methode und Richtung des Eindringens waren gut. Mir hat es gefallen, daß Sie den Lastwagen unter die oberen Südfenster gefahren haben, und die Ablenkung von der Vorderseite war zeitlich gut abgestimmt und realistisch.«

Er legte George die Hand auf die Schulter.

»Die Planung war einfallsreich, aber ich würde weniger Vertrauen zu Sende-Empfangsgeräten haben. Bei Verhandlungen sind sie nützlich, aber das Angriffsteam sollte sie vergessen, außer sie bleiben stecken. Wenn sie über jede Bewegung berichten, können sie nicht handeln. Sie wissen alle, was sie zu tun haben, sie sind dafür ausgebildet, als Individuen zu reagieren – laß sie.« Er lächelte. »Im ganzen gut, George. Besonders als erster Versuch.«

George freute sich.

»Danke«, sagte er. »Ich habe das Haus für einen Monat. Wir werden noch zwei Übungen hier abhalten, und Air Malta wird uns nächste Woche eine ihrer Boeings für ein paar Stunden für einen simulierten Entführungsversuch borgen.«

Die Einheit drängte sich um einen Polizei-Landrover, und Bierflaschen wurden ausgeteilt. Creasy und George gingen zu ihnen hinüber. Während sie tranken, sagte George plötzlich gespielt streng: »Übrigens sollten Sie doch nicht in Malta arbeiten.«

Creasy war einen Augenblick verdutzt, dann verstand er. Er spielte den Ahnungslosen. »Mein Gott, George, ich helfe nur Ihrem Onkel auf dem Hof.«

Die fünfzehn jungen Polizisten hörten lächelnd zu. George gleichfalls. »Das habe ich nicht gemeint, Creasy, das wissen Sie doch; aber es war jedenfalls gut. Es hat uns Arbeit erspart und eine Ungerechtigkeit verhindert.«

Er bezog sich auf einen Vorfall, der sich vor ein paar Tagen abgespielt hatte.

Die *lampuki*-Saison hatte begonnen; *lampuki* war der Lieblingsfisch der Malteser. Creasy war eines Abends mit Nadia nach Mgarr gefahren, um den ersten Fang direkt bei den Fischern zu kaufen. Sie sahen die bunt bemalten Boote den Comino-Kanal heraufkommen. Er ließ Nadia am Kai zurück und ging auf einen Drink ins »Gleneagles«.

An der Theke stand eine kleine Gruppe. Michele, Victor, Tony, Sam und »Shreik«. Die Gruppe ließ ihn durch, Sam schenkte ihm ein Glas Bier ein, dann fuhren die Männer in ihrem Gespräch fort. Sie waren ungewöhnlich ernst, und Creasy hörte interessiert zu.

Das Problem konzentrierte sich auf ein Gozitaner Original namens Benny, dessen Spitzname »Der Tätowierte« lautete – seine riesigen Arme waren mit Tätowierungen bedeckt. Benny war sehr groß, sehr stark und sah aus, als ob Frankenstein ihn geschaffen hätte. Obwohl er Gozitaner war, hatte er viele Jahre auf der großen Insel verbracht. Creasy hatte einige Geschichten über ihn gehört. Eine betraf die letzte Wahl. Ein Politiker hatte versprochen, Benny würde als Dank für seine Hilfe während der Wahl einen guten Job bekommen, sobald die neue Regierung im Amt war. Benny, ein vertrauensseliger Typ, arbeitete hart, und nachdem der Politiker gewählt worden war, erschien Benny in seinem Büro, um sich den versprochenen Job zu holen. Man ließ ihn ein paar Stunden warten, dann teilte ihm eine Sekretärin mit, daß der Politiker nichts von einem versprochenen Job wisse und zu beschäftigt war, um ihn zu empfangen. Benny drängte sich verärgert an der Sekretärin vorbei zu der Tür seines Büros. Der Politiker hatte so etwas geahnt, und die Tür war versperrt. Benny wurde wütend und schlug die Tür ein. Der Politiker verschwand durch das Fenster und war darüber froh, daß sein Büro im Erdgeschoß lag. Es war ein schönes Büro, neu eingerichtet und ausgestattet. Benny ließ seine Wut daran aus. Als die Polizei eintraf, hörten sie den Lärm von zersplitterndem Holz.

Keiner der Polizisten hatte Lust, ihn zu verhaften – Benny besaß einen gewissen Ruf. Sie hatten zwei Schäferhunde dabei und riefen Benny durch ein Megaphon zu, wenn er nicht friedlich herauskäme, würden sie die Hunde hineinschicken. Es herrschte kurz Stille, dann begannen die Geräusche wieder. Sie schickten die Hunde hinein. Eine halbe Minute später kamen sie wieder – mit gebrochenen Hälsen durch das Fenster.

Benny hatte Glück. Der Richter war weder ein Tierliebhaber noch ein Anhänger des Politikers. Benny bekam nur drei Monate. Sein jüngster Zusammenstoß mit dem Gesetz hatte sich vor sechs Monaten ereignet. Er hatte einen vorübergehenden Posten als »Rausschmeißer« in einer Bar auf der Strait Street in Valletta. Diese als »der Darm« bekannte Straße war seit Generationen ein bevorzugter Treffpunkt der Seeleute gewesen, doch seit der Schließung des britischen Marinestützpunktes waren schwere Zeiten für sie angebrochen. Nur ein paar Bars blieben geöffnet, und einige von ihnen wurden zu den bevorzugten Kneipen mehrerer Banden von Maltas kleiner, aber eifriger Rowdy-Szene. Benny hatte Feinde in dieser Gruppe und schickte eines Nachts bei einem »Rausschmiß« zwei von ihnen für lange Zeit ins Krankenhaus.

Der gleiche Richter hatte ihn zu einem Jahr Gefängnis mit sechs Monaten Bewährung verurteilt. Um nicht in Versuchung zu geraten, war Benny nach Gozo gekommen, um die sechs Monate in relativer Abgeschiedenheit zu verbringen.

Er war oft im »Gleneagles« und hatte mehrmals mit Creasy getrunken. Bei den Einheimischen war er beliebt. Er war freundlich und immer bereit, jemandem zu helfen – ein Boot heraufzuziehen, ein Haus anzustreichen oder einem unangenehmen Außenseiter zu drohen.

Creasy mochte ihn. Einmal war Benny mit einem Mädchen hereingekommen – eine wasserstoffblonde, beschwipste Touristin, die von seinem Rowdy-Image fasziniert war. Zweimal warf sie Creasys Glas um – das zweite Mal, während Benny auf der Toilette war. Creasy fuhr sie scharf an.

»Es war ein Versehen«, antwortete sie empört. »Wie sprechen Sie eigentlich mit mir?«

Als Benny zurückkam, beklagte sie sich darüber, daß Creasy sie beleidigt habe.

Im Raum war es still geworden. Benny blickte Creasy fragend an. »Sie versucht, uns gegeneinander aufzuhetzen«, erklärte Creasy und erzählte ihm von den umgeworfenen Gläsern.

Benny nickte, warf Tony einen Blick zu, und zwei frische Gläser wurden auf die Theke gestellt.

»Hast du Angst vor ihm?« fragte das Mädchen spöttisch.

Benny schüttelte den Kopf. »Nein, und er hat auch keine Angst vor mir. Jetzt halt den Mund oder hau ab.«

Creasy mochte ihn also und hatte mitfühlend zugehört, während sein Problem besprochen wurde.

Bennys Bewährungsfrist ging in wenigen Tagen zu Ende. Wenn er vorher den Frieden brach, würde er ein volles Jahr Gefängnis absitzen müssen. Dieser Gedanke gefiel einigen seiner Feinde in Malta. Bei der vorhergehenden Fahrt des Fährschiffes hatte Victor zwei dieser Feinde auf der Anlegestelle in Cirkewwa gesehen. Sie warteten in der Wagenschlange, um übergesetzt zu werden, und Victor hatte dafür gesorgt, daß sie nicht an Bord kamen. Aber für die nächste Fahrt standen sie als erste in der Schlange. Die Gruppe an der Bar beriet, was man tun könnte. Es war bekannt, daß Benny an diesem Nachmittag in Marsalforn trank, aber es hatte keinen Sinn, ihn aufzufordern, ihnen aus dem Weg zu gehen. Das würde sein Stolz nicht zulassen. Es hatte auch keinen Sinn, die Polizei über den bevorstehenden Zusammenstoß zu unterrichten. Es war klar, daß Bennys Feinde kamen, um einen Streit zu provozieren, aber sie konnten den richtigen Augenblick abwarten, und Benny würde nicht lange provoziert werden müssen. Sie dachten alle über eine Lösung nach, doch Creasy schwieg und überlegte. Er wollte nicht in anderer Leute Streit hineingezogen werden, auf keinen Fall. Es ging ihn nichts an – aber er hatte mehrere Wochen in dieser Gemeinschaft gelebt und war von ihr akzeptiert worden. Die Leute waren gut zu ihm gewesen. In gewissem Ausmaß mußten ihre Probleme auch seine Probleme sein. Und er mochte Benny.

Als Victor also auf die Uhr sah und verkündete, daß er gehen müsse, ersuchte Creasy Tony, Nadia von jemandem nach Hause fahren zu lassen. »Ich werde mit Victor fahren – ich brauche etwas frische Luft.«

Er stand mit Victor im Ruderhaus, als die »Melitaland« in Cirkewwa anlegte.

»Das ist ihr Wagen«, zeigte Victor. »Der erste in der Reihe.«

Es war ein großer alter Dodge, rot und weiß lackiert, mit Chromleisten verziert und einem sich aufbäumenden Hengst als Kühlerfigur.

»Sie fahren alle solche Wagen«, erklärte Victor. »Sei vorsichtig, *Uomo*. Die beiden sind keine Lämmer.«

Creasy nickte. »Wann läufst du wieder aus?«

»In einer halben Stunde.«

Creasy öffnete die Tür des Ruderhauses.

»Wenn ich nicht zurück bin, erwische ich dich bei der nächsten Fahrt – warte nicht.«

Die Wagen hatten begonnen, die Rampe herunterzurollen, und Victor beugte sich vor und sah zu, wie Creasy den richtigen Moment abwartete und vor ihnen vom Fährschiff sprang. Als er an dem Dodge vorbeikam, blieb er plötzlich stehen, öffnete mit einer raschen Bewegung die Hintertür, stieg ein und schloß sie hinter sich.

Der Dodge schaukelte ein wenig. Von seinem Platz oben im Ruderhaus konnte Victor nicht ins Innere des Wagens sehen. Er lief zur anderen Seite der Brücke, konnte aber noch immer nichts sehen. Dann hörte das Schaukeln auf. Der Motor des Dodge startete, er schob sich sehr langsam aus der Reihe, bog in die Straße ein, die vom Anlegeplatz wegführte, und verschwand nach etwa einem Kilometer um eine Kurve.

Eine halbe Stunde später waren alle Wagen an Bord. Ein Besatzungsmitglied blickte zur Brücke hinauf und wartete auf das Signal zum Hochziehen der Rampe. »Warte«, rief Victor hinunter. Er hatte den Dodge gesehen.

Er fuhr vor, Creasy stieg vom Rücksitz und ging zum Fährschiff. Der Dodge fuhr nach Valetta zurück.

»Was ist geschehen?« fragte Victor neugierig, als Creasy an der Tür des Ruderhauses auftauchte.

Creasy zuckte mit den Schultern. »Sie haben beschlossen, Gozo in diesem Sommer nicht zu besuchen.« Sein Ton schloß jegliche weitere Fragen aus, und sie setzten schweigend nach Mgarr hinüber.

»Wissen Sie über alles Bescheid, was auf diesen Inseln vorgeht?« fragte Creasy.

George nickte. »So ungefähr – was haben Sie mit ihnen gemacht?«

»Wir haben uns unterhalten.« Creasy versuchte das Thema zu wechseln. »Wann ist die nächste Übung?«

George grinste. »Nächste Woche zur gleichen Zeit. Es muß eine verdammte Unterhaltung gewesen sein. Die beiden haben seit drei Tagen nicht einmal die Nase aus ihrer Wohnung gesteckt.«

»Gebesserte Sünder«, knurrte Creasy. Er wandte sich an einen der grinsenden Männer. »Grazio, können wir fahren?«

Pauls Landrover wurde repariert, und Creasy hatte sich am

Morgen nach Valetta mitnehmen lassen. Grazio hatte ihm angeboten, ihn nach Cirkewwa zurückzubringen.

Während sie die gewundene Küstenstraße entlangfuhren, versuchte Grazio eine Unterhaltung in Gang zu bringen. Er gab es bald auf. Creasy war sichtlich nachdenklich. Er dachte an seine bevorstehende Abreise. Noch zwei Wochen, beschloß er, dann würde er bereit sein. Der Gedanke an die Abreise rief widerstreitende Gefühle hervor. Seit er seine Hochform erreicht hatte, konnte er es nicht erwarten, sein Vorhaben weiterzutreiben. Die Vorbereitung war langwierig und hart gewesen, er hatte sie nur wegen seines Vorsatzes durchgestanden. Er war beinahe bereit, und sein Geist wanderte voraus, überdachte immer wieder die Strategie, versuchte Probleme vorauszusehen. Sein Geist war seinem Körper voraus – wartete darauf, daß er ihn einholte. In zwei Wochen würden sie zusammenkommen.

Nadia – sie war das andere Gefühl. Nadia und sein Leben auf Gozo. Der Abschied würde endgültig sein. Er ahnte es. Er liebte sie. Als er es sich eingestand, war es ein richtiger Schock für ihn, er konnte förmlich spüren, wie ihm das Adrenalin in die Adern schoß.

Nach der ersten Nacht hatte sie ihre Kleider in seine Wohnung gebracht. Er hatte es akzeptiert. Er blieb nur noch einen Monat, das war alles. Sie war gewarnt worden – also bitte. Aber seine Ruhe hatte nur ein paar Tage gedauert. Er war eines Morgens aufgewacht und sah, wie die Sonne ihr schlafendes Gesicht beleuchtete – ernst und verwundbar; und er liebte sie.

Sie hatte gesagt, sie würde seine Frau sein, und in diesen wenigen kurzen Tagen hatte sie ihm gezeigt, was das bedeutete. Sie gab sich ihm ganz, achtete aber darauf, ihn nicht zu ersticken. Sie besaß die natürliche Klugheit, ihre Gegenwart zu einer Bereicherung seines Lebens zu machen. Nach dem ersten Tag sprach sie nie wieder von Liebe. Sie klammerte sich nie an ihn, war nie rührselig. Leidenschaft und Sachlichkeit standen einander ausgewogen gegenüber.

Sie führte eine sanfte Routine ein.

Bei Tagesanbruch glitt sie aus dem Bett, ging in die Küche hinunter und kochte eine Kanne Kaffee. Er war immer auf, wenn sie zurückkam, und machte seine Morgengymnastik. Sie setzte sich aufs Bett und sah ernst zu, während er seinen Körper auf die Folter spannte. Dann setzte er sich neben sie auf das Bett und trank Kaffee. Die frühen Morgenstunden waren ruhig. Sie sprachen nicht viel. Er absolvierte seinen Lauf – jetzt bis zu acht Kilometern, und wenn er zu Ende war, erwartete sie ihn in der Bucht mit kaltem Bier und Handtüchern. Er schwamm nach Comino und zurück, ohne daß ihn die Strömung behinderte. Dann lagen sie etwa eine halbe Stunde lang auf dem flachen Felsen in der Sonne, bevor sie zum Haus hinaufgingen. Einer unausgesprochenen Abmachung folgend hatte Laura aufgehört, Creasys Frühstück zuzubereiten. Nadja briet Eier und Schinken und bediente ihn unaufdringlich, als ob sie jahrelang nichts anderes getan hätte. Später ging er auf die Felder und arbeitete den ganzen Tag mit Paul und Joey.

Die Abende waren für Nadia etwas Besonderes. Sie traf ihn wieder in der Bucht, sie schwammen zusammen und plauderten. Nichts Wichtiges: aber das Gespräch untermauerte ihre Gefühle – der Gedankenaustausch – das Fehlen einer Verpflichtung – die angenehme Wärme des Zusammenseins, der Ungestörtheit. Sie sah ihn lächeln, manchmal scherzte er. Sie entdeckte seinen leicht zynischen Sinn für Humor. Er entdeckte eine Frau, die intelligent und geheimnisvoll erotisch war. Eine Frau, die sein Leben erfüllen konnte, ohne ihn einzuengen. Nach dem Essen gingen sie oft aus. Anfangs tat Creasy das nur Nadia zuliebe. Er spürte, daß sie es wollte und den Wunsch hatte, daß die Leute sie zusammen sahen. Sie mußte in der Gemeinschaft klarstellen, daß sie seine Frau war und sich dessen nicht schämte. Für gewöhnlich gingen sie zuerst ins »Gleneagles« auf einen frühen Drink. Creasy saß auf dem Eckstuhl, war Teil der üblichen Gruppe, meist hörte er nur dem Gespräch und den schlagfertigen Antworten zu. Nadia saß neben ihm, hatte einen Arm um seine Taille geschlungen – verkündete durch ihre Haltung Besitz. Niemand machte eine Bemerkung. Für »Shreik«, Benny, Tony und Sam und alle übrigen war es irgendwie richtig – das Schembri-Mädchen und *Uomo*. Es war in Ordnung.

Merkwürdigerweise war der einzige, der etwas sagte, Joey gewesen. Am Tag nachdem Nadia ihre Sachen in Creasys Wohnung gebracht hatte, half Creasy Joey, Zwiebelsäcke auf einen Anhänger zu laden. Joey schwieg und war in Gedanken versunken. Plötzlich sagte er: »Wegen Nadia.« Sein Ton war sehr ernst. »Ich bin ihr Bruder … ich weiß, was vorgeht. Du sollst es nicht mißverstehen.«

Creasy stand ohne Hemd neben ihm.

»Was soll ich nicht mißverstehen?« fragte er leise.

Joey suchte nach Worten. »Also … wenn ein Mann jemandes Schwester unter dessen eigenem Dach verführt, unternimmt für gewöhnlich ihr Bruder etwas dagegen.« Er war sowohl verlegen als auch ein wenig herausfordernd.

»Ich habe deine Schwester nicht verführt«, erwiderte Creasy kurz

»Ich weiß.« Joey hob einen Sack auf den Anhänger und drehte sich dann um. »Du sollst nur nicht glauben, daß ich nicht imstande bin, die Ehre meiner Schwester zu verteidigen. Wenn du sie verführt oder irgendwie verletzt hättest, würde ich es mit dir aufnehmen. Auch wenn du ein harter Bursche bist.«

Creasy lächelte. »Das weiß ich. Ich werde sie nicht verletzen … nicht absichtlich. Nicht, wenn es sich vermeiden läßt.«

Sie arbeiteten schweigend weiter, dann grinste Joey und gestand: »Wenn ich versucht hätte, mich einzumischen, hätte mir Nadia ohnehin eine Bratpfanne über den Schädel geschlagen.«

Nach dem »Gleneagles« aßen sie gelegentlich außer Haus: bei »Il-Katell« in Marsalforn oder bei »Ja Cenc«, dem kleinen italienischen Luxushotel. Das Essen war teuer, aber gut.

Manchmal beendeten sie den Abend bei »Barbarella«, der Diskothek auf dem Hügel über Marsalforn. Es war ein Lokal, in dem sich Creasy wohl fühlte. Ein altes, umgebautes Bauernhaus – die Tanzfläche befand sich im mittleren Hof. Auf dem Dach war eine Bar, weil es dort kühl war und man im Freien unter dem Sternenhimmel saß. Creasy mochte auch den schüchtern lächelnden, gelassenen und allwissenden Barmixer Censu. Creasy trank bedächtig einen Kognak und genoß die Diskomusik, während Nadia sich mit ihren Freundinnen unterhielt. Sie war wirklich überrascht gewesen, als Creasy sie bei dem ersten Besuch unwirsch aufgefordert hatte: »Tanzen wir.« Er war einfach nicht jener Typ Mann, der tanzte. Aber er war der geborene Tänzer – sein Körper war auf Koordination eingestellt, paßte sich dem Rhythmus der Musik an, er hatte die ernsten Augen fest geschlossen und ließ sich von den Klängen berieseln.

»Er watschelt wie ein Bär«, hatte Joey seiner Mutter erzählt, »und dann sieht er aus, als würde er einen Schalter umlegen und sich an den Rhythmus anschließen.«

Sie kamen immer vor Mitternacht nach Hause. Nadia drängte ihn nie, länger auszubleiben. Sie kannte die Härte seines Trainingsprogramms.

Sie beendeten den Tag, indem sie sich in dem großen Bett liebten. Und auch das war gut. Vollkommen und befriedigend. Ohne Kunstgriffe oder Verstellung. Jeder entdeckte den Körper des anderen und erkundete seine Empfindungen. Creasy war der Tonangebende, aber er war sanft. Sie gab nach, fühlte sich aber nicht unterlegen. Nachher, die kurze Zeit, bevor sie einschlief, war für Nadia ein beseligender Augenblick. Sie lag dann immer weiter unten als er im Bett, drückte den Kopf an seine Brust, preßte ihren Körper an seinen und fühlte sich in seinen Armen geborgen und sicher wie nie zuvor. In diesen wenigen Minuten dachte sie an nichts. Diese Zeit war vollkommen, weil sie wußte, daß der Arm am Morgen noch an der gleichen Stelle liegen würde; sie konnte friedlich wie ein Kind schlafen.

Laura hatte recht gehabt. Nadia sprach nie von seiner bevorstehenden Abreise. Einer stillschweigenden Abmachung folgend, wurde die Zukunft nie erwähnt.

Creasy erwachte aus seiner Träumerei, während sie den Hügel nach Cirkewwa zum Anlegeplatz hinunterholperten. Er stieg aus und drehte sich zu dem Fahrer um.

»Danke, Grazio. Auf Wiedersehen nächste Woche – und üb das Wechseln des Magazins.«

Grazio grinste. »Ich weiß. Bis mir die Finger weh tun.«

Creasy ging ins Ruderhaus. Michele hatte Dienst und berichtete ihm, daß Salvu endlich seinen Fisch gefangen hatte – eine große Silberbrasse.

»Er hat den ganzen Nachmittag im ›Gleneagles‹ auf dich gewartet. Wenn er sich nicht bald auf den Weg macht, wird er den Fisch kaum noch finden und schon gar nicht kochen können.«

Aber Salvu hielt sich gut. Sein breiter Ledergürtel war ein wenig hinuntergerutscht, und er hatte sogar seine Hemdärmel aufgeknöpft. Aber er war auf den Beinen. Das Lokal war gerammelt voll, Tony und Sam arbeiteten im Schweiße ihres Angesichts. Joey saß mit Nadia in einer Ecke und winkte Creasy zu.

»Wir sind gekommen, um dich abzuholen. Der Landrover ist repariert.«

Creasy zwängte sich durch das Gedränge und erkannte plötzlich, daß ihm all das fehlen würde. »Shreik« war in ein Gespräch mit Benny vertieft. Sie unterbrachen es mit dem üblichen Gruß.

»*All right,* Uomo?«

»*All right,* Shreik?«

»*All right,* Benny?«

»*All right!*«

Salvu winkte ihm und reichte ihm ein Bier. »Dinner heute abend, Uomo. Ich habe ihn endlich gefangen.«

»Denselben, Salvu?«

Der alte Mann lächelte. »Genau denselben. Den Bastard, der sich vorigen Monat vom Haken gerissen hat.«

»Wieso weißt du das?« fragte Creasy ernst.

Das Lächeln verbreitete sich zu einem Grinsen. »Weil er, als ich ihn ins Boot zog, mir einen Blick zugeworfen und gesagt hat: ›O Gott! Nicht schon wieder du!‹«

»Das ist eine gotteslästerliche Brasse«, fand Creasy todernst.

Salvu nickte. »Mach dir keine Sorgen, Sonntag werde ich für sie beichten. Heute abend wird sie vorzeitig Buße tun – im Höllenfeuer des Herdes.« Salvu deutete mit dem Kinn auf Nadia. »Bring dein Mädchen mit. Acht Uhr. Du wirst sie brauchen, damit sie dich nach Hause trägt.«

Es war ein zauberhafter Abend. Sie saßen unter dem Gewölbe der Küche in Salvus altem Bauernhaus, tranken seinen starken Wein und sahen zu, wie er den Fisch zubereitete. Das Bauernhaus war im sechzehnten Jahrhundert erbaut worden, und der schwarze Eisenherd sah aus, als ob er auch aus dieser Zeit stammen würde. Die Brasse war am frühen Morgen filettiert und den ganzen Tag in Wein und Zitronensaft mariniert worden. Salvu fügte Kräuter aus den verschiedensten, nicht näher bezeichneten Einmachgläsern hinzu, schnupperte an jedem und murmelte dabei wie ein alter Hexenmeister vor sich hin. Dann wanderte alles in das Bratrohr, er setzte sich zu den beiden an den Tisch und schenkte Wein aus einem Krug ein. »Vierzig Minuten«, verkündete er und blinzelte Nadia zu. »Zeit für einen raschen Schluck.«

An einem Haken an der Decke hing ein Vogelkäfig. Die Nachtigall war schläfrig und durch die seltene Gesellschaft eingeschüchtert. »Das ist ein dicker Vogel«, meinte Creasy. »Du gibst ihm wohl zu viele Heuschrecken.«

»Du hast recht«, stimmte Salvu zu. »Er braucht mehr Bewegung. Wenn du das nächste Mal läufst, nimm ihn mit.«

»Oder auf die Schwimmtour nach Comino«, schlug Nadia vor. »Dort kann er sich die Heuschrecken selbst fangen.«

Salvu schüttelte traurig den Kopf. »Er würde sich für eine Möwe halten und jeden Tag Fisch verlangen.«

Die Brasse schmeckte köstlich – weich, schmackhaft gewürzt, und dazu gab es Gemüse von Salvus Feldern und knuspriges, im Backrohr gewärmtes Brot.

Creasy und Nadia aßen schweigend, während Salvu, den der Wein in Stimmung gebracht hatte, Erinnerungen an die alten Zeiten auf Gozo aufwärmte. Nadia amüsierte sich darüber und täuschte gelegentlich Entsetzen vor, wenn er ihnen von alten Skandalen erzählte.

»Du würdest dich wundern, was unter der Oberfläche vor sich geht«, blinzelte er Creasy zu. »Nimm zum Beispiel Nadias Großvater – väterlicherseits. Das war vielleicht einer!«

»Du schmutziger alter Mann«, schimpfte Nadia. »Verleumde meinen Großvater nicht. Er liegt seit zwanzig Jahren unter der Erde.«

»Das stimmt«, gab Salvu zu, »und an diesem Tag wurden von etlichen Frauen Tränen vergossen.«

Dann erzählte er einige Eskapaden aus dem Leben von Nadias Großvater. »Gib acht«, warnte er Creasy. »Sie hat das gleiche Blut – auf sie muß man immer ein wachsames Auge haben.«

Sie beendeten die Mahlzeit mit scharfem Pfefferkäse.

»Der macht richtig durstig!« Salvu leerte den Rest aus dem Weinkrug in Creasys Glas. Er verschwand für einen Augenblick, und als er zurückkam, war der Krug wieder randvoll.

Nadia und Creasy verließen ihn lange nach Mitternacht.

An der Tür sagte ihm Creasy: »Es gibt ein chinesisches Sprichwort: ›Regiere dein Land so, wie du einen kleinen Fisch kochen würdest‹ – danach solltest du Premierminister werden, Salvu.«

»Stimmt – aber dann hätte ich keine Zeit zum Fischen.« Der alte Mann lehnte sich lächelnd an den Türpfosten.

Nach dem Quantum Wein, das er getrunken hatte, war es ein Wunder, daß er sich überhaupt noch auf den Beinen hielt.

Creasy spürte den Wein auch, und obwohl Nadia ihn nicht gerade nach Hause trug, mußte sie ihn doch gelegentlich stützen, wenn er auf dem steinigen Pfad stolperte.

Am Morgen hatte Creasy einen Katzenjammer, zum ersten Mal seit Monaten. »Heute kein Training«, beschloß Nadia, als sie das Kaffeetablett auf das Bett stellte.

Er sah sie verständnislos an, stand auf und ging ins Badezimmer. Sie hörte die Dusche, und ein paar Minuten später kam er mit einem Handtuch um die Hüften heraus und begann seine Übungen.

Sie saß auf dem Bett und sah zu. Nichts wird ihn aufhalten, dachte sie. Ich habe für ihn gekocht und mit ihm geschlafen, und gestern nacht habe ich ihn sogar zu Bett gebracht, aber nichts, was ich tue, kann ihn aufhalten.

Er bestätigte es ein paar Minuten später, als er mit ihr auf dem Bett saß und Kaffee trank.

»Nadia, in ungefähr zehn Tagen werde ich abreisen.« Er sprach leise, ohne sie anzusehen. »Ich fahre nach Marseille. Heute werde ich eine Passage buchen.«

»Ich werde es für dich tun«, widersprach sie sachlich. »Ich habe eine Freundin, die in Valetta in einem Reisebüro arbeitet. Ich werde sie anrufen. Ich glaube, einmal pro Woche fährt ein Schiff – die ›Toletela‹.«

Am nächsten Tag traf Guidos Brief ein. Creasy nahm ihn in sein Zimmer hinauf und prüfte den Umschlag sorgfältig. Er war geöffnet und wieder verschlossen worden. Die Verschlußklappe paßte nicht genau auf den ursprünglichen Klebstoff. Creasy überlegte lange – mit dem Briefumschlag in der Hand. Dann öffnete er ihn. Vier mit Guidos sauberer Handschrift bedeckte Seiten, und an der ersten Seite war mit einer Klammer ein Kontrollabschnitt für den Gepäckraum im Bahnhof von Marseille befestigt.

In dieser Nacht schrieb er zwei Briefe, einen nach Paris an einen General der Französischen Armee. In Dien Bien Phu war der General noch ein einfacher Unteroffizier gewesen und schwer verwundet worden. Nach der Kapitulation hatte ihn Creasy drei Wochen lang auf dem Rücken in das Kriegsgefangenenlager getragen und ihm so das Leben gerettet.

Nun brauchte Creasy jemanden, der ihm einen Gefallen tat, er benötigte einen bestimmten Ausrüstungsgegenstand. Er bat den General, ihn ihm postlagernd zu schicken – nach Marseille.

Der zweite Brief ging an einen Barbesitzer in Brüssel, einen ehemaligen Söldner, der zum inoffiziellen Postbüro und zu einer Fundgrube geworden war. Wieder bat er darum, daß ein Paket nach Marseille geschickt wurde.

13

Die Zeit verging schnell.

In zwei Tagen würde er nach Marseille fahren, und morgen würde er die letzte Übung mit Georges Truppe abhalten.

Er arbeitete bis spät nachts. Durch die offene Schlafzimmertür sah er die schlafende Nadia. Das lange, schwarze Haar bedeckte das weiße Kissen.

Er bezahlte seine Schulden immer, und die Arbeit dieser Nacht galt George. Sie hatten über die Bildung von Paaren in der Einheit gesprochen. Creasy hatte dazu geraten. Er wußte aus seiner Zeit mit Guido, um wieviel erfolgreicher zwei Männer, die wußten, wie ihr Partner dachte und reagierte, bei Feuergefechten waren als Einzelkämpfer. Deshalb schätzte er jedes Mitglied der Truppe ab und beurteilte, wer mit wem gut arbeiten würde.

Zu jedem Paar machte er Notizen über eine Spezialausbildung, wobei sich seine Bewertungen auf die Erfahrungen der vergangenen Wochen stützten.

Danach stellte er eine Liste der Ausrüstungsgegenstände auf, die für die Einheit nützlich sein würden.

Schließlich behandelte er taktische Fragen und versuchte dabei, sich die Situationen vorzustellen, denen George gegenüberstehen würde.

Er hatte seit neun Uhr gearbeitet, und als er fertig war, war es lange nach Mitternacht – der Tisch war mit Papieren bedeckt. Er stand auf, streckte sich, bewegte die verkrampften Finger der rechten Hand und ging ins Schlafzimmer.

Er blickte auf Nadia hinunter, während er sich entkleidete. Die Nacht war warm, und nur ein Laken bedeckte sie bis zur Taille. Er verglich sie mit Rika. Nadias Körper war schlanker, doch ihre Haut schimmerte ebenso samten, ihr Gesicht war strenger, aber das Haar ebenso schwarz, lang und dicht. Nadia verkörperte eine andere Art von Schönheit, weniger konventionell, subtiler.

Seiner von der Liebe beeinflußten Ansicht nach war Nadias Schönheit persönlicher, mehr mit ihrem Geist verbunden. Ein Spiegel ihres Charakters.

Er glitt neben sie ins Bett, sie murmelte im Schlaf, rutschte automatisch weiter hinunter, legte den Kopf an seine Brust, den Arm über ihn und atmete wieder tief und zufrieden.

Das war äußerste Vertrautheit: nackt mit einer schönen Frau zusammenzuliegen und nicht mit ihr zu koitieren – nur an der Berührung Freude zu haben – zusammen zu schlafen.

Die Fortschritte der Einheit waren offensichtlich. Es war ihre dritte Übung, sie hatten viel gelernt, und sie wußten es. Nachher standen sie George und Creasy selbstsicher gegenüber und erhielten mehr Lob als Kritik.

Da es Creasys letzte Übung war, bestanden sie auf einem Abschiedstrunk. Creasy wandte ein, daß er das letzte Fährschiff versäumen würde, aber sie hatten vorausgeplant. Ein AFM-Patrouillenboot würde ihn von der Treppe des Zollgebäudes nach Mgarr bringen.

»Ich habe Nadia schon angerufen« berichtete ihm George. »Sie wird dich um acht Uhr im ›Gleneagles‹ treffen.«

In der Bar überreichten sie ihm eine Krawatte mit einem schwarzen Adler über rotweißen Streifen – die Farben Maltas. Es war die Krawatte der Einheit, und ihre Überreichung bedeutete, daß Creasy inoffiziell Mitglied war. George hielt eine kurze Rede, dankte ihm für seine Hilfe, wünschte ihm Glück für die Zukunft, und dann begannen die jungen Polizisten zu trinken.

Nach einer Weile nahm Creasy George zu einem Ecktisch und gab ihm die Notizen, die er in der vergangenen Nacht gemacht hatte. Er besprach die Liste der Ausrüstungsgegenstände mit ihm und wies auf einige Artikel besonders hin.

»Diese werden von den Russen hergestellt – Sie können sie von den Libyern bekommen.«

George grinste. »Ich werde ihren Militärattaché morgen zum Lunch einladen.« Er sah Creasy nachdenklich an. »Sie waren eine große Hilfe. Kann ich etwas für Sie tun?«

Creasys Gesicht war ernst geworden, und er antwortete tonlos: »Ja, George. Sagen Sie mir, ob Sie meine Post geöffnet haben.« George war ein ehrlicher, offener Mann, und man konnte ihm die Antwort am niedergeschlagenen Gesicht ablesen. Creasy entspannte sich, lehnte sich zurück und nahm einen Schluck von seinem Bier.

»Sie kennen meinen Job, Creasy.« Georges Stimme war heiser vor Verlegenheit. »Ich wollte nicht neugierig sein ... aber ... nun, es ist mein Job, neugierig zu sein. Und Sie sind kein gewöhnlicher Tourist.«

»Schon gut, George. Ich mache Ihnen keine Vorwürfe. Ich wollte nur sicher sein, daß niemand anderes diesen Brief gelesen hat.« Etwas fiel ihm ein. »Wie viele Leute in Ihrer Einheit kennen diesen Brief?«

George schüttelte den Kopf. »Niemand, und es wurden keine Kopien gemacht. Ich habe den Briefumschlag sogar selbst geöffnet und wieder versiegelt.«

Creasy lächelte. »Sie sollten das noch üben.«

George erwiderte das Lächeln erleichtert, weil Creasy die Sache leicht nahm, dann wurde er wieder ernst. »Guido war sehr vorsichtig, aber ich habe doch erraten, was Sie vorhaben. Offensichtlich kennen Sie die Gefahren. Ich möchte Ihnen gern helfen, aber Sie wissen, daß ich es nicht kann.«

Creasy nickte. »Aber Sie leiten eine Geheimdienstorganisation. Fühlen Sie sich nicht verpflichtet, meine Pläne dem Zentralbüro der Interpol mitzuteilen?«

George fragte mit ausdruckslosem Gesicht: »Was für Pläne?« Er warf einen Blick auf seine Uhr. »Trinken Sie aus, das Boot wartet, und wenn Sie nicht um acht Uhr im ›Gleneagles‹ sind, wird Nadia böse auf mich sein. Und der Zorn dieser Dame ist furchtbar.«

Die beiden Männer standen auf, doch bevor sie zu den anderen gingen, fügte George hinzu: »Sie haben hier Freunde gewonnen, Creasy, besonders auf Gozo. Das sollten Sie, was immer Ihnen auch geschieht, niemals vergessen.«

»Bestimmt nicht«, antwortete Creasy. »Und danke.«

Es war eine Nacht der Abschiede. Creasy wollte mit Nadia zum Abendessen ins »Ta Cenc« fahren, aber als er das »Gleneagles« betrat und die Menge erblickte, war es klar, daß er mindestens eine Stunde dort verbringen mußte.

Er hatte noch nie Freunde gehabt, und es war für ihn ein merkwürdiges Gefühl, in den großen Raum mit der hohen Decke zu treten und von dem Lärm und dem Kreis der Zuneigung umgeben zu werden. Alle waren da: die Fischer und die Bauern, »Shreik« und Benny, die Mizzi-Brüder, Paul, Laura und Joey. Victor reichte ihm einen Drink, Nadia kam zu ihm und gab ihm ein Telegramm, das am Vormittag gekommen war. Es war von dem General in Paris. Seine Bitte war erfüllt worden.

Sie tranken und unterhielten sich, und Creasy empfand ein herzliches Gefühl der Zugehörigkeit. Er war nicht traurig und zog seinen Entschluß, am Morgen abzureisen, nicht in Zweifel.

Obwohl er hier glücklich gewesen war, hatte er ein so langes und so hartes Leben hinter sich, daß er wußte, wenn er seinen Vorsatz aufgab, war auch dieses Glück vorbei. Er konnte nicht weiterhin hier leben und daran denken, worauf er verzichtet hatte.

Und der Rachedurst hatte nie nachgelassen. Er war wie eine verschlossene Schublade gewesen, und am Morgen würde die Lade geöffnet werden, und in den nächsten Wochen würde das Gefühl der Rache seinen Geist beherrschen und alles andere ausschließen.

Aber in dieser Nacht war die Lade noch verschlossen. Es gab keine Traurigkeit. Sogar Nadia sprühte vor Leben und lachte. Er würde später mit ihr sprechen, beschloß er, und versuchen, ihr seine Entscheidung zu erklären. Zumindest das schuldete er ihr. In den letzten Wochen hatte sie kein einziges Mal versucht, ihn zum Bleiben zu überreden – niemals auch nur eine Andeutung, keine Geste gemacht. Es hatte ihn ein wenig überrascht, aber er kannte ihre Entschlossenheit und ihre Selbstbeherrschung. Wenn sie einmal einen Entschluß gefaßt hatte, blieb sie dabei.

Benny brachte ihm einen frischen Drink und sagte zu Nadia: »Ich nehme ihn dir für eine Minute weg.«

Sie gingen auf den ruhigen Balkon, und der große, sehnige Gozitaner erklärte feierlich: »*Uomo*, wenn du Hilfe brauchst und mich nicht als ersten rufst – werde ich wütend sein.«

Creasy lächelte.

»Ich rufe dich als ersten – das verspreche ich.«

Benny nickte befriedigt. »Schick nur ein Telegramm ans ›Gleneagles‹. Tony wird mich finden – jederzeit.«

Sie gingen wieder hinein, und diesmal nahm Creasy Paul beiseite. »Ich schulde dir Geld, Paul.«

Der Bauer sah ihn überrascht an. »Wofür?«

»Du weißt es sehr gut. Ich habe über zwei Monate lang in eurem Haus gelebt und ganze Berge gegessen – das kostet Geld.«

Paul lächelte. »Gut. Ich berechne dir fünfzehn Pfund die Woche – das ist das gleiche, was ein Landarbeiter hier bekommt – wir sind also quitt.« Er hob die Hand, um jede Diskussion zu stoppen. »Creasy, ich hätte in diesem Sommer nie einen Arbeiter gefunden, der soviel geleistet hätte wie du – es ist mein Ernst. Ich will nicht mehr darüber sprechen.«

Er wandte sich wieder der Menge zu, und Creasy konnte nur mit den Schultern zucken und ihm folgen.

Wenige Minuten später verabschiedete er sich und verließ mit Nadia das Lokal.

Sie waren wie junge Liebende bei einem ersten Rendezvous. Sie hatten nicht das Gefühl eines Abschieds, waren nicht traurig. Sie hatten einen Tisch auf der Terrasse und bestellten Fisch. Sie waren sich darüber einig, daß er zwar köstlich, daß aber Salvus Fisch besser war. Sie tranken eine Flasche geeisten Soave-Wein, und dann noch eine. Für Creasy wurde der Abend noch ergreifender, weil er am nächsten Morgen mit Plänen und Vorbereitungen für Tod und Vernichtung beschäftigt sein würde und weil Nadia ihn nicht durch ihr Verhalten beschämte. Er hatte sich Sorgen darüber gemacht, was er in Gozo zurücklassen würde. Er wollte sich nicht an Traurigkeit erinnern, und sie bot ihm keinen Grund dafür. In ihrer Haltung lag Unabhängigkeit und Stärke. Es war Balsam für sein schlechtes Gewissen, und genau das hatte sie erreichen wollen.

Nach dem Essen gingen sie zu »Barbarella«. Creasy wollte sich von Censu verabschieden. Als er die Getränke bezahlen wollte, bemerkte er, daß er nicht genug Geld dabei hatte. »Sie gehen auf meine Rechnung«, meinte Censu freundlich lächelnd.

Er fragte Nadia, ob sie tanzen wollte, doch sie schüttelte den Kopf. »Es ist fast Vollmond – gehen wir noch ein letztes Mal schwimmen.« Sie tranken aus, fuhren zum Hof zurück und gingen den steinigen Pfad zur Bucht hinunter.

Sie umarmten einander in dem kühlen Wasser. Ihre Haut war frisch – wie feuchtes Glas.

Auf dem flachen Felsen liebten sie einander. Creasy lag auf

dem Rücken, und als Nadia sich auf ihn setzte, spürte er nur noch ihre warme Zartheit. Wie immer liebten sie einander langsam, ihre Leidenschaften stiegen einen sanften Hang empor. Er blickte zu ihren kleinen Brüsten hinauf, die im Mondlicht naß glänzten, zu ihrem ovalen Gesicht und zu ihren dunklen Augen, die sich vor Lust verengten. Sie erreichten die Spitze des Hanges, Nadia stöhnte tief in der Kehle, und ihre Knie hielten ihn in einem sanften Schraubstock.

Später sprach er, sie war nackt, hatte die Arme um die Knie gelegt, und ihre Augen ließen ihn nicht los.

Er erzählte ihr, was er tun würde und warum. Er beschrieb seinen geistigen und körperlichen Zustand, als er in Neapel eingetroffen war. Wie Guido und Elio ihm den Job besorgt hatten. Er erzählte ihr von den ersten Tagen, in denen er Pinta absichtlich abgewiesen hatte, und wie sie einander langsam, aber unaufhaltsam nähergekommen waren.

Er besaß Beredsamkeit. Zum ersten Mal in seinem Leben war er imstande, seinen Gefühlen verbal Ausdruck zu verleihen. Vielleicht brachte ihn die Atmosphäre dieser Nacht oder der Liebesakt dazu oder vielleicht lag der Grund einfach darin, daß er die Frau liebte, die ihm so aufmerksam zuhörte. Er fand Worte, um zu beschreiben, was er gefühlt und was sich ereignet hatte.

Er erzählte ihr von dem Tag in den Bergen, an dem Pinta ihm das Kruzifix geschenkt hatte, beschrieb ihn als den glücklichsten, natürlichsten Tag in seinem Leben. Seine Worte erweckten Pinta zum Leben, und Nadia nickte verständnisvoll, als er von dem Feingefühl, der Neugierde und der einfachen Lebensfreude des Mädchens sprach.

Und der letzte Tag: die Entführung, und wie sie, als er auf dem Boden lag, seinen Namen gerufen hatte, wie er im Krankenhaus aufgewacht war und nicht gewußt hatte, ob er am Leben bleiben würde. Er sprach von seinem eisernen Überlebenswillen, der nur dadurch geschürt wurde, daß er immer und immer wieder Pintas letzten Schrei und die Qual in ihrer Stimme in den Ohren gehabt hatte.

Dann hatte ihm Guido erzählt, daß sie tot und wie sie mißbraucht worden war.

Er hörte auf zu sprechen, und in der kleinen Bucht wurde es plötzlich vollkommen still. Es dauerte lange, bis er fortfuhr. Nadia hatte den Kopf auf ihre Knie gelegt, und ihr nasses, schwarzes Haar berührte beinahe den Felsen. Als sie den Kopf hob, glitzerten Tränen in dem schwachen Licht.

»Ich weine nicht, weil du fortgehst, Creasy. Ich habe mir gelobt, es nicht zu tun – nicht, solange du hier bist.« Ihre leise Stimme bebte. »Ich weine um Pinta. Ich kenne sie. Du hast sie zum Leben erweckt, als du sprachst, und ich kenne sie, als wäre sie mein Kind, und als du über ihren Tod gesprochen hast, habe ich auch das vor mir gesehen – ich weine um sie.«

Ihre Worte trösteten ihn. Sie verstand, warum er fortgehen mußte, obwohl er sie liebte.

»Ich liebe dich«, sagte er.

Sie hob den Kopf. »Ich weiß es. Ich habe nicht erwartet, daß du es mir sagen wirst.«

»Ich hatte es nicht vor.«

»Warum tust du es dann?«

»Ich bin nicht sicher. Vielleicht, weil ich über Pinta gesprochen habe, weil ich ehrlich sein wollte, weil du es erfahren solltest, bevor ich fortgehe – obwohl es sinnlos ist.«

»Es ist nicht sinnlos, Creasy.« Sie wollte fortfahren und sich ihm vollkommen anvertrauen, aber ebenso wie sie sich geschworen hatte, nicht zu weinen, hatte sie sich fest vorgenommen zu schweigen. Sie stand auf und blickte auf das mondbeschienene Meer.

»Wie groß ist deine Chance, zu überleben?« fragte sie. »Sehr gering.«

»Aber wenn es dir gelingt, wirst du dann zu mir zurückkommen?« Sie drehte sich zu ihm um, und er stand auf.

»Ja, aber warte nicht darauf. Ich will nicht Selbstmord begehen. Es ist kein Selbstmord, solange meine Chance auch nur ein Prozent beträgt – aber ich habe wirklich keine große Chance, Nadia.« Er nahm sie in die Arme. »Also warte nicht auf mich.«

»Das wollte ich wissen.« Sie küßte ihn heftig – leidenschaftlich. »Tu es, Creasy!« Ihre Stimme war intensiv. »Tu es. Töte sie. Alle – sie verdienen es. Ich hasse sie – ebensosehr, wie du sie haßt.« Sie hielt ihn fest, spürte seine Kraft, strich mit den Händen über die gespannten Muskeln von Rücken und Schultern. »Sorge dich nicht um mich. Denk nicht an mich. Denk nur an die und daran, was sie getan haben.« Ihre Stimme war von Haß erfüllt – er spürte ihn – nährte sich von ihm.

»Ich werde jeden Morgen mit meiner Mutter zur Kirche gehen. Ich werde beten – beten, daß du sie tötest – und ich werde nicht beichten. Nur beten – wenn du tot oder wieder hier bist –, dann werde ich zur Beichte gehen.«

Sie nahmen ihre Kleider und gingen zum Haus hinauf. Ihre Worte und ihre Stimmung hatten ihn tief bewegt. Es gab etwas, das er nicht verstand, einen Faktor, der sich ihm entzog. Aber ihre leidenschaftliche Reaktion, ihre Einstellung zu dem bevorstehenden Kampf und die Tatsache, daß sie sich damit identifizierte, all das beruhigte sein Gewissen und räumte alles bis auf sein Vorhaben aus seinem Bewußtsein.

Nadia wollte ihn nicht noch einmal lieben. Sie wollte nicht schlafen. Es waren nur noch wenige Stunden bis zum Tagesanbruch. Sie lag mit ihm im Bett, hatte den Kopf an seine Brust gelehnt und lauschte seinem regelmäßigen Atem.

Beim ersten Tageslicht löste sie sich sanft von ihm, stand auf, sammelte seine Kleider ein und packte seine Koffer. Obenauf legte sie den Kassettenrecorder. Das halbe Dutzend Kassetten stopfte sie in die Seitentasche. Dann nahm sie sie mit leisem Lächeln wieder heraus, wählte eine aus und schob sie zum Abspielen bereit in den Apparat.

Dann ging sie in die Küche hinunter, bereitete das Frühstück zu, kochte Kaffee und trug das Tablett hinauf.

Er sollte das erste Fährschiff nach Malta erreichen. Joey legte den Koffer in den Landrover und kletterte auf den Führersitz. Laura umarmte Creasy, küßte ihn auf die Wange und wünschte ihm Glück. Er hielt sie fest und dankte ihr dafür, daß sie ihm geholfen hatte, seine Kraft wiederzufinden. Dann schüttelte er Paul die Hand.

»*All right*, Paul?«

»*All right*, Creasy.«

Nadia beschloß, Creasy nicht zum Fährschiff zu begleiten. Sie trat zu ihm, küßte ihn auf den Mund, wünschte ihm Glück und ging dann zu ihren Eltern zurück, während der Landrover den Weg hinauffuhr. Ihr Gesicht war ausdruckslos.

Eine halbe Stunde später trat sie vor das Haus und sah zu, wie die »Melitaland« den Hafen verließ.

Sie wußte, daß Creasy mit Victor und Michele im Ruderhaus stand. Als sie die Hafeneinfahrt hinter sich gelassen hatten, trat er auf die Brücke hinaus, blickte über den Hügel zu ihr herauf und winkte. Sie winkte zurück, beobachtete, wie das Fährschiff an Oomino vorbeiglitt und dann außer Sicht kam. Sie ging in die Küche, um ihrer Mutter zu helfen, die verblüfft war, denn die Gozitaner sind gefühlvolle Menschen, aber das Gesicht ihrer Tochter war vollkommen ausdruckslos.

Am Abend ging Nadia den Weg nach Ramla entlang, blieb auf dem Kamm des Hügels stehen und sah in der Ferne das weiße Schiff aus dem Großen Hafen auslaufen und nach Norden dampfen.

Salvu, der unten auf seinen Feldern arbeitete, sah das Mädchen oben stehen und auf das Meer hinausblicken und wollte ihr schon zurufen, doch dann folgte er ihrem Blick, sah das Schiff und ging schweigend wieder an seine Arbeit.

Als das Schiff über den Horizont ins Dämmerlicht verschwand, drehte sie sich um und ging langsam zu dem Bauernhaus zurück. Sie ging in die Zimmer hinauf, die sie mit Creasy bewohnt hatte, zog sich aus und legte sich ins Bett. Sie zog sein Kissen an sich und drückte es an ihren Bauch.

Dann weinte sie bis tief in die Nacht hinein.

DRITTES BUCH

14

Die beiden Araber waren zähe Verhandlungspartner. Entweder sie bekamen alles, was sie sich vorgestellt hatten, oder sie wollten gar nichts. Ohne die Raketenwerfer wollten sie die fünfzig M.A.S. Maschinengewehre oder die fünfhundert Armalites nicht. Leclerc befand sich in einem Dilemma. Wie viele Waffenhändler erhielt er eine halboffizielle Unterstützung. Schließlich bot er der Waffenindustrie seines Landes mehrere Absatzmöglichkeiten.

Sein Verbindungsmann im Ministerium hatte ihm gesagt, daß er diesen Arabern keine Raketenwerfer verkaufen durfte. So ist die Politik. Obwohl sie ein Endverbraucherzertifikat von einem kleinen Golfstaat besaßen, sollte die Sendung in Beirut umgeladen werden, was alles Mögliche bedeuten konnte – linker Flügel, rechter Flügel, Falangisten, PLO oder Einheiten der Libanesischen Pfadfinder.

Er seufzte; er mußte seinen Kontaktmann wieder anrufen. »Vielleicht könnte ich Ihnen ein paar verschaffen«, sagte er dem älteren der beiden, einem gutgekleideten Mann mit scharfgeschnittenem Gesicht, der den Kopf schüttelte.

»Mindestens sechs, Monsieur Leclerc«, antwortete er in ausgezeichnetem Französisch. »Oder wir wären gezwungen, unsere Bestellung anderswo aufzugeben – vielleicht in Monte Carlo.«

Leclerc seufzte wieder und fluchte leise. Der verdammte Amerikaner in Monte Carlo versuchte, das ganze Geschäft an sich zu reißen. Er würde ihnen auch Raketenwerfer verkaufen – genug, um den Dritten Weltkrieg zu beginnen.

»Ich werde sehen, was ich tun kann.« Er stand auf und ging um den Schreibtisch herum. »Rufen Sie mich morgen um elf an.«

Sie schüttelten einander die Hände, und Leclerc begleitete sie hinaus.

Creasy saß im Empfangsraum und las ein Magazin. »Gehen Sie nur in mein Büro«, sagte Leclerc. »Ich komme gleich.«

Creasy betrachtete die Waffenfotos, die die Wände schmückten, als Leclerc zurückkam. Der Franzose zeigte auf einen Stuhl und setzte sich hinter seinen Schreibtisch. Die beiden Männer musterten einander. Leclerc sprach als erster.

»Sie sehen sehr fit aus. Ganz anders als bei unserer letzten Begegnung.«

»Als Sie mich das letzte Mal sahen, war ich besoffen.«

In der Luft lag Feindseligkeit. Leclerc faßte sie in Worte.

»Sie hatten keinen Grund, mir durch Guido drohen zu lassen.«

Creasy schwieg weiter, und seine düsteren Augen studierten den Franzosen – schätzten ihn ab. Leclerc war ein großer, blühender Mann, der etwas Fett angesetzt hatte. Er trug einen dunkelgrauen Anzug, war gut rasiert und frisch manikürt. Er sah aus wie ein erfolgreicher Börsenmakler, doch Creasy hatte ihn gekannt, als er ein sehr harter, skrupelloser Söldner gewesen war. Leclerc seufzte und zuckte mit den Achseln.

»Wir sind nie Freunde gewesen, Creasy. Das ist nicht mein Fehler. Aber ich stehe in Ihrer Schuld. Und zwar für zwei Rechnungen – Sie haben mir in Katanga das Leben gerettet, und das allein genügt.« Er lächelte schwach. »Ich bin Ihnen auch für Rhodesien dankbar. Sie haben mir zu einem sehr guten Auftrag verholfen – er war sehr einträglich. Es ist also nur natürlich, daß ich Ihnen helfe – Guido hätte gar nicht von einem Technicolorbegräbnis zu sprechen brauchen.«

»Für Rhodesien schulden Sie mir nichts«, stellte Creasy fest. »Man hat mich dafür bezahlt, sie zu beraten. Sie haben eben zufällig angeboten, was sie brauchten.«

»Gut«, räumte Leclerc ein, »aber Katanga ist etwas anderes.

Versuchen Sie die Tatsache zu akzeptieren, daß es außer Guido auch noch andere Leute gibt, die Sie als Freund betrachten, wie immer Sie auch darauf reagieren.«

Stille folgte, und dann erlebte Leclerc einen schweren Schock. Creasy lächelte ein offenes, ungezwungenes Lächeln.

»*All right.* Danke. Das akzeptiere ich.«

Leclerc erholte sich langsam und begriff, daß der Mann vor ihm sich wirklich verändert hatte. Er war nicht nur gesünder – er hatte ihn schon früher gekannt, als er in Topform war – er hatte sich geistig verändert. Seine Ausstrahlung war noch immer bedrohlich, aber das Lächeln wirkte echt, und Leclerc hatte Creasy noch nie so gesehen.

»Haben Sie das ganze Zeug zusammenbekommen?« fragte Creasy.

Leclerc sammelte seine Gedanken und nickte.

»Ja. Bei manchen Dingen wußte ich nicht genau, welchen Typ Sie bevorzugen, ich habe verschiedene Alternativen anzubieten. Sie können es sich aussuchen.« Er warf einen Blick auf die Uhr. »Gehen Sie mit mir zum Lunch und nachher ins Lagerhaus. Inzwischen lasse ich von meinen Leuten alles vorbereiten.«

Creasy nickte, stand aber nicht auf. Er schien über etwas nachzudenken. Dann entschloß er sich.

»Haben Sie Verbindungen, durch die Sie falsche Papiere bekommen können, Leclerc – Paß, Führerschein – und so weiter?«

»Möglich«, antwortete der Franzose. »Aber aus welchem Land?«

»Frankreich, Belgien, Kanada oder Amerika«, antwortete Creasy. »Es spielt wirklich keine Rolle – es ist nur eine Frage der Sprache. Ich spreche Französisch, und mein Englisch hat einen verschwommenen nordamerikanischen Akzent. Das Problem ist, ich brauche sie rasch – in vier oder fünf Tagen.«

Leclerc dachte nach. »Französische Papiere wären am leichtesten zu bekommen«, meinte er schließlich, »aber nicht, wenn Sie sie in diesem Land benützen wollen.«

»Tu' ich nicht – auch die Waffen nicht – darauf gebe ich Ihnen mein Wort.«

Leclerc nickte. »Das hat mir Guido schon versichert – Fotos?« Creasy griff in seine Innentasche, zog einen Umschlag heraus und warf ihn auf den Schreibtisch.

»Da drin ist ein Dutzend. Ich brauche die Papiere, die ein Franzose für gewöhnlich auf eine Überseereise mitnimmt.«

Leclerc öffnete eine Schublade und ließ den Umschlag hineinfallen.

»Gut, ich werde mich heute abend damit befassen.« Dann sah er ihn um Entschuldigung heischend an. »Es wird teuer werden, Creasy. Nicht ich, verstehen Sie – ich werde Ihnen keine Provision berechnen. Aber der Zeitdruck erhöht den Preis.«

Creasy lächelte wieder. »Klar. Gehen wir zum Lunch.«

Während sie zur Tür gingen, dachte Leclerc, daß er in Ohnmacht fallen würde, falls Creasy ihn noch einmal anlächelte.

Die »Toletela« war am vorhergehenden Abend in Marseille eingelaufen. Creasy war mit einem Taxi direkt zum Bahnhof gefahren und hatte die schwarze Lederaktentasche aus der Gepäckaufbewahrung geholt. Im Bahnhofsrestaurant fand er einen ruhigen Tisch, bestellte einen Kaffee und nahm Guidos Brief aus der Brieftasche. Mit Hilfe der Zahlen, die Guido notiert hatte, öffnete er das Nummernschloß. Im Koffer lag ein großer Umschlag, der einen Schlüssel, einen Stadtplan von Marseille und Ausweise enthielt: den Paß und die persönlichen Papiere eines gewissen Luigi Racca – eines Gemüse-Importeurs aus Amalfi und die Autopapiere für einen Toyota-Lieferwagen. Er schlug den Stadtplan auf und nahm den kleinen, mit Tinte gezogenen Kreis sowie die Anweisungen am Rand zur Kenntnis, dann legte er alles wieder in die Aktentasche und verdrehte das Schloß.

Während er den Kaffee trank, glitt sein Blick über das Restaurant und beobachtete durch die Glaswand die Menschenmenge in der Bahnhofshalle. Aber seine Gedanken weilten bei Guido.

Ohne seine Hilfe wäre die ganze Operation unendlich schwierig gewesen. Creasy wußte, daß Luigi Racca wirklich ein Gemüse-Importeur war, der nicht ahnte, daß sein Name benützt wurde. Er war sich im klaren, daß der Paß und die anderen Papiere von dem besten Fälscher in Neapel stammten – einer mit Recht auf ihre Fälscher stolzen Stadt. Er wußte, daß alles bereit sein würde, wenn er in Neapel eintraf. Innerhalb einer Woche konnte er beginnen, Rache zu nehmen.

Er vermutete, daß Pietro den Lieferwagen auf dem Landweg nach Marseille gebracht hatte. Er mußte mit Guido über dessen Sicherheit sprechen, sobald die Sache begann.

Er trank seinen Kaffee aus, nahm ein Taxi zum Postamt und holte die Pakete aus Paris und Brüssel ab. Dann mietete er sich in einem kleinen Hotel ein und benützte dazu Luigi Raccas Papiere.

Ihre Schritte auf dem Steinboden hallten von den hohen Stahlträgern wider. Auf Laderosten waren unter einem Labyrinth von Rohren und Berieslern lange Reihen von Packkisten aufgestapelt. Creasy atmete den vertrauten Duft eines Arsenals, den Geruch von Fett auf Metall ein. Ein Abschnitt des Lagerhauses war durch eine schwere Stahlwand und eine Tür mit Vorhängeschloß abgeteilt. Leclerc sperrte das Schloß auf und legte einen Schalter um. Eine Reihe von Neonröhren flackerte auf und beleuchtete zwei lange Metalltische; einer war leer, der andere mit verschiedenen Waffen und Ausrüstungsgegenständen bedeckt.

Leclerc stand an der Tür, während Creasy langsam an dem beladenen Tisch entlangging und die verschiedenen Gegenstände prüfte. Dann kam er zurück und blieb beim ersten Sortiment stehen – den Pistolen. Leclerc trat zu ihm.

»Sie wollten eine fünfundvierziger und etwas Kleineres und Leichteres.« Er machte eine Handbewegung. »Suchen Sie sich etwas aus.«

Auf dem Tisch lagen ein Dutzend Pistolen aus verschiedenen Ländern und mehrere Schalldämpfer. Creasy wählte einen Colt

1911 und eine britische 32er Webley. Leclerc war über seine zweite Wahl ein wenig überrascht.

»Ich weiß«, meinte Creasy. »Sie ist altmodisch, aber verläßlich, und ich bin an sie gewöhnt.«

Er drehte sich um und legte die beiden Pistolen auf den Tisch hinter ihm, dann nahm er zwei Schalldämpfer und legte sie zu den Pistolen. »Ich nehme fünfhundert Schuß für jede.«

Leclerc nahm einen kleinen Block und einen Kugelschreiber heraus und notierte etwas. Sie gingen zu dem nächsten Sortiment – Maschinenpistolen. Es gab vier Typen, die israelische Uzi, die britische Sterling, die dänische Madsen und die, nach der Creasy sofort griff – die Ingram Modell 10. Der Metallkolben war zusammengeklappt, und die Waffe war nur siebenundzwanzig Zentimeter lang. Sie sah eher wie eine große Pistole als wie eine Maschinenpistole aus und besaß eine Feuerleistung von elfhundert Schuß pro Minute.

»Haben Sie schon einmal so eine verwendet?« fragte Leclerc, und Creasy nickte, während er die Waffe abwägend hochhob.

»Ja. In Vietnam. Ihr größter Vorteil ist ihre Größe. Die Feuerleistung ist vielleicht etwas zu hoch, aber für meine Zwecke ist sie ideal. Haben Sie ein Sperrgerät?«

»Ich kann innerhalb von ein paar Tagen eines bekommen.«

»Gut.« Creasy legte die Waffe auf den Tisch hinter sich. »Ich nehme acht Magazine und zweitausend Schuß«

Als nächste kamen zwei Scharfschützengewehre, ein verbessertes M14 mit dem Weaver-Visier und das britische L4A1 mit dem Standardvisier 32. Creasy wählte das M14.

»Es hat ein größeres Magazin«, bemerkte er. »Ich nehme zwei Ersatzmagazine und eine Standardschachtel Patronen.«

Sie kamen zu den Raketenwerfern.

»Da gibt es nur eine Möglichkeit«, sagte Creasy. »Wegen seiner Größe und seines Gewichts muß es der R.P.G.7 sein.«

Leclerc grinste und hob das gedrungene Rohr hoch. »Ich könnte eine Million davon verkaufen, wenn ich sie bekommen könnte.« Er hielt das Rohr an beiden Enden fest und drehte. Es ging in der Mitte auseinander. Creasy nickte befriedigt. »Der Typ D«, stellte er fest. »Noch besser. Wie sieht es mit der Standardpackung für die Geschosse aus?«

»Kisten mit acht oder zwölf«, antwortete Leclerc, schraubte den Werfer zusammen und legte ihn neben die Ingram.

»Dann eine Kiste mit acht.« Creasy ging zu den Handgranaten weiter. Er nahm sich die britische Fragmentation 36 und die Phosphorous 87.

»Ich werde kein ganzes Paket brauchen. Können Ihre Jungs für jede eine Kiste mit fünfzehn zusammenbauen?«

»Läßt sich machen«, antwortete Leclerc.

Als nächstes ergriff Creasy eine doppelläufige Schrotflinte, deren Läufe abgesägt waren. Er klappte sie auf, hielt sie ins Licht und untersuchte sie, dann klappte er sie wieder zusammen und legte sie neben die Handgranaten. Sie paßte überhaupt nicht zu den anderen Waffen.

»Ein paar Schachteln S.S.G.«, bestellte er, und Leclerc notierte.

Als nächstes wählte er einen Trilux Nachtsichtfeldstecher, ein Vielzweckmesser mit Scheide und verschiedene Gurte.

Am Ende des Tisches lagen etliche kleine Gegenstände in einer flachen Metallschale. Creasy nahm mehrere heraus und untersuchte sie genau.

»Es sind die allerneuesten«, erklärte Leclerc neben ihm. »Vielleicht haben Sie sie noch nie gesehen?«

Creasy hielt ein kleines, rundes Rohr in der Hand. Aus einem Ende ragte eine dünne Nadel einen Zentimeter hervor.

»Ich habe diesen Typ von Zündkapseln verwendet«, erklärte er, »aber nicht den Zeitzünder.«

Leclerc hob eine andere Metallröhre hoch. Sie hatte zwei Dorne wie ein elektrischer Stecker. Er schraubte die Röhre auf und zeigte Creasy die Kadmiumzellenbatterie und die beiden mit einer Maßeinfassung versehenen Zifferblätter. Dann schloß er den Zeitzünder an die Zündkapsel an. Der kombinierte Mechanismus war weniger als zwei Zoll lang, bei einem Durchmesser von dreiviertel Zoll.

Leclerc lächelte. »Die Elektronik macht alles so viel leichter. Guido hat ein Kilogramm Plastik verlangt. Ich habe es anderswo bereitgelegt.«

»Gut.« Creasy überblickte noch einmal den Tisch. »Das ist alles, was ich brauche.«

Leclerc warf einen Blick auf die Kollektion, und in seine Neugierde mischte sich Befriedigung. Daß er Creasy ausrüsten konnte, bereitete ihm große Genugtuung. Er wußte nicht, wofür Creasy das Zeug brauchte, und würde auch nicht danach fragen, aber er würde in den nächsten Wochen die italienischen Zeitungen lesen. Da er die Vergangenheit und Erfahrung des Amerikaners kannte, konnte er sich das Ausmaß der Zerstörung vorstellen, die diese Waffen darstellen konnten.

»Können Sie mir ein gutes, leichtes Schulterhalfter für die Webley und ein Gürtelhalfter für den Colt besorgen?«

Leclerc nickte. »Standardausführung in Leinen für den Colt.«

»Das reicht vollkommen.« Creasy hatte ein Maßband und ein Notizbuch herausgenommen. »Haben Sie eine Waage?«

»Natürlich.« Leclerc ging in den anderen Teil des Lagerhauses hinaus, und Creasy machte sich mit seinem Maßband an die Arbeit.

»Wo kann ich Sie absetzen?«

»Irgendwo in der Nähe des Fischerhafens.«

Creasy erwähnte nicht den Namen seines Hotels. Er war zu dem Schluß gekommen, daß man Leclerc trauen konnte – aber alte Gewohnheiten sind hartnäckig.

Der Franzose fragte: »Kann ich in Marseille noch etwas für Sie tun? – Weibliche Gesellschaft?«

Creasy schüttelte lächelnd den Kopf. »Ich dachte eigentlich, daß Sie Waffenhändler sind.«

»Sie wissen ja, wie es so geht«, antwortete Leclerc. »Wenn man verkaufen will, muß man Glocken an das Zeug hängen. Die Araber sind die schlimmsten – sie bekommen zu Hause so wenig.«

»Das Geschäft mit ihnen muß gut gehen«, meinte Creasy. »Dort sind genügend kleine Kriege im Gang, um die Hälfte der Waffenfabriken in Europa zu Überstunden zu zwingen.«

»Das stimmt«, brummte Leclerc, »und es wird besser werden – oder schlimmer, je nachdem, von welcher Seite man es betrachtet. Das Wiederaufleben des Islams bedeutet weitere Kriege – es ist eine gewalttätige Religion.« Er warf Creasy einen Blick zu. »Abgesehen von Waffenhändlern gibt es für Leute wie Sie eine Menge Arbeit.«

Creasy zuckte die Schultern. »Könnte sein.«

Sie hielten am Kai, und Creasy öffnete die Tür.

»Dann also Donnerstag abend um zehn Uhr.«

Leclerc nickte. »Ich werde warten.«

Creasy zog den Stadtplan zu Rate und sagte dem Taxifahrer, er solle ihn an der Ecke Rue St. Honoré absetzen. Er hatte sich im Hotel umgezogen und trug nun eine einfache Arbeitskleidung – Baumwolljeans und Hemd. Seine Blicke glitten müßig über die Straßen, während sie durch die Stadt nach Osten fuhren. Er mochte Marseille. Man konnte in der Stadt untertauchen und anonym bleiben. Die Leute kümmerten sich um ihre eigenen Angelegenheiten. Es war eine ideale Stadt für Drogenschmuggel oder Waffengeschäfte.

Das Taxi hielt. Creasy bezahlte den Fahrer und ging zehn Minuten lang weiter zur Ecke der Rue Catinat. Er blieb einige Minuten dort stehen und beobachtete die Straße. Es war eine Arbeitervorstadt. Mietskasernen, kleine Werkstätten und Fabriken. Weiter unten an der Straße befand sich eine Reihe von Mietgaragen. Er suchte die Nummer 11, nahm den Schlüssel heraus, ohne sich umzusehen, sperrte sie auf, machte das Licht an und schloß die Tür.

Den größten Teil des freien Raums nahm ein Toyota-Hiace-

Lieferwagen ein. Er war dunkelgrau und trug auf der Seite eine verblaßte Inschrift in schwarzen Buchstaben: *Luigi Racca – Gemüsehändler.*

Der Wagen sah alt und entsprechend abgenutzt aus, doch Creasy wußte, daß Motor und Federung in Ordnung waren. Er öffnete die Hintertüren. Unmittelbar vor ihm auf dem Boden des Wagens befand sich ein zusammengerolltes elektrisches Kabel mit einem Stecker. Er lächelte über Guidos Vorsorge, ergriff den Stecker, ging zur Wand und steckte ihn in die Steckdose. Die Lampe im Wagen beleuchtete den übrigen Inhalt. Es gab Schnittholz, mehrere mit Baumwollabfällen gefüllte Säcke, eine lange Rolle dicken Filz, eine Holzbank mit daran befestigtem Schraubstock und einen großen Werkzeugkasten. Creasy legte alles auf den Fußboden der Garage, dann ging er zur Vorderseite der Ladefläche und untersuchte sorgfältig die Verkleidung an der Rückseite des Fahrersitzes. Er ging zum Werkzeugkasten, wählte einen Schraubenzieher und schraubte vorsichtig, um den Lack nicht zu beschädigen, das Dutzend Senkschrauben heraus. Die falsche Platte fiel langsam um und enthüllte einen etwa dreißig Zentimeter tiefen Raum, der ebenso breit und hoch war wie der Laderaum des Lieferwagens. Er brummte zufrieden und lehnte die Platte vorsichtig an die Garagenwand. Als nächstes nahm er ein Maßband und ein Notizbuch heraus und notierte die genauen Maße des Geheimfachs.

Dann zeichnete er aufgrund früherer Notizen einen groben Plan und heftete ihn an die Garagentür.

In den nächsten zwei Stunden arbeitete er gleichmäßig, maß das Holz und schnitt es mit einer kleinen elektrischen Säge zurecht.

Die Arbeit gefiel ihm, doch schließlich mußte er aufhören, weil die Luft in der geschlossenen Garage stickig geworden war. Draußen war es dunkel, und er ging zehn Minuten lang in der kühlen Nachtluft spazieren, um seinen Kopf klarzubekommen. Dann fand er ein kleines Bistro, in dem er zu Abend aß.

Am nächsten Morgen um acht war er wieder in der Garage. Er arbeitete bis Mittag durch, dann ging er zum Lunch in das gleiche Bistro. Das Essen war einfach und gut, und mit seinen groben Kleidern und seinem umgangssprachlichen Französisch fiel er unter den anderen Gästen nicht auf.

Im Lauf des Nachmittags war er mit dem Zuschneiden des Holzes fertig und paßte es in den Laderaum ein. Zuerst den schweren Rahmen und dann die Querhölzer, die genau in die vorbereiteten Fugen paßten. Er trat zurück und betrachtete sein Werk. Jetzt sah der Laderaum aus wie ein riesiges, halbvollendetes Kinderpuzzle. Am Donnerstag würde er die fehlenden Stücke einsetzen.

Vom Hotel aus rief er eine Autovermietung an. Er mietete für den nächsten Tag auf den Namen Luigi Racca einen Fiat-Lieferwagen für vierundzwanzig Stunden.

Leclerc wartete mit einem Wächter. Sonst war niemand auf der Straße. Fünf Minuten nach zehn bog ein dunkelblauer Lieferwagen um die Ecke und parkte in hundert Meter Entfernung. Seine Scheinwerfer blinkten zweimal und erloschen.

»Gehen Sie zur nächsten Ecke und warten Sie«, befahl Leclerc dem Wächter. »Kommen Sie erst zurück, wenn dieser Lieferwagen fort ist.« Als der Wächter in der Dunkelheit verschwand, setzte sich der Wagen in Bewegung.

»Alles in Ordnung?« fragte Creasy und sprang aus der Kabine.

»Ja«, antwortete Leclerc und schloß die Lagerhaustür auf. Dicht hinter der Tür lagen drei hölzerne Kisten auf einem Gabelstapler. Sie waren mit den Buchstaben A, B und C bezeichnet. Leclerc deutete nacheinander auf sie. »Munition, Waffen, andere Ausrüstung.« Innerhalb weniger Minuten waren die Kisten im Wagen verladen, und Creasy kletterte wieder in die Kabine.

Leclerc sah zu ihm auf. »Kommen Sie morgen nachmittag in mein Büro. Ihre Papiere werden bereit sein.«

Creasy nickte und fuhr davon.

Er fuhr vierzig Minuten lang durch die Stadt, änderte sein Tempo und bog unvermittelt ab. Dann war er davon überzeugt, daß er nicht verfolgt wurde, fuhr zur Rue Catinat und parkte fünfzig Meter von der Garage entfernt. Er schaltete die Scheinwerfer aus und den Motor ab, blieb eine halbe Stunde sitzen, horchte und beobachtete die Umgebung. Dann startete er den Motor und fuhr rückwärts zur geöffneten Garagentür. Er zerrte die drei Kisten rasch aus dem Wagen und stellte sie in die Garage. Dann schloß er das Tor ab und fuhr zu seinem Hotel zurück – wobei er wieder den rückwärtigen Verkehr im Auge behielt.

Am frühen Morgen brachte er den Mietwagen zurück und war um neun Uhr wieder in der Garage. Er stemmte die Deckel der drei Kisten auf und paßte nacheinander die Waffen, die Munitionskisten und die Handgranaten in die vorgesehenen Stellen ein. Er stopfte Händevoll Baumwollabfall in alle Lücken zwischen Ausrüstung und Rahmen. Dann wurde ein Filzvorhang auf dem Gestell befestigt. Er holte die falsche Platte, achtete wieder darauf, den Lack nicht zu zerkratzen, und schraubte sie fest. Er schlug an mehreren Stellen mit der Faust dagegen. Sie fühlte sich solid an und klang auch so. Schließlich verlagerte er mit gespreizten Beinen sein Gewicht nach vorn und hinten, so daß der Wagen schaukelte.

Er nickte zufrieden. Sein Waffentransporter war bereit und beladen.

Leclerc reichte ihm den Briefumschlag über den Schreibtisch, und Creasy schüttelte den Paß und die Papiere heraus und prüfte sie eingehend.

»Sie sind gut«, bestätigte er. »Besser als ich erwartet habe – wieviel?«

Leclerc zuckte bedauernd die Schultern. »Elftausend Francs.«

»Sie sind es wert.« Creasy nahm eine Rolle Banknoten aus der

Tasche und zählte elftausend Francs auf den Tisch. »Haben Sie sich mit Guido wegen der Bezahlung für das übrige Zeug geeinigt?«

Leclerc nickte. »Er wird es auf mein Konto in Brüssel überweisen.« Er machte eine Pause. »Sie bekommen es zum Selbstkostenpreis – ich habe nichts aufgeschlagen.«

»Danke.« Creasy lächelte. »Damit sind wir quitt.«

Leclerc stand auf. »Ist mein Leben so wenig wert? Ich hoffe nicht.«

Creasy streckte die Hand aus. »Wenn eine Gefälligkeit erwidert wird, ist die Tatsache an sich wichtig, nicht das Ausmaß. Zufällig weiß ich, daß Sie in Ihrem Geschäft mit der Regierung zusammenarbeiten müssen, und ich weiß, daß unsere Transaktion absolut inoffiziell ist. Falls Sie unter Druck gesetzt werden, dann sagen Sie, daß Sie angenommen haben, ich arbeitete noch für die Rhodesier. Aber sprechen Sie mit niemandem über die Papiere – nicht einmal mit Guido.«

Leclerc lächelte. »In Ordnung. Ich kann sehr unschuldig aussehen, wenn es nötig ist. Viel Glück.«

An der Tür zögerte Creasy, dann entschloß er sich.

»Sie haben eine Menge Unannehmlichkeiten auf sich genommen, das weiß ich zu schätzen. Wenn ich jemals etwas für Sie tun kann, wenden Sie sich durch Guido an mich.«

Leclerc war im Begriff gewesen, sich zu setzen, doch als die Tür sich schloß, hing er halb kauernd über seinem Stuhl und hatte den Mund überrascht aufgerissen. Dann sank er langsam zurück und bekreuzigte sich. Es geschehen tatsächlich Wunder.

15

Guido stand auf der Terrasse und beobachtete durch den Feldstecher, wie das blauweiße Fährschiff anlegte. Er wußte, daß die Papiere kein Aufsehen erregen würden, aber Fahrzeuge aus Marseille wurden oft gründlich durchsucht.

Die Rampe wurde heruntergelassen, und ein Strom von Privatwagen fuhr heraus und wurde in drei Reihen eingewiesen. Mehrere Lastwagen und ein Containerwagen folgten – dann der graue Lieferwagen. Guido sah, wie Creasy aus der Kabine stieg und sich gelangweilt und gleichgültig an die Seitenwand des Lieferwagens lehnte. Er trug einen verblaßten Baumwoll-Overall und hielt einen großen Umschlag in der Hand, mit dem er träge gegen sein Bein schlug.

Es dauerte zwanzig Minuten, bis ihn der Zollinspektor erreichte. Inzwischen war Pietro auf die Terrasse herausgekommen.

»Ist er angekommen?«

»Ja«, brummte Guido, ohne den Hafen aus den Augen zu lassen.

Der Beamte prüfte die Papiere sorgfältig, dann ging er zur Rückseite des Wagens. Creasy öffnete die Türen, der Zollbeamte gab ihm den Umschlag zurück und zog sich in den Wagen hinauf. Es schien eine Ewigkeit zu dauern, bis er mit etwas in der Hand wieder auftauchte. Guido erstarrte, beugte sich vor und stellte den Feldstecher besser ein. Endlich erkannte er den Gegenstand und sah, wie Creasy nickte, worauf er den angehaltenen Atem zischend ausstieß.

»Was ist es?« fragte Pietro.

»Eine Melone – der Bastard will eine Melone.«

Pietro lachte. »Kein hoher Preis.«

Der graue Lieferwagen fuhr zur Sicherheitsschranke; dort hielt er nur kurz an, dann reihte er sich in den Verkehr ein. Guido ließ den Feldstecher sinken und sah auf die Uhr.

»Er wird innerhalb der nächsten Stunde anrufen. Ich werde also mit ihm zum Lunch gehen – wirst du allein fertig?«

»Natürlich«, antwortete Pietro. »Sag ihm, ich wünsche ihm viel Glück.«

»Werde ich tun«, Guido ernst. »Er braucht es.«

Guido betrat das Restaurant mit einer Segeltuchtasche in der Hand. Er blieb an der Tür stehen, um sich an das schwache Licht zu gewöhnen. Es war kurz nach zwölf Uhr mittag, und bis auf Creasy, der an einem Ecktisch saß, und einen gelangweilten Kellner war das Lokal leer. Creasy stand auf, als Guido näher kam, und sie umarmten einander herzlich. Guido trat zurück und sah seinen Freund genau an.

»Gozo hat dir gut getan. Du bist um zehn Jahre jünger geworden.«

Creasy lächelte. »Sie lassen dich alle grüßen.«

Sie setzten sich und bestellten *calzoni* mit Salat.

»Alles in Ordnung in Marseille?« fragte Guido, sobald der Kellner fort war.

»Einwandfrei«, antwortete Creasy. »Leclerc hat mir sehr geholfen, nahm dir aber übel, daß du ihm gedroht hast.«

Guido grinste. »Weh getan hat es jedenfalls nicht. Wie geht es Nadia?«

Die Frage verwirrte Creasy einen Moment.

»Ausgezeichnet – du weißt es?«

»Ich habe es vermutet.«

Guido erzählte ihm von dem Anruf und wie er versucht hätte, sie von der Sinnlosigkeit zu überzeugen. »Aber das hat sie wohl nicht davon abgebracht?«

Creasy zuckte mit den Achseln. »Nein.« Er hatte ihre Reaktion noch immer nicht ganz verstanden.

»Sehr gelassen. Keine Tränen, keine Gefühle – sie ist ein merkwürdiges Mädchen.«

Der Kellner kam mit dem Essen und einer Flasche Wein, dann ließ er sie allein.

»Ich habe Pietro nach Marseille geschickt«, erwähnte Guido. »Er hat die meiste Fußarbeit geleistet, auch in Rom und Mailand.«

»Er ist ein braver Junge«, bemerkte Creasy.

Sie aßen eine Weile schweigend. Creasy mußte Pietros Verläßlichkeit nicht in Frage stellen, doch etwas mußte gesagt werden.

»Es könnte gefährlich für ihn werden.«

Guido nickte. »Ich schicke ihn nach Gozo, sobald alles anfängt. Er wird dort bleiben, bis die ganze Sache vorbei ist. Er braucht ohnehin Urlaub.«

»Er verdient ihn«, stimmte Creasy zu und wiederholte: »Er ist ein braver Junge – wirst du ohne ihn zurechtkommen?«

Guido lächelte. »Ich schließe die Pension für diese Zeit. Ich werde nur Mittag- und Abendessen für die Stammgäste zubereiten. Das macht nicht viel Arbeit.«

Creasy erging sich nicht in Gemeinplätzen darüber, daß Guido Geld verlor. Das war unnötig.

Guido öffnete den Reißverschluß der Segeltuchtasche und nahm fünf Schlüsselbunde, zwei Stadtpläne und eine Mappe heraus. Er reichte Creasy die Schlüssel. An allen waren Schildchen befestigt. Sie lauteten: »Wohnung in Mailand, das Cottage in Vigentino außerhalb der Stadt, der Alfetta GT, die Wohnung in Rom und der Renault 20 in Rom.«

Creasy nahm die Schlüssel lächelnd entgegen. »Ich komme mir vor wie ein Grundbesitzer.«

»Mieter.« Guido erwiderte das Lächeln. »Sie wurden alle vor zehn Tagen für drei Monate gemietet.«

»Gibt es eine Möglichkeit, die Spur zu dir zurückzuverfolgen?«

Guido schüttelte den Kopf. »Unmöglich – die Wohnungen und das Cottage wurden von Remarque in Brüssel unter falschem Namen gemietet – und dazwischen gibt es eine Lücke ... Die Wagen habe ich unter dem Namen Luigi Racca gemietet. Er ist Witwer und besucht seine Tochter in Australien – er wird erst in einigen Monaten zurückkommen.«

Er schlug die Stadtpläne auf und zeigte auf die bezeichneten Stellen: die Wohnung in Mailand und der Bungalow außerhalb.

»Diese Wohnung ist sehr abgelegen und hat eine Mietgarage, in der der Alfetta steht.« Er zeigte Creasy auch die Wohnung in Rom auf dem Stadtplan und die zwei Häuserblocks entfernte Garage, in der der Renault stand.

»Die Wohnungen und der Bungalow sind mit Konserven und ähnlichem Zeug ausgestattet.« Er tippte auf die Mappe. »Die Adressen stehen da drin.«

»Gut.« Creasy war sehr zufrieden. »Hast du an die Ladevorrichtungen gedacht?«

Guido grinste, griff in die Tasche und reichte ihm zwei glänzende Zylinder. Creasy untersuchte einen von ihnen genau.

Er bestand aus Aluminium, war etwa neun Zentimeter lang, hatte einen Durchmesser von zwei Zentimetern und war abgeschrägt. Er hielt die Enden fest, drehte vorsichtig, der Zylinder ging auf, und das feine Gewinde kam zum Vorschein. Er schaute in die beiden Hälften. Die Innenfläche war ebenso glatt wie die äußere.

»Ich habe sie in einer örtlichen Maschinenwerkstatt machen lassen«, erklärte Guido, nahm die Zylinder zurück und ließ sie in die Tasche fallen. »Sie sind ein bißchen größer als normal – unangenehm, würde ich sagen.«

Creasy lächelte schwach. »Er kann sich beschweren – ich werde sehr mitfühlend sein.«

Guido legte die Schlüssel und Stadtpläne beiseite und ließ nur die Mappe vor sich liegen. »Erinnerst du dich an Verrua?« fragte er. »Von der Legion?«

»Ja«, antwortete Creasy. »Zweiter REP. Er brachte zwei Dienstzeiten hinter sich und schied dann aus – er wurde alt.«

»Stimmt. Er lebt jetzt hier in Neapel. Nachdem er die Legion verlassen hat, hat er zehn Jahre lang in Sizilien für Cantarella gearbeitet – als Schläger. Sie haben ihn vor ein paar Jahren in Pension geschickt, und er ist hierher zu seiner verheirateten Tochter gekommen. Er ißt häufig bei mir, er erzählt gern von seinen Erlebnissen. Ich habe mich kaum an ihn erinnert – ich bin nur ein paar Monate vor seinem Ausscheiden eingetreten –, aber er kennt dich. Er spricht oft von dir – über die erste Zeit in Vietnam.«

Creasy nickte. »Er hat schon damals zuviel geredet. Er weiß nichts über diese Operation?«

Guido schüttelte den Kopf. »Nichts. Aber die Sache ist die, daß er über Cantarella sehr enttäuscht ist. Er findet, daß man sich nicht ordentlich um ihn gekümmert hat. Offen gestanden, er ist von Natur aus ein Nörgler. Jedenfalls hat er mit ein bißchen Nachhilfe eine Menge über die Villa Colacci und die dortigen Einrichtungen erzählt.« Er reichte Creasy die Mappe. »Es steht da drinnen, mit anderen Einzelheiten, die ich erfahren habe.«

Creasy sah die Mappe durch. Sie enthielt eine Skizze der Villa und des Geländes sowie mehrere Seiten Notizen. Er blickte auf. »Das ist mir wirklich eine Hilfe, Guido, ich bin dir dankbar.«

Guido zuckte mit den Schultern und rief dem Kellner zu, er solle Kaffee bringen.

»Ich weiß, daß du Informationen sammeln willst, während du weitermachst«, sagte er. »Aber das könnte dir Zeit ersparen.«

»Das wird es«, stimmte Creasy zu und blickte auf den skizzierten Plan. »Die Villa Colacco ist ein Problem – und Cantarella verläßt sie selten.«

Guido grinste. »Er wird sie überhaupt nicht mehr verlassen, wenn er weiß, daß er dein Ziel ist. Hast du eine Ahnung, wie du hineinkommst?«

»Mehrere. Aber ich werde mich erst festlegen, wenn ich mehr weiß.«

In Wirklichkeit wußte er schon genau, wie er hineinkommen würde. Er hatte nach seinem Besuch in Palermo vor drei Monaten einen Plan gefaßt. Er hätte mit Guido darüber gesprochen, hatte aber einen guten Grund, es nicht zu tun.

Der Kaffee kam, Creasy nahm einen Schluck und brachte das Thema aufs Tapet. »Nach Conti in Rom werde ich ganz auf mich gestellt sein. Keine Kontakte und keinen festen Stützpunkt. Ich werde dann beide Autos und den Lieferwagen aufgegeben haben – du verstehst, warum?«

Guido lächelte kurz. »Natürlich. Bis dahin haben sich sowohl die Polizei als auch Cantarella ausgerechnet, wer das Töten besorgt. Sie werden nicht lang brauchen, um deine Spur zu mir zu verfolgen, und dann werden sie mir Fragen stellen – ich kann ihnen nicht sagen, was ich nicht weiß.«

Creasy nickte ernst.

»Und man wird genau merken, daß du wirklich nichts weißt. Das ist immer so; wir haben beide mit solchen Fragen Erfahrung. Wenn du keine Ahnung hast, bist du sicherer.«

»Aber für dich wird es schwerer«, meinte Guido. »Und Gott weiß, es wird schwierig genug.«

»Ich muß improvisieren – das ist nicht das erste Mal. Wie nehme ich inzwischen Verbindung mit dir auf? Ich will das Telefon nicht benützen.«

Guido zeigte auf die Mappe. »Titelseite. Hier in Neapel gibt es eine Postfachnummer – du telegraphierst eine Telefonnummer und Zeit, und ich rufe dich von auswärts an.«

Creasy klappte die Mappe auf und las die Nummer.

»Gut – wenn es glattgeht, melde ich mich überhaupt nicht – bis alles vorüber ist.«

Lange Stille folgte.

»Du bist noch immer fest entschlossen?«

»Ja – es hat sich nichts geändert – das Bedürfnis, sie zu kriegen, ist so stark, daß es weh tut.«

»Ich habe geglaubt, daß die Sache mit Nadia dich vielleicht besänftigt hätte.«

Creasy antwortete erst nach langer Zeit – er dachte über Guidos Worte nach. Dann schüttelte er den Kopf. »Ich liebe sie, Guido – und sie liebt mich. Aber nichts hat sich geändert. Dieses Kind hat mir eine neue Perspektive ermöglicht. Pinta hat mir gezeigt, was das Leben bedeutet.« Sein kantiges Gesicht war finster, seine Stimme klang heiser und gefühlvoll. »Ich habe Nadia alles erzählt, und sie haßt diese Leute auf ihre eigene Weise ebenso sehr wie ich. Ich verstehe es eigentlich nicht, aber es ist, als wäre sie bei mir – und treibe mich an.«

Er lehnte sich zurück und holte tief Luft, um seine Gefühle unter Kontrolle zu bekommen. »Ich weiß, daß es ein Widerspruch ist – ich versuche, nicht an Nadia zu denken. Würdest du es glauben, Guido? Ich bin fünfzig Jahre alt, und ich habe mich verliebt.«

Guido schüttelte den Kopf. Er war sehr traurig.

»Wann fängst du an?«

Creasy beugte sich wieder vor. Seine Stimme wurde sachlich.

»Heute fahre ich nach Mailand – ich müßte morgen früh beim Cottage sein. Rabbia und Sandri sind die ersten Ziele, aber ich muß nur mit einem von ihnen sprechen – wahrscheinlich mit Rabbia. Anscheinend besteht er nur aus Muskeln und ist schwer von Begriff – er wird schneller zusammenbrechen als Sandri.«

Er zuckte die Schultern. »Ich werde ihn ein paar Tage beobachten, dann schnappe ich ihn mir.«

Guido nahm die Mappe, steckte sie in die Tasche und zog den Reißverschluß zu. Die beiden Männer standen auf.

»Du gehst als erster«, sagte Guido.

»Gut – sag Pietro, ich wünsche ihm schöne Ferien – und ich danke ihm.«

»Werde ich ausrichten – er wünscht dir Glück.«

Sie umarmten einander, Creasy nahm die Tasche und ging.

16

Giorgio Rabbia arbeitete. Es war nicht anstrengend. In den letzten zwei Stunden hatte er etliche Bars im Ostteil von Mailand aufgesucht. Es war Donnerstag abend, und das bedeutete für seinen Boß Zahltag.

Rabbia war ein riesiger, massiger Mann mit bösartigem Charakter. Wenn er wütend wurde, wurden seine Bewegungen schneller, und er liebte es, Leute zu schlagen. Er war der Richtige für diesen Job, und er besorgte ihn gründlich, wenn auch langsam – indem er immer die gleiche Routine einhielt.

Es war Mitternacht, er war mit den Bars fertig und wollte mit den Klubs beginnen. Er trug eine lose Jacke, die seine große Masse betonte. Unter der Jacke, unter seinem linken Arm, trug er eine Beretta-Pistole in einem Schulterhalfter. Unter seinem rechten Arm hing eine lange weiche Rehledertasche, die mit einer Zugschnur verschlossen war. Sie war halbvoll.

Er stellte seinen Lancia unter einem Parkverbotsschild vor dem »Papagayo-Nachtklub« ab und schob seine Masse auf das Pflaster hinaus.

Er war auf seinen Lancia stolz – er war silbern lackiert und mit einer Braun-Stereoanlage und einer Musikhupe ausgestattet. Auf der Hutablage hinter dem Rücksitz saß ein Spielzeugdackel; sein Kopf bewegte sich auf und nieder. Ein Geschenk von einer bevorzugten Freundin.

Trotz dieses teuren, sentimentalen Zubehörs versperrte Rabbia den Wagen nicht, er zog nicht einmal den Schlüssel ab. Jeder kleine Dieb in Mailand wußte, wem er gehörte und was geschehen würde, wenn er ihn anrührte.

Er schlenderte voll leiser Vorfreude in den Klub, denn seiner Routine entsprechend nahm er dort immer den ersten Drink einer Nacht.

Der Besitzer sah ihn und gab dem Barkeeper ein Zeichen. Als

Rabbia die Bar erreichte, wartete bereits ein großer Scotch auf ihn. Er trank genüßlich und überblickte den Raum.

Mehrere Paare tanzten zu der leisen Musik eines Pianisten. Die Männer waren Geschäftsleute mittleren Alters, die Mädchen junge Hostessen. Der Klub war teuer und erfolgreich. Rabbia sah, wie ein Mädchen von der Damentoilette auf einen der Gäste zusteuerte. Sie war hochgewachsen und blond, und ihre großen Brüste quollen aus dem tiefen Dekolleté. Er hatte sie noch nie gesehen, sie mußte also neu sein. Im Geist nahm er sich vor, sie eines Nachmittags zu sich kommen zu lassen.

Er trank seinen Whisky aus, der Klubbesitzer trat zu ihm und überreichte ihm ein Bündel Banknoten. Rabbia zählte sie sorgfältig, dann langte er unter seine Jacke, öffnete seine Tasche und ließ das Geld hineinfallen. Er nickte dem lächelnden Klubbesitzer zu und deutete mit dem Kinn auf einen Tisch.

»Das neue Mädchen – die Blondine. Schick sie doch Montag nachmittag um drei in meine Wohnung.«

»Natürlich, Signore Rabbia.«

Auf der Straße atmete er die frische Luft ein und ging zum Lancia. Wenn es heller und er ein aufmerksamer Beobachter gewesen wäre, hätte er vielleicht bemerkt, daß der Kopf des Dackels sanft nickte.

Er stieg müde grunzend ein und wollte nach der Zündung greifen, als er das kalte Metall an seinem Nacken spürte und die kalte Stimme hörte: »Keine Bewegung.«

Seine erste Reaktion war Verwunderung. »Weißt du, wer ich bin?«

»Du bist Giorgio Rabbia – wenn du noch einmal sprichst, wird es das letzte Mal sein.«

Eine Hand griff nach vorne unter seinen linken Arm und öffnete seine Jacke. Er spürte, wie seine Waffe herausgenommen wurde, und rührte sich nicht; denn nun hatte er Angst. Der Mann hinter ihm wußte, wer er war. Das Motiv war nicht Raub. Vielleicht gab es Schwierigkeiten mit der Abrata-Gruppe.

Die Stimme unterbrach seine nervösen Überlegungen.

»Du wirst den Motor anlassen und meine Weisungen befolgen. Du fährst langsam und erregst kein Aufsehen. Versuche nicht, schlau zu sein, sonst stirbst du sofort.«

Rabbia fuhr vorsichtig, sein Instinkt sagte ihm, daß der Mann auf dem Rücksitz keine leeren Drohungen machte.

Er wurde aus der Stadt nach Süden dirigiert, und als sie durch die Vororte kamen, dachte er schneller. Wenn ein Territoriumkrieg begonnen hätte, wäre er bereits tot. Er würde entweder vor dem Klub oder in dem verlassenen Lagerhausbezirk liegen, durch den sie gefahren waren. Die Stimme verwirrte ihn. Sie hatte einen leichten neapolitanischen Akzent und noch etwas, das er nicht bestimmen konnte. Er kam zu dem Schluß, daß der Mann kein Italiener war, und das veranlaßte ihn, an etwas anderes zu denken. Sein Boß Fossella hatte vor einigen Monaten mit einer »Union-Corse«-Gruppe in Marseille wegen eines Rauschgifttransportes gestritten. Vielleicht war ihr Groll stärker, als man angenommen hatte; aber warum der neapolitanische Akzent?

Kurz vor Vigentio wurde er angewiesen, auf eine Seitenstraße abzubiegen und dann wieder in eine Sandstraße. Er würde vielleicht eine Chance haben, wenn sie aus dem Wagen stiegen – die Pistole mußte erst von seinem Nacken weg sein; und Rabbia konnte sich trotz seines massigen Körperbaus überraschend schnell bewegen.

Ein niedriger Bungalow erschien im Scheinwerferlicht. Eines der Häuser, die sich reiche Mailänder für das Wochenende bauen. Die Stimme befahl ihm, zu der Rückseite zu fahren. Unter den Reifen knirschte Schotter.

»Anhalten. Zieh die Handbremse und schalte die Zündung ab.«

Rabbia beugte sich vor, und das Metallstück bewegte sich mit ihm. Er lehnte sich zurück. Plötzlich war der Druck auf seinen Nacken fort. Er straffte sich, dann explodierte alles vor seinen Augen.

Langsam kam er wieder zu sich – und empfand einen pochenden Schmerz im Hinterkopf. Er versuchte, mit der Hand hinzugreifen, doch sie bewegte sich nicht. Sein Kinn war auf seine Brust gesunken, und als er wieder klar sah, erkannte er, daß sein linkes Handgelenk mit Klebeband an die hölzerne Armlehne eines Stuhls geklebt war. Er drehte mühsam den Kopf nach rechts. Sein rechtes Handgelenk war ebenso festgeklebt. Mit einem Ruck kehrte seine Erinnerung zurück, und sein Geist wurde wach. Er hob langsam den Kopf und sah zuerst einen Holztisch, auf dem mehrere Gegenstände lagen: ein Hammer und zwei lange Stahlbolzen; daneben ein großes, schweres Messer und neben ihm eine etwa dreißig Zentimeter lange Metallrute. Von einem Ende der Rute schlängelte sich ein elektrisches Kabel über den Tischrand, das Ende konnte er nicht sehen. Er hob den Blick und sah den Mann, der an der anderen Seite des Tisches saß. Das breite Gesicht – die Narben, die schmalen Augen – irgendwo ... er hatte ihn schon irgendwo gesehen.

Vor dem Fremden lag ein offenes Notizbuch, ein Füllfederhalter und eine breite Rolle Klebeband auf dem Tisch.

»Kannst du mich hören?«

Rabbia nickte mühsam. »Wer immer du bist, dafür wirst du büßen.«

Der Mann überhörte die Worte und wies auf die Dinge auf dem Tisch. »Schau dir sorgfältig an, was vor dir liegt, und hör mir zu. Ich werde dir Fragen stellen, viele Fragen. Wenn du nicht vollständig und wahrheitsgemäß antwortest, werde ich deine linke Hand losmachen, sie auf den Tisch legen und einen Bolzen hindurchtreiben.«

Rabbias Blick wanderte zu den glänzenden Stahlbolzen. Die kalte, ausdruckslose Stimme fuhr fort.

»Dann werde ich das Messer nehmen und dir die Finger abschneiden – einen nach dem anderen.«

Rabbias Blick richtete sich auf das Messer.

»Du wirst nicht verbluten.« Der Finger zeigte auf die Metallrute. »Das ist ein elektrischer Lötkolben. Ich werde ihn verwenden, um die Stummel auszubrennen.«

Auf Rabbias blassem Gesicht brach Schweiß aus. Der Mann sah ihn teilnahmslos an.

»Wenn du dann noch nicht sprichst, werde ich mit der rechten Hand weitermachen, und dann mit deinen Füßen.«

Wie viele brutale Männer war auch Rabbia ein Feigling. Als er in die Augen seines Gegenübers blickte, hatte er das kalte, bestimmte Gefühl, daß der Mann tun würde, was er angekündigt hatte; aber warum? Wer war dieser Mann? Wo hatte er ihn schon gesehen?

Er versuchte, Wut zu entwickeln – genügend Wut, um seine Angst zu unterdrücken.

»Geh zur Hölle!« knurrte er. Eine Reihe von Beschimpfungen folgte, verstummte aber, als der Mann aufstand. Er ergriff die Rolle Klebeband, wickelte ein Stück ab, riß es ab und ging um den Tisch.

Rabbia wollte etwas sagen, doch das Klebeband landete schnell auf seinem Mund und brachte ihn zum Schweigen. Er bemerkte eine rasche Bewegung zu seinem Magen und krümmte sich unter dem Schlag. Gleich darauf wurde sein Kopf durch einen Schlag hinter das Schläfenbein erschüttert.

Er war kaum noch bei sich, sein Körper war gelähmt – die Nerven betäubt. Er bemerkte undeutlich, daß sein linker Arm befreit und nach vorn gezogen wurde. Gleich darauf bäumte sich sein Körper qualvoll auf, und er verlor das Bewußtsein.

Als er das zweite Mal zu sich kam, bemerkte er das Pochen in seinem Kopf nicht. Sein linker Arm schien zu brennen. Er öffnete die Augen und blickte auf seine Hand, die flach auf dem Tisch lag. Der Kopf des Stiftes ragte aus ihrer Mitte empor. Zwischen den gespreizten Fingern sickerte langsam Blut auf den Tisch.

Sein Gehirn versuchte, seinen Augen nicht zu glauben, doch eine schwache Bewegung jagte neue Wellen der Qual durch seinen Körper. Ein leises Stöhnen kam aus seinem verklebten Mund. In seinen Augen lag Entsetzen. Nicht nur die plötzliche Gewalttätigkeit, sondern die gefühllose Art, mit der sie ausgeführt wurde, als wäre der Mann damit beschäftigt, ein Bücherregal zusammenzubauen, trieb ihm den Angstschweiß auf die Stirn.

Er sah wieder in diese Augen. Kein Zucken – das ganze Gesicht war ausdruckslos. Als der Mann dann aufstand und wieder um den Tisch herumging, erstarrte Rabbia, krümmte sich im Stuhl, schüttelte den Kopf und stöhnte. Der Mann packte eine Handvoll Haare und hielt Rabbias Kopf fest, während er das Klebeband vom Mund abriß. Dann ging er zurück, setzte sich und sah ruhig zu, während Rabbia würgte und vor Angst und Schmerz zitterte.

Es dauerte viele Minuten, bis der große, schwitzende Mann sich in der Gewalt hatte. Seine Augen wanderten ständig zwischen seiner festgenagelten linken Hand, dem Messer und dem Lötkolben daneben hin und her.

Langsam hörten die Krämpfe auf, er hob den Blick und fragte mit gebrochener, kaum hörbarer Stimme: »Was willst du?«

Der Mann zog das Notizbuch zu sich und schraubte die Kappe des Füllers ab. »Beginnen wir mit der Balletto-Entführung.«

Nun konnte sich Rabbia an das Gesicht erinnern.

Das Verhör dauerte über eine Stunde. Nur einmal, als der Fremde auf Fossella zu sprechen kam, zögerte Rabbia; als aber sein Befrager die Feder weglegte und aufstehen wollte, wurde sein Bericht wieder flüssig.

Sie begannen mit der Entführung. Rabbia hatte den Wagen gelenkt und wies rasch darauf hin, daß Sandri den Leibwächter niedergeschossen hatte. Die anderen Männer, die toten, waren Dorigo und Cremasco.

Rabbia wußte nichts über das Lösegeld. Sie hatten nur Befehl gehabt, das Mädchen zu einer bestimmten Zeit von einem bestimmten Ort zu entführen und sie in einem Haus in Niguada festzuhalten.

Die ganze Sache war von Beginn an verpfuscht worden. Fossella hatte erklärt, daß es einen Leibwächter gab, der kein großes Problem darstellen würde. Er sagte Dorigo, er solle ein paar Schüsse abfeuern, um ihn zu verjagen. Sie waren unvorsichtig gewesen.

»Wer hat das Mädchen vergewaltigt?«

»Sandri«, lautete die sofortige Antwort. »Er war so zornig – Dorigo war sein Freund gewesen – er hat eine Vorliebe für junge Mädchen, und dieses hatte sich gewehrt und ihm das Gesicht zerkratzt.«

Rabbia fuhr sich nervös mit der Zunge über die trockenen Lippen.

»Und du?« kam die ruhige Frage. »Hast du sie auch mißbraucht?«

Lange Stille folgte, dann nickte Rabbia fast unmerklich und antwortete: »Ja ... also, nach Sandri. Ich habe gedacht, daß es keine Rolle mehr spielt.« Er sah über den Tisch. Der Mann bewegte sich nicht; er schien für einen Augenblick geistesabwesend zu sein, doch dann fragte er weiter.

»Noch jemand?«

Rabbia schüttelte den Kopf. »Wir waren mit ihr allein. Es war sehr langweilig – wir glaubten, daß die ganze Sache in wenigen Tagen vorbei wäre, aber es gab Schwierigkeiten mit dem Lösegeld, und wir saßen über zwei Wochen lang in dem Haus fest.«

»Und so habt ihr sie oft vergewaltigt?«

Rabbias Kinn war auf seine Brust gesunken. Seine Stirn glänzte vor Schweiß. Seine Stimme war ein heiseres Flüstern.

»Ja ... es gab nicht viel zu tun, und ... sie war sehr schön ...« Seine Stimme verklang, er hob den Blick, und von jenseits des Tisches sah ihn der Tod an.

»Fossella? Was hielt er davon?«

»Er war wütend. Der Tod des Mädchens war ein Fehler. Er

war sehr wütend – wir sollten jeder zehn Millionen Lire bekommen, doch Fossella gab uns nichts.«

Die Stimme fragte sanft: »Zur Strafe hat er euch also euren Lohn gesperrt – war das alles?«

Rabbia nickte, Schweiß tropfte von seinem Kinn.

»Wir hatten Glück – Sandri ist Fossellas Neffe – der Sohn seiner Schwester.«

Der Mann ergriff den Federhalter.

»Ja«, bestätigte er leise. »Ihr hattet Glück. Sprechen wir von Sandri.«

Er entlockte Rabbia jede Einzelheit: Freunde, Ortsveränderungen, Gewohnheiten – alles. Dann sprachen sie über Fossella, und der Fremde wollte auch über ihn alles wissen.

Einmal jammerte Rabbia über den Schmerz in seiner Hand.

»Es dauert nicht mehr lang«, beruhigte ihn der Mann. »Erzähl mir von Conti und Cantarella.«

Aber Rabbia wußte wenig über so hochgestellte Persönlichkeiten. Cantarella verließ kaum jemals die Villa Collacci, behauptete er. Rabbia hatte ihn nie gesehen.

»Aber Fossella ist oft dort«, erzählte er. »Und er besucht auch Conti in Rom – mindestens einmal im Monat.«

Es gab keine Fragen mehr. Das Notizbuch wurde zugeklappt, der Füller wieder mit der Kappe versehen.

Rabbias Panik stieg. Er begann wieder zu sprechen, plapperte über Sandri und Fossella, doch der Mann jenseits des Tisches war nicht mehr interessiert. Er stand langsam auf und griff unter seine Jacke. Rabbia sah die Pistole, und sein Redestrom versiegte. Er spürte keinen Schmerz mehr. Er sah fasziniert zu, wie der Schalldämpfer auf die Mündung geschraubt wurde und der Mann um den Tisch ging. Er behielt die Pistole im Blick, die immer näher kam; spürte das Metall an seinem Gesicht dicht unter dem rechten Auge. Er hörte zum letzten Mal die Stimme:

»Du fährst zur Hölle, Rabbia – du wirst nicht einsam sein.«

Im »Granelli« herrschte Hochbetrieb, die Atmosphäre war typisch für die Lunchzeit am Freitag – entspannte Gäste, die sich lautstark auf das Wochenende freuten.

Mario Satta aß allein an dem Tisch hinten in der Nische. Er glaubte an das alte Sprichwort, daß die ideale Anzahl von Menschen, wenn man auswärts aß, zwei war: er und ein verdammt guter Oberkellner.

Satta war ein sehr gutaussehender Mann. Auch jetzt, während er das *cappon magro* aß, warfen mehrere elegante Frauen an anderen Tischen verstohlene Blicke in seine Richtung. Selbst in einem Land, das eine Bastion männlicher Mode ist, war er ungewöhnlich elegant gekleidet – ein gut geschnittener dunkelgrauer Anzug, dazu ein himmelblaues Hemd und eine breite, kastanienbraune Seidenkrawatte. Seine kleinen, flachen Manschettenknöpfe und die Patek Philippe-Uhr blitzten im Licht.

Er hatte ein schmales, braungebranntes Gesicht und eine leichte Adlernase. Selbst die Männer im Restaurant sahen neugierig zu ihm hinüber.

Er sah aus wie ein erfolgreicher Schauspieler oder ein Modezeichner.

In Wirklichkeit war er Polizist, obwohl seine Mutter, eine aristokratische Dame, bei dieser Feststellung zusammengezuckt wäre. »Ein Oberst bei den *Carabinieri*«, hätte sie eisig richtiggestellt. Das stimmte, und mit achtunddreißig Jahren war er für diesen Rang jung. Das war entweder den legendären Verbindungen seiner Mutter oder seinen eigenen Fähigkeiten zuzuschreiben, aber selbst seine Feinde – und sie waren zahlreich – gaben zu, daß letzteres wahrscheinlicher war.

Doch er war Polizeibeamter, und seine Mutter hatte nie aufgehört, sich zu fragen, warum er einen solchen Beruf gewählt hatte, da sie ihm doch so leicht die breiten Türen der Politik oder der Geschäftswelt hätte öffnen können. Ihr älterer Sohn hatte sie überrascht, indem er Medizin studiert hatte und ein erfolgreicher Chirurg geworden war – ein Beruf, den sie für angesehen, aber unendlich langweilig hielt – obwohl er weit annehmbarer als der eines Polizisten war. Satta selbst fragte sich oft, was ihn zu den *Carabinieri* geführt hatte. Es konnte sein Zynismus sein – der dominierende Bestandteil seines Charakters. Wie konnte man besser die Schwächen, Torheiten und Eitelkeiten einer korrupten Gesellschaft beobachten?

Trotz oder gerade wegen seines Zynismus war er ein guter Polizist. Infolge seiner Rechtschaffenheit und des ansehnlichen Privatvermögens war er unbestechlich, und sein scharfer, analytischer Verstand, gepaart mit rastloser Energie, hatte ihm Erfolg gebracht.

Sein Job war eine der vier Leidenschaften, die sein Leben beherrschten. Die anderen waren gutes Essen, schöne Frauen und Backgammon. Für Mario begann ein idealer Tag mit einer befriedigenden Detektivarbeit, gefolgt von einem Lunch in einem der führenden Restaurants von Mailand; dann ein Nachmittag in seinem Büro, in dem er seine umfassenden Akten durchsah und verglich; darauf kochte er selbst in seiner eleganten Wohnung das Dinner für eine schöne Dame, die intelligent genug war, ihm später beim Backgammon Widerstand zu leisten. Noch später würde der Widerstand in seinem riesigen Doppelbett schwinden, in dem sie sich weniger geistigen Betätigungen widmen würden.

Die letzten vier Jahre seiner Karriere waren zutiefst befriedigend verlaufen. Er hatte eine Versetzung in die Abteilung verlangt und erreicht, die auf organisiertes Verbrechen spezialisiert war. Die Angehörigen dieser Bruderschaft faszinierten ihn, und er verbrachte lange Stunden damit, die Probleme und Geheimnisse ihrer Organisation und der Unterorganisationen zu erforschen.

Drei Jahre lang hatte er sich theoretisch mit seiner Aufgabe befaßt; er hatte Informationen gesammelt, verglichen und bewertet, und eine Kartei mit Namen und Fotos erstellt. Er hatte Querverbindungen zwischen Städten im Norden und Süden gefunden; zwischen einem Prostitutionsring in Mailand und einer Wein verfälschenden Gruppe in Kalabrien oder einem Rauschgiftschmuggelsyndikat in Neapel.

Nach drei Jahren wußte er mehr über die italienische Mafia als jeder andere außerhalb dieser Clique und als viele ihrer Mitglieder. Sein Assistent Bellu hatte scherzend festgestellt, falls Satta jemals die Seiten wechselte, konnte er ohne einen Tag zu verlieren in seinen neuen Job schlüpfen.

Im vergangenen Jahr hatte Satta sein Wissen genützt. Er hatte an der Spitze der Untersuchung in dem großen Stahlwerkskandal in Reggio gestanden und sogar erreicht, daß Don Mommo hinter Gittern verschwand – wenn auch nur für zwei Jahre. In den letzten Monaten hatte er sich auf die beiden wichtigsten Familien in Mailand konzentriert, die unter Abratas und Fossellas Führung standen, und geduldig Beweise über Prostitution, Erpressung und Rauschgift gesammelt. Er hatte ein kompliziertes Netz aus angezapften Telefonen, Überwachung und Lockspitzeln errichtet. Er freute sich darauf, in den nächsten Monaten genügend Beweise zu sammeln, um einige der großen Tiere – vielleicht sogar Abrata und Fossella selbst – einzulochen.

Seine Arbeit war im letzten Jahr durch das Erwachen der öffentlichen Meinung erleichtert worden. Die Leute hatten endlich genug von der Arroganz und offenbaren Immunität des organisierten Verbrechens. Überraschenderweise war der wachsende Erfolg der Kommunistischen Partei eine Hilfe gewesen. Sie hatte die Regierung unterstützt und dadurch erreicht, daß die Gesetze mehr beachtet wurden. Doch es war noch ein weiter Weg zurückzulegen. Die Gefängnisstrafen waren erbärmlich unzureichend, Zeugen waren immer schwerer zu finden und noch schwerer zu beschützen. Aber es wurde besser. Jedesmal, wenn die Mafia eine besonders schändliche, ungeheuerliche Tat beging, wandte sich die öffentliche Meinung schärfer gegen sie.

Nach dem Lunch sollte Mario eine junge Schauspielerin besuchen. Sie hatten einander bei einem Empfang am Abend vorher kennengelernt. Sie war klein, zart, zerbrechlich und sehr schön – und sie spielte Backgammon. Sie hatte ihn in ihre Wohnung eingeladen – um Backgammon zu spielen.

Er bestellte als Nachspeise *gelato di tutti frutti*. Satta hatte eine Vorliebe für Süßspeisen und besonders für die Kombination von kandierten Früchten mit Eiscreme. Er wußte, daß sein Anzug knapp saß, und gestattete sich nur an Wochenenden ein Dessert. Genau gesagt mogelte er, denn heute war erst Freitag. Aber die Vorfreude auf den Nachmittag machte ihn überschwenglich. Der Oberkellner trat an seinen Tisch, doch statt der Nachspeise brachte er das Telefon.

»Ihr Büro, Oberst.« Er steckte den Stecker in die Steckdose.

Es war Bellu. Satta hörte ein paar Minuten zu und antwortete kurz: »Ich bin in einer halben Stunde da«, und legte auf. Er bestellte leicht verärgert beim Kellner das Dessert ab. Dann rief er die junge Schauspielerin an, um die Verabredung abzusagen. Sie war sehr enttäuscht. Er tröstete sie – er würde am Sonntag abend persönlich ein Dinner in seiner Wohnung für sie zubereiten.

Als er seine Rechnung bezahlte, sagte er zu dem Oberkellner: »Richten Sie dem Chef aus, daß der *cappon magro* eine Spur zuviel Rosmarin hatte.«

Satta war der Ansicht, daß die Kunst des Küchenchefs von der Gesamtsumme der erhaltenen Beschwerden abhing.

Die Leiche Giorgio Rabbias lag mit dem Gesicht nach oben in einem Abflußgraben neben einer Zufahrtstraße zur Autobahn Mailand-Turin. Eine Ambulanz und mehrere Polizeiwagen standen am Straßenrand. Ein großer, schwarzer Plastiksack lag zusammengelegt auf einer Bahre. Ein Polizeifotograf ging nach jeder Blitzlichtaufnahme ein Stück weiter.

Satta stand neben seinem Mitarbeiter Massimo Bellu und blickte auf die Leiche.

»Der Kassierer wurde also kassiert«, bemerkte er trocken.

»Irgendwann gestern nacht«, berichtete Bellu. »Die Leiche wurde vor einer Stunde gefunden.«

»Eine Kugel in den Kopf?«

»Stimmt – aus sehr geringer Entfernung.« Er zeigte auf das Gesicht. »Brandspuren um die Eintrittstelle.«

»Was ist mit seiner Hand geschehen?«

Bellu schüttelte den Kopf. »Glatt durchstochen – womit, weiß ich nicht.«

Der Fotograf war fertig, und ein Polizist trat zu ihnen. »Können wir ihn jetzt abtransportieren, Oberst?«

»Ja«, antwortete Satta. »Ich möchte den Bericht des Pathologen möglichst bald sehen.«

Die Besatzung des Krankenwagens zog einen Plastiksack über die Leiche, und Satta ging zu seinem Wagen. Bellu folgte ihm.

»Glauben Sie, daß ein Krieg begonnen hat?« fragte er.

Satta lehnte sich an seinen Wagen, und sein analytischer Verstand setzte sich in Bewegung. Er dachte laut, um Bellu zu informieren.

»Es gibt drei Möglichkeiten: Erstens, Abrata und Fossella haben einen Territorialkrieg begonnen. Das ist unwahrscheinlich; sie haben sich die Stadt geteilt und kommen gut miteinander aus. Außerdem müßten Conti und letzten Endes auch Cantarella so eine Sache gutheißen, und die wollen gerade jetzt bestimmt keinen Krieg. Zweitens, Rabbia hat seine Finger in die Geldkassette gesteckt und wurde erwischt.« Er dachte schweigend nach, dann schüttelte er den Kopf.

»Es ergibt keinen Sinn. Rabbia war seit fünfzehn Jahren Kassierer, und er war loyal – dumm, aber loyal. Drittens, jemand, der außerhalb der Organisation steht, hat ihn umgebracht.«

»Aber wer – und warum?« warf Bellu ein.

Satta zuckte mit den Achseln, stieg in seinen Wagen und sagte durch das offene Fenster: »Ich brauche Rabbias Akte und die

Abschriften aller in den letzten zweiundsiebzig Stunden abgehörten Telefonate – alle – verstanden?«

Bellu sah seufzend auf die Uhr.

Satta sagte: »Sie können alle Pläne für diesen Abend streichen.«

Ein ärgerlicher Ausdruck huschte über sein Gesicht. »Ich habe auch schon eine interessante Verabredung abgesagt.«

Er überlegte einen Augenblick. »Und verstärken Sie die Überwachung von allen, die auf der roten Liste stehen.«

Er startete.

»Auf Wiedersehen im Büro.«

Bellu sah dem abfahrenden Wagen nach. Er arbeitete seit drei Jahren als Sattas Assistent. Während des ganzen ersten Jahres hatte er über einen plausiblen Grund für eine Versetzung nachgedacht. Nicht nur, daß er Satta nicht gemocht hätte – er hatte ihn gehaßt. Er hatte keinen bestimmten Grund dafür. Weder sein Zynismus noch sein sardonischer Humor oder sein extravagant gutes Aussehen, nicht einmal sein aristokratischer Background und seine gleichgültige Arroganz machten Bellu etwas aus. Satta verkörperte nur alles, was nach Bellus Ansicht nicht zu einem hochrangigen Carabinieri-Offizier paßte – und vielleicht war er sogar eifersüchtig.

Zwei Erfahrungen hatten seine Einstellung verändert. Erstens hatte er nach einem Jahr gelernt, Sattas beharrlichen, aber scharfsinnigen Verstand zu schätzen, das heißt, er verstand den Mann. Die zweite Erfahrung betraf Bellus jüngere Schwester. Sie hatte sich an der Catanzaro Universität für das Medizinstudium angemeldet. Sie entsprach den Anforderungen, aber ihre Familie besaß keine Verbindungen, und ihr Ansuchen war abgelehnt worden. Vielleicht hatte Bellu diese Tatsache im Büro erwähnt, er konnte sich nicht daran erinnern, aber eine Woche später erhielt seine Schwester einen Brief von der Universität, in dem sie ihre Entscheidung rückgängig machte. Erst nach Beginn der Vorlesungen entdeckte Bellus Schwester, daß ein gewisser Professor

Satta, leitender Chirurg am Cardarelli Krankenhaus in Neapel, interveniert hatte.

Als Bellu seinen Chef auf diese Begebenheit angesprochen hatte, antwortete dieser nur beiläufig: »Sie arbeiten mit mir. Natürlich mußte ich etwas unternehmen.«

Bellu dachte nicht mehr an eine Versetzung. Ihn beeindruckte weniger das, was Satta getan hatte, als die Art, wie er darüber gesprochen hatte: »Sie arbeiten ›mit mir‹; nicht ›für mich‹.«

In den letzten zwei Jahren hatten sie sich zu einem guten Team entwickelt. Satta war noch immer zynisch und arrogant und bestimmt nicht häßlicher geworden, aber Bellu verstand ihn jetzt besser und begann sogar einige seiner Eigenheiten zu übernehmen. Er interessierte sich mehr für sein Essen, zahlte mehr für seine Anzüge und behandelte seine Freundinnen mit einem leichten Anflug von Arroganz – und es gefiel ihnen. Aber beim Backgammon zog er die Grenze.

Satta las den Bericht des Pathologen laut vor.

»Zeit des Todes zwischen Mitternacht und sechs Uhr morgens am Dreizehnten.« Er sah Bellu an. »Er hat das ›Pagapayo‹ nach Mitternacht verlassen, stimmt's?«

Bellu nickte. »Das hat man uns bestätigt. Und er hat nie das ›Bluenote‹ erreicht, das als nächstes auf seiner üblichen Route drangekommen wäre.«

Satta wandte sich wieder dem Bericht zu.

»Todesursache: massiver Gehirnschaden, vermutlich verursacht durch das Eindringen eines Projektils.«

Er blickte angewidert auf. »Vermutlich verursacht durch das Eindringen eines Projektils.« Er schnaubte. »Warum kann der Idiot nicht einfach erklären, daß eine Kugel durch sein Gehirn gejagt wurde?«

Bellu lächelte. »Dann würde er verständlich klingen.«

Satta brummte und widmete sich wieder dem Bericht.

»Pulverspuren unter dem rechten Auge des Leichnams um die

Eintrittstelle des Projektils weisen darauf hin, daß dieses aus nächster Nähe abgefeuert wurde.« Satta verdrehte die Augen, fuhr aber fort. »Ein großes Austrittsloch, ungefähr fünfzehn Zentimeter Durchmesser an der Hinterseite des Schädels, weist darauf hin, daß besagtes Projektil eine großkalibrige, abgeflachte Kugel war.«

»Hurra!« Er blickte triumphierend auf. »Endlich ist aus dem Projektil eine Kugel geworden.«

Doch als er fortfuhr, lag in seiner Stimme ein gewisses Interesse. »Durch die Hand der Leiche führt ein Schnitt. Die Form der Schnittwunde und Hautfragmente zeigen an, daß die Ursache der Verletzung ein scharfes Instrument war, das durch den Handrücken getrieben wurde und durch die Handfläche austrat. Feine, in die Handfläche eingebettete Holzsplitter könnten darauf schließen lassen, daß die Hand an eine hölzerne Oberfläche festgenagelt wurde (Beweisstück: Splitter, die zur Analyse ins Labor geschickt wurden). Das Ausmaß der Blutgerinnung beweist, daß diese Verletzung zwei Stunden vor dem Tod des Opfers erfolgt ist.«

Satta lehnte sich mit einem sardonischen Lächeln auf den Lippen zurück. »Anscheinend wurde Freund Rabbia halb gekreuzigt.«

Bellu erwiderte das Lächeln. »Aber ich bezweifle, daß er in drei Tagen von den Toten auferstehen wird.«

Sein Boß schüttelte den Kopf.

»Nicht nach Eintritt besagten Projektils durch das Gehirn.« Er kehrte zu dem Bericht zurück, und seine Stimme klang wieder interessiert: »Spuren von Klebstoff wurden an den Handgelenken und Knöcheln sowie um den Mund des Opfers gefunden.«

Satta schloß die Mappe, lehnte sich wieder zurück und dachte intensiv nach. Bellu wartete geduldig auf das Ergebnis.

»Rabbia wurde entführt, als er das ›Papagayo‹ verließ«, stellte Satta schließlich fest, »an einen stillen Ort gebracht und an einen

Stuhl gefesselt. Dann wurde er ›verhört‹.« Er lächelte dünn. Wahrscheinlich hat Rabbia sich gesträubt, und um ihm die Zunge zu lösen, hat man seine Hand mit einem Messer an ein Stück Holz oder ähnliches genagelt. Nachdem er alles, was seine Entführer hören wollten, ausgeplaudert hatte, töteten sie ihn mit einem Kopfschuß und warfen ihn auf den Müll.«

Er beugte sich vor, nahm eine Akte vom Schreibtisch und überflog sie.

»Rabbias Wagen wurde heute um vierzehn Uhr in einer Nebenstraße in der Nähe des Zentralbahnhofs gefunden – er enthielt nichts Interessantes, bis auf« – wieder kam das sardonische Lächeln – »einen Plastikdackel mit Wackelkopf.«

Als nächstes studierte Satta die Abschriften der abgehörten Telefongespräche. Er erwartete nicht viel Interessantes, weil Telefonanzapfen wohl praktisch eine nationale Industrie war, die Zielgruppe aber genau Bescheid wußte.

Während er die Seiten überflog, sagte Bellu: »Nicht viel, nur eine Menge Anrufe heute morgen – Leute, die versuchten, Rabbia zu finden.«

Satta warf die Akte wieder auf den Tisch.

»Die ›Union Corse‹«, meinte er entschieden. »Das ist die einzige Erklärung – es hat seit dem letzten Rauschgiftgeschäft böses Blut gegeben.« Er sah Bellu nachdenklich an. »Wenn sie dahinterstecken, können wir Schwierigkeiten erwarten, sie gehen nach einem bekannten Muster vor. Sie entführen ein unbedeutendes Mitglied der Gruppe und fragen es nach den Tätigkeiten der anderen aus – dann führen sie einen Großangriff durch.«

»Es paßt«, stimmte Bellu zu. »Die Überwachung meldet, daß Fossella und seine Jungs seit heute morgen zusätzliche Vorsichtsmaßnahmen ergreifen – sie haben weitere Leibwächter angeheuert, und sie gehen nicht viel aus.«

Satta kam zu einem Entschluß.

»Verbinden Sie mich mit Montpelier in Marseille. Vielleicht weiß er etwas.«

Die Hauptmacht der »Union Corse«, des französischen Gegenstücks der Mafia, befand sich in Marseille, und Montpelier war Sattas Gegenstück in Südfrankreich. Sie hatten eine gute Arbeitsbeziehung, waren einander wiederholt bei Konferenzen begegnet.

Aber der Franzose konnte ihm nicht helfen. Er hatte nichts gehört. Falls die »Union Corse« hinter diesem Mord stand, hatte sie seiner Meinung nach vielleicht in Korsika Killer angeheuert. Er versprach, Ohren und Augen offenzuhalten und Satta zu verständigen, wenn sich etwas tat.

Satta legte auf und erklärte überzeugt: »Es muß die ›Union Corse‹ sein – es ist nur logisch!«

In Palermo gelangte Cantarella zu dem gleichen Schluß.

»Es muß die ›Union Corse‹ sein«, sagte er den drei Männern, die in seinem Arbeitszimmer um den Tisch saßen.

Einer von ihnen war Conti, der aus Rom zu Besuch war. Die anderen waren Cravelli und Dicandia – Cantarellas Hauptberater. Conti war gereizt und ein wenig verlegen – Mailand stand unter seiner unmittelbaren Kontrolle.

»Fossella hat in letzter Zeit schlechte Entscheidungen getroffen«, meinte er. »Ich habe ihm gesagt, daß es dumm war, die Franzosen bei diesem Geschäft übers Ohr zu hauen. Manchmal wird er zu schlau. Weil es die letzte Lieferung war, bevor er seinen Bedarf in Bangkok deckte, beschloß er, einen kleinen zusätzlichen Gewinn herauszuholen.«

Dicandia äußerte seine Ansicht. »Er verliert offenbar das Knowhow. Auch die Entführung vor ein paar Monaten wurde verpfuscht.« Er sah sich um. »Ihr erinnert euch – das Balletto-Mädchen. Sie wurde vergewaltigt und starb dann im Auto. Das haben die Leute nicht gern – es macht einen schlechten Eindruck, und wir standen nachher wochenlang unter Druck.«

Nun war Gravelli an der Reihe.

»Besonders dieser Job hätte richtig ausgeführt werden müssen. Und die Verantwortlichen hätten streng bestraft werden müssen. Einer von ihnen war Fossellas Neffe, und Fossella hat nur ihren Anteil am Gewinn konfisziert.« Er schüttelte ernst den Kopf. »Disziplin ist im Geschäft wichtig – Fossella dürfte weich werden.«

Conti nickte. »Rabbia war einer der Beteiligten, und offen gesagt, er war dumm.«

Nachdem jeder seine Ansicht geäußert hatte, sahen sie Cantarella an und warteten auf seine Reaktion. Der kleine Mann saß auf seinem Kissen und überlegte eine Weile. Dann traf er seine Entscheidung. Als er sich an Gravelli wandte, klang seine Stimme sanft und höflich – wie immer, wenn er Befehle erteilte.

»Es wäre mir angenehm, Cesare, wenn du nach Marseille fährst, und mit Delorie sprichst. Wenn die Sache mit Rabbia auf das Konto der ›Union Corse‹ geht, solltest du die Dinge ins reine bringen. Erkläre, daß es nicht unsere Art ist, Geschäfte zu machen, wie es Fossella diesmal getan hat. Erkläre ihm, daß Fossella ihren Verlust wiedergutmachen wird.« Seine Stimme wurde etwas schärfer. »Aber rechtfertige dich nicht – mach ihm begreiflich, daß wir das nicht aus Schwäche tun, sondern weil wir anständige Leute sind und in unserem Geschäft fair vorgehen.«

»Ich werde morgen über Rom nach Marseille fliegen«, antwortete Gravelli, doch sein Boß schüttelte den Kopf.

»Warte noch zwei oder drei Tage. Man soll nicht glauben, daß wir sofort springen, wenn es Schwierigkeiten gibt.«

Er wandte sich an Dicandia.

»Maurizio, bitte fahre nach Mailand und sprich mit Fossella. Mach ihm klar, daß wir mit ihm überhaupt nicht mehr zufrieden sind, und sag ihm, daß wir eine schärfere Kontrolle und eine Wiedergutmachung für Delorie erwarten.«

Cantarellas Ton war versöhnlich, als er sich an Conti wandte.

»Ich weiß, daß Fossella unmittelbar in deine Verantwortlichkeit fällt, halte es aber trotzdem für besser, wenn dieser Verweis von mir kommt.«

Conti beugte zustimmend den Kopf, und Cantarella wandte sich wieder an Dicandia. »Erledige diese Sache persönlich und diskret. Abrata soll nicht erfahren, daß Fossella in Ungnade gefallen ist. Es könnte ihm einen Floh ins Ohr setzen, und die Lage in Mailand ist im allgemeinen gut.«

Er sah Conti fragend an, und dieser nickte.

»Sie sind sich ebenbürtig«, erklärte Conti. »Es ist klug, das Gleichgewicht nicht zu stören.«

Cantarella war mit der Zusammenkunft zufrieden. Er stand auf und ging zur Bar – er sah in seinem dunkelblauen Anzug klein, aber elegant aus. Die anderen folgten ihm, und er schenkte jedem ein Glas Chivas Regal mit einem Schuß Soda ein.

Conti hätte seinen gewohnten Sambucco vorgezogen, aber wenn Don Cantarella einem persönlich einen Scotch einschenkte – dann trank man Scotch.

Guido saß am Sonnabend morgen auf seiner Terrasse in Neapel, trank Kaffee und entspannte sich vor dem Hochbetrieb beim Lunch. Er hörte, wie die Tür hinter ihm geöffnet wurde, drehte sich um und sah Pietro mit einer Zeitung. Der Junge legte das Blatt auf den Tisch und deutete auf eine kleine Notiz. Sie berichtete vom Tod eines Giorgia Rabbia, der erschossen worden war – man nahm an, daß er Verbindungen zum organisierten Verbrechen gehabt hatte. Die Nachricht bestand nur aus ein paar Zeilen. Mailand ist eine gewalttätige Stadt, und ein einzelner Todesfall verursacht nur wenig Aufsehen. Guido blickte auf.

»Es hat also begonnen. Pack deine Sachen – morgen fährst du nach Gozo.«

17

Giacomo Sandri wälzte sich aus dem Bett, stand auf, streckte sich und bewegte seine angenehm ermüdeten Muskeln. Er nahm seine Uhr vom Nachttisch und warf einen Blick auf das Zifferblatt – kurz nach zehn. Dann stapfte er nackt zum Fenster, schob den Vorhang zur Seite und sah hinunter auf die dunkle Straße. Sein schwarzer Alfa Romeo parkte direkt vor dem Fenster, und er konnte Violentes Ellbogen ausmachen, der aus dem Fenster beim Fahrersitz ragte. Befriedigt ließ er den Vorhang fallen und wandte sich um. Das Mädchen beobachtete ihn vom Bett aus. Er lächelte ihr zu.

»Wie geht es dir, Kleine? Hab' ich dich glücklich gemacht?«

Das Mädchen nickte, ohne den Blick von seinem Körper zu wenden. »Mußt du schon gehen?« fragte sie verdrossen. »Du bleibst immer nur eine Stunde, und ich langweile mich.«

Sandri war erfreut und zugleich verärgert. Erfreut, weil er in seinem Alter ein fünfzehnjähriges Mädchen befriedigen konnte, und verärgert, weil es Besitzansprüche stellte und somit lästig wurde. Aber während er die Hose anzog, überlegte er, daß ein Mann, der junge Mädchen mochte, sich mit ihrem kindlichen Verhalten abfinden mußte. Er ging zum Bett, setzte sich und griff nach ihrer Brust, aber sie rollte sich weg, und sein Ärger wuchs.

»So ist es eben«, stellte er fest, stand auf und griff nach seinem Hemd. »Du hast eine nette Wohnung und reichlich Geld – willst du nach Bettola zurück?«

Sie antwortete nicht, er zog sich weiter an und bewunderte sich in dem bodenlangen Spiegel. Er fand, daß er wieder einmal wechseln mußte. Er saß genau an der Quelle, wenn er sein Verlangen nach Mädchen befriedigen wollte: Im Unternehmen seines Onkels kontrollierte er die Prostitution. Wenn die jungen Mädchen auf der Suche nach Unterhaltung und Geld in die

Großstadt kamen, standen Sandri und seine Helfer bereit und dirigierten sie in die Bars, Klubs und Bordelle, die von der Organisation kontrolliert wurden. Wenn Sandri ein besonders junges und anziehendes Mädchen entdeckte, leitete er es zunächst zu sich um, und wenn er genug von ihr hatte, wurde sie rasch durch eine andere ersetzt.

Sie kehrten nie nach Bettola oder in einen anderen Ort zurück, sondern wanderten von einem Bordell zum anderen. Er beschloß, dieses Mädchen morgen an Pezzutto weiterzugeben, der es drogensüchtig und damit von der Organisation abhängig machen würde.

Er war mit sich zufrieden. Es war wichtig, emotionslos Entscheidungen zu treffen. Er würde sich nach einem anderen Mädchen umsehen – vielleicht nach einem noch jüngeren. Je älter er wurde, desto jünger mußten die Mädchen sein. Er erinnerte sich an das Mädchen, das sie entführt hatten – wie jung sie gewesen war, ihr Körper hatte erst begonnen, sich zu runden. Als er daran dachte, geriet er in Erregung und war einen Moment in Versuchung, wieder ins Bett zurückzukehren, aber er verwarf den Gedanken. Fossella hatte ihm befohlen, sich von elf Uhr an bereitzuhalten. Gravelli war aus Palermo eingetroffen, vermutlich um über Rabbias Tod zu sprechen und die Konsequenzen, wenn die Franzosen dahintersteckten, zu diskutieren.

Er setzte sich aufs Bett und dachte darüber nach, während er die Schuhe anzog. Es bedeutete, daß man eine Zeitlang besonders vorsichtig sein mußte, und das war unangenehm – vor allem weil man die ganze Zeit einen Begleiter hatte. Doch er hatte Glück; Violente war unaufdringlich, und daß er Sandri zugeteilt worden war, war ein Beweis dafür, daß sein Ansehen stieg. Er gönnte sich etwas Eigenlob und fand, daß er den Aufstieg seinem wachen Verstand verdankte. Er war stolz auf sein rasches Auffassungsvermögen – seine Intelligenz übertraf die von Rabbia, der schwer von Begriff und dumm gewesen war, bei weitem. Er verzog das Gesicht, als er an die zwei Wochen dachte, die er mit Rabbia in dem abgelegenen Haus verbracht hatte, nur das Mädchen hatte damals die Langeweile etwas vertrieben. Er stand auf, hängte sein Schulterhalfter um, schob die Pistole hinein und zog seine Jacke an. Das Mädchen hatte sich aufgesetzt und beobachtete ihn.

»Wann sehe ich dich wieder?« fragte sie verdrießlich.

Er beugte sich über sie und küßte sie leicht auf die Lippen.

»Morgen«, antwortete er lächelnd. »Ich werde dir eine Freude machen und dich zum Lunch ausführen – und nachher möchte ich, daß du einen Freund von mir kennenlernst.«

Er sperrte die Tür der kleinen Wohnung auf und trat auf den Treppenabsatz hinaus. Eine Stimme rief: »Sandri«, er drehte sich um und griff unter seine Jacke.

Sein Verstand reagierte rasch. Er begriff sofort, daß er aus nächster Nähe in die schwarzen Läufe einer Schrotflinte blickte. Dann wurde das Schwarz gelbweiß.

Satta wurde ungeduldig. Die Schauspielerin hatte ungewöhnliches Glück. Natürlich besaß sie eine gewisse Geschicklichkeit, und sie hatte die Feinheiten des Spiels erfaßt, aber wenn sie ihn in fünf Spielen dreimal schlug, konnte es nur Glück sein. Er schüttelte die Würfel und warf sie auf den grünen Filz. Zwei und eins – verdammt! Die Schauspielerin lächelte ihn mitleidig an – sie war eine gute Schauspielerin. Dann griff sie mit fragend hochgezogenen Brauen nach dem Verdopplungs-Würfel.

Satta nickte und knirschte mit den Zähnen. Es kam nicht in Frage, sie ins Schlafzimmer zu führen, bevor er wenigstens ein Spiel gewonnen hatte. Sein Stolz stand auf dem Spiel – schließlich war er Spezialist. Er blickte auf die Uhr und fluchte leise. Es war schon fast elf. Der Abend hatte so gut begonnen. Sie war in einem tief ausgeschnittenen, losen, flammendroten Kleid gekommen. Sie besaß die zarte, ätherische Schönheit, die Satta so bewunderte – und hohe, feste Brüste. Jedesmal, wenn sie sich vorbeugte, hatte er ihre Brüste beobachtet und dadurch die Konzentration und die ersten Spiele verloren.

Die Mahlzeit war eine Zurschaustellung seiner Kochkünste gewesen. Als Vorspeise hatte es seine Spezialpastete und dazu Champagner gegeben. Darauf war eine mit Petersilie und Majoran zubereitete Artischocken-Antipasta auf römische Art gefolgt. Sein Gast war beim Champagner geblieben, während er einen trockenen Colli Albani trank. Der *tour de force* war seine Spezialität, *abacchio brodettato* – junges Lamm mit Zitronen-Eier-Soße. Dazu tranken sie einen blaßrosa Cecuba. Zum Schluß gab es natürlich *gelato di tutti frutti.* Die Schauspielerin war freudig überrascht gewesen, und Satta hatte sich auf eine kurze, triumphale Partie am Backgammon-Brett und eine längere im Schlafzimmer gefreut.

Sein Puls wurde rascher. Ihr letzter Wurf war schlecht gewesen, und wenn er jetzt eine Sechs warf, konnte er das Spiel zu seinen Gunsten entscheiden – in zehn Minuten würden sie im Bett sein. Er wandte den Blick von ihrem Busen ab, schüttelte die Würfel, warf eine Doppelsechs – und das Telefon klingelte.

Bellu stand neben dem Alfa Romeo. Vor ihm parkte ein Polizeilastwagen mit einem Generator und strahlte den Schauplatz mit Scheinwerfern an. Satta stieg aus seinem Wagen. Er wirkte sehr gereizt. Er sah genauso mürrisch aus, wie er vor fünfzehn Minuten am Telefon geklungen hatte.

Er begrüßte Bellu mit einem Knurren und blickte in den Wagen.

»Violente«, erklärte Bellu. »Sandri ist oben.«

»Wurde er so gefunden?« fragte Satta.

»Nein«, antwortete Bellu. »Er war hinter dem Lenkrad festgekeilt, und sein Ellbogen ragte aus dem Fenster. Der erste Polizist, der auf dem Schauplatz erschien, befahl ihm herauszukommen, und als er es nicht tat, öffnete er die Tür. Die Leiche fiel auf ihn, und er stieß sie weg – der Polizist erlitt einen Schock und war mit Blut bespritzt.«

Satta blickte wieder in den Wagen. Die Leiche lag quer über

den Vordersitzen, und der Kopf lehnte an der Beifahrertür. Überall war Blut – auf dem Armaturenbrett, auf den Sitzen und in einer Lache auf dem Boden. Es tropfte noch immer rhythmisch aus dem riesigen Schnitt unter Violentes Kinn.

Satta wandte sich schniefend ab.

»Gewalt war sein Name, und gewalttätig war sein Tod«, bemerkte er. »Gehen wir hinauf.«

Bellu bedeutete den wartenden Leuten von der Spurensicherung, weiterzumachen, und folgte seinem Boß.

Sandri lag auf dem Treppenabsatz im zweiten Stock auf dem Rücken. Ein einst weiß gewesenes Handtuch bedeckte seinen Kopf und die Schultern. Der Polizeifotograf packte gerade seine Kamera ein.

Die Wohnungstür stand offen, und Satta konnte ins Schlafzimmer sehen. Auf dem Bett saß ein Mädchen, das lose in ein Laken gehüllt war. Ein junger Polizist saß neben ihr, schrieb etwas in ein Notizbuch und versuchte, nicht allzu auffällig unter das Laken zu blicken.

Bellu wies mit dem Kinn auf sie. »Er hatte sich gerade von seiner Freundin verabschiedet.«

Satta sah auf die Leiche hinunter und murmelte: »Dann hatte er mehr Glück als ich.« Er griff hinunter und hob eine Ecke des Handtuchs auf. »Vielleicht doch nicht«, fügte er leise hinzu und ließ das Handtuch wieder fallen. Unter seiner Sonnenbräune war er deutlich blaß geworden.

»Schrotflinte«, erläuterte Bellu. »Aus nächster Nähe.«

Satta nickte und blickte auf das blutbefleckte Handtuch. Seine Lippen verzogen sich zu einem leisen Lächeln.

»Ja, ich sehe schon den Bericht des Pathologen vor mir: ›Massiver Gehirnschaden, vermutlich verursacht durch Eindringen einer großen Menge von Projektilen.‹«

Er warf wieder einen Blick in die Wohnung. »Sagen Sie mir, was Sie wissen.«

»Das ist Sandris Liebesnest«, antwortete Bellu. »Er behält die

Wohnung und wechselt regelmäßig die Mädchen. Er kommt fast jede Nacht hierher. Seit Rabbia erschossen wurde, hat Violente ihn immer draußen erwartet. Der Killer hat Violente die Kehle von einem Ohr zum anderen durchgeschnitten und ihn zwischen Sitz und Lenkrad geklemmt. Dort unten ist es finster, und ein Passant konnte nichts Auffälliges bemerken. Inzwischen kommt der Killer hier herauf und wartet. Wahrscheinlich hat er einen losen Mantel und die Schrotflinte darunter getragen. Als Sandri herauskam, bekam er beide Läufe voll ins Gesicht.«

»Hat das Mädchen etwas gesehen?« fragte Satta.

»Nichts. Sie ist sehr jung, aber nicht dumm. Als sie die Detonation hörte, steckte sie den Kopf unter das Kissen und ließ ihn dort, bis die Polizei eintraf.« Er zeigte mit dem Daumen nach oben. »Die Frau in der Wohnung oberhalb hörte den Lärm und kam die Treppe ein Stück herunter. Als sie sah, daß Sandri nur noch einen halben Kopf hatte, begann sie zu schreien. Sie hat erst vor wenigen Minuten aufgehört. jemand ist bei ihr, versucht sie zu beruhigen und eine Aussage zu erhalten.«

»Das ist interessant«, bemerkte Satta.

»Was?«

»Sie haben in der Einzahl – von dem ›Killer‹ – gesprochen – warum nur einer?«

Bellu zuckte mit den Schultern. »Ich weiß nicht – es ist nur ein Gefühl – Rabbia und diese beiden wurden von ein und demselben Mann getötet.«

»Sehr logisch«, schnüffelte Satta und ging in die Wohnung. Der junge Polizist sah ihn kommen, trat zu ihm und las aus dem Notizbuch vor.

»Amelia Zambon, fünfzehn Jahre alt, aus Bettola – wahrscheinlich eine Ausreißerin. Vermutlich seit sechs Wochen als vermißt gemeldet – so lange war sie bei Sandri.«

Satta sah an ihm vorbei auf das Mädchen, das klein und ängstlich auf dem Bett saß.

»Sagen Sie ihr, sie soll sich anziehen und ihre Sachen packen, dann bringen Sie sie ins Präsidium. Finden Sie soviel wie möglich über ihre Beziehung zu Sandri heraus, und geben Sie sie dann an die Vermißtenabteilung weiter. Sie muß rund um die Uhr bewacht werden, bis sie Mailand verlassen hat.«

Er drehte sich um, verließ die Wohnung, und die Tür fiel hinter ihm zu. Er machte ein paar Schritte, dann blieb er stehen, ging zurück und öffnete die Tür noch einmal. »Sie können hier draußen auf sie warten«, meinte er trocken, und der enttäuschte Polizist folgte ihm heraus.

Bellu ging auf ihn zu.

»Es sieht so aus, als würde der totale Krieg beginnen. Das sind schon drei in drei Tagen.«

Satta nickte in Gedanken versunken. »Es ist die ›Union Corse‹. Sie verwenden gern Messer und Schrotflinten.« Der Ärger in seinem Gesicht war unübersehbar.

»Mir gefällt das nicht – sie reagieren zu heftig. Bald werden unschuldige Leute ins Kreuzfeuer geraten.« Er sah auf Sandris Leiche hinunter. »Rabbia hat ihnen verraten, wo er sich befindet – ich möchte wissen, was er ihnen noch erzählt hat.«

»Was immer sie ihn gefragt haben«, meinte Bellu.

»Ja«, stimmte Satta zu. »Aber was hat sie noch interessiert?«

Sie sahen zu, wie Sandris Leiche in einen Plastiksack geschoben wurde. Dann wandte sich Satta ab und sagte nach hinten: »Kommen Sie dann ins Büro – wir haben eine arbeitsreiche Nacht und eine arbeitsreiche Woche vor uns.«

Jetzt zeigten die Zeitungen Interesse. Drei Morde in drei Tagen waren sogar für Mailand allerhand. Kriminalreporter wurden aus Bars und Betten geholt und beauftragt, einleuchtende Erklärungen abzugeben. Sie gelangten zwangsläufig zu dem gleichen Schluß wie Satta und Cantarella. Am nächsten Morgen verkündeten Schlagzeilen einen Krieg mit der »Union Corse«. Die Leitartikel befaßten sich nur noch mit dem internationalen Verbrechen und verlangten natürlich mehr Gesetz und Ordnung.

Satta begann den Druck von oben zu spüren. Etwas mußte geschehen, erklärte ihm sein Boß, der General. Es ist schlimm genug, wenn italienische Verbrecher einander umbringen, aber es kommt nicht in Frage, daß die Franzosen es tun.

In Gozo kam »Shreik« ins »Gleneagles« und warf ein Exemplar von *Il Tempo* auf die Theke. Die Stammgäste versammelten sich um die Zeitung und sprachen über den Artikel. War es vorbei? Hatte Creasy seine Aufgabe erfüllt?

Auch Guido in Neapel und Leclerc in Marseille lasen den Artikel; sie wußten, daß das Spektakel erst begonnen hatte.

Dino Fossella war besorgt und zornig. Besorgt, weil seine Leute umgebracht wurden, und zornig über Cantarellas Verweis. Er nahm ihm das zutiefst übel. Er hatte Cantarella noch nie gemocht. Seit Jahren saß der geschniegelte kleine »Schiedsrichter« in seiner Villa außerhalb von Palermo, ging kaum jemals aus, machte sich nie die Hände schmutzig, erhielt jedoch einen netten Schnitt von jeder Aktion – genau wie die Scheißpolitiker.

Fossella saß in seinem Wagen und knirschte mit den Zähnen, während er an die von Dicandia überbrachte Botschaft dachte: »Wir sind mit dir unzufrieden.«

Dieser aufgeblasene kleine Bastard! Wenn Cantarella nicht mit Conti verbündet wäre, würde er ihm sagen, was er mit seiner Unzufriedenheit tun konnte. Aber die kleine Ratte hatte Verbindungen zu dem Boß in Italien – wie ein echter Politiker.

Es war Mittwoch abend, und Fossella war unterwegs zum Dorf Bianco, um mit seiner Mutter zu Abend zu essen. Er war ein braver Sohn und aß mittwochs immer mit seiner Mutter zu Abend. Wenn er es einmal nicht tat, hatte er ein schlechtes Gewissen, und seine Mutter wurde zornig, und nicht einmal Cantarella wurde mit Fossellas Mutter fertig, wenn sie zornig war.

Er fuhr vorsichtig, sein Wagen war von zwei anderen eingeschlossen, die voller Leibwächter steckten.

Diese dreckige »Union Corse«! So ein Getue, wegen zwanzig

Millionen Lire. Sein Abgesandter würde ohnehin bald mit dem Geld in Marseille eintreffen, dann hatte er keine Schwierigkeiten mehr.

Der Konvoi fuhr in Bianco ein und die ansteigende Straße zum Haus seiner Mutter hinauf. Die Leibwächter sprangen aus den Autos und hielten die Hände in Reichweite ihrer offenen Jacken. *Melodrama*, dachte Fossella; nicht einmal die Bestien von der »Union Corse« würden Familie und Geschäftsangelegenheiten miteinander vermengen.

»Wartet hier«, befahl er gereizt. »Ich werde zwei Stunden bleiben, nicht länger.«

Er war klein, hatte eine beginnende Glatze, würde bald dick sein und keuchte ein wenig, als er die Steintreppe hinauf und in das kleine Haus ging.

Seine Mutter sah ihn zornig an. Sie sagte nichts, denn ihr Mund war mit einem weißen Klebestreifen verschlossen. Auch ihre Hand- und Fußgelenke waren mit Klebebändern an einen Stuhl gefesselt. Ein sehr großer Mann, der eine Schrotflinte in der Hand hielt, stand neben ihr. Die kurzen Läufe ruhten auf der Schulter der alten Frau. Die Mündungen deuteten auf ihr linkes Ohr.

»Ein winziger Laut«, sagte der Mann ruhig, »und du bist sofort Waise.«

Fossella wurde befohlen, das Gesicht der Wand zuzuwenden, sich mit den Händen abzustützen und die Füße zu spreizen. Er hörte nicht, wie der Mann näher kam, und überlegte, wer er sein könnte, als der Schlag seinen Überlegungen ein Ende bereitete.

Der Schlag war richtig berechnet gewesen. Als Fossella wieder zu sich kam, waren seine Knie und Knöchel mit Klebebändern zusammengebunden, seine Handgelenke waren gefesselt, und sein Mund war zugeklebt. Dann wurde er aufgehoben und zur Hinterseite des Hauses getragen. Er verfluchte seine Dummheit und war wütend und fühlte sich erniedrigt. Ein einziger Mann hob ihn wie ein Kind auf und trug ihn weg.

Auf der mit Kopfsteinen gepflasterten Straße hinter dem Haus parkte ein grauer Lieferwagen, dessen Seitentür offenstand. Fossella wurde rasch hineingeworfen und die Tür lautlos geschlossen. Er spürte, wie der Wagen den sanften Hang im Leerlauf hinunterrollte, und dachte an seine Leibwächter, die nur dreißig Meter weiter auf der unteren Straße warteten. Er fluchte wieder, aber an die Stelle der Wut trat Angst. Er hatte die verblaßte Schrift auf der Seitenfläche des Wagens gesehen: *Luigi Racca – Gemüsehändler.* Sie hatte für ihn keine Bedeutung, aber die Tatsache, daß er sie hatte sehen können, wies auf eine Reise ohne Rückfahrkarte hin.

Während der nächsten zwei Stunden wurden seine Glieder steif, schmerzten und waren schließlich gefühllos. Sein Geist blieb aktiv, aber er hatte noch immer keine Antwort gefunden, als der Wagen endlich hielt und der Motor abgestellt wurde. Die Seitentür wurde geöffnet, und er wurde wieder mühelos aufgehoben. Es war dunkel, aber er konnte die Umrisse hoher Bäume und ein kleines, weißgestrichenes Haus ausmachen. Sein Entführer trug ihn zur Tür und stieß sie mit dem Fuß auf. Fossella wurde nicht allzu sanft auf den Steinboden gelegt, und das Licht wurde eingeschaltet. Er verhielt sich ruhig und hörte, wie der Mann im Raum herumging. Nach einigen Minuten kamen die Schritte näher, und er wurde auf den Rücken gewälzt. Infolge seiner Stellung sah er den Mann verzerrt, und er erschien ihm riesengroß. Plötzlich kniete er nieder und zog Fossella die Schuhe aus. Dann löste er die Klebestreifen von seinen Knöcheln und Knien. Fossella bewegte die verkrampften Muskeln, versuchte aber nicht, auszubrechen. Er wußte, daß er im Kampf gegen diesen Mann überhaupt keine Chance hätte. Er legte sich zurück, beugte den Körper über seine gefesselten Hände, war sehr verängstigt und verwirrt, als er spürte, daß sein Gürtel gelockert und der Reißverschluß seiner Hose geöffnet wurde. Eine Hand glitt unter seinen Rücken, und er wurde ein wenig aufgehoben, während ihm zuerst die Hose und dann die Unterhose ausgezogen wurde. Erst als er auf den Bauch gewälzt und seine Beine grob gespreizt wurden, verwandelte sich die Verwirrung in Bestürzung und Panik. Er spürte die Hände auf seinen Hinterbacken, die sie auseinanderzerrten, schrie und wehrte sich verzweifelt. Er wurde vergewaltigt!

Der Widerstand war kurz. Die Hände ließen die Hinterbacken los, und ein Schlag hinter das Ohr raubte ihm das Bewußtsein.

Als er zu sich kam, spürte er keinen scharfen Schmerz, nur Unbehagen, und er fühlte sich vollkommen zerschlagen.

Vor ihm stand ein grober Holztisch. Ein wenig links von der Mitte umgab ein dunkler Fleck ein kleines Loch. Er hob den Blick zu dem Mann, der ihm gegenübersaß. Er hatte ein offenes Notizbuch und verschiedene andere Dinge vor sich, darunter einen altmodischen Wecker. Das Zifferblatt war Fossella zugewandt. Es zeigte 9 Uhr 02.

»Kannst du mich hören?«

Fossella nickte mühsam. Obwohl seine Handgelenke und Fußknöchel an den Stuhl gefesselt waren, war das Klebeband von seinem Mund entfernt worden. Aber er sprach nicht – er war älter und klüger als Rabbia.

Der Mann langte nach vorne und ergriff einen der Gegenstände – einen an beiden Enden abgerundeten Metallzylinder. Er schraubte ihn in der Mitte auf und zeigte Fossella die beiden hohlen Hälften.

»Das ist ein sogenanntes ›Dienstpferd‹. Es wird von Sträflingen und ähnlichen Leuten verwendet, um Wertsachen – Geld – sogar Rauschgift zu verstecken. Er wird im Körperinneren – im Mastdarm – verborgen.«

Fossella wand sich auf seinem Stuhl – erinnerte sich – spürte das Unbehagen. Der Mann ihm gegenüber nahm einen Klumpen, der aussah wie graues Plastilin. Die Stimme fuhr fort:

»Das ist Plastik – hochexplosiv.«

Er preßte den Klumpen in ein Ende des Zylinders und drückte ihn mit dem Daumen fest.

»Das ist eine Zündkapsel.«

Er hielt einen kleinen, runden Metallgegenstand hoch, aus dem ein einzelner Stift herausragte. Der Stift wurde in das Plastik gesteckt.

»Das ist ein Zeitzünder.«

Er nahm einen weiteren Metallgegenstand mit zwei Stiften in die Hand, steckte die beiden Stifte in zwei Öffnungen in dem freien Ende der Zündkapsel und schraubte die beiden Zylinderhälften zusammen. Er hielt den Zylinder zwischen Daumen und Zeigefinger hoch.

»So wird aus dem ›Dienstpferd‹ eine Bombe. Sehr klein, aber sehr wirksam.« Die Stimme verfiel in einen Plauderton.

»Das ist die moderne Wissenschaft. Vor zehn Jahren hätte eine Bombe von ähnlicher Durchschlagkraft über ein Kilogramm gewogen.«

Der kalte Blick bohrte sich in Fossellas Gesicht. Die Stimme wurde sehr kalt.

»In deinem Hintern steckt die gleiche Bombe. Sie ist so eingestellt, daß sie um zehn Uhr explodiert.«

Fossellas Augen wandten sich dem Wecker zu – 9 Uhr 07.

Die Situation wurde erklärt. Fossella würde einige Fragen beantworten. Wenn er es vollständig, aufrichtig und vor zehn Uhr tat, durfte er die Bombe herausziehen.

Fossella erhob Einwände – er würde ohnehin umgebracht werden, aber er erfuhr, daß er, im Gegensatz zu den anderen, lebendig gebraucht wurde. Fossella glaubte es nicht. Der Mann zuckte mit den Achseln und schwieg mit ausdruckslosem Gesicht. Die Minuten verstrichen, und die einzigen Geräusche in dem Raum waren das laute Ticken des Weckers und Fossellas kurze, nervöse Atemzüge. Alle Gefühle in seinem Körper reduzierten sich auf den Druck in seinen Gedärmen. Es war 9 Uhr 22, als er zusammenbrach. Er hatte ohnehin nichts zu verlieren.

»Was willst du wissen?«

Der Mann ergriff die Feder und schraubte die Kappe auf.

»Ich will einiges über Conti und Cantarella erfahren; aber zuerst will ich wissen, warum ein Mann von deiner Intelligenz ein Mädchen entführt hat, dessen Vater kein Geld besitzt.«

Um 9 Uhr 53 hörten die Fragen auf. Der Mann schraubte die Kappe auf die Feder, nahm das Notizbuch und stand auf. Er blickte Fossella einige Augenblicke an, dann ging er zur Tür hinaus. Fossella hörte das Motorgeräusch des Lieferwagens. Es verklang, und nur noch das rhythmische Ticken des Weckers war vorhanden. Er schrie weder, noch kämpfte er. Er hielt nur starr die Augen auf das Zifferblatt gerichtet. Um 9 Uhr 58 klingelte der Wecker schrill, und Fossella verlor den Verstand. Zwei Minuten später flog sein Körper in die Luft.

Satta blickte auf die Schauspielerin hinunter. Ihr gewölbter, nackter Körper glänzte von Schweiß; ihr roter, verschmierter Mund war vor Begierde verzerrt.

Er wartete darauf, daß sie es sagte.

Eine halbe Stunde lang hatte er mit großer Geschicklichkeit daran gearbeitet, sie auf den Gipfel der Erwartung zu bringen. jeder Zoll ihres Körpers hatte seine Lippen und aufreizenden Finger gespürt. Er wartete nur darauf, daß sie es sagte.

Der Abend war ein voller Erfolg gewesen. Wieder hatte er eine köstliche Mahlzeit zubereitet und dann drei schnelle, entscheidende Partien Backgammon gewonnen. Er hatte zwar den Verdacht, daß sie absichtlich schlecht spielte, aber das spielte keine Rolle – jetzt mußte er nur noch beweisen, wie wirkungsvoll sein Tastsinn war.

Sie sagte es.

»Bitte, *caro*! – Bitte!«

Sein Herz jubelte. Er glitt mit einem Bein über die Schenkel, erhob sich ein wenig, blickte in die flehenden Augen hinunter und befahl gebieterisch: »Hilf mir!«

Eine schlanke Hand glitt zwischen ihre Körper, eilige Finger suchten und fanden, zogen ihn an feuchtes, seidiges Haar. Er stöhnte und sank einen Zoll tiefer. Gott, war sie eng! Er beugte sich vor, küßte sie auf die Nasenspitze, bog sich, um einzudringen – das Telefon klingelte.

18

»Es ist nicht die ›Union Corse‹.«

Satta stellte es entschieden fest, während er auf den Bericht des Pathologen blickte. Bellu saß ihm gegenüber auf der anderen Seite des Tisches.

»Wieso sind Sie so sicher?«

Satta tippte auf den Bericht. »Sie haben keine solche Phantasie.« Er lächelte. »Messer, ja, Schrotflinten, ja, Revolver, ja. Bomben, ja, aber nicht im Mastdarm.«

Er schüttelte den Kopf. »Das entstammt einem anderen Gehirn.«

Es war zwei Tage nach Fossellas Tod, und Satta stand unter zunehmendem Druck. Er mußte Antworten finden. Die Presse hatte die Story mit allen blutrünstigen Einzelheiten groß gebracht.

Eine Beratung mit Montpelier in Marseille hatte Satta nur davon überzeugt, daß seine Überlegung richtig war. Die »Union Corse« in dieser Stadt hatte sowohl die Polizei von Marseille als auch Gravelli davon überzeugt, daß sie zwar schuldlos, allerdings nicht gerade tiefbetrübt war.

Unter den Bossen verbreitete sich Verdacht wie ein Buschfeuer. Cantarella schäumte und machte sich Sorgen. Jemand war im Begriff, drei Jahrzehnte staatsmännischer Planung über den Haufen zu werfen. Aber wer?

Es war zu erwarten, daß Satta mit seinem analytischen Verstand es als erster herausfinden würde. Zwei Tage lang verließ er sein Büro kaum. Seine Affäre mit der Schauspielerin war ohnehin vorbei.

»Es gibt Grenzen«, hatte sie ihm erklärt. Durch solche Unterbrechungen konnte ein Mädchen einen Ausschlag bekommen. Das würde ihre Karriere niemals überstehen.

Also konnte Satta sich konzentrieren. Er ging immer wieder die Verbindungen zwischen den verschiedenen Personen durch: Rabbia, Violente, Sandri und Fossella. Erst als er Violente aus der Gleichung herausnahm, fand er den Zusammenhang. Er verfluchte sich wegen seiner Dummheit – Violentes Ermordung war ein Zufall. Er hatte Sandri beschützt.

»Die Balletto-Entführung!«

Bellu zog eine Braue hoch. »Was ist damit?«

Der Gesichtsausdruck seines Bosses zeigte zunehmende Erkenntnis.

»Das ist der Zusammenhang! Rabbia und Sandri haben sie gemeinsam durchgeführt. Fossella hat sie organisiert.«

In der nächsten Stunde waren die beiden Polizisten sehr beschäftigt. Sie gelangten rasch zu dem Schluß, daß Balletto selbst nicht direkt beteiligt war, obgleich er vielleicht die Rache finanzierte. Sie wandten ihre Aufmerksamkeit dem Leibwächter zu, obwohl sie zuerst äußerst skeptisch waren. Sie wußten, daß er nur ein »Prämien«-Leibwächter und Alkoholiker gewesen war, aber ein Anruf im Krankenhaus verstärkte Sattas Interesse. Er sprach mit dem leitenden Chirurgen, der zufällig ein Freund seines Bruders war, und erfuhr, daß der Leibwächter sich ausgezeichnet erholt hatte und überaus entschlossen gewesen war, wieder in Höchstform zu kommen. Der nächste Anruf galt der Agentur, die die Information lieferte, daß der Leibwächter einmal Söldner gewesen war. Eine dringende Anfrage Erster Klasse ging fernschriftlich nach Paris, und während Satta auf die Antwort wartete, fand er die Verbindung zu einem gewissen Guido Arrelio, dem Besitzer der Pension »Splendide« in Neapel.

Bei diesen Erkundigungen erhielten sie dank Sattas Rang, Ruf und Verbindungen rasch Antworten. Er rief persönlich den Chef der Einwanderungsbehörde in Rom an, und der Computer dieser Abteilung teilte ihm umgehend mit, daß der Leibwächter sechs Tage nach seiner Entlassung aus dem Krankenhaus Reggio di Calabria auf dem Fährschiff nach Malta verlassen hatte. Der Computer besaß keine Information darüber, ob er nach Italien zurückgekehrt war.

Als nächstes rief Satta einen Kollegen in Malta an. Er hatte George Zammit im vorhergehenden Jahr bei einem Trainingskurs in Rom kennengelernt, und er hatte ihm gefallen. Als er nach einem kurzen Gespräch auflegte, sah er Bellu nachdenklich an: »Interessant und merkwürdig.«

»Inwiefern?« fragte Bellu.

»Er hat die Ankunft in Malta bestätigt und mir erzählt, daß der Betreffende vor drei Wochen per Schiff nach Marseille abgereist ist.«

»Das ist alles?«

Satta nickte. »Ja, das ist alles.«

»Wieso ist es dann interessant und merkwürdig?«

Satta lächelte. »Die Malteser Polizei ist tüchtig – das ist ein Vermächtnis der Engländer. Aber sie sind nicht gut ausgerüstet, und ihre Daten sind nicht in einem Computer erfaßt. Zammit hatte die Information sofort parat, was bedeutet, daß er persönliches Interesse an der Sache hat. Als ich aber noch mehr über den Mann erfahren wollte, erklärte er mir, daß sie eine halbe Million Besucher im Jahr hätten, daß er zu wenig Personal hat und überarbeitet ist. Er verschweigt etwas – warum?«

Sie wurden durch das Eintreffen des Telex aus Paris unterbrochen. Die Maschine klapperte lange, und die Papierrolle, die Satta schließlich las, war fast einen Meter lang. Er las schweigend, und Bellu wartete gespannt. Schließlich rollte Satta das Papier zu einer Röhre, hielt es zwischen den Handflächen und lehnte sich zurück.

»Der Prämien-Leibwächter«, sagte er leise, »führte und führt möglicherweise wieder ein todbringendes Dasein.«

Er stand plötzlich auf.

»Fahren wir nach Como und unterhalten wir uns mit Balletto und seiner wunderbaren Frau.«

In dem Haus am See saßen die Ballettos beim Abendessen an dem polierten Tisch einander gegenüber. Rika hatte abgenommen, hatte aber ihre Schönheit behalten. Ettore schien unverändert. Sie hatte etwas Kostbares verloren. Er besaß noch immer das, was überaus wichtig war.

Die Tür ging auf, und sie drehten sich um, weil sie Maria mit dem Dessert erwarteten. Creasys massige Gestalt füllte den Türrahmen. Er bewegte sich nicht, seine Augen gingen von einem zum anderen. Sie starrten ihn wie hypnotisiert an.

Ettore fand als erster die Fassung wieder. »Was wollen Sie?« fragte er scharf.

Creasy trat vor, nahm einen Stuhl, drehte ihn um, setzte sich rittlings darauf und stützte die Arme auf die Rücklehne. Er blickte Ettore an. »Ich werde mit Ihrer Frau sprechen. Wenn Sie sich bewegen oder ein einziges Wort sprechen, werde ich Sie töten.«

Er langte unter seine Jacke und legte eine schwere Pistole vor sich auf den Tisch.

»Sie ist geladen«, erklärte er mit einer Spur von Sarkasmus.

Ettore schaute die Waffe an, sein Körper wurde schlaff, und er sank in sich zusammen. Creasy wandte sich an Rika. Die harten Züge seines Gesichts wurden weich; seine Stimme wurde sanft. »Ich werde Ihnen eine Geschichte erzählen.«

Er erzählte ihr, was er von Fossella erfahren hatte: Daß Pintas Entführung eine abgekartete Sache gewesen war – ein Versicherungsbetrug. Ettore hatte bei Lloyds in London eine Versicherung über zwei Milliarden Lire abgeschlossen. Die Abmachung hatte darin bestanden, daß Fossella die Hälfte des Lösegeldes an

Ettore weitergeben würde. Vico Mansutti war der Mittelsmann gewesen. Er hatte Verbindung zum organisierten Verbrechen; er bekam eine Provision. Während Rika zuhörte, ließ sie Creasys Gesicht nicht aus den Augen. Erst als er zu Ende war, drehte sie sich um und sah ihren Mann an. Der Haß, der über den Tisch strömte, war körperlich zu spüren. Ettore sank noch mehr in sich zusammen, sein Mund ging auf, dann klappte er wieder zu. Ettore wandte den Blick ab.

»Die anderen? Die es getan haben? Sie haben sie getötet?«

Creasy nickte. »Ich werde jeden einzelnen töten, der davon profitiert hat. Dazu gehören der Boß in Rom und das große Tier in Palermo.«

Wieder herrschte Stille in dem großen, eleganten Raum, dann sprach Rika nachdenklich halb mit sich selbst.

»Er hat mich getröstet. Mir gesagt, wir haben noch einander – das Leben geht weiter.«

Sie sah zu Creasy auf, ihre Augen spiegelten nicht mehr Erinnerungen wider – sie wurden hart.

»Alle, haben Sie gesagt?«

Er ergriff die Pistole und nickte.

»Ich bin hierhergekommen, um ihn umzubringen.«

Ettore blickte auf, nicht zu Creasy, sondern zu seiner Frau. Sein gutaussehendes Gesicht war vollkommen leer; seine Augen waren Fenster ins Nichts.

Creasy legte die Pistole weg und stand auf.

»Vielleicht sollte ich ihn Ihnen überlassen.«

»Ja!« Das Wort zischte heraus. »Überlassen Sie ihn mir – bitte.«

Creasy ging zur Tür, doch Rikas Stimme hielt ihn zurück.

»Was ist mit Mansutti?«

Er wandte sich um und schüttelte den Kopf.

»Machen Sie sich wegen Mansutti keine Sorgen.«

Die Tür schloß sich hinter Creasy.

Als Satta und Bellu die Straße am Seeufer entlangfuhren, kam ihnen ein blauer Alfetta entgegen.

Vico Mansutti erhielt in seinem Penthouse einen Anruf. Ettore stotterte hysterisch, beinahe unzusammenhängend. Vico konnte kaum ein Wort verstehen.

»Warte einfach«, befahl er scharf. »Ich bin in einer Stunde bei dir. Reiß dich zusammen.«

Er zog rasch seine Jacke an und antwortete seiner Frau auf ihre Frage, daß es eine Krise gebe. Er würde spät zurückkommen.

In der Kellergarage stieg er in seinen Mercedes, schaltete die Zündung ein – und ein halbes Kilo Plastik ging in die Luft.

Satta war zutiefst beeindruckt; er lehnte sich in seinem Stuhl zurück und sagte mit großer Ehrerbietung:

»Nie, ich wiederhole, niemals habe ich ein besseres *fritto misto* gegessen.«

Guido zuckte gleichgültig mit den Schultern. »Wir Neapolitaner sind nicht alle Bauern.«

»Offensichtlich nicht«, entgegnete Satta und wischte sich mit der Serviette den Mund ab. »Aber für einen ehemaligen Verbrecher, ehemaligen Sträfling, ehemaligen Legionär und ehemaligen Söldner haben Sie einige ausgefallene Talente. Sie spielen nicht zufällig Backgammon?«

Guido sah ihn verwundert an. »Doch, aber was hat das mit all dem anderen zu tun?«

Satta lächelte. »Reine Neugierde. Mein Aufenthalt hier wird überaus erfreulich sein.«

»Ich habe es Ihnen gesagt«, knurrte Guido. »Die Pension ist geschlossen – gehen Sie in ein Hotel.«

Satta schenkte den Rest des geeisten Lacrimae Christi in sein Glas und schlürfte anerkennend. Als er sprach, hatte seine Stimme ihre spöttische Schärfe verloren.

»Gerade Sie verstehen die wirkliche Situation. Es ist jetzt schon sicher, daß Cantarella weiß, wer in seiner Organisation Amok läuft. Seine Möglichkeiten sind ebenso gut wie meine und vielleicht besser. Es wird nicht lange dauern, bis sie den Weg zu Ihnen zurückverfolgen, und dann werden einige von den Jungs bei Ihnen erscheinen und Ihnen Fragen stellen. Sie werden weniger höflich sein als ich.«

Wieder zuckte Guido mit den Schultern. »Ich kann auf mich selbst achtgeben.«

Aber er wußte, was Satta meinte. Erst vor einer Stunde hatte ihn Elio aus Mailand angerufen, um ihm mitzuteilen, daß zwei gutgekleidete, aber bedrohliche Männer in seinem Büro vorgesprochen und sich erkundigt hatten, wieso er Creasy der Agentur empfohlen hatte. Guidos Anweisung gemäß hatte er ihnen einfach erzählt, daß er seinem Bruder einen Gefallen erwiesen habe. Sehr bald würden etliche lokale Größen an die Tür seiner Pension klopfen. Wenn der Carabinieri-Oberst anwesend war, würden sie allerdings Distanz halten.

»Ich werde Ihnen ein Zimmer zurechtmachen«, sagte er kurz. »Aber erwarten Sie nicht, daß ich das Frühstück ans Bett bringe.« Satta wehrte ab. »Ich werde Ihnen keine Mühe verursachen. Und glauben Sie mir, es ist besser so – wir haben eine Menge zu besprechen.«

Satta war an diesem Abend angekommen, nachdem er in einem Tag von Mailand heruntergefahren war. Er zog es vor, selbst zu fahren, es gab ihm Zeit zu überlegen, die Vorfälle der letzten Woche zu überdenken. Er mußte zur Kenntnis nehmen, daß ein einziger Mann es mit den mächtigsten Männern im Land aufgenommen hatte.

Er hatte sich an das Gespräch mit den Ballettos in dem Haus am See erinnert. Die außergewöhnliche Szene, die ihn erwartet hatte. Der normalerweise weltmännische Balletto war aschgrau gewesen und hatte buchstäblich gezittert, während seine Frau von eisiger Verachtung erfüllt und schön wie immer gewesen war. Satta erinnerte sich an diese Schönheit; sie war jetzt reifer und durch die emotionellen Belastungen der letzten Monate noch größer geworden.

Zuerst hatte sich Ettore geweigert, vor dem Eintreffen seines Anwalts zu sprechen, doch als er von Mansuttis gewaltsamem Tod erfuhr, war er vollkommen zusammengebrochen und hatte sich verzweifelt an Satta gewandt – als einen Priester – eine Vaterfigur – einen Beschützer. Die Geschichte war aus ihm hervorgesprudelt, unzusammenhängend, gelegentlich abschweifend, und für Satta erschütternd, weil Ettore um Verständnis gefleht hatte. Satta hatte den Redefluß kaum unterbrochen, hatte sich nur gelegentlich eingemischt, um einen Punkt klarzustellen; Ausdruck und Stimme waren verständnisvoll geblieben.

Bellu hatte fieberhaft mitgeschrieben, während Rika schweigend und kühl den Blick keinen Augenblick vom Gesicht ihres Mannes abgewendet hatte; in ihrer Haltung war nichts als Abscheu gewesen.

Die Entdeckung, daß Creasy weitermachte, daß er es auf Conti und Cantarella abgesehen hatte, hatte Satta vor allem erstaunt. Er hatte angenommen, daß Creasys Rache mit der Ermordung von Fossella erfüllt war und daß der Leibwächter jetzt so rasch wie möglich über die Grenze in ein fernes Land verschwinden würde.

Er hatte es Bellu überlassen, das Strafverfahren gegen Balletto einzuleiten, und war in seine Wohnung gefahren, um nachzudenken.

Die Situation erzeugte einen tiefen Zwiespalt in ihm. Einerseits hatten Creasys Aktionen die Mafia direkt ins Herz – in ihren Stolz – getroffen. Ein einziger Mann! Wenn er weitermachte und Conti erwischte, konnte die Wunde verheerend sein, und wenn das Unvorstellbare geschah und er Cantarella tötete, dann konnte die Wunde tödlich für die Organisation sein.

Die Verbindung zwischen Cantarella und Conti war die Hauptstütze der Organisation. Es würde zum Chaos kommen, und innerhalb dieses Chaos würde er, Satta, gegen jeden Boß vorgehen, der noch am Leben war, und die Organisation würde einen Rückschlag von einem Jahrzehnt oder mehr erleiden. Er machte sich keine Illusionen, er war nicht in der Lage mehr zu tun, als das Verbrechen einzudämmen. Er konnte das Ungeheuer nicht für immer vernichten, er konnte nur sein Wachstum hemmen. Aber was für eine Gelegenheit!

Andererseits war es sein Job, Killer zu fassen, ganz gleich, wen oder warum sie töteten. Satta war stolz darauf, daß er sein Gewissen ordentlich in eine kleine, mit Stahl verkleidete Schachtel eingeschlossen hatte. Eines Tages, wenn er genug vom Zynismus hatte, würde er sie öffnen und sich selbst eine Überraschung bereiten.

Es war eine Frage der Ordnung. Seiner Auffassung nach konnten und sollten Gesetze gebeugt werden; aber es mußte Gesetze geben, und nur die Vollstrecker sollten das unausgesprochene Recht besitzen, sie zu beugen. Somit stellte Creasy ein Dilemma dar. Er hatte eine einmalige Gelegenheit geschaffen, aber er beleidigte gleichzeitig Sattas Gefühl für Ordnung. Er rang bis spät in die Nacht mit seinem Gewissen und gelangte schließlich zu einem ehrenvollen Kompromiß. Früh am nächsten Morgen meldete er sich bei seinem Boß, dem General, erzählte ihm die ganze Geschichte und erklärte den Kompromiß. Der General zeigte Verständnis und vertraute Satta. Man einigte sich darauf, daß Satta den Fall allein leiten würde. Man würde nichts mehr an die Presse weitergeben, obwohl sie zwangsläufig die ganze Story innerhalb weniger Tage herausbekommen würde.

Bellu blieb also zurück, um in Mailand aufzuräumen und sich dann nach Rom, in Contis Nähe zu begeben, während Satta nach Neapel fuhr. Er betrachtete Guido als den Schlüssel, wußte, daß er Creasys engster Freund war, und ahnte, welche Rolle er bei den Vorbereitungen gespielt hatte. Satta erteilte Anweisungen, das Telefon der Pension »Splendide« zu überwachen und die Post abzufangen. Inzwischen wollte Satta alles über Creasy erfahren: seine Talente, seinen Charakter, seine Philosophie. Berichte konnten ihm Tatsachen liefern, aber nur Guido konnte ihm das Wesentliche vermitteln.

An dem Tag, an dem Satta nach Neapel fuhr, legte ein Beamter in der Registratur der Carabinieri in Mailand ein Memorandum ab; legte es ab, nachdem er es sorgfältig gelesen hatte. Am selben Abend aß er mit einem Freund zu Abend und verbesserte seine finanzielle Lage beträchtlich. Während Satta sich sein fritto misto schmecken ließ, lauschte Conti Abrata, dem nun unumstrittenen Boß von Mailand, ungläubig am Telefon.

Abratas Informationen waren bis zu den letzten Einzelheiten von Creasys Vergangenheit vollständig. Seine Stimme klang am Telefon ein wenig besorgt, aber er stand schließlich nicht auf der Todesliste.

Conti erteilte präzise Anweisungen, legte auf und blieb mehrere Minuten lang tief in Gedanken versunken sitzen. Dann rief er eine Geheimnummer in Palermo an und sprach mit Cantarella. Der Kernpunkt dieses Gesprächs drehte sich nicht so sehr um die Identität des Killers, als um die erstaunliche Tatsache, daß die Polizei und die Carabinieri wenig oder gar nichts unternahmen. Soweit Abrata wußte, gab es keinen Befehl für eine Großfahndung.

Die Untersuchung der Morde lag in den Händen von Oberst Satta, der Mailand an diesem Morgen mit unbekanntem Ziel verlassen hatte. Offensichtlich war Politik mit im Spiel. Schwarze Taten wurden ausgebrütet!

Nach diesem Gespräch war Conti noch nachdenklicher, denn er hatte in Cantarellas Stimme eine Spur von Angst entdeckt. Statt entschiedene, wohlerwogene Anweisungen zu erteilen, hatte der »Schlichter« unsicher geklungen, sogar um Vorschläge gebeten. Conti hatte ihn beruhigt. Auch ohne die Polizei würde Creasy bald ausgeschaltet sein. Da seine Identität jetzt bekannt war, würde man ihn innerhalb von Stunden finden. Entsprechende Befehle waren bereits an alle Posten der Organisation ergangen.

Aber Conti wunderte sich über Cantarellas Reaktion. Der Killer stellte infolge seines Backgrounds und seiner Motivierung natürlich eine gefährliche Bedrohung dar, aber bis jetzt hatte er über den Vorteil der Verborgenheit und Anonymität verfügt. Diesen Vorteil hatte er jetzt verloren. Er würde für seine Verwegenheit bezahlen.

Warum aber Cantarellas Unruhe? Conti kam zu dem Schluß, daß es die Reaktion eines Politikers war. Conti hatte seine jetzige Stellung durch den skrupellosen Einsatz von Gewalt erreicht. Er hatte dem Tod oft gegenübergestanden.

Cantarella hingegen war durch Diplomatie an die Spitze gelangt. Er hatte häufig Gewalttätigkeit angeordnet, aber nie persönlich daran teilgenommen; es war nie notwendig gewesen. Conti war Soldat und General gewesen, Cantarella immer Staatsmann. Als Conti die vergangenen Jahre überdachte, kam er zu dem Schluß, daß der »Schlichter« nie direkt bedroht worden war – zumindest nicht körperlich. Vielleicht verursachte die fehlende Erfahrung jetzt die Besorgnis.

Diese Erkenntnis interessierte Conti. Darüber mußte er nachdenken. Schließlich gab er, bevor er zu Bett ging, Weisungen für seine persönliche Sicherheit aus. Er besaß ein zehnstöckiges Apartmenthaus, in dessen Penthaus er wohnte. Von der unterirdischen Garage aufwärts sollten die Sicherheitsvorkehrungen so verschärft werden, daß keine Maus hinaus oder herein konnte. Das gleiche galt für das Gebäude, in dem sich sein Büro befand und das ebenfalls ihm gehörte.

Er machte sich keine Sorgen darüber, daß er von einem Gebäude zum anderen gelangen mußte. Einige Jahre zuvor hatte er einen Landsmann in New York einen Gefallen erwiesen. Dafür hatte er als Geschenk einen Cadillac erhalten. Einen ganz besonderen Cadillac mit sechs Zentimeter starker Stahlpanzerung und kugelsicheren Fenstern. Conti war sehr stolz auf den Wagen. Im Lauf der Jahre war zweimal darauf geschossen worden, einmal mit einer schwerkalibrigen Pistole und einmal mit einer Maschinenpistole. Beide Male war er unverletzt und unerschüttert geblieben. Dennoch befahl er, daß bis auf weiteres immer ein Wagen mit Leibwächtern dem Cadillac folgen sollte. Er beschloß auch, alle Mahlzeiten zu Hause einzunehmen. Er wußte sehr genau, daß mehr Bosse in Restaurants als an anderen Orten gestorben waren, und nicht an Lebensmittelvergiftung.

Cantarella hatte wirklich Angst. Es war ein neues Gefühl für ihn. Die Vorstellung, daß er das Ziel eines hochqualifizierten Killers war, verursachte ihm Übelkeit. Zeitweise spürte er auch, wie Zorn und Empörung in ihm hochstiegen, aber die Angst beherrschte alle anderen Empfindungen.

Conti wirkte am Telefon selbstsicher – aber das war auch nur noch eine Frage von Stunden. Als Cantarella in seinem getäfelten Arbeitszimmer an seinem Schreibtisch saß, überkam ihn ein sehr kaltes Gefühl. Er bekreuzigte sich, zog einen Notizblock aus einer Lade und wandte seine Gedanken der Sicherung der Villa Colacci zu. Sie konnte und würde uneinnehmbar gemacht werden.

Er hatte seine Notizen noch nicht beendet, als das Telefon läutete. Es war der Boß in Neapel, der ihm mitteilte, daß es unmöglich war, den Besitzer der Pension »Splendide« zu befragen. Anscheinend waren er und der verdammte Oberst Satta von den Carabinieri Busenfreunde. Cantarellas Unbehagen verstärkte sich.

Guido warf eine doppelte Vier, nahm seine letzten drei Steine vom Brett und warf einen Blick auf den Verdoppelungswürfel. Dann griff er nach einem Kugelschreiber, stellte eine rasche Berechnung an und verkündete: »Fünfundachtzigtausend Lire.«

Satta lächelte. Er mußte sich dazu anstrengen.

»Ich hätte Ihrem Rat folgen und in einem Hotel absteigen sollen.«

Es war der dritte Tag, und er hatte mehrere hervorragende Mahlzeiten genossen, sogar gelegentlich in der Küche ausgeholfen; die Stammgäste hatten keine Ahnung, daß der Salat von einem echten Oberst zubereitet worden war.

Bis auf die Tatsache, daß er beim Backgammon über dreihunderttausend Lire verloren hatte, empfand er den Aufenthalt als sehr angenehm. Selbst für seinen Verlust gab es eine Entschädigung, denn wenn ein Mann mit solcher Geschicklichkeit und Sicherheit spielen konnte, hatte er Sattas Achtung verdient.

Aber er verspürte mehr als nur Achtung. Eine Freundschaft hatte sich entwickelt. Vielleicht waren es zum Teil die Gegensätze, die sich anzogen, denn es gab kaum zwei Männer, die unterschiedlicher waren, zumindest äußerlich: der schweigsame, untersetzte Guido mit der schiefen Nase, und der hochgewachsene, elegante, gesprächige und weltmännische Satta. Aber Satta fand an dem Neapolitaner viel Bewundernswertes. Wenn Guido sich einmal entspannte und anfing zu sprechen, bewies er umfassende Kenntnis seiner Gesellschaft und der Welt. Er besaß auch einen trockenen, raschen Humor, den Satta sehr schätzte. Natürlich wußte Satta eine Menge über Guidos Vergangenheit. Während eines Gesprächs hatte er gefragt, ob Guidos jetzige Beschäftigung ihn nicht mitunter langweilte. War sie nicht etwas alltäglich?

Guido hatte den Kopf geschüttelt und entgegnet, wenn er Aufregung wollte, könnte er die Pfade seiner Erinnerung entlangwandeln. Nein, die kleinen, prosaischen Dinge des Lebens bildeten ein befriedigendes Mosaik. Es machte ihm Spaß, die Pension zu führen, und die Eigenarten und Schwächen der Stammgäste, die zum Essen in das Restaurant kamen, unterhielten ihn. Er sah sich gern am Sonntag abend im Fernsehen Fußballspiele an, ging gelegentlich in die Stadt aus und fand auch ab und zu ein Mädchen. Er war zufrieden, besonders wenn er hochgebildete Polizisten beim Backgammon schlagen konnte.

Satta seinerseits stellte für Guido ein Rätsel dar. Zuerst hatte er den Oberst als falsch eingesetzten gesellschaftlichen Schmetterling betrachtet, der durch Familienverbindungen vorwärtsgekommen war. Er hatte aber bald das sardonische Äußere durchschaut und den pflichtbewußten, ehrlichen Mann darunter erkannt. Am zweiten Abend kam Sattas älterer Bruder zum Abendessen, und nachher saßen die drei bis spät in die Nacht auf der Terrasse, plauderten und tranken. Zwischen den beiden Brüdern bestand eine sehr tiefe Zuneigung, und sie schlossen so natürlich und ungezwungen Guido in ihre Familiengespräche ein, daß auch er die innige Kameradschaft verspürte, eine Herzlichkeit, die früher nur zwischen ihm und Creasy bestanden hatte.

Sie sprachen sehr ausführlich über Creasy. Obwohl Satta davon überzeugt war, daß Guido Kontakt mit ihm hatte, ging er nie näher darauf ein. Er telefonierte mehrmals täglich mit Bellu in Rom, und jedesmal erfuhr er, daß es über aufgefangene telefonische und briefliche Mitteilungen nichts zu berichten gab.

»Nur Gespräche zwischen Ihnen und mir«, bemerkte Bellu einmal. »Und die sind faszinierend!«

Aber Satta wartete gern. Obwohl die Zeitungen schon nahe daran waren, die Geschichte aufzudecken, war Creasy noch nicht erwähnt worden. Sie berichteten ausführlich über den Skandal des Industriellen, der beschuldigt wurde, die Entführung seiner eigenen Tochter in die Wege geleitet zu haben, und über den prominenten Rechtsanwalt, der in die Luft gesprengt worden war, und über die Verbindung zwischen den beiden und den Mafia-Morden der letzten Tage. Es würde nicht mehr lange dauern, bis sie die einzelnen Teile zusammengefügt hatten, und Satta versuchte, sich die Reaktion der Öffentlichkeit vorzustellen, wenn die ganze Geschichte zutage kommen würde – diese Geschichte war ja noch nicht einmal zu Ende.

Er dachte oft über Creasy nach. Er konnte sich im Geist ein Bild von ihm machen, wenn Guido von seinem Freund sprach. Er verstand mühelos seine Motivierung und empfand deutliche Sympathie und Verständnis für den Mann, der allein handelte, um sein Rachebedürfnis zu befriedigen.

Guido sprach über die Vergangenheit, aber nie über die Gegenwart. Er betonte ausdrücklich: Er hatte Creasy das letzte

Mal gesehen, als er das Krankenhaus verlassen hatte. Satta drängte ihn nicht, er zuckte nur mit den Schultern und wartete. Er hatte alle Asse im Ärmel. Sollten Conti und Cantarella sich Sorgen machen.

Aber er spielte nicht Karten, sondern Backgammon – und er verlor.

»Genug«, sagte er, als Guido wieder die Steine aufstellte. »Ich bin ein Beamter und kann nicht jeden Tag einen Wochenlohn verlieren.«

Sie setzten sich auf die Terrasse hinaus, während die Sonne des späten Nachmittags langsam zum Horizont sank. Bald würde Guido beginnen, das Dinner zuzubereiten, aber jetzt war die stille Zeit, und sie verstummten, während sie die wechselnden Farben in der Bucht beobachteten. Es dämmerte schon, als das Telefon läutete. Mailand rief Oberst Satta an.

Guido war in die Küche gegangen und zerkleinerte Gemüse, als Satta nach dem langen Gespräch hereinkam.

»Balletto«, berichtete er. »Er hat Selbstmord begangen.«

»Sind Sie sicher, daß es Selbstmord war?« fragte Guido.

Satta nickte. »Keine Frage. Er saß eine halbe Stunde auf dem Fensterbrett seines Büros im achten Stockwerk, bevor er sich entschloß.«

Seine Hände machten eine ausdrucksvolle Gebärde.

»Er war ein labiler Mann.«

Guido kehrte zu seinem Gemüse zurück, und Satta begann in der Küche zu helfen. Dann hielt er inne und fragte: »Haben Sie seine Frau gesehen?«

»Einmal«, antwortete Guido. »Es war keine angenehme Begegnung.«

Er erklärte die Umstände, und Satta nickte verständnisvoll.

»Sie haben sich eine schlechte Zeit ausgesucht. Zweifellos hat sie inzwischen die Meinung geändert. Zweifelsohne hat sie selbst sich auch verändert.«

Sie arbeiteten schweigend, dann berichtete Satta: »Während

Balletto versuchte, sich zu entschließen, rief die Polizei sie an und bat sie, hinüberzukommen und es ihm auszureden. Wissen Sie, was sie geantwortet hat?«

»Was?«

Satta schüttelte den Kopf.

»Nichts, überhaupt nichts – sie hat nur gelacht.«

Sie arbeiteten weiter, dann sagte Satta nachdenklich: »Eine merkwürdige Frau – und sehr schön.«

Guido blickte ihn seltsam an, wollte etwas sagen, doch dann zuckte er mit den Achseln und arbeitete weiter.

19

In jeder Hauptstadt in Europa gibt es eine australische Botschaft, und auf einer Nebenstraße in der Nähe jeder dieser Botschaften kann man Wohnwagenanhänger und Wohnwagen finden, die im Sommer dort geparkt sind, solange es hell ist. Sie sind zu verkaufen, und niemand weiß, warum sie ausgerechnet in der Nähe der australischen Botschaft stehen.

Rom bildet keine Ausnahme, doch da es Spätsommer war, stand nur ein Fahrzeug dort – ein Mobex auf einem Bedfordchassis.

Wally Wightman und seine Freundin Paddy Collins saßen auf dem hohen Randstein und warteten nicht sehr hoffnungsvoll auf einen Käufer.

Er war Ende zwanzig, klein, und vor allem seine Haare erregten Aufmerksamkeit. Sie flossen von seinem Kopf auf die Schultern und von seinem Gesicht und Kinn auf die Brust. Aus dem Dickicht spähten intelligente Augen hervor. Er trug einen Baumwoll-Overall, der ein Zertifikat als Antiquität verdiente. Paddy war Anfang dreißig und rundum groß. Nicht dick, nur übergroß, von den Zehen bis zur Nase. Sie war nicht reizlos, aber ihre Größe stand im Widerspruch zur Weiblichkeit. Sie trug ein ländliches Kleid, das nicht zu ihr paßte.

Sie waren Australier, und ihre Geschichte war typisch und zugleich außergewöhnlich. Typisch insofern, als sie beide nach Europa gereist waren, um ihre Kenntnisse zu erweitern, und außergewöhnlich insofern, daß sie sich auf dieser Reise kennengelernt hatten. Wally war ein ewiger Student, der vor langer Zeit in einer Abendschule in Turin einen Aushilfsposten als Englischlehrer gefunden hatte. Dort hatte er Paddy kennengelernt, die zwölf Jahre lang Direktionssekretärin in Brisbane gewesen war. Eines Tages hatte sie alles aufgegeben und war abgereist, um Europa kennenzulernen. Auch sie wurde Englischlehrerin in Turin. Das Ergebnis war, daß eine ganze Reihe von Italienern Englisch mit stark australischem Akzent sprach; und statt Europa »kennenzulernen«, lernte sie Wally kennen. Die beiden liebten sich sogar. Es war eine Liebe, die auf Wallys vollkommener Gleichgültigkeit gegenüber den anerkannten Merkmalen weiblicher Schönheit beruhte. Paddys Größe störte ihn nicht. Ihm gefielen ihr Verstand und ihr Sinn für Humor, der rauh war, und ihre Fähigkeit, tagsüber zu dominieren und nachts vollkommen untertänig und nachgiebig zu sein. Im Bett war er der Boß; außerhalb organisierte sie alles und sorgte auch für sein leibliches Wohl. Es war eine unaustralische Verbindung, aber sie funktionierte.

Sie hatten einen guten Winter und Frühsommer gehabt und ihre Mittel zusammengelegt, um das Mobex zu kaufen. Sie wollten mit ihm so weit wie möglich nach Osten reisen, mindestens bis Bombay, es dann per Schiff nach Perth befördern und ins nördliche Queensland fahren. Dort vergab die Regierung Land und Subventionen an Leute, die abgelegene Gebiete kultivieren und Bäume pflanzten. Die Regierung brauchte Bäume, und Wally wies darauf hin, daß es lange dauerte, bis sie groß waren; sie konnten in dem Mobex wohnen, vielleicht auch Kinder großziehen, zur Verbesserung der australischen Zahlungsbilanz beitragen und dafür bezahlt werden. Aber es hatte nicht geklappt. Die Veränderungen im Iran bedeuteten, daß eine Fahrt nach Osten nicht in Frage kam, und dann war Paddy an Gelbsucht erkrankt, die Krankenhausrechnungen hatten sich angehäuft, und schließlich hatten sie keine andere Wahl, als das Mobex zu verkaufen und so billig wie möglich nach Hause zu reisen. Deshalb saßen sie auf dem Randstein und warteten.

Aber sie saßen seit drei Tagen dort, und die einzige Anfrage stammte von einem Türken, der kein Geld, sondern einen genialen Plan hatte, um Pakistanis nach England zu schmuggeln. Sie hatten also wenig Hoffnung und blickten kaum auf, als der große Mann mit dem narbigen Gesicht herankam und um das Mobex schlich.

»Ist es zu verkaufen?« fragte er auf Italienisch.

Wally schüttelte den Kopf und antwortete in der gleichen Sprache.

»Nein, wir parken hier nur wegen der Aussicht.«

Der Mann lächelte nicht, sondern sah sich das Fahrzeug wieder an. Paddy stand auf und klopfte den Staub von ihrem stattlichen Hinterteil.

»Sind Sie wirklich interessiert?«

Der Mann drehte sich um, sah sie abschätzend an und nickte dann. Wally wurde übersehen.

»Kann ich einen Blick auf den Motor werfen?«

Wally folgte ihnen, wies auf die Vorteile hin und schlug dann vor, daß sie hineingehen und ein kühles Bier trinken sollten.

Das Mobex war erst zwei Jahre alt, hatte weniger als sechzehntausend Kilometer auf dem Zähler, und Paddy kämpfte verbissen um den Preis. Wally blieb still, nippte an seinem Bier und bewunderte ihre Entschlossenheit.

Schließlich einigten sie sich auf zehn Millionen Lire, und der Mann fragte: »Haben Sie Papiere?«

Paddy nickte. »Sie müssen von der Polizei geändert und abgestempelt werden.«

Sie füllten die Papiere aus, als Käufer wurde »Patrice Duvalier, Staatsangehörigkeit Franzose« eingesetzt.

»Ich übernehme den Wagen erst in drei Tagen«, sagte er und schob die Papiere über den kleinen Klapptisch.

In Paddys Gesicht lag offenes Mißtrauen.

»Lassen Sie uns eine Anzahlung da?«

Dann erlebten sie einen schweren Schock. Er griff in seine Innentasche und zog ein großes Bündel Hunderttausend-Lire-Noten hervor. Er zählte hundert ab und schob sie über den Tisch.

»Aber lassen Sie die Papiere erst in drei Tagen ändern«, sagte er. Lange Stille folgte, die Wally durch seinen ersten Beitrag zu dem Gespräch beendete.

»Sie sind verdammt vertrauensselig, Kumpel! Was ist, wenn wir das Geld nehmen und abhauen?«

Creasy widersprach leise: »Ich bin nicht vertrauensselig.«

Wally sah in die schmalen Augen. Um seine plötzliche Verlegenheit zu verbergen, langte er in den Kühlschrank nach mehr Bier. Die Spannung löste sich, und Paddy fragte: »Sie übernehmen den Wagen hier?«

Creasy schüttelte den Kopf und zog einen Stadtplan von Rom heraus. Er zeigte auf ein kleines, mit Tinte gemaltes x außerhalb der Stadt, in der Nähe der östlichen Autostrada.

»Dort liegt der Monte Antenne Campingplatz. Ich werde ihn am frühen Nachmittag abholen, wenn Sie einverstanden sind.« Paddy nickte. »Inzwischen können wir unsere Koffer auf dem Bahnhof lassen.«

»Wohin fahren Sie?« fragte Creasy.

»Nach Brindisi«, antwortete sie. »Vor dort nehmen wir die Fähre nach Griechenland.«

Creasy nahm einen kräftigen Schluck Bier und sah sich nachdenklich in dem kleinen, aber behaglichen Innenraum um. Dann musterte er schweigend die beiden Australier. Schließlich sagte er: »Ich fahre ebenfalls nach Süden. Ich könnte Sie mitnehmen –

es wäre eine Möglichkeit, Mängel zu entdecken, falls es welche gibt.«

Sie berieten sich über den Vorschlag und hielten ihn für vernünftig. Creasy erklärte, daß er es nicht eilig hatte; er wollte sogar drei oder vier Tage unterwegs sein. Sie einigten sich also, dann schlug Creasy vor, sie sollten bis Brindisi warten, bevor sie die amtliche Übertragung durchführten.

Um den Abschluß zu feiern und weil Mittagszeit war, öffnete Paddy einige Dosen und bereitete eine Mahlzeit zu, und Wally goß Bier nach.

Als Creasy gegangen war, bemerkte Paddy: »Er ist kein Franzose, sondern Amerikaner.«

»Woher weißt du das?« fragte Wally.

»Aus der Art, wie er ißt. Nur Amerikaner essen so.«

Wally sah sie skeptisch an, doch Paddy blieb dabei.

»Es stimmt. Sie halten Messer und Gabel wie jeder andere, aber sie schneiden ein Stück Fleisch ab, dann legen sie das Messer weg und nehmen die Gabel in die rechte Hand. Es ist sehr unrationell, was für Amerikaner merkwürdig ist, aber sie tun es alle.«

»Also?«

»Also nichts. Aber er ist kein Franzose.«

»Glaubst du, daß er in Ordnung ist? Er hat nicht einmal eine Adresse oder sonst etwas hinterlassen. Er ist einfach weggegangen.«

Paddy zuckte mit den Schultern. »Jedenfalls haben wir sein Geld.« Sie dachte nach. »Er ist nicht der, der er zu sein vorgibt, aber wer ist das heutzutage schon?«

»Er ist ein zäher Bastard«, grinste Wally. »Er ist sogar größer als du.«

Paddy erwiderte das Grinsen, doch dann wurde sie wieder nachdenklich.

»Ich mag ihn. Er macht nicht viel Worte, redet nicht um des Redens willen. Wir werden sehen.«

Der »Cowboy« ließ sein Hinterteil auf die harte Bank sinken. Als er ein junger Priester gewesen war, hatte er gern im Beichtstuhl gesessen – man mußte das dem Bischof nicht gestehen, aber es war eine Abwechslung in der Routine. Nun wurde er älter und fand das Ganze ermüdend. Vielleicht gab es in Großstädten interessantere Sünden, aber hier auf Gozo, im Dorf Nadur, konnte er so ziemlich jedes Vergehen seiner Pfarrkinder voraussagen. Der alte Salvu, der gerade gegangen war, besaß allerdings eine blühende Phantasie, aber auch er wiederholte sich gelegentlich.

Der Vorhang raschelte, und Laura Schembris Stimme kam durch das Gitter.

»Vergib mir Vater, denn ich habe gesündigt.«

Der »Cowboy« beugte sich vor.

»Woran erinnerst du dich?«

Es folgte die Liste der üblichen, unbedeutenden Vergehen, er ermahnte sie pflichtgemäß, setzte die kleinen Bußen fest und lehnte sich zurück, um auf das nächste Pfarrkind zu warten.

Aber er hörte nicht, wie sie sich raschelnd entfernte, sondern das flache unsichere Atmen einer unschlüssigen Frau.

»Du hast noch etwas?«

Sie entschloß sich.

»Vergib ihr, Vater. Meine Tochter hat gesündigt.«

»Dann muß sie beichten.«

Die Routine war unterbrochen.

Die Tochter der Schembris war für den »Cowboy« ein Rätsel. Sie kam jeden Morgen zur Frühmesse, was sie vorher nicht getan hatte, doch sie ging nie zum Beichtstuhl. Dennoch betete sie jeden Tag.

»Du kannst nicht für jemand anderen beichten.«

Die schlichte Antwort kam sofort.

»Ich will nicht beichten. Ich will einen Rat.«

Die Routine war zerschlagen.

In all seinen Jahren als Gemeindepriester hatte ihn Laura

Schembri nie um Rat gefragt, obwohl sie ihm häufig einen Rat erteilt hatte, besonders als er jünger gewesen war; sie ließ sich nicht von der Geistlichkeit beeindrucken. In seine Anteilnahme mischte sich Besorgnis. Ein Nadia betreffender Rat war vielleicht schwer zu formulieren.

»Sie bekommt ein Kind.«

Die Besorgnis war berechtigt! Der »Cowboy« seufzte. Der Lebensweg dieses Mädchens steckte wirklich voller Schwierigkeiten.

»Der Amerikaner?«

»Wer sonst? Sie geht nicht wahllos mit jedem ins Bett.«

Er spürte, daß sie nicht angriff, sondern verteidigte, und unterdrückte die aufkeimende Gereiztheit. Er fragte sanft: »Wofür brauchst du also Rat?«

Er merkte, wie ihre Spannung nachließ.

»Sie hat es Creasy nicht gestanden, und sie hat mir oder ihrem Vater verboten, es zu tun. Das gehört zu ihrer Sünde. Sie hat das Kind absichtlich empfangen. Sie hat ihn nur als Lieferanten für den Samen benützt.«

»Sie liebt ihn nicht?«

»Ich weiß es nicht.« In Lauras Stimme lag Unsicherheit.

»Du bist ihre Mutter, und du weißt es nicht?«

»Ich weiß nur, daß sie mit ihm geschlafen hat, um schwanger zu werden. Ich bin jetzt nicht sicher, was sie fühlt. Sie ist anders als andere Frauen. Sie hat mir von dem Kind erzählt, das ist alles. Sie ist nicht mehr sie selbst.«

»Welchen Rat willst du also hören?«

»Soll ich es ihm sagen oder nicht?«

Der »Cowboy« lehnte sich zurück und sammelte seine Gedanken. Wie andere in Gozo, wußte auch er, daß Creasy ausgezogen war, um zu töten. Wenn das Mädchen der Schembris etwas tat, dann war es bestimmt kompliziert.

»Du weißt, was dieser Amerikaner tut?«

»Ja.«

»Es ist sündhaft.«

»Er hat einen Grund.«

»Die Rache gehört Gott.«

»Gott wirkt auf seltsame Art.«

Der »Cowboy« seufzte wieder. Die Frau hätte einen guten Priester abgegeben.

»Kannst du es ihm überhaupt mitteilen?«

»Es ist möglich.«

»Hast du mit deinem Mann darüber gesprochen?«

»Nein – ich weiß, wie die Antwort lauten würde, und ich will sie nicht hören.«

Der »Cowboy« rutschte unbehaglich auf der Holzbank hin und her. Er war in eine unangenehme Situation hineingeraten. Schließlich war er Priester und hatte auf Wohlergehen verzichtet. Er überdachte alle Gesichtspunkte, denn er wußte, wenn er einen Rat erteilte, durfte er sich nicht in Gemeinplätzen ergehen. Er betreute eine Bauernpfarrei, seine Gemeinde bestand aus nüchternen Pragmatikern, Laura Schembri war keine Ausnahme.

Er gelangte zu einem Entschluß. »Der Mann sollte es wissen.«

»Danke, Vater.«

Guido trat auf die Terrasse, und Satta spürte die Veränderung in ihm. Guido zog einen Stuhl heran und griff nach der Kaffeekanne. Seinem Gesicht sah man die Unentschlossenheit an. Der Anruf war vor einer Stunde erfolgt, und vor vierzig Minuten hatte Guido aufgelegt. Satta war nicht ungeduldig. Innerhalb einer Stunde würde Bellu ihm mitteilen, ob der Anruf wichtig gewesen war.

Guido trank seinen Kaffee und entschloß sich dann.

»Was würde geschehen, wenn Creasy sich selbst stellt – Ihnen persönlich?«

Sattas Puls schlug schneller. Der Anruf war wirklich wichtig gewesen. Er machte eine vielsagende Gebärde.

»Er würde natürlich ins Gefängnis kommen. Aber angesichts

seines Motivs und der Typen, die er getötet hat, würde das Urteil wahrscheinlich nur auf ungefähr fünf Jahre lauten. Solche Dinge lassen sich regeln, und mit einem teilweisen Erlaß der Strafe könnte er in drei Jahren frei sein.«

»Könnte man dafür sorgen, daß er im Gefängnis am Leben bleibt?«

Satta verzog das Gesicht. »Ich weiß, was Sie meinen, und die Antwort lautet ja. Wir haben soeben außerhalb von Rom ein neues Gefängnis für ›gefährdete‹ Gefangene fertiggestellt. Das Personal und die Leitung sind Carabinieri. Ich garantiere für seine Sicherheit. Offen gesagt wird er erst in Gefahr sein, wenn er herauskommt.«

Guido sah den Oberst nachdenklich an, offenbar überdachte er seinen Entschluß. Satta schwieg. Es war nicht der richtige Augenblick für Fragen.

»Also gut.« Guido entschloß sich. »Wir fahren nach Rom, und ich werde mit ihm sprechen.«

»Aber warum? Sagen Sie mir, warum?«

Guido stand auf. »Kommen Sie. Ich werde es Ihnen im Wagen erzählen – wir haben vielleicht nicht viel Zeit.«

Satta hob die Hand. »Falls es so ist, lassen Sie mich Bellu anrufen. Er ist ein guter Mann, und ich vertraue ihm. Er kann Creasy in zehn Minuten ausfindig machen.«

Guido schüttelte den Kopf. »Wenn er Ihren Freund Bellu und ein weiteres Dutzend Polizisten tötet, wie viele Jahre würde er dann bekommen?« Satta hatte verstanden. »Sie können ihn nicht anrufen?«

»Er hat dort kein Telefon – fahren wir.«

Als sie zu Sattas Wagen kamen, hielt ein Polizist auf einem Motorrad vor dem Haus und reichte Satta einen Umschlag.

»Telex für Sie, Oberst.«

Satta schlug vor, daß Guido den Wagen steuern sollte, und als sie durch die Stadt zur Autostrada unterwegs waren, erklärte Guido: »Er wird Vater.«

Sattas überraschter Gesichtsausdruck war komisch. Diesmal fiel ihm keine rasche oder kluge Bemerkung ein. Guido warf ihm einen Blick zu und lächelte plötzlich, dann erzählte er ihm von Gozo und von Nadia. Er berichtete ausführlich, weil es wichtig war, daß Satta alles verstand.

»Sie glauben, daß sich dadurch etwas verändert?« fragte Satta. Guido nickte entschieden. »Ja. Es ist das einzige, das ihn veranlassen könnte aufzuhören. Es läßt sich schwer erklären, warum.«

Satta dachte über das nach, was er von Creasy wußte. Er war ebenfalls der Meinung, daß sich durch ein Kind etwas ändern würde. Er beugte sich plötzlich vor und ergriff den Hörer des Autotelefons. Guido sah ihn scharf an, doch er hob beschwichtigend die Hand. Innerhalb von zwei Minuten war er mit Bellu in Rom verbunden und trug ihm auf, das Band des letzten abgehörten Gesprächs persönlich zu vernichten. Ebenso alle Abschriften. Er betonte, daß niemand anderer sie in die Hände bekommen dürfte. Auf Bellus verwunderte Frage sagte er ihm, er sollte ihn im Präsidium erwarten. Sie würden zu Mittag in Rom sein.

Guido dankte ihm, und Satta zuckte mit den Schultern.

»Sie wissen, wie das ist. Diese Leute haben überall ihre Spitzel, aber ich vertraue Bellu vorbehaltlos.« Plötzlich erinnerte er sich an den Umschlag. Er riß ihn auf und las schweigend das lange Telex.

»Heilige Mutter Gottes.«

Satta sagte es leise.

»Was ist los?«

Satta schwenkte das Telex und erklärte, er hätte vermutet, daß Creasy sich die Ausrüstung in Marseille besorgt hatte. Er hatte seinen dortigen Kollegen ersucht, Druck auszuüben und herauszubekommen, wer Creasy beliefert hatte und womit. Das Telex enthielt die Liste.

»Was ist ein R.P.G.7 Schlag D?« fragte er.

»Ein Antitank-Raketenwerfer«, antwortete Guido mit grimmigem Lächeln. »Die Söldner nennen ihn die ›jüdische Bazooka‹.«

»Ist es eine israelische Waffe?«

Guido schüttelte den Kopf. »Eine russische, aber wenn die Rakete drinsteckt, sieht sie aus wie ein beschnittener Penis.«

Satta lächelte nicht. »Creasy weiß, wie man sie verwendet?«

Guido blieb bei dem Vergleich. »Er geht genauso sicher mit ihr um wie Sie mit Ihrem Schwanz, wenn Sie pinkeln.«

Jetzt lächelte Satta, aber er wunderte sich.

»Die Mafia besitzt vieles, aber keine Panzer.«

Guido erklärte. »Es gibt andere Verwendungsmöglichkeiten – Gebäude zerstören oder Stahltore aufsprengen. Das Geschoß durchschlägt zwölfzöllige starke Panzerplatten.«

Satta verarbeitete diese Information schweigend und bemerkte dann versonnen: »Etwas mehr Durchschlagskraft als mein Schwanz.«

Guido lächelte zustimmend.

Zur gleichen Zeit wurde der R.P.G. Schlag D zusammen mit zwei Raketen in einer Leinentasche durch die Straßen Roms getragen. Es war keine große Tasche. Der Raketenwerfer war ein einfaches, nicht ganz ein Meter langes Rohr, das sich zur leichteren Handhabung in zwei Hälften zerlegen ließ. Jede Rakete wog ungefähr zwei Kilogramm.

Giuseppe und Theresa Benetti hatten soeben zu Mittag gegessen, als es klopfte. Sie waren beide Ende sechzig. Theresas Beine schmerzten, deshalb öffnete Giuseppe die Tür. Das erste, was er sah, war die Pistole mit Schalldämpfer, und er erschrak zutiefst. Dann sah er dem Mann ins Gesicht, seine Angst wurde größer, und er erstarrte zu einer Statue. Der Mann sprach leise und beruhigend.

»Sie sind nicht in Gefahr. Ich will Ihnen nichts tun. Ich bin kein Dieb.«

Wenige Minuten später waren Giuseppe und Theresa mit Klebebändern unbeweglich an zwei Stühle gefesselt. Der Mann war sehr freundlich gewesen, hatte mit leicht neapolitanischem Akzent beiläufig mit ihnen gesprochen. Er wollte ihre Wohnung nur kurze Zeit benützen. Ihnen würde nichts geschehen.

Ihre Angst verging, und sie sahen interessiert zu, wie er die Tasche öffnete und zwei dicke Rohre herausnahm. Er schraubte sie zusammen, dann schob er ein Zusatzgerät in einen gerieften Schlitz. In seiner Jugend hatte Giuseppe in der Armee gedient, und jetzt nahm er an, daß das Rohr eine kochentwickelte Waffe und das Zusatzgerät eine Zielvorrichtung war. Seine Annahme wurde bestätigt, als der Fremde das gedrungene, konische Geschoß herausnahm. Er drückte die Seitenteile hinunter und schob es rückwärts in das Rohr. Der Hauptteil des Geschosses ragte hervor, die Spitze des Kegels zeigte nach vorn.

Der Mann nahm ein zweites Geschoß und eine Schutzbrille heraus und ging leise in den Hinterhof. Giuseppe sah, wie er vorsichtig über die niedrige Mauer blickte, die den Hof von der Hauptstraße trennte.

In dem Penthouse des gegenüberliegenden Gebäudes hatte Conti ebenfalls das Mittagessen beendet.

Um genau 14 Uhr 30 ging die Fahrstuhltür zur unterirdischen Garage auf, und er trat, von seinem persönlichen Leibwächter gefolgt, heraus. Der Cadillac wartete mit laufendem Motor. Ein schwarzer Lancia mit vier Leibwächtern wartete unmittelbar dahinter. Conti setzte sich auf den Rücksitz, sein Leibwächter schloß die Tür und nahm neben dem Fahrer Platz. Die beiden Wagen fuhren die Rampe hinauf. Als sie die Straße erreichten, mußten alle drei infolge des hellen Sonnenlichts die Augen zusammenkneifen. Dennoch erblickten sie auf der anderen Seite der breiten Allee die Gestalt, die sich hinter der niedrigen Mauer erhob. Sein Gesicht wirkte durch die Schutzbrille verzerrt, und ein dickes Rohr lag auf seiner rechten Schulter. Bevor sie reagieren konnten, brach ein Flammenstoß aus dem Rohr, ein schwarzer Gegenstand löste sich und wurde immer größer, während er näher kam. Conti schrie auf, und der Fahrer stieg auf die Bremse. Der schwere Wagen neigte sich nach vorn und schnellte dann auf den verstärkten Federn hoch. Er stieg noch höher, als das Geschoß den Kühler in der Mitte durchschlug, den Motor zerstörte und alles im Inneren zu Asche verbrannte. Einen Moment lang schwankte der Cadillac auf der hinteren Stoßstange, dann schlug das zweite Geschoß dicht unter der Vorderachse ein und schleuderte den fünf Tonnen schweren Wagen auf den Lancia hinter ihm.

Nur einer entging dem sofortigen Tod. Als der Lancia zusammengedrückt wurde, sprang eine hintere Tür auf, und ein Leibwächter wurde herausgeschleudert. Er krabbelte von der zischenden, verbogenen Metallmasse weg, stand auf und zog instinktiv seine Waffe. Er wollte die Rampe wieder hinaufgehen, doch dann blieb er stehen und sah sich um. Er dachte nach: Das Blutbad war von jemandem verursacht worden, der sich draußen befand.

Der Schock setzte ein, und er wich bis zur Garagenwand zurück. Langsam sank er in sich zusammen. Die Waffe entglitt seinen Fingern und fiel auf den Beton. Er kauerte noch immer dort, als der erste Polizeiwagen eintraf.

Satta wartete gespannt im Wagen, aber als Guido allein erschien, mischte sich seine Enttäuschung mit Erleichterung.

»Er ist nicht da?«

Guido schüttelte den Kopf. »Wir müssen warten.«

Die Wartezeit war kurz. Schon nach drei Minuten erwachte das Autotelefon zum Leben. Hauptmann Bellu rief Oberst Satta – dringend.

Satta und Bellu standen auf der Rampe und blickten hinunter. Keiner von beiden sprach ein Wort. Etwas Derartiges hatten sie noch nie gesehen. Schließlich drehte sich Satta zu Guido um. Er kehrte ihnen den Rücken zu und blickte über die Allee. Satta folgte seinem Blick und sah das kreisrunde, schwarze Brandmal an der Seitenwand des weißgetünchten Hauses.

»R.P.G.7 Schlag D?«

Guido nickte.

»Ich habe es Ihnen gesagt – es gibt andere Verwendungsmöglichkeiten.«

Satta blickte nachdenklich die Rampe hinunter. Er lächelte wider Willen sardonisch, als er zu Bellu sagte: »Conti hat seinen Versicherungsbonus verloren.«

VIERTES BUCH

20

»Die Macht wächst aus dem Gewehrlauf.«

Cantarella kannte das Zitat und hatte erlebt, daß es stimmte. Aber ein Gewehr muß ein Ziel haben. Er fühlte sich wie ein Gewichtheber, der nichts zu heben hatte – Michelangelo ohne Plafond.

Das Gefühl der Ohnmacht vergrößerte seine Furcht. Conti war sein rechter Arm gewesen, das absolute Werkzeug der Diplomatie. Sein Tod traf Cantarella bis ins Innerste. Er versuchte seine Angst zu verbergen, aber Dicandia und Gravelli ließen sich nicht täuschen. Sie saßen ihm gegenüber am Tisch und spürten die angespannte Atmosphäre. Es überraschte sie und verursachte tiefe Besorgnis.

Aber Cantarella war ihr Boß. Alles, was sie besaßen, ihr Ansehen, ihr Vermögen und ihr Ehrgeiz hingen von Cantarellas Macht ab. Sie kannten keine andere Marschroute.

Sie hörten zu, als er Anordnungen zur Verstärkung der Sicherheit der Villa Colacci traf. Vor zwei Tagen wären sie verblüfft gewesen und hätten Zurückhaltung empfohlen; aber Contis Tod und die Art, wie er gestorben war, hatte sie seelisch schwer getroffen – ebenso die dicke Akte, die auf dem Tisch lag. Sie legte die Größe eines Mannes dar, der Gewalt in einem Umfang ausübte, der selbst ihnen fremd war.

Sie hörten also schweigend zu, während Cantarella weiter über die Beleuchtung der Außenmauer und der zweihundert jenseits davon liegenden Meter sprach. Über den Kauf und das

Niederreißen aller Gebäude in einem Umkreis von einem Kilometer. Darüber, daß rund um die Uhr die gesamte Umgebung abpatrouilliert und Wachhunde gekauft werden mußten. Insgesamt sollten achtzehn Leibwächter in der Villa untergebracht werden. Sie würden in drei Schichten arbeiten. Einen halben Kilometer vor den Toren der Villa sollte eine Straßensperre errichtet werden. Diesen Punkt durfte kein Wagen passieren, ohne innen und außen durchsucht zu werden. Auf das Gelände der Villa durfte überhaupt kein Fahrzeug gelangen. Jeder Boß oder Abgesandte durfte die Villa nur allein und nach gründlicher Durchsuchung betreten. Cantarellas Geisteszustand zeigte sich am deutlichsten, als er befahl, über fünfzehn Obstbäume zu fällen, die an der Innenseite der Mauer standen.

Vor zwanzig Jahren, als Cantarella die Villa gekauft hatte, hatte er persönlich das Bepflanzen des Obstgartens überwacht. Er war zu seinem großen Stolz geworden. Seine Leute hatten sogar untereinander darüber ihre Witze gerissen. Cantarellas Frau war vor dreißig Jahren kinderlos gestorben, und er hatte nie wieder geheiratet. Die Bäume wurden als seine Kinder bezeichnet; und daß er befohlen hatte, einige zu fällen, ließ klar erkennen, wie tief seine Furcht saß.

Cantarella gab nun Anweisungen für allgemeine Sicherheitsmaßnahmen. Jeder Hafen in Sizilien muß überwacht werden – jeder Hafen bis zu dem kleinsten Fischerdorf; jeder Flughafen, jeder Landeplatz, jeder Eisenbahnzug oder Bus, die mit der Fähre aus Reggio herüberkamen. Sein Ton war gereizt, als er fragte:

»Die Polizei? Die Carabinieri? Sie unternehmen noch immer nichts?«

»Sehr wenig«, antwortete Dicandia. »Sie haben nach Contis Tod Schein-Straßensperren um Rom errichtet – mehrere Stunden danach; und sie haben eine allgemeine Fahndung nach dem Amerikaner ausgeschrieben sowie seine Beschreibung durchgegeben. Aber sie haben seinen Namen nicht genannt und haben kein Foto von ihm veröffentlicht.«

»Diese Schweinehunde!« knurrte Cantarella. »Vor allem dieses Schwein Satta. Das alles muß ihm solche Freude machen – dem Scheißkerl!«

»Er ist heute morgen in Palermo eingetroffen«, erwähnte Gravelli.

»Mit seinem Assistenten Bellu und dem Neapolitaner.« Catarellas Ärger wuchs. »Scheißkerle! Sie halten das Ganze für ein großes Schauspiel. Seid ihr sicher, daß wir diesen Neapolitaner auf keinen Fall erwischen können?« Er schlug mit der Hand auf die Akte. »Er muß mit diesem Verrückten in Verbindung stehen.«

Gravelli schüttelte den Kopf. »Sie sind in einer Suite mit zwei Schlafzimmern im Grand Hotel abgestiegen und lassen ihn keinen Augenblick allein. Es gibt keine Möglichkeit, außer wir erledigen auch Satta und Bellu.«

Dicandia warf rasch ein: »Das würde mehr Verdruß verursachen, als wir ohnehin schon haben – es würde kein Ende nehmen.« Cantarella nickte zögernd. »Und Satta weiß das. Eines Tages werde ich diesen überzüchteten Geier erledigen.«

Gravelli zuckte mit den Achseln. »Inzwischen verursacht er Schwierigkeiten. Obwohl er in Palermo sitzt, greifen seine Leute überall energisch durch. Sie haben sogar Abrata zum Verhör abgeholt. Er fühlt sich exponiert und sehr nervös.«

»Satta nützt die Situation aus«, ergänzte Dicandia. »Im Norden und in Rom herrscht Verwirrung. Satta schürt sie wie ein Zauberer.«

Cantarella beugte sich vor und schlug die Akte auf. Ein vergrößertes Paßfoto von Creasy war mit Klammern an der Innenseite befestigt. Cantarella musterte das Gesicht mehrere Minuten lang. Seine Zunge befeuchtete die trockenen, dicken Lippen, und er tippte auf das Foto. »Wir werden nur Probleme haben, solange er nicht tot ist.« Er blickte auf und stellte nachdrücklich fest: »Dem Mann, der ihn umbringt, wird es an nichts fehlen – an nichts! Versteht ihr?«

Gravelli und Dicandia nickten schweigend, dann kam der zweite Schock. Cantarella löste das Foto von dem Aktendeckel und warf es auf den Tisch.

»Dieses Foto muß sich morgen früh auf der Titelseite jeder Zeitung im Land befinden.«

Dicandia faßte sich als erster:

»Don Cantarella! Das bedeutet, daß sie die gesamte Story bekommen – ist das klug?«

»Sie bekommen sie ohnehin«, antwortete sein Boß. »Sie wissen schon jetzt ziemlich viel. Nur weil Satta seiner Abteilung befohlen hat zu schweigen, ist bis jetzt noch nichts bis zur Presse durchgesickert.«

Er erläuterte seine Überlegungen: »Es ist ein charakteristisches Gesicht – seht euch die Narben und die Augen an. Es würde Tage erfordern, sein Foto zu verteilen. Die Zeitungen werden es für uns besorgen, und dann suchen Tausende von Leuten nach ihm.«

»Sie werden einen Helden aus ihm machen«, warnte Gravelli.

»Dann wird er ein toter Held sein«, fuhr ihn Cantarella an. »Und die Toten sind bald vergessen.«

Paddy stieg aus dem Mobex und streckte ihre große Gestalt. Es hatte auch Nachteile, wenn man groß war, und einer davon war, daß man sich auf Reisen beengt fühlte. Wally folgte ihr auf das Pflaster, drehte sich um und fragte: »Wollen Sie etwas?«

Creasy schüttelte den Kopf. »Guten Appetit zum Lunch. Möchten Sie bestimmt nicht, daß ich Sie abhole?«

»Nein, das Gehen wird uns guttun«, antwortete Paddy. »Wir werden ein wenig herumwandern. Keine Sorge, wir finden die Stelle.«

Sie waren die Ostküste entlang von Pescara nach Bari gefahren. Paddy nahm an, daß Creasy nach drei Tagen eine Abwechslung von ihrer zugegebenermaßen einfachen Küche brauchte. Sie wollte selbst Abwechslung und sich auch einen Pullover kaufen – der Winter vertrieb den Herbst.

Aber Creasy hatte abgelehnt, sie zu begleiten, und zog es vor, zu dem Campingplatz südlich der Stadt weiterzufahren. Paddy hatte bemerkt, daß er das Mobex kaum verließ, auch nicht, wenn sie sich auf einem Campingplatz befanden. Das vergrößerte ihre Neugierde. Sie sprach ein wenig Französisch und hatte ihn am ersten Abend getestet. Er hatte lächelnd fließend geantwortet. Dann hatte sie Englisch mit ihm gesprochen, und wieder hatte er gelächelt und auf Englisch gefragt, ob sie ihn einer Prüfung unterzog. Sie hatte den amerikanischen Akzent bemerkt.

»Nein«, hatte sie geantwortet. »Nur – Sie sehen nicht aus wie ein Franzose.«

Wally hatte sie unterbrochen und sie aufgefordert, nicht so verdammt aufdringlich zu sein, aber das hatte ihr Interesse nicht gedämpft.

In Rom war Creasy zu Fuß auf dem Campingplatz eingetroffen; er trug zwei sehr große Lederkoffer und eine Leinentasche. Wally hatte ihm geholfen, sie durch die schmale Tür einzuladen, und später Paddy gegenüber erwähnt, daß der Kerl nicht gerade mit leichtem Gepäck reiste.

Creasy war nicht sehr gesprächig gewesen, hatte auf der Karte auf eine Stelle außerhalb von Avezzano gezeigt und vorgeschlagen, daß sie die Nacht dort verbrachten. Der in einem bewaldeten Tal gelegene Campingplatz war beinahe leer gewesen. Er wäre müde, hatte er erklärt, und hätte keine Eile.

»Dort ist ein Laden.« Wally zeigte auf die andere Seite der belebten Straße.

»Und dort ist ein Restaurant.« Paddy zeigte weiter voraus. »Gehen wir zuerst essen. Ich bin am Verhungern.« Sie grinste. »Außerdem brauche ich vielleicht nach dem Essen eine größere Nummer.«

»Größere Nummern gibt es nicht«, meinte Wally und duckte sich, denn er wußte, daß ein spielerischer Schwinger ihres riesigen Arms ihn auf das Pflaster befördern konnte.

Aber Paddy reagierte nicht. Sie befanden sich vor einem Zeitungsstand, und sie war wie hypnotisiert. Er folgte ihrem Blick.

Von den Titelseiten von einem Dutzend Zeitungen starrte sie Creasys Gesicht an.

Eine Stunde später stritten sie heftig. Wally blieb hartnäckig.

»Du hast das Geld und die Pässe in deiner Handtasche. Wir gehen geradewegs zu dem verdammten Bahnhof und nehmen einen verdammten Zug. Wir kaufen in Brindisi, was wir brauchen. Morgen früh sind wir auf der Fähre nach Griechenland.«

Sie schüttelte den Kopf. »Ich fahre nicht.«

Wally seufzte und schob seinen halbleeren Teller weg.

»Du bist sentimental, Paddy. Es paßt nicht zu dir. Er ist ein Killer. Wir schulden ihm nichts – er hat das Mobex. Er benützt uns nur als Tarnung.«

Wieder schüttelte sie den Kopf, und Wally nahm die Zeitung und hielt sie ihr vor das Gesicht.

»Sie suchen ihn. Hunderte, vielleicht Tausende – wir sollten nicht dabei sein, wenn sie ihn finden.«

»Dann verpiß dich, Wally Wightman.«

Das Restaurant war voll, und sie sagte es leise, aber er fuhr zurück. Sie beugte sich vor, und ihr zorniges Gesicht berührte das seine beinahe.

»Ja, er hat uns benützt. Warum nicht? Er ist allein. Er hat alles allein getan. Hunderte, sagst du? Tausende? Auch die Polizei. Er braucht Hilfe. Ich werde ihm helfen. Du kannst, verdammt noch mal, tun, was du willst.«

»Aber warum?« fragte er verzweifelt. »Es geht dich doch nichts an. Warum läßt du dich da hineinziehen?«

Sie schnaubte. »Wann hat ein Aussie je einen Grund gebraucht, um sich in den Kampf zu stürzen?« Sie schlug auf die Zeitung. »Sie haben das Mädchen umgebracht. Diese Kerle haben sie vergewaltigt und getötet. Elf Jahre war sie alt! Jetzt bezahlen sie dafür. Er läßt sie dafür büßen. Wenn er ein wenig Hilfe braucht, wird er sie von Paddy Collins erhalten. Ich lasse ihn nicht allein.«

Plötzlich grinste Wally.

»Na schön, du blöde Kuh, beruhige dich.«

Einen Augenblick war sie sprachlos, aber nur einen Augenblick lang.

»Du bist einverstanden?«

»Ja, ich bin einverstanden.«

»Warum der plötzliche Umschwung?«

Er zuckte mit den Schultern. »Es ist nicht plötzlich. Instinktiv will ich helfen, aber es ist gefährlich. Schon für einen Burschen, geschweige denn für ein Mädchen.«

Paddy lächelte ihm zu und fuhr ihm durchs Haar.

»Ich mag es, wenn du ritterlich bist. Gehen wir.«

Draußen auf der Straße fiel ihm etwas ein.

»Wie wird er deiner Meinung nach reagieren, wenn er herausbekommt, daß wir es wissen? Er könnte gewalttätig werden, sich Sorgen machen, daß wir ihn verraten oder so was. Paddy, er ist ein Gewaltverbrecher.«

Sie schüttelte den Kopf und hängte sich bei ihm ein.

»Ich bezweifle es. Wenn sein Bild in den Zeitungen erscheint, braucht er alle Hilfe, die er bekommen kann. Das wird er verstehen. Jedenfalls habe ich keine Angst, auch wenn er ein harter Bursche ist.«

»Wirklich nicht?«

Sie lächelte zu ihm hinunter.

»Nicht, wenn du mich beschützt, Wally.«

Satta legte den Hörer auf und drehte sich zu Guido und Bellu um.

»Es war fast sicher Cantarella. Alle Zeitungen haben die Information ungefähr zur gleichen Zeit erhalten.«

»Aber warum?« fragte Guido.

Bellu lieferte die Antwort. »Es ist nur ein weiteres Zeichen für seinen Geisteszustand. Das war die rascheste Möglichkeit, Creasy allgemein bekanntzumachen.« Er fragte Satta spöttisch:

»Was jetzt, Oberst?«

Satta sah ihn rätselhaft an, und Guido spürte die plötzliche Spannung.

Bellu bemerkte: »Vielleicht sollten wir unter vier Augen sprechen, Oberst.«

Satta seufzte, warf Guido einen Blick zu und schüttelte den Kopf.

»Nicht notwendig.«

Er griff zum Telefon und rief das Präsidium der Carabinieri in Rom an. Er erteilte längere Zeit genaue Anweisungen, dann legte er auf und drehte sich zu Guido um.

»Sie zynisches Schwein.«

Satta breitete ergeben die Hände aus. »Es hätte nichts geändert. Wenn Cantarella ihn bis jetzt nicht finden konnte, können es unsere Leute auch nicht.«

Er sah auf die auf dem niedrigen Kaffeetisch ausgebreitete Zeitung hinunter. »Er hat jetzt nur noch eine sehr geringe Chance. Dieses Gesicht ist leicht zu erkennen. Hoffen wir, daß wir ihn vor den anderen finden.«

Guido stand auf, ging zum Fenster und blickte auf die belebte Straße hinunter. Es regnete leicht. Regenschirme verdeckten die Menschen.

»Glauben Sie mir, Guido, die Chance war sehr gering. Wir werden jetzt alles tun, was wir können. Sie haben gehört, was ich am Telefon gesagt habe.« Sattas Stimme klang, als ob er Rechenschaft ablegen müßte. Bellu hatte ihn noch nie so sprechen gehört.

Ohne sich umzudrehen, fragte Guido bitter: »Hat er jetzt seinen Zweck erfüllt? Wird man Sie zum General befördern?«

Sattas Ton war jetzt weniger geduldig. »Ich habe ihn nicht ausgeschickt! Ich habe ihn weder bewaffnet noch ihm sichere Häuser, Transportmittel und falsche Papiere zur Verfügung gestellt, und ich habe ihn nicht ermutigt. Sind Sie nicht ein bißchen scheinheilig?«

Guido wandte sich um, und sein Gesicht zeigte ausnahmsweise ein Gefühl.

»Na schön«, fuhr er ihn an. »Ich habe ihm geholfen und schäme mich deshalb nicht. Die Lage hat sich geändert. Ich habe Ihnen vertraut. Ich habe Sie für einen Mann von Ehre gehalten. Ich habe mich geirrt.«

Nun mischte sich Bellu ein. »Sie irren sich, Guido, Sie irren sich gewaltig. Der Oberst war für Creasy nicht persönlich verantwortlich. Aber ich weiß, daß er mit ihm sympathisiert. Er wird jetzt alles tun, was er kann. Alles.«

Guidos Zorn legte sich. Er fragte traurig: »Hat er Ihnen genützt?«

Satta nickte. »Ja – sehr. Ich würde es niemand anderem gegenüber zugeben. Contis Ermordung war der Schlüssel zu allem. Ich hatte mir nie vorgestellt, daß Cantarella mit solcher Panik reagieren würde. Auch wenn Creasy ihn nicht erwischt, ist seine Macht zu Ende. Die Organisation am Festland ist bereits ins Schwanken geraten. Cantarella wird das Ganze nie wieder unter Kontrolle bringen. Nur hier in Sizilien behält er seine Macht, und auch die wird Tag für Tag geringer.«

Er machte eine mitfühlende Geste. »Kommen Sie, Guido, setzen Sie sich. Wichtig ist jetzt, daß wir Creasy finden. Nur Sie kennen seine Denkweise. Sie müssen versuchen, sich in ihn zu versetzen. Wie wird er angreifen? Wie wird er sich Cantarella nähern?«

Guido setzte sich zu ihnen.

»Zeigen Sie mir die Karte noch einmal.«

Bellu hob die Zeitungen auf und zog den in großem Maßstab gehaltenen Plan der Villa Colacci und ihrer Umgebung heraus. Die drei Männer beugten sich darüber. Satta zeigte darauf.

»Wir haben heute morgen erfahren, daß Cantarella einige Bäume zwischen dem Obstgarten und der Mauer fällen läßt, um eine Schneise zu erhalten. Auch das Flutlicht wurde eingeschaltet. Die Außenseite der Mauer und ein Umkreis mit einem Radius von mehreren hundert Metern ist taghell beleuchtet.«

»Und innerhalb der Mauern?« fragte Guido.

Satta schüttelte den Kopf. »Nein. Offensichtlich will Cantarella die Villa selbst nicht beleuchten. Nachts ist das Gelände dunkel – aber nicht ungeschützt. Gestern wurden zwei Wachhunde geliefert – Doberman-Rüden. Sie sind Angriffshunde – zum Töten ausgebildet.«

Bellu warf ein: »Es sieht aus, als könnte ein einzelner nie eindringen. Die Wachen am Tor und außerhalb der Mauern sind mit Maschinenpistolen bewaffnet, und in der Villa befindet sich eine kleine Armee. Weder Autos noch irgendwelche Fahrzeuge können sich den Mauern nähern.«

Guido lächelte grimmig. »Das alles wird er erwarten. Er kennt die Anlage des Geländes und der Villa genau. Er ist Soldat, und Cantarella ist ein Dummkopf. Er wäre sicherer, wenn er sich bewegen würde, statt sich einzuschließen. Das stärkste Fort ist eine Todesfalle, wenn erst einmal eine Bresche in die Mauer geschlagen wurde. Cantarellas kleine Armee wird ihn nicht retten, wenn Creasy drinnen ist.«

»Aber wie wird er hineinkommen?« fragte Satta.

»Ich weiß es nicht«, antwortete Guido. »Aber er hat bestimmt einen Plan, und der ist sicher nicht konventionell.«

»Creasys Methoden und Mordinstrumente haben sich im Lauf der Zeit gesteigert«, stellte Bellu fest. »Rabbia wurde mit einer Pistole getötet, Sandri mit einer Schrotflinte, Fossella mit einer Bombe und Conti mit einem Panzerabwehrgeschoß.« Er breitete die Hände aus. »Was wird er bei Cantarella verwenden?«

Nachdenkliche Stille trat ein, dann lächelte Satta.

»Ich weiß es nicht, aber ich wäre nicht überrascht, wenn der Boß der Bosse allmählich einen atomsicheren Bunker bauen würde!«

»Da ist noch einer!«

Paddy zeigte auf den Alfa Romeo, der sie soeben überholt

hatte. Quer über dem Hinterfenster klebte ein Sticker mit den Worten: *Mach weiter – Creasy!*«

Es war der fünfte, seit sie die Vororte von Brindisi verlassen hatten. Wally schüttelte verwundert den Kopf: »Wir befördern eine verdammte Berühmtheit.«

Es war drei Tage her, seit sie außerhalb von Bari in das Mobex gestiegen waren und die Zeitung vor Creasy auf den Tisch geworfen hatten. Er hatte das riesige Foto betrachtet und dann langsam aufgeblickt.

»Es steht in jeder Zeitung«, hatte Wally erklärt. »Und die vollständige Geschichte – du zeigst dein häßliches Gesicht irgendwo in Italien, und es wird sofort erkannt. Es muß auch schon im Fernsehen sein.«

Er hatte leichthin gesprochen und versucht, die Spannung in seiner Stimme zu unterdrücken.

Creasy hatte kein Wort erwidert. Nur sein Blick wanderte zwischen den beiden hin und her.

Paddy brach die Stille.

»Verdammter Franzose. Ich habe gewußt, daß du ein Yankee bist.«

»Wieso?«

»Die Art, wie du ißt.«

Darauf hatte Creasy gelächelt, und Wally hatte den angehaltenen Atem erleichtert ausgestoßen.

Sie hatten ihm ihre Hilfe angeboten, und Creasy hatte den Kopf geschüttelt. Es war eine völlig neue Situation.

Die Gefahr war akut. Er hatte ihnen vorgeschlagen, den Zug nach Brindisi zu nehmen und sich auf den Weg zu machen. Die Sache ging sie nichts an.

Aber die Logik hatte gesiegt. Logik und Hartnäckigkeit. Sie hatten eine Stunde lang gestritten.

Wenn Creasy das Mobex selbst steuerte, wäre es für ihn unmöglich, unerkannt zu bleiben. Wenn sie fuhren und er hinten versteckt blieb, konnten sie ihn an jeden Ort Italiens bringen. Es war vernünftig, aber er versuchte lange, es ihnen auszureden. Schließlich hatte er zugestimmt. Er mußte nur nach Reggio gelangen, und erst in drei Tagen. Danach konnten sie das Mobex behalten – er brauchte es dann nicht mehr.

Paddy hatte versucht, ihm das Geld wieder aufzudrängen, doch auch da war er stur geblieben. Sie konnten das Geld dazu verwenden, das Mobex nach Griechenland und dann nach Australien zu befördern. Das war seine Bedingung.

Sie waren zwei Tage auf dem abgelegenen Campingplatz bei Bari geblieben. Creasy verließ das Fahrzeug nur nachts, um sich Bewegung zu verschaffen, und nur während Paddy und Wally Wache standen. Er hatte ihnen nicht verraten, wie er nach Sizilien gelangen wollte, hatte aber schon einen Plan. Er würde ihn den beiden in Reggio unterbreiten. Vielleicht konnte Wally ihm dort vor der Abfahrt helfen.

»Wie sieht er ohne das viele Haar aus?« fragte er Paddy. Sie schüttelte den Kopf.

»Keine Ahnung – ich habe ihn nie ohne den Urwald gesehen – ich hätte Angst, ihn anzuschauen.«

»Ich sehe verdammt gut aus« widersprach Wally. »Ich habe mir den Bart nur wachsen lassen, um den Scharen von wollüstigen Weibern zu entgehen. Worum geht es denn?«

Doch Creasy lächelte und sagte, daß er ihm das in Reggio erklären würde.

Eines Abends versuchte Paddy ihm sein Vorhaben auszureden. Die Zeitungen hatten darauf hingewiesen, womit er fertig werden mußte. Wie wenig Chancen er hatte. Sie wollte schon sagen: »Don Quijote im Kampf gegen Windmühlen«, aber sie hatte sein Gesicht und seine Augen bemerkt und war verstummt.

Sie erinnerte sich jetzt daran, als sie östlich von Taranto auf die Autobahn fuhren.

»Könntest du jemals so empfinden, Wally? Genügend Haß ansammeln, um das zu tun, was er tut?«

Wally wandte den Blick von der Straße ab und ihr zu. Sie war ernst, und er dachte darüber nach.

»Viele Menschen könnten es«, antwortete er. »Der Unterschied besteht darin, sowohl den Haß als auch die Möglichkeiten für ein solches Unternehmen zu besitzen. Du hast seine Geschichte in den Zeitungen gelesen. Wie viele solcher Männer gibt es?«

»Glaubst du, daß er es schafft? Dorthin gelangt und es tut?«

Er schob die Lippen vor, während er über die Frage nachdachte. »Er könnte es. Er hat schon viel geschafft, doch er braucht Glück – viel Glück. Aber er hat ohnehin schon Glück gehabt – er ist uns begegnet.«

Paddy lächelte ihn an, dann schwieg sie eine Weile.

»Woran denkst du?«

Sie lächelte wieder. »Ich habe mich gefragt, wie du ohne die Haare aussehen wirst.«

21

Die Mauern standen seit Jahrhunderten, aber gegen den Bulldozer waren sie machtlos. Es dauerte nur eine halbe Stunde, bis das kleine Bauernhaus ein Schutthaufen war.

Franco Masi stand neben dem Karren, auf den er seine Habseligkeiten geladen hatte. Seine Frau saß schon oben. Sie hatte das Gesicht abgewandt, sie konnte nicht hinsehen, ihre Augen waren vom Weinen gerötet.

Aber Franco schaute hinüber zu den Mauern der Villa Colacci; Haß verzerrte seine Züge. Seit Generationen hatte seine Familie auf dem Hügel gelebt und ein paar Morgen steinigen Bodens bebaut. Der Bewohner der Villa war ein Wohltäter gewesen. Franco hatte immer unter seinem Schutz gelebt. Die Produkte seines Bauernhofs, der Käse, den seine Frau machte, waren immer als Reverenz abgeliefert worden.

Zuerst hatte er es nicht geglaubt, als sie ihm gesagt hatten, daß er sein Haus räumen müßte. Es konnte nicht sein. Der Wohltäter würde so etwas nicht tun. Er hatte um eine Audienz gebeten, aber erfahren, daß er abgewiesen worden war. Don Cantarella empfing niemanden. In vierundzwanzig Stunden mußte Franco ausziehen. Sie hatten in Palermo ein Haus für ihn gefunden. Er mußte den Vertrag unterschreiben.

Der Bulldozer war fertig, wendete und rumpelte zu der engen Straße hinauf.

Aus der Tiefe seiner Seele sprach Franco ein stummes Gebet. »Gott helfe dir, Creasy.«

Wally verhandelte hitzig. Siebentausend Lire für eine Rasur und einen Haarschnitt war absurd. Aber der Barbier blieb unbeeindruckt. Er wies beredt auf Wallys wogende Locken. Es war eine ungeheure Arbeit, die eine Stunde dauern würde. Entweder – oder.

Wally entschloß sich für entweder. Er hatte einen arbeitsreichen Tag vor sich und konnte nicht Zeit damit vergeuden, daß er Preisvergleiche anstellte – er mußte sie zumindest nicht gänzlich damit vertun.

»Einen kurzen, ordentlichen, konservativen Haarschnitt«, hatte Creasy erklärt. »Und glatt rasiert.«

Wally war noch immer verwirrt. Sie waren am vorhergehenden Abend auf dem Campingplatz eingetroffen, und Creasy hatte beim Abendessen ausführlich erklärt, was er wollte. Er hatte keine Gründe genannt. Ein Schritt nach dem anderen, hatte er gesagt; das wäre sicherer.

Zuerst sollte Wally sich die Haare schneiden und den Bart abnehmen lassen. Dann sollte er einen Lederkoffer von guter Qualität und eine Aktentasche, einen einfachen dunklen Straßenanzug, ein weißes Hemd, eine einfarbige, unauffällige Krawatte und Schuhe mit Schnürsenkeln kaufen. In dieser neuen Aufmachung sollte er für drei Tage im »Excelsior« Hotel die beste Suite nehmen. Dann sollte er im Avis-Büro im selben Gebäude für drei Tage einen Wagen mieten. Das beste verfügbare Modell. Er sollte im Speisesaal des Hotels zu Abend essen und darauf achten, daß er einen sehr teuren Wein und zu seinem Kaffee einen sehr teuren Brandy bestellte. Henessy Extra, hatte Creasy vorgeschlagen.

»Er soll wie ein reicher Geschäftsmann wirken?« fragte Paddy.

»Genau«, erwiderte Creasy.

Paddy musterte Wally skeptisch. »Das ist dasselbe wie der Frosch, der sich in den Märchenprinzen verwandelt.«

Verpiß dich«, antwortete Wally grinsend. »Du wirst dich wundern. Ich habe nicht immer so ausgesehen.«

Nach dem teuren Dinner sollte Wally in seine Suite hinaufgehen, einen alten Freund – irgend jemanden – in Australien anrufen und mindestens zwanzig Minuten mit ihm plaudern. Er sollte die Nacht in der Suite verbringen und am frühen Morgen auf den Campingplatz kommen.

Während Wally in Reggio gefüllte *paperoni* speiste, aßen Satta, Bellu und Guido im »Grand Hotel« in Palermo gegrillte *lampuka.*

»Was meinen Sie?« fragte Satta seinen Assistenten.

»Er wird mit einem Boot kommen«, meinte Bellu. »Wahrscheinlich mit einem Fischerboot – das er irgendwo in Kalabrien organisiert hat.«

Satta schüttelte ungeduldig den Kopf und zeigte auf seinen Teller. »Ich habe den Fisch gemeint.«

Bellu lächelte; gelegentlich machte es ihm Spaß, seinen Boß zu ärgern. »Ein bißchen zu lang gegrillt.«

Satta nickte und wandte sich Guido zu. »Es ist möglich, gerade nur möglich, daß der brave Hauptmann eines Tages zum Obersten befördert wird.«

»Ist das eine Vorbedingung?« fragte Guido. »Ein Oberst muß einen kritischen Gaumen besitzen?«

»Es ist wesentlich«, antwortete Satta. »Wir müssen uns an gewisse Normen halten, sonst werden sie plötzlich Leute befördern, weil sie klug oder pflichtbewußt sind. Das wäre eine Katastrophe.«

»Sie meinen, Sie wären dann noch Korporal?«

Satta wandte sich lächelnd an Bellu: »Haben Sie bemerkt, daß Neapolitaner über einen boshaften Humor verfügen? – Warum glauben Sie, mit einem Fischerboot?«

Bellu zuckte die Achseln. »Wie sonst? Er kann kein öffentliches Transportmittel benützen. Sämtliche Flugzeuge, Fährschiffe und Züge werden überwacht. Er ist nicht der Typ, der sich leicht verkleiden kann.«

»Möglich«, gab Satta zu. »Was glauben Sie, Guido?«

»Ich weiß nicht«, erwiderte Guido. »Das alles sind müßige Überlegungen. Ich habe lange darüber nachgedacht und keine Antwort gefunden. Eines aber ist sicher: Sein Gesicht ist so gut bekannt, daß er es sich nicht leisten kann, es irgendwo zu zeigen.«

Satta stimmte zu. »Es ist heute wahrscheinlich das bekannteste Gesicht in Italien. Was für eine Reaktion! Ich hätte es nicht geglaubt.« Er schüttelte verwundert den Kopf. »In Rom und im Norden tragen die Mädchen T-Shirts, die mit seinem Foto und ›*Mach weiter, Creasy!*‹ bedruckt sind. Die Öffentlichkeit steht voll hinter ihm, und die Zeitungen machen das Geschäft ihres Lebens. Ich bin nicht sicher, ob das eine Hilfe ist.«

»Das war unvermeidlich«, widersprach Bellu. »Die Leute haben von der Macht der Bosse und ihrer Überheblichkeit die Nase voll. Die Regierung unternimmt nichts, also machen sie aus diesem Mann einen Helden – das ist nur natürlich.«

»Für mich«, meinte Satta, »ist die größte Frage, wo er sich aufhält. Er muß allein und vollkommen unsichtbar sein.« Er sah Guido scharf an. »Wissen Sie genau, daß er keinen Unterschlupf mehr hat?«

»Keinen, von dem ich wüßte«, antwortete Guido. »Er hat nie über seine Pläne nach Rom gesprochen – Sie wissen, warum.«

»Das ist sehr schade. Und kein Kontakt über Ihren Postkasten. Wir überwachen ihn rund um die Uhr.«

»Schade?« fragte Guido trocken. »Wollen Sie ihn wirklich jetzt finden?«

Satta verzog das Gesicht zu einer Grimasse. »Glauben Sie mir, Guido. Ich will nicht, daß er stirbt. Er hat genug getan.« Er winkte dem Kellner, und sie bestellten die Desserts. Als der Kellner gegangen war, legte Satta Guido die Hand auf den Arm.

»Es ist wahr. Ich habe ihm viel zu verdanken. Ich habe das Gefühl, ihn zu kennen, ich würde gern mit ihm zusammenkommen. Er fasziniert mich. Wenn mir jemand gesagt hätte, daß ein Mann so viel fertigbringt, hätte ich gelacht. Ich kann es noch immer nicht begreifen, vor allem die Art, wie er Conti getötet hat, verblüfft mich.«

Guido lächelte grimmig. »Ja – ein Begräbnis in Technicolor.«

Die beiden anderen blickten ihn verwundert an, und Guido erklärte.

»Es ist eine Art Schlagwort. Jede in sich geschlossene Gemeinschaft benutzt Spezialausdrücke. Söldner auch. Er entstand vor vielen Jahren in Laos. Eine Gruppe Söldner sah zu, wie eine DC 6 der Air America auf einem entlegenen Landestreifen niederging. Sie beförderte Munition, Sprengstoff und Benzin. Sie verlor das Fahrgestell und rutschte eine lange Strecke; eine Flügelspitze blieb hängen, und die Maschine überschlug sich.« Guido unterbrach sich und versank in Erinnerungen.

»Also?« drängte Bellu. »Was geschah?«

»Die Maschine flog in die Luft«, antwortete Guido. »Langsam, würden Sie das glauben? Zuerst explodierte das Benzin, dann der Sprengstoff und schließlich die Munition. Wir alle kannten die Piloten – zwei Kanadier, gute Leute. Als der Lärm erstarb, herrschte lange Stille, dann faßte ein Australier, Frank Miller, die Katastrophe in einem Satz zusammen. ›Wenigstens hatten sie ein Begräbnis in Technicolor‹.« Guido zuckte mit den Schultern. »Es wurde zu einem Schlagwort. Wenn ein Söldner jemandem drohen wollte, sprach er von einem Begräbnis in Technicolor.«

»Was bringt einen Mann dazu, Söldner zu werden?« fragte Bellu.

Guido lächelte über die Frage.

»Tausend Gründe. Jeder hat seine eigenen. Es gibt alle Arten von Einzelgängern, Perversen, irregeleiteten Weltverbesserern, einfachen Narren. Sehr oft ist es nur ein Zufall – nicht vorgesehen.«

Der Kellner brachte die Desserts – eine ortsübliche *zabaglione* – und während sie aßen, herrschte Stille.

Aber Bellu war neugierig. Für ihn verkörperte die Legion eine andere Welt, und er fragte weiter.

»Creasy muß ein Sonderfall sein – um diese Leistung zu erbringen. Wieso ist er so gut?«

»Sie haben seine Akte gelesen«, bemerkte Satta. »Es ist die Erfahrung. Erfahrung und Ausbildung und vielleicht etwas mehr.« Er sah Guido fragend an.

»Ja, etwas mehr«, stimmte Guido zu. »Es ist wie Sexappeal – nicht greifbar. Alle Bestandteile können vorhanden sein, aber diese Eigenschaft kann einem Soldaten trotzdem fehlen, ganz gleich, wie gut er technisch ist. Da und dort trifft man gelegentlich einen, der sie hat. Er hebt sich ab. Vielleicht ist es eine Kombination von Glück und Willenskraft. Eine Abteilung ausgebildeter und erfahrener Soldaten kann vielleicht eine Stellung nicht nehmen. Ein Mann mit dieser Eigenschaft wird sie nehmen.«

»Verfügen Sie über diese Eigenschaft?« fragte Satta leise.

»Ja«, antwortete Guido. »Aber Creasy besitzt sie im Übermaß – das hat ihn so weit gebracht. Und höchstwahrscheinlich wird er deswegen in die Villa Colacci gelangen.«

»Wird er auch wieder herauskommen?« fragte Satta.

»Wer weiß?« Diese Frage bereitete Guido Sorgen. Er war sicher, daß Creasy sich eine Möglichkeit ausgedacht hatte, hineinzukommen, aber in bezug auf den Rückzug war er nicht so sicher.

Wally parkte den gemieteten Lancia neben dem Mobex. Paddy saß auf dem Trittbrett und sah zu, wie er ausstieg. Wally schloß die Tür des Lancia und sah sie wortlos an. Sie rührte sich lange nicht. Dann schlang sie die Arme um sich und wiegte sich vor und zurück. Sie brach in lautes Gelächter aus.

Creasy tauchte hinter ihr auf, betrachtete Wally und nickte lächelnd. Paddy glitt vom Trittbrett hinunter und wälzte sich im Gras. Lautes Lachen fegte durch das verlassene Lager.

»Verdammtes Weibsstück« schimpfte Wally.

Creasy stimmte zu. »Sie kann wirkliche Schönheit nicht würdigen.«

Paddy faßte sich langsam, setzte sich auf und umschlang ihre Knie mit den Armen.

»Wally Wightman«, stellte sie mit breitem Grinsen fest, »du siehst aus wie ein Schwuler!«

Wally stand in seinem dunkelblauen Nadelstreifenanzug mit der Aktentasche in der Hand neben dem schwarzen Lancia. Er beachtete sie nicht.

»Bin ich geeignet?« fragte er Creasy.

»Ausgezeichnet«, antwortete Creasy. Er wandte sich an Paddy. »Du verstehst eben nichts von Klasse, und wenn er aussieht wie ein Schwuler, warum hast du die ganze letzte Nacht geweint?«

»Unsinn!« Paddy stand auf. »Er würde mir ein ganzes Jahr lang nicht fehlen, geschweige denn eine verdammte Nacht.«

Aber sie ging hinüber und umarmte Wally liebevoll.

»Vorsicht Mädchen«, grinste er. »Du verdrückst meinen neuen Anzug.«

Sie stiegen alle in das Mobex und zwängten sich um den kleinen Tisch. Wally erzählte ausführlich, wie er Creasys Weisungen befolgt hatte. »Was nun?« fragte er erwartungsvoll.

Creasy griff nach der Karte und zeigte auf den kleinen Flugplatz. »Das ist das Hauptquartier des Aero Clubs von Reggio di Calabria. Du mußt jetzt dorthin fahren und ein Flugzeug chartern, das dich nach Trapani an der Westküste von Sizilien bringt.«

Wally und Paddy wechselten Blicke.

»Das ist es also«, sagte Paddy. »Du fliegst hin.«

»Nicht genau«, antwortete Creasy. Er erklärte, daß er ursprünglich vorgehabt hatte, telefonisch einen Nachtflug zu chartern, und wenn nötig den Piloten und das Flugzeug zu entführen. Wallys Angebot, ihm zu helfen, hatte es leichter gemacht.

Die Scharade vom Vortag hatte den Auftritt vorbereitet. Wally würde erklären, daß er ein Geschäftsmann mit einem knappen Tagesplan war. Er hatte etliche Zusammenkünfte in Reggio, und sobald sie beendet waren, wollte er nach Trapani fliegen. Wenn es der Aero Club oder jemand anderer überprüfte, würden sie herausbekommen, daß er in der besten Suite eines Luxushotels abgestiegen war. Er gab großzügig Geld für das beste Essen und Trinken aus, mietete den besten verfügbaren Wagen und führte teure Überseegespräche. Kurz, er war glaubwürdig.

Creasy sagte ihm, er sollte erklären, daß er nicht genau wußte, wann er abreisen würde. Er würde es sechs Stunden vorher mitteilen. Wahrscheinlich würde es spät abends sein und sicherlich nicht in den nächsten drei Tagen.

»Warum kannst du keine Zeit festlegen?« fragte Wally.

»Es hängt vom Wetter ab.«

»Warum innerhalb von drei Tagen?«

»Weil es wenig oder gar keinen Mondschein gibt.«

Wallys Neugierde war noch immer nicht befriedigt, aber er behielt seine Fragen für sich, während Creasy erklärte, daß der Aero Club vier Flugzeuge besaß: zwei Cessna 172, eine Piper Comanche und einen Commander. Es war wesentlich, daß er eine der Cessnas bekam. Falls man wissen wollte, warum, sollte Wally erklären, daß er schon mit diesem Typ geflogen und mit ihm vertraut war. Er sollte die Charter voll im voraus bezahlen.

»Warum ist die Cessna wesentlich?«

»Weil sie eine hohe Flügelanordnung besitzt.«

»Und?«
»Und es leichter ist, daraus abzuspringen.«
Wallys Neugierde war befriedigt.

Gravelli und Dicandia machten die Runde. Sie besichtigten alles, und dazwischen sprachen sie über die Situation.

Nachdem sie mit den Wachen außerhalb des Haupttores geredet hatten, gingen sie durch den Garten zurück.

»Noch eine Woche, und es ist zu spät«, meinte Dicandia.

»Vielleicht ist es schon zu spät«, antwortete Gravelli. »In Turin gibt es Krieg. In Rom rechnen drei Familien miteinander ab. Sogar in Kalabrien gibt es Schwierigkeiten. Man hat Don Mommo versprochen, daß ihm nichts geschieht, während er im Gefängnis sitzt. Vor zwei Tagen wurde ein Anschlag auf sein Leben unternommen. Cantarella tut nichts. Er verliert sein Ansehen, wenn er weiterhin hier sitzt wie eine Maus in ihrem Loch. Abrata kommt morgen, um sich mit Cantarella zu beraten. Er wird es nicht glauben, wenn er sieht, in welchem Zustand er sich befindet.«

Dicandia fand das etwas übertrieben. Er arbeitete seit über zwanzig Jahren für Cantarella – seine Loyalität war tief verankert. Es mußte schon ein stärkerer Wind blasen, damit er sie verlor.

Plötzlich faßte ihn Gravelli am Arm, und die beiden Männer erstarrten auf dem Kiesweg.

Die beiden schwarzen Schatten kamen lautlos aus der Dunkelheit. Sie kamen schnuppernd sehr nahe heran, und dann verschwanden sie ebenso lautlos.

Dicandia stellte erregt fest: »Diese Hunde machen mir angst.«

»Sie sind ungefährlich.« Gravelli lachte kurz. »Solange sie etwas riechen, das sie kennen.

»Hoffentlich haben sie ein gutes Gedächtnis.« Dicandia ging weiter.

Sie betraten die Villa durch die Küchentür. Es war ein großer

Raum mit Steinfliesen, der in eine Kantine für die zusätzlichen Leibwächter verwandelt worden war. Ein halbes Dutzend von ihnen saß müßig vor dem Fernsehapparat in der Ecke. Die Reste der Mahlzeit waren über den Holztisch verstreut. Maschinenpistolen und ein paar Schrotflinten befanden sich in Reichweite.

Ein Korridor führte von der Küche durch das Zentrum der Villa. Im ersten Raum an diesem Korridor waren Holzpritschen aufgestellt worden, auf denen weitere Leibwächter schliefen oder sich vor der Mitternachtsschicht ausruhten.

Am Ende des Korridors führte eine Treppe zum ersten Stockwerk hinauf, wo sich Cantarellas Büro und Schlafzimmer befanden. Auch Dicandias und Gravellis Zimmer lagen im ersten Stock.

Sie sprachen ein paar Worte mit den Männern in der Küche, dann gingen sie hinauf.

Cantarellas persönlicher Leibwächter saß auf einem Stuhl vor dem Büro mit einer Maschinenpistole in den Armen. Er stand auf, als sie näher kamen, klopfte zweimal an die Tür und öffnete sie. Sie gingen hinein, um zu berichten, daß alles in Ordnung war.

Nach zwei Tagen flaute der stürmische Nordwind ab. Die Wettervoraussage kündigte für vierundzwanzig Stunden mildes Wetter an. Über dem Norden von Sizilien würde es Wolkenfelder und schwachen Ostwind geben. Möglicherweise gelegentliche Schauer.

Creasy machte sich bereit.

Am frühen Abend öffnete er den großen, geräumigen Koffer und nahm das Paket heraus, das der General nach Marseille geschickt hatte. Draußen auf dem Gras sahen Paddy und Wally zu, wie er es auspackte und die umfangreichen schwarzen Stofflagen ausbreitete. »Es sieht nicht aus wie ein Fallschirm«, bemerkte Wally.

»Es ist eher ein Flügel«, antwortete Creasy. »Die alten Zeiten, in denen man absprang und sich auf sein Glück verließ, sind längst vorbei. Das ist ein französischer ›Mistral‹. Ein gut ausgebildeter ›Para‹ kann damit sogar gegen den Wind fliegen – und nur wenige Meter von seinem Ziel entfernt landen.«

Sie halfen ihm beim Auslegen der Leinen, dann traten sie zurück und sahen zu, wie er sie fachmännisch entwirrte, ordnete und die Schutzhülle zusammenfaltete.

»Hast du keinen Reserveschirm?« fragte Wally. Er hatte Bilder von Fallschirmspringern gesehen, die kleinere Packen an die Brust geschnallt hatten.

Creasy schüttelte den Kopf. »Ich kann mir das Gewicht nicht leisten.« Dann erklärte er, daß ein ›Para‹ normalerweise mit einem Ausrüstungssack absprang, der an einem fünf Meter langen Seil unter ihm hing. Der schwere Sack schlug zuerst auf und erleichterte so die Landung des Springers, aber kostbare Sekunden gingen durch das Einholen des Sacks und die Entnahme der Waffen verloren. Creasy würde mit schußbereiten Waffen abspringen. Er nahm die harte Landung in Kauf.

Er hatte den Fallschirm fertiggepackt und lehnte ihn an das Mobex. Dann wandte er sich Wally zu: »Ich bin in einer halben Stunde abfahrtbereit.«

»Brauchst du Hilfe?« fragte Wally.

»Nein; ich werde alles selbst besorgen – bitte warte hier draußen.«

Im Mobex nahm Creasy das kleinere Paket heraus, das er aus Brüssel erhalten hatte. Als er es auspackte, roch er den leicht schalen Geruch lang nicht benutzter Kleidung. Es war sein alter Tarnanzug. Er trug noch die verschlüsselten Farbabzeichen der 1. R.E.P.

Er hielt den Anzug lange in den Händen, seine Gedanken gingen zurück – über zwölf Jahre. Unvermittelt warf er ihn auf das Bett und begann sich zu entkleiden.

Als er aus dem Mobex auftauchte, war es fast dunkel. Paddy und Wally lehnten an dem Lancia. Creasy stand neben der Tür, und Paddy begann leise zu weinen.

Sie wußten, was er war und was er tun würde; aber erst jetzt, als es soweit war, wurde es ihnen bewußt.

Sein normaler Körperumfang wirkte vergrößert wie ein zu stark aufgepumpter Reifen. Er trug einen gesprenkelten Overall, die Hosenbeine hatte er in die schwarzen, hochgeschnürten Stiefel gestopft. Taschen bauschten sich an jedem Bein, sein Oberkörper war von Gurten umschlossen. Zwei Reihen Handgranaten waren rechts und links auf seiner Brust an den Gurten befestigt. Zwischen ihnen hing eine Tasche, daneben, vorn und hinten, mehrere kleine Leinenbeutel. Die Ingram-Maschinenpistole baumelte an einem Riemen um seinen Hals. Er steckte den rechten Unterarm durch den Riemen und drückte die kurzläufige Waffe an sich. In seiner linken Hand hielt er ein schwarzes, gestricktes Käppchen.

Er hob den Fallschirm auf, ging zum Lancia und fragte ruhig: »Bist du bereit?«

Wally nickte und wollte sprechen, doch er brachte nichts heraus. Er öffnete wortlos die Wagentür. Creasy warf den Fallschirm hinein und wandte sich Paddy zu.

»Mir fehlen die Worte, Paddy, aber du verstehst mich auch so.« Sie schnüffelte, schüttelte den großen Kopf und sagte: »Du bist ein blöder Scheißkerl, Creasy – es ist eine solche Vergeudung.«

Er lächelte und packte sie bei den Schultern.

»Es wird schon gutgehen. Ich habe es früher schon gemacht – es ist beinahe Routine.«

Sie wischte sich über die nassen Wangen, dann umarmte sie ihn. Das harte Metall bohrte sich schmerzhaft in ihre Rippen, aber sie kümmerte sich nicht darum. Dann ließ sie ihn los, ging zu dem Mobex, stieg ein und schlug die Tür zu.

Die Fahrt zum Flugplatz dauerte zwanzig Minuten. Creasy lag auf dem Rücksitz. Es dauerte fünf Minuten, bis Wally fragte: »Wie wirst du herauskommen?«

»Man kann die Tür der Cessna gegen den Wind offenhalten«, antwortete Creasy.

»Ich habe die Villa Colacci gemeint«, erwiderte Wally. »Ich weiß, daß du hineinkommen wirst, aber wie wirst du herauskommen?«

Die Antwort war kurz, sie schloß weitere Fragen aus.

»Wenn es einen Weg hinein gibt, gibt es auch einen Weg heraus.«

Sie fuhren mehrere Minuten schweigend, bis Creasy fragte: »Dir ist alles klar, Wally? Die Reihenfolge?«

»Ganz klar«, antwortete Wally. »Es wird keine Komplikationen geben.«

»Und nachher?«

»Wir werden heute abend abfahren.«

»Verzögert es um keine Minute«, sagte Creasy. »Es wird ein ziemliches Durcheinander herrschen, aber ihr müßt am Morgen auf der Fähre sein.«

»Mach dir keine Sorgen, Creasy, wir werden es schon schaffen. Besuch uns mal in Australien.«

Vom Rücksitz kam ein leises Lachen. »Das werde ich – gib auf sie acht – du hast dir eine gute Frau zugelegt.«

»Das weiß ich. Der Flugplatz taucht auf – nur zwei Wagen stehen draußen. Sieht gut aus.«

Wally parkte hinter dem Hangar, griff nach seinem Koffer und öffnete die Tür. Er drehte sich nicht um. »Viel Glück, Creasy.«

»Danke, Wally. *Ciao!*«

Cesare Neri ging die Startchecks durch. Er würde froh sein, wenn er diesen Charterflug hinter sich hatte. Er war ein gewissenhafter, von der Luftwaffe ausgebildeter Pilot und hielt sich an die Vorschriften. Da er in den vergangenen zwei Tagen sechs Stunden Bereitschaftsdienst gehabt hatte, hatte er nichts trinken können; und er trank gern. Er würde in Trapani bleiben und am Abend ausgehen. Er hatte dort gute Freunde.

Er warf einen Blick auf den Australier im Sitz neben ihm. Er wirkte etwas nervös. Daran war Cesare gewöhnt. Die Leute saßen sorglos in einer großen Düsenmaschine, das machte ihnen nichts aus; aber wenn man sie in ein kleines Flugzeug neben den Piloten setzte, schien plötzlich alles so zerbrechlich.

»Wir sind startbereit.«

Der Passagier nickte. »In Ordnung.«

Der Motor erwachte ratternd zum Leben. Cesare beobachtete den Öldruckanzeiger. Der Passagier tippte ihn auf den Arm und fragte laut, den Motorlärm übertönend:

»Wie lange dauert der Flug nach Trapani?«

»Nicht ganz eine Stunde«, antwortete Cesare, dessen Augen die Anzeigen musterten.

»Gibt es hier drin eine Toilette?«

Cesare schüttelte den Kopf, und der Passagier fragte: »Macht es Ihnen etwas aus? Ich möchte kurz aussteigen.«

Cesare lächelte. Der Kerl war wirklich nervös. Er langte hinüber und klinkte die rechte Tür auf.

»Gehen Sie nur. Kommen Sie dem Propeller nicht zu nahe.«

Der Passagier öffnete den Sitzgurt und kletterte hinaus. Cesare befaßte sich wieder mit den Anzeigen.

Zwei Minuten vergingen, dann erschien eine Gestalt in der Tür. Cesare erstarrte. Langsam drehte er den Kopf, blickte auf die Pistole und dann auf den Mann, der sie hielt.

»Machen Sie nur weiter«, sagte der Mann und zog sich mühevoll in das kleine Cockpit. »Sie befinden sich nicht in Gefahr. Folgen Sie nur der normalen Routine.«

Er versuchte nicht, sich festzuschnallen. Er beugte sich nur auf dem kleinen Sitz vor, legte die rechte Hand auf das Armaturenbrett, drehte den Körper dem Piloten zu und hielt die Pistole fest an Cesares Rippen gepreßt.

»Führen Sie die Kontrollen durch«, befahl er. »Tun Sie alles laut Vorschrift. Ich kann so eine Maschine fliegen. Ich kenne die Funkprozedur; also keine Dummheiten.«

Cesare rührte sich nicht, hatte die Hände auf die Knie gelegt, und sein Gehirn arbeitete. Der neue Passagier unterbrach seine Gedanken nicht, er wartete nur. Schließlich entschloß sich Cesare. Er sprach nicht; er machte einfach mit den Startvorbereitungen weiter.

Zehn Minuten später flogen sie in 1200 Meter Höhe über die Straße von Messina auf die Lichter von Sizilien zu.

»Sie können die Pistole wegstecken. Ich weiß, wer Sie sind.«

Creasy überlegte nur einen Augenblick, dann schob er den Colt in das Leinenhalfter und ließ es zuschnappen. Er bewegte sich ein wenig, legte das Fallschirmpaket anders hin, dann griff er zwischen die Sitze und nahm Cesares Flugkarte heraus. Die Route nach Trapani war mit Bleistift eingezeichnet. Sie würden fünf Kilometer südlich von der Villa Colacci vorbeikommen. Er warf dem Piloten einen Blick zu.

»Nachdem Sie den Richtstrahl bei Termini Imerese gekreuzt haben, müssen Sie einen ganz kleinen Umweg machen.«

Cesare lächelte grimmig.

»Ich hätte für diesen Charterflug mehr verlangen sollen.«

Creasy erwiderte das Lächeln.

»Weniger – Ihr Passagier macht nicht den ganzen Flug mit.«

»Ein Glück, daß ich im voraus bezahlt wurde. Sie sollten mich lieber dirigieren.«

Creasy beugte sich mit der Karte vor und deutete auf einen Punkt. »Sie können mein Ziel nicht verfehlen. Es befindet sich fünf Kilometer südlich von Palermo und drei Kilometer östlich von Monreale. Es ist beleuchtet wie ein Christbaum.« Er sah auf das Armaturenbrett. Sie waren jetzt zweitausend Meter hoch.

»In welcher Höhe würden Sie normalerweise fliegen?«

»Zweitausendfünfhundert Meter.«

»Ausgezeichnet. Bleiben Sie auf dieser Höhe, bis Sie den Richtstrahl kreuzen. Dann steigen Sie auf viertausend Meter.«

Cesare sah ihn an, und Creasy sagte: »Ich werde einen ›Halo‹-

Absprung machen.« Er bemerkte den verwunderten Ausdruck und erklärte: »*High altitude, low opening* (große Flughöhe, niedriges Auslösen).«

Cesare nickte. »Wir bezeichnen es als verzögerten Absprung. In welcher Höhe werden Sie auslösen?«

»Nicht über sechshundert Meter, je nach meinem Abtrieb im freien Fall. Der Wind weht mit zehn Knoten aus Osten, ich werde also nahe beim Ziel abspringen.«

Cesare blickte auf das Fallschirmpaket.

»Was ist das?«

»Ein Flügel – ein französischer ›Mistral‹.«

Jetzt betrachtete Cesare die Ausrüstung an Creasys Körper.

»Ich weiß, daß Sie Experte sind«, sagte er. »Das ist auch notwendig. Sie werden schnell und hart aufsetzen.« Er überlegte einen Moment, dann fuhr er fort: »Ich kenne die Gegend. Sie werden am Berghang vermutlich einen Fallwind bekommen. Im freien Fall werden Sie ihn nicht bemerken. Er wird unter sechshundert Metern beginnen. Ich würde Ihnen raten, weiter südlich abzuspringen.«

Creasy bezweifelte diese Aussage nicht. Die Stimme des Piloten war eindeutig aufrichtig.

»Danke, das werde ich tun. Haben Sie Erfahrung?«

Cesare nickte.

»Ich war fünf Jahre bei der Luftwaffe-Transportflieger. Ich habe viele von euch abspringen lassen. Auch Amateure – Fallschirmklubs.«

»In Ordnung. Ich überlasse es Ihnen, den Absprung anzusagen. Tut mir leid. Das alles könnte Ihnen Unannehmlichkeiten bereiten. Ich werde Ihr Funkgerät zerschlagen müssen.«

Cesare schwieg eine Weile und blickte nur durch die Scheibe. Als er endlich sprach, lag in seiner Stimme Gefühl.

»Ich bin froh, daß ich Sie fliege. Viele Leute – die meisten Leute stehen hinter Ihnen. Meine Familie lebt seit Generationen in Kalabrien. Wir kennen die Macht dieser Menschen. Wir sind alle davon betroffen. Wir bewundern Sie. Ich bin froh, daß ich es bin. Ich werde Sie genau richtig absetzen.«

Stille folgte, dann fragte Creasy:

»Werden Sie nach Trapani weiterfliegen?«

Cesare schüttelte den Kopf.

»Ich werde nach Reggio zurückfliegen – es ist sicherer. Wer war der Australier?«

In dem schwachen roten Licht des Cockpits wurden Creasys Züge weich. »Ein Mann wie Sie.«

In Palermo war es warm, und in der Bar des »Grand Hotels« standen die Fenster offen. Satta, Guido und Bellu standen an der Theke und tranken vor dem Dinner einen Cocktail. Satta hatte auf ein amerikanisches Getränk Appetit, und sein Cocktail war ein *highball*. Der Appetit kam daher, daß zwei amerikanische Mädchen an einem Ecktisch saßen. Es waren späte Touristinnen, und eine von ihnen war schön und rothaarig. Satta hatte eine Schwäche für Rothaarige. Die andere war eine annehmbare Blondine. »Kein Schildfisch«, bemerkte Satta und erklärte auf Bellus Frage: »Für gewöhnlich hat ein schönes Mädchen eine häßliche Begleiterin. Beide profitieren. Die Schönheit der einen wird durch den Vergleich deutlicher, die Häßliche nimmt, was übrigbleibt. Ein *Schildfisch* ist ein Aasfresser. Er klammert sich mit Hilfe eines Saugrüssels an einen Haifisch und ernährt sich von seinen Abfällen.« Er sah die Blondine an. »Aber sie ist kein Schildfisch; sie kann sich selbst ernähren. Was meinen Sie, Guido, ist sie Ihr Typ?«

Guido sah zu dem Tisch hinüber. Die Blondine war reizvoll und hatte mit der uralten Blicksprache, niedergeschlagenen Augen, geheuchelter Gleichgültigkeit bereits angedeutet, daß sie Guido bevorzugte. Die beiden Mädchen hatten sich sichtlich die Beute schon geteilt. Aber Guido war nicht in Stimmung. Seit Tagen nahm die Spannung in ihm zu. Er konnte seine Gedanken nicht von Creasy lösen.

Ein einfaches Funkgerät, vom menschlichen Gehirn entworfen, konnte Signale rund um die Welt und Millionen Kilometer in den Weltraum senden. Es war doch denkbar, daß das unendlich hochentwickelte Gehirn ebenfalls Signale senden, sich in Verbindung setzen könnte.

Guido dachte nicht daran. Aber etwas sagte ihm, daß sein Freund kam, sich in der Nähe befand. In dieser Nacht konnte ihn kein Mädchen anziehen. Er zuckte also mit den Schultern und antwortete Satta lächelnd: »Ich überlasse den Genuß den Carabinieri, ihr arbeitet alle so hart« – er sah sich in der üppigen Bar um – »und lebt so spartanisch, daß wir, die dankbare Öffentlichkeit, Ihnen gelegentlich eine Gratifikation zugestehen müssen.«

»Haben Sie gemerkt«, fragte Satta Ballu, »daß Neapolitaner immer sarkastisch sind?«

Er bedeutete dem Barmann, weitere Drinks zu bringen.

»Sei's drum«, fuhr er fort. »Hauptmann Bellu, als weitere berufliche Ausbildung im Hinblick auf Ihre Beförderung wird die Eroberungsstrategie Ihnen überlassen. Wir müssen natürlich damit beginnen, daß wir sie zum Dinner einladen. Wie wollen Sie das anstellen?«

Bellu zuckte lässig die Schultern.

»Ich bringe ihnen eine Flasche Champagner und sage ihnen, sie sollen mit uns zu Abend essen.«

»Sie sagen ihnen?« fragte Satta scheinbar erstaunt. »Sie bitten sie nicht?«

»Oberst«, antwortete Bellu, »haben Sie nicht selbst gesagt, daß eine Frau so behandelt werden muß wie ein Oberkellner – höflich, aber entschieden?«

Satta strahlte Guido an. »Er ist entschieden für eine Beförderung geeignet.«

Aber Guido antwortete nicht. Er griff nach Sattas Arm. »Hören Sie!«

Ganz schwach drang durch das offene Fenster das Surren eines Flugzeugs.

»Creasy!«

Satta und Bellu schauten ihn verständnislos an.

»Creasy! Er kommt.«

Guido stellte sein Glas hin und lief zur Tür.

»Er ist ein ›Para‹«, rief er nach hinten. »Wie soll er denn sonst kommen? Kommen Sie!« Satta warf Bellu und dann der Rothaarigen einen kurzen Blick zu.

»Kommen Sie«, schnauzte er Bellu an. »Creasy erwischt immer den falschen Augenblick.«

Die Tür war zurückgeschoben worden. Creasys Gesicht und Schultern waren in der Öffnung sichtbar. Die Gummisohlen seiner Stiefel standen auf der Stütze des Fahrgestells. Er hatte das Käppchen tief ins Gesicht gezogen; seine untere Gesichtshälfte war schwarz gefärbt. Die Augen betrachteten Cesare aufmerksam.

Der Gesichtsausdruck des Piloten war konzentriert. Er brachte das Flugzeug in leichte Schräglage, seine Augen wanderten von links nach rechts, suchten Orientierungspunkte, die er mit dem Kompaß abstimmte. Sein linker Fuß bewegte sich auf dem Ruder, war bereit, Druck auszuüben, wenn das Gewicht weg war.

Er stieß die rechte Hand vor.

»Los, Creasy!«

Er wandte den Kopf. Die Türöffnung war leer.

In der Villa Colacci waren die Fenster geschlossen. Alle. Aber Cantarella hatte die Vorhänge in seinem Büro ein wenig zurückgeschoben und blickte in den Garten hinunter. Dunkelheit, nur von dem schwachen Licht der Scheinwerfer jenseits der Mauern unterbrochen. In den letzten Tagen waren anstelle der Angst allmählich Frustration und Zorn getreten. Leute, die seit Generationen unterwürfig waren, stellten plötzlich seine Macht in Frage. Sogar die Leute um ihn. Er las es in ihren Gesichtern. Erst vor wenigen Minuten war Abrata in diesem Raum anmaßend gewesen. Bald würde der Verrückte tot sein, dann würde er sich den anderen zuwenden, und sie würden seine Macht zu spüren bekommen. Sie würden ihn verstehen. Sein glattes Gesicht verhärtete sich bei der Vorstellung. Die dicken Lippen waren entschlossen zusammengepreßt. Er zog die Vorhänge zu und kehrte zu seinem Schreibtisch zurück.

Sekunden später schwebte Creasy wie eine große, schwarze, schwangere Fledermaus über die Mauer herein.

22

Er landete auf dem Gras, in der Nähe des Obstgartens. Eine gute Landung: Die Beine dämpften den Aufschlag, er rollte sich ab, zog an der Reißleine und schleppte den Fallschirm unter die Obstbäume.

Er nahm den Colt in die Hand, zog den Schalldämpfer schnell aus einem Beutel am Gürtel und schraubte ihn fest. Er duckte sich, mit dem Rücken an einen Baum, und nahm aus dem Brustbeutel das Trilux-Nachtvisier.

Er suchte das Grundstück von links nach rechts ab und erblickte sie, als sie um die Ecke der Villa bogen. Zwei niedrige schwarze Gestalten nebeneinander, die rasch näher kamen. Das Trilux und der Colt waren genau eingestellt. Er holte tief Luft und wurde ruhig. Die Hunde waren darauf dressiert, lautlos anzugreifen und lautlos zu töten.

Sie starben lautlos. Der erste in zehn Metern Entfernung mit Kugeln in Kopf und Kehle. Der zweite war auf fünf Meter herangekommen, bevor ihn die Kugel ins Herz traf. Der Schwung brachte ihn näher. Er starb leise winselnd zu Creasys Füßen.

In der Küche sahen die Wächter im Fernsehen ein Fußballmatch: Juventus gegen Neapel. Alle Augen waren auf den TV-

Schirm gerichtet. Alle Augen wandten sich ab, als das Fenster zersplitterte und die runde, obszöne Granate im Bogen in den Raum flog.

Drei waren sofort tot, zwei wurden schwer verletzt; zwei weitere, die vor der Explosion geschützt waren, waren wie betäubt; aber sie hatten noch nicht begonnen, nach ihren Waffen zu greifen, als die Tür eingetreten wurde.

Er hielt die Maschinenpistole in Brusthöhe. Seine abschätzenden Augen suchten Leben und fanden es. Die Mündung der Ingram blitzte weiß, und das Leben verließ den Raum.

Er schien sich ohne Hast zu bewegen, war aber schnell bei der offenen Tür, die zu dem Flur führte. Ein leeres Magazin klapperte auf den Steinboden. Es ertönte das leise Klicken eines vollen, das eingelegt wurde; das Klicken der Sperrklinke der Ingram, die wieder gespannt wurde, und er stand mit dem Rücken an der Mauer neben der Tür und lauschte.

Fragende Schreie vom anderen Ende des Korridors und leiser aus dem oberen Stockwerk. Türen wurden geöffnet. Creasy duckte sich, schwang sich in die offene Tür, hielt die Ingram, die Kugeln spie, tief.

Drei Männer im Korridor. Einem gelang es, in den Raum zurückzutauchen, die anderen wurden zurückgeschleudert, als hätte sie ein Wasserwerfer getroffen.

Wieder bewegte sich Creasy, und wieder wurde die Ingram mit einer fließenden Bewegung geladen. Es war ein Tanz geworden: rhythmische, stilisierte Bewegungen in perfektem Takt. Die Musik: Schreie, die sich mit dem Stottern von Gewehrfeuer, dem Klirren abgeschossener Patronen vermengten.

Er glitt an dem Behelfs-Schlafsaal vorbei, sein rechter Arm bewegte sich ruckartig, und eine Granate flog durch die Tür. Er wandte sich der Explosion zu, sah die auf den Gang hinausgeschleuderte Gestalt, die stöhnend und krabbelnd versuchte, die Schrotflinte zu heben. Ein Zucken des Fingers, ein eine halbe Sekunde währender Feuerstoß, dann drehte er sich wieder um und erreichte den Fuß der Treppe; mit dem Rücken zur Wand horchte er.

Auf dem oberen Treppenabsatz stand Cantarella in der Tür seines Büros mit einer Pistole in der rechten Hand. Die Linke hielt den Ärmel seines persönlichen Leibwächters fest.

»Bleib hier!« schrie er, sein Gesicht war von Panik erfüllt. Dicandia, Gravelli und Abrata standen oben auf der Treppe, und ihre Pistolen zielten hinunter. Dicandia trug kein Hemd, seine Brust und sein Rücken waren von schwarzen Haaren bedeckt.

»Geht hinunter!«

Sie drehten sich um, schauten Cantarella an und zögerten. Cantarellas Gesicht verzerrte sich vor Wut und Angst.

»Geht hinunter!« Er hob die Pistole.

Dicandia bewegte sich, schob sich auf die erste Stufe. Nur der Oberteil seines Körpers war für Cantarella sichtbar, als die klirrenden Schüsse ertönten. Dicandia wurde hochgerissen, in den Haaren tauchte eine Reihe von Löchern auf, die sich rot in seiner Brust öffneten. Dann war er verschwunden, zusammengebrochen und die Stufen hinabgeglitten.

Gravelli und Abrata wichen über den Treppenabsatz zurück. Sie gingen nicht hinunter. Sie blickten nach rechts zu Cantarella, der zehn Meter weiter, von seinem Leibwächter abgeschirmt, in dem Korridor stand. Als sie sich wieder umdrehten, war es zu spät. Die Handgranate explodierte genau zwischen ihnen. Die Ecke des Absatzes schützte Cantarella und den Leibwächter.

Panik brach aus. Cantarella stieß den Leibwächter vorwärts und stolperte in sein Arbeitszimmer zurück. Er schlug die Tür zu, stürzte zum Fenster und riß die Vorhänge zur Seite. Er schlug das Glas mit der Pistole ein und schrie hinaus: »Wo seid ihr? Kommt herauf! Kommt herauf!«

Creasy erreichte die oberste Stufe, warf einen Blick auf die zerschmetterten Leichen und ging vorsichtig zum Ende des Korridors. Er konnte Cantarellas hysterische Schreie hören.

Er hielt die Ingram in der rechten Hand und ergriff mit der linken eine Granate. Er senkte sie zu der Ingram, zog mit dem kleinen Finger der rechten Hand den Stift heraus und löste die Feder; er zählte bis zwei, und seine Finger öffneten sich. Er holte mit dem rechten Fuß aus und stieß die Granate sanft um die Ecke.

Bei der Explosion drehte sich Cantarella vom Fenster weg. Er sah, wie die Tür aus den Angeln gerissen und sein Leibwächter in den Raum geschleudert wurde.

Der Boß der Bosse erstarrte und blickte auf den zerfetzten Körper auf dem Teppich. Sein Mund öffnete sich, doch es kam kein Laut heraus. Sein Gehirn hatte aufgehört zu arbeiten.

Dann hörte er Schreie von unten. Endlich kamen sie! Ohne die Tür aus den Augen zu lassen, duckte er sich mit ausgestreckter Pistole hinter den schweren Schreibtisch; er atmete keuchend.

Creasy sprang durch die Tür, rollte sich ab, wich dem toten Leibwächter aus und kam in der Mitte des Raumes auf die Knie. Cantarella feuerte zweimal. Unsichere Schüsse, aber einer traf. Er sah, wie Creasy nach hinten und zur Seite geschleudert wurde, erhob sich mit einem erstickten Triumphschrei hinter dem Schreibtisch und feuerte noch zweimal, ohne zu zielen. Er hatte keine Erfahrung. Glück genügt nicht. Creasys rechte Schulter war zerschmettert, der Arm unbrauchbar. Aber die Ingram hing noch an seinem Hals, und seine linke Hand packte sie und jagte einen Kugelhagel durch den Raum.

Er stand mühsam auf. Er hielt die Ingram ruhig und bewegte sich vorsichtig um den Schreibtisch.

Cantarella lag auf dem Rücken, seine Hände waren auf seinen korpulenten Bauch gedrückt. Blut sickerte durch seine Finger. Er blickte in Creasys Gesicht hinauf. In seinen Augen lag eine Mischung aus Furcht, Haß und Flehen. Creasy stand über ihm, sah die Wunden und wußte, daß sie tödlich waren. Er hob den rechten Fuß, schob die glänzende schwarze Kappe unter Cantarellas Kinn und drückte den schwarzen Stiefel auf seine Kehle. Er sprach sehr leise.

»Wie sie, Cantarella. Wie sie wirst du ersticken.« Er verlegte sein Gewicht nach vorn.

Die beiden Wächter vom Eingangstor bewegten sich sehr vorsichtig, sehr widerwillig. Sie hatten die Küche, den Korridor und die Treppe hinter sich. Was sie gesehen hatten, spornte sie keineswegs an. Gravellis und Abratas Leichen verlangsamten sie noch mehr. Sie standen im Korridor und blickten durch die Tür in das Arbeitszimmer. Dort sahen sie den toten Leibwächter. Sie vernahmen nur ein leises, keuchendes Stöhnen, das dann aufhörte.

Keiner wollte als erster hineingehen, also schoben sie sich gleichzeitig mit den Maschinenpistolen in den Händen hinein. Sie sahen ihn hinter dem Schreibtisch, wie er hinunterblickte, und feuerten zugleich. Die Gestalt wurde an die Wand geschleudert, sank langsam in sich zusammen und hielt dann an. Die Ingram blitzte auf, und Kugeln jagten durch den Raum.

Der Wagen kam kreischend vor dem Tor zum Stehen. Satta und Bellu sprangen heraus. Die Tore waren von innen verriegelt. In dem rechten Tor war eine kleine Tür eingelassen. Sie war ebenfalls versperrt. Während Satta ungeduldig dagegentrat, zog Bellu an dem reich verzierten Glockenstrang.

Plötzlich ertönte hinter ihnen eine Hupe, und der Motor kam auf Touren. Sie sprangen zur Seite, als der schwere Polizeiwagen vorwärtsschoß.

Guido steuerte auf die Seite zu, in die Nähe der schweren Angeln. Der Aufprall war laut und wirkungsvoll. Obwohl die Tore stehenblieben, war die obere Angel von der Mauer losgerissen, und der entstandene Spalt war so breit, daß sie hindurchkonnten.

Im nächsten Augenblick war Guido hindurch und rannte den Kiesweg hinauf.

Satta betrachtete verdutzt das Wrack des Wagens, aber Bellu

kletterte schon durch die Öffnung, und Satta folgte ihm achselzuckend. Guido blieb beim Haupteingang der Villa stehen und lief dann über das Gras zur Ecke des Gebäudes.

Als sie die Küche erreichten, war er verschwunden. Sie blieben an der Tür stehen und blickten hinein. Bellu reagierte als erster. Er wandte sich ab und erbrach. Satta wartete wortlos, bis er sich erholt hatte, dann gingen sie vorsichtig über den blutverschmierten Steinboden. Sie sprachen nicht, während sie den Leichen im Gang auswichen und einen Blick in den ersten Raum warfen. Am Fuß der Treppe betrachtete Satta den Toten, der auf den untersten Stufen lag.

»Dicandia«, sagte er zu Bellu. »Vertrauensmann.«

Oben auf der Treppe blieben sie wieder stehen.

»Nicht viel übrig, aber ich glaube, es sind Gravelli und Abrata – das ist allerhand.«

Sie setzten sich wieder in Bewegung, stiegen über weitere Leichen und betraten das Arbeitszimmer. Guido hockte hinter dem Schreibtisch. Als er sie hörte, drehte er sich um.

»Schnell!« rief er. »Helfen Sie mir!«

Sie gingen zu ihm, Satta bückte sich und sah Creasy ins Gesicht. Seine Augen standen offen. Sie erwiderten unverwandt Sattas Blick. Seine Zähne waren vor Schmerz fest zusammengepreßt. Satta sah das Blut und das zerfetzte Fleisch. Guido hatte eine Hand in Creasys Achselhöhle geschoben und den Arm gepackt.

»Ihre rechte Hand!« drängte er. »Legen Sie sie neben meine.«

Satta kniete nieder und streckte die Hand aus. Guido lenkte sie. »Es ist die Arterie. Drücken Sie mit dem Daumen darauf.«

Satta befolgte seine Weisungen und blickte auf das zerschmetterte Handgelenk und das herausströmende Blut.

»Fester!« verlangte Guido.

Satta drückte fester, seine Finger bohrten sich tief in den muskulösen Arm. jetzt wurde der Blutstrom schwächer, tropfte langsam.

»Was kann ich tun?« fragte Bellu hinter ihnen.

Satta wandte den Kopf und wies mit dem Kinn auf den Schreibtisch. »Gehen Sie ans Telefon. Ein Krankenwagen soll kommen, aber sorgen Sie dafür, daß er voll ausgerüstet ist. Und ich will rasch einen Hubschrauber hier haben!«

Bellu sprach aufgeregt ins Telefon. Satta drehte sich um und sah zu, wie Guido Stoff auf die Wunden preßte, um die Blutung zu stoppen, das auf den Teppich floß. Er blickte nach links, auf Cantarellas Leiche. Das Gesicht – die hervorquellenden Augen – die heraushängende purpurrote Zunge. Er wandte sich wieder Creasy zu. Gold blitzte auf. Das Kruzifix inmitten von Blut. Er blickte wieder auf das Gesicht. Die Augen waren jetzt geschlossen.

Sattas Finger wurden müde, doch er behielt den Druck bei. Das Leben vor ihm lag buchstäblich in seiner Hand. Er hörte Lärm, heulende Sirenen, und Guido, der entmutigt schluchzte, während er arbeitete.

23

Das Begräbnis war gut besucht. Es war ein kalter Tag, mitten im Winter, und auf dem Hügel oberhalb von Neapel wehte ein beißender Wind. Aber es gab viele Reporter. Seit dem Tag vor einem Monat, der in den Schlagzeilen als »Die Schlacht von Palermo« bezeichnet wurde, hatte ihr Interesse nicht nachgelassen, und sie hatten unablässig den Kampf ums Leben verfolgt.

Der Kampf war abgeebbt und wieder aufgelebt. Zuerst, als Creasy in der Intensivstation gelegen hatte, hatte man gesagt, daß er wenig oder keine Chancen hatte; aber er klammerte sich an das Leben und überraschte die Ärzte. Nach zwei Wochen hatte ihn ein Sonderflugzeug der Carabinieri nach Neapel gebracht. Es geschah auf Sattas Betreiben. Das Cardelli-Krankenhaus in

Neapel war besser ausgestattet als das Krankenhaus in Pa
und sicherer.

Sattas Bruder hatte im Kampf um Creasys Leben an der
ze des Ärzteteams gestanden.

Sie hatten erbittert und lang gekämpft; und hatten zuerst g
hofft. Aber die Wunden waren zu schwer gewesen, auch für ei
nen so starken Mann, der entschlossen war zu leben.

Also wohnten die Reporter jetzt dem letzten Akt bei. Betrachteten neugierig die kleine Guppe am offenen Grab. Einige der Trauernden kannten sie, einige nicht. Guido stand zwischen seiner Mutter und Elio. Sie war alt und gebeugt und schwarz gekleidet, ihre Finger bewegten sich ständig auf ihrem Rosenkranz. Neben ihnen war Felicia, deren Augen gerötet waren, und Pietro. Auf der anderen Seite des Grabes standen Satta und Bellu und zwischen ihnen Rika. Auch sie hatte geweint. Nun waren ihre Augen auf den Sarg gerichtet, der auf Latten über dem offenen Grab stand. Ein aufrechter, älterer Mann stand neben Satta. Er trug die Galauniform eines französischen Generals. Medaillen und Ordensbänder bedeckten seine Brust.

Der Priester war fertig und trat zurück. Guido nickte den Leichenbestattern zu, und der Sarg glitt langsam hinunter. Der Priester schlug das Kreuz, Guido bückte sich, nahm einen Erdklumpen und warf ihn in das Grab. Der General nahm Haltung an und salutierte, dann löste sich die Gruppe auf.

Bei den Wagen sprach jeder ein paar Worte und fuhr dann davon. Bellu und Guido waren die letzten. Sie sahen, wie Satta Rika fürsorglich in seinen Wagen half, ihnen kurz winkte und abfuhr.

»Letzten Endes«, murmelte Guido mit der Spur eines Lächelns, »ist er doch ein zynisches Schwein.«

Epilog

war im nächsten Jahr nach Mitternacht. Der kalte *Gregale*-Wind fegte von Europa herüber über das Meer und über die kahlen Hügel von Gozo.

Das Dorf Mgarr war dunkel und sehr still, doch es schlief nicht.

Auf dem Balkon von »Gleneagles« bewegte sich ein Schatten, und ein üppig tätowierter Arm stützte sich auf das Geländer. Bennys Augen schweiften über die Bucht und die steil ansteigenden Hügel. Hinter ihm ging die Tür auf, Tony kam heraus, reichte ihm einen Brandy und blieb beobachtend und wartend neben ihm.

Die »Melitaland« war am Anlegeplatz vertäut und straffte bei jedem Windstoß ein wenig die Taue. Victor und Michele standen auf der Brücke, beobachteten ebenfalls und tranken ebenfalls Brandy.

Hoch oben auf dem Hügel saßen die Mizzi-Brüder mit »Shreik« auf ihrem Patio. Sie blickten über den Hafen hinaus und waren die ersten, die die schlanke, schlingernde graue Form sahen, die sich der Einfahrt näherte.

George Zammit spannte in dem kleinen Ruderhaus der Polizeibarkasse alle Kräfte an, während sie in der Brandung schlingerte und sich dann beruhigte, als sie das stille Wasser des Hafens erreichten. Er erteilte einen Befehl, und zwei Matrosen mit Bootshaken traten auf das nasse Deck hinaus.

In den Schatten hinter dem »Gleneagles« wurde eine Handbremse gelöst, und ein Landrover rollte im Leerlauf die kurze Straße hinunter und zum Ende des Landungsstegs. Dort war es dunkel. Das einzige Licht funktionierte nicht.

Die Barkasse legte an, und George trat auf das schmale Deck hinaus. Der Landrover parkte zehn Meter weiter. Er konnte die beiden Gestalten gerade noch ausmachen. Eine öffnete die Tür, stieg aus und blieb wartend stehen. Es war eine Frau, die sogar im Mantel umfangreich aussah.

George winkte ins Ruderhaus und trat zur Seite. Der Mann kam heraus, ging an ihm vorbei auf die Mole und langsam auf die Frau zu. Ein großer Mann mit einem merkwürdigen Gang, die Außenkanten seiner Füße berührten zuerst den Boden.

Die Frau trat vor und fiel in seine Arme.

George winkte, die Maschinen pochten, und die Barkasse legte ab. Während sie zum Hafeneingang fuhr, ging er zum Heck und betrachtete das Bild des engumschlungenen Paares.

Dann blickte er zu den dunklen, stummen, verschwiegenen Hügeln von Gozo empor.